文
景

Horizon

明日传奇

［美］加·泽文 著　　张亦琦 译

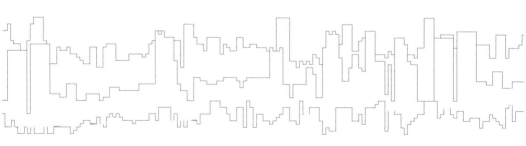

上海人民出版社

再次献给 H.C.

——与你工作，与你玩耍

爱是一切，
这是你我所知有关爱的全部；
这便已足够，货重应该
与车辙成正比。

———艾米莉·狄金森

... ...

CONTENTS

> 目 录 <

> | <

生病的孩子们

1

在梅泽尚未给自己创造出梅泽这个身份时，他的名字是萨姆森·梅泽，再之前是萨姆森·马苏尔——仅仅两个字母的改动就让他从一个中规中矩、有板有眼的犹太男孩摇身一变，成了以创造世界为职业的人。[1] 童年的大部分时间里，他的名字叫萨姆，在他外公那台大金刚游戏街机的高分榜上叫 S.A.M.，不过大多数时间他还是叫萨姆。

20 世纪临近结束，在 12 月底的一天下午，萨姆走出地铁车厢，发现一大群不肯挪地方的人堵住了通往电梯的主路。那天，他约了导师见面，这次会面已经被他拖延了一个多月，但双方都认同在放寒假之前必须见上一面。萨姆不喜欢拥挤的人群——他既不愿意置身其中，也不喜欢随大流跟着别人干蠢事。但眼前的这群人令他无处可逃。他若想进入地上世界，就必须从人群里挤过去才行。

萨姆身上穿着一件笨重的深蓝色毛呢大衣，是从他的室友马克斯那里继承来的。大一那年，马克斯从城里的军用品旧货商店买回了这件衣服，放在塑料购物袋里闷了将近一个学期，直到萨姆问能不能借这件衣服穿才从袋子里取出来。那年冬天格外漫长，4 月里的一场东北

---

[1] "梅泽"对应的原文为"Mazer"，"马苏尔"对应的原文为"Masur"，两个单词仅中间两个字母不同。——中译注，下同

风暴（4月份！马萨诸塞州的冬天简直疯了！）终于战胜了萨姆的自尊心，让他开口向马克斯借了那件被遗忘许久的外套。萨姆借口说自己喜欢那件衣服的款式，马克斯说既然你喜欢那就留着穿吧，萨姆早就猜到了他会这么说。那件衣服跟军用品旧货商店的绝大多数商品一样，散发着霉味、灰尘味和死去大兵的汗味，因此萨姆尽量不去琢磨这件衣服是怎么来到旧货商店的。不过这件衣服确实比他大一时从加利福尼亚带来的那件防风夹克暖和得多。他觉得这件宽大的外套能够掩饰自己的身材，但大得离谱的尺寸反而显得他越发瘦小、稚气。

换句话说，二十一岁的萨姆·马苏尔的身材并不适合在人群里推推搡搡，他努力穿过人群时不禁觉得自己有点儿像《青蛙过河》游戏里那只命悬一线的两栖动物。他发现自己一直在连声道歉，实际上却心口不一。萨姆心想，大脑编码方式的神奇之处就在于你嘴上说着"抱歉"，心里想的却是"去你的"。而小说、电影和游戏中的角色则表里如一——除了不可靠的角色和那些被清楚地设定为疯子或无赖的角色以外，其他人永远言行一致。而人类——总体来说还算诚实体面的普通人——却一天都离不开这一小小的程序设定，多亏了它，才能让人嘴上说一码，心里想的、感受到的和手上做的却是另一码事。

"你就不能绕过去吗？"一个头戴黑绿相间编织流苏帽子的男人对萨姆高声嚷道。

"抱歉。"萨姆说。

"讨厌，我差一点儿就看见了。"萨姆从一个用婴儿背带把孩子挂在胸前的女人面前穿过时，听见她嘀咕道。

"抱歉。"萨姆说。

不时有人匆匆离开，在人群中留出缺口，这本可以成为萨姆逃出去的机会，可不知为什么新的看客总会立刻冲过来占领那些缺口。

快挤到地铁电梯口时，萨姆才回头去看那群人究竟在看什么。他想到假如自己说起地铁站里的大阻塞，马克斯肯定会说："你难道不好奇究竟发生了什么事吗？假如你能腾出一秒钟的时间不那么厌世，就会发现这个世界充满了各种各样的人和事。"萨姆不喜欢马克斯说他厌世，尽管他确实有点儿厌世，于是他转身去查看。就是在这一刻，他认出了他的故人，莎蒂·格林。

过去这些年里他倒不是从未见过她。他们两个都是科技展、学科竞赛、大学招生活动、比赛（辩论、机器人、创意写作、编程）和尖子生聚餐会上的常客。因为无论你就读的是东边的普通公立高中（萨姆），还是西边的高档私立学校（莎蒂），洛杉矶尖子生的圈子总共就那么大。他们会在坐满书呆子的房间两端交换一个眼神，有时候莎蒂甚至还会对他笑笑，像是在确认他们之间的友好关系，接着她就会被那群衣着光鲜的漂亮孩子卷走，他们永远像秃鹫一样在她身边围绕不散。那些男孩女孩其实跟萨姆很相似，只是他们更有钱、更白皙、戴的眼镜更贵、牙齿更整齐。围着莎蒂·格林打转的丑陋书呆子已经够多了，萨姆不愿成为他们中的一员。有时萨姆会把她假想成一个坏人，想象她如何蔑视自己，怎样转过身去，怎样避开他的目光。但莎蒂从未有过那样的举动——假如她真的做过这样的事，或许反而更好些。

萨姆知道她去了麻省理工，也想过自己到哈佛后会不会与她偶遇。过去两年半里，他没有刻意做任何事情来制造偶遇。莎蒂也一样。

但此刻她就在他眼前，活生生的莎蒂·格林。看见她，萨姆忽然有种落泪的冲动。那种感觉仿佛他尝试了许多年都没能证明某个数学问题，他休息了一会儿眼睛，证明方法忽然清清楚楚地呈现在眼前了。**是莎蒂，他心想，没错。**

他正要呼唤她的名字，忽然又止住了。距离他们上次独处已经过去了很长时间，他一时有些恍惚。客观上他知道自己还很年轻，内心却仿佛经历了无比漫长的时光，这怎么可能呢？他怎么会突然如此轻易地忘记了自己对她的鄙夷？时间真是个谜团，萨姆心想。但转念，他又放下了这种多愁善感的想法。时间完全能够以数学的方式解释通，真正的谜团是心灵，是大脑中受到心灵支配的那部分。

莎蒂看完了人群一直在盯着的东西，此刻已经朝着进城方向的红线地铁走去。

萨姆高声呼唤她的名字："莎蒂！"进站的列车轰鸣不断，车站里也跟往常一样人声鼎沸。一个十几岁的女孩正在演奏大提琴卖艺，拉的是企鹅咖啡馆乐团的曲子。一个男人穿着印有佩斯利花纹的马甲，正彬彬有礼地询问路人是否愿意腾出一点时间来了解斯雷布雷尼察的穆斯林难民的境遇。莎蒂旁边是个售卖六美元一杯的水果奶昔的小摊，萨姆第一次喊她的名字时搅拌机刚好同时开始运转，柑橘和草莓的香气在散发着霉味的地下空间里弥漫开来。"莎蒂·格林！"他再次大声呼唤，但她依然没听见。萨姆加快脚步努力追了上去。每当快步走路时，他总反常地感觉到自己仿佛是在参加两人三足赛跑。

"莎蒂！莎蒂！"他觉得自己的行为很愚蠢，"莎蒂·米兰达·格林！你死于痢疾！"

她终于转过身，目光缓缓扫过人群，看见了萨姆，笑容在脸上绽开，仿佛他在高中物理课上看过的那段延时摄影拍下的玫瑰花开放过程。这个画面真美啊，萨姆心想，或许他也有些许担忧，怕其中掺杂着一丝虚伪。莎蒂向他走来，脸上依然带着微笑，右边脸颊上印着个酒窝，两颗门牙之间有一道几乎不被察觉的缝隙。萨姆感到人群仿佛为她让开了一条路，而世界似乎从未以这种方式为他移动过。

"萨姆·马苏尔，死于痢疾的是我姐姐好不好，"莎蒂说，"我的死因是筋疲力尽，在被蛇咬伤之后。"

"以及不肯对野牛开枪。"萨姆说。

"太浪费了！"莎蒂说，"那么多肉都要白白烂掉。"

莎蒂张开双臂搂住了他。"萨姆·马苏尔！"她说，"我一直盼着见到你呢。"

"电话簿里就能找到我的名字。"萨姆说。

"这个嘛，或许我期盼的是不期而遇，"莎蒂说，"就像现在这样。"

"你为什么会到哈佛广场来？"萨姆问。

"为什么？当然是为了看魔术眼啊。"她半开玩笑地说着，指了指面前的广告牌。萨姆这才第一次注意到那张一米五乘一米的海报，正是这东西把赶通勤的人们变成了一群僵尸。

以全新视角观看世界

魔术眼是今年圣诞最炙手可热的礼物

海报上印的是带有迷幻效果的图案，色调是圣诞季常见的翠绿、鲜红、金色搭配在一起。如果盯着图片看的时间足够长，你的大脑就会自我欺骗，看出其中隐藏的 3D 图像。这种图片叫作自动立体图，只要具备基本的编程知识就不难制作。**就为了这个？**萨姆心想。"现在的人看什么都觉得有趣。"他嘟哝道。

"你有不同看法？"莎蒂说。

"校园里随便一间宿舍的公共休息室里都能找到这玩意儿。"

"但是这张不一样，萨姆。这个是独——"

"是全波士顿每个地铁站里的独一份。"

"说不定是全美国的地铁站呢。"莎蒂笑了，"萨姆，这么说你不打算通过魔术眼看世界了？"

"我一直在通过魔术眼看世界好不好，"萨姆说，"我整个人都迸发着孩子般的新鲜感。"

莎蒂伸手指指一个五六岁的小男孩："你瞧他多开心啊！他看见了！真棒！"

"你没看出来吗？"萨姆问。

"没有，"莎蒂说，"至于现在，我必须得赶上下一辆车，不然上课就要迟到了。"

"为了通过魔术眼看世界，五分钟你总能腾出来吧！"萨姆说。

"下次吧。"莎蒂说。

"来嘛，莎蒂。上课的事以后再说。盯着一件东西看，跟你身边的所有人盯着同一件东西看，换句话说，他们的大脑和眼睛在对同样的景象做出反应，这样的机会多少见啊！你还需要任何其他证据来证明我们生活在同一个世界吗？"

莎蒂无奈地笑笑，在萨姆肩头轻轻捶了一拳。"这大概是你说过的最萨姆的话了。"

"我正是萨姆。"

莎蒂听见列车隆隆地驶离车站，叹了口气。"要是我的计算机图形学高级专题课挂了科，那全都要怪你。"她重新站定，再次盯着海报看起来，"萨姆，你来跟我一起看。"

"遵命，女士。"萨姆照做了。他舒展肩膀，目光直视前方。他已经许多年没有站得离莎蒂这么近了。

海报上的说明写着要放松双眼，集中目光盯着一个点看，直到秘密图形出现为止。如果这样做没有用，说明还建议大家凑近海报，然后慢慢后退，可是在地铁站里没空间这么做。而且说到底，萨姆并不在乎秘密图形是什么。他猜测那是圣诞树、天使或者星星，不过应该不是六芒星——总之是个应季、老套又广受欢迎的图案，其目的在于卖出更多的魔术眼产品。自动立体图对萨姆从来不奏效。他猜测这跟自己戴眼镜有关。他的眼镜肩负着矫正高度近视的重任，不肯让他的眼睛放松下来，让大脑接受幻象。于是，过了好长一段时间（十五秒钟）之后，萨姆放弃了钻研秘密图形，转而打量起莎蒂来。

她的头发剪得更短也更时尚了，萨姆心想，不过还跟从前一样是红褐色波浪卷发。她鼻子上浅浅的雀斑一如从前，肤色依然是橄榄色，不过跟童年在加利福尼亚时的样子相比，苍白了许多，嘴唇也有些干燥。她的眼睛还是从前那样的棕色，带有金色斑点。萨姆的母亲安娜也长着这样的眼睛，她告诉萨姆这种颜色变化叫作虹膜异色症。当时萨姆觉得这听起来像一种疾病，担心母亲最终可能会死于这种疾病。莎蒂的眼睛下面有两道几乎看不出的卧蚕，从小就有。萨姆觉得她看上去透露着疲态。他望着莎蒂，心想，**穿越时空大概就是这种感觉吧。**你望着一个人，能够在同一时刻看见她的现在与过去。这种穿越只发生在你相识已久的人身上。

"我看见了！"莎蒂说。她眼眸亮闪闪的，脸上的表情跟萨姆记忆中她十一岁时的样子别无二致。

萨姆连忙把目光投回海报。

"你看见了吗？"莎蒂问。

"嗯，"他说，"看见了。"

莎蒂打量着他，问道："你看见什么了？"

"就是那个图案，"萨姆说，"令人无比惊奇。节日气息浓得要命。"

"你真的看见了吗？"莎蒂问。她嘴角微微上扬，异色的眼眸含笑望着他。

"看见了，但我不想扫了其他没看见的人的兴致。"他抬手一指身边的人群。

"好吧萨姆，"莎蒂说，"你想得还挺周到的。"

萨姆知道她知道自己没看见。他对她笑笑，她也对他还以微笑。

"真奇怪，是不是？"莎蒂说，"我觉得自己仿佛从没停止过跟你见面。仿佛我们每天都会来到这座地铁站，盯着这张海报看。"

"我们是灵悟[1]之交。"萨姆说。

"我们确实是灵悟之交。而且我要收回之前说的话。刚才这句话才是你说过的最萨姆的话。"

"我正是最萨姆的萨姆。而你——"他们正说着，搅拌机又运转了起来。

"我怎么了？"她说。

"而你走错了广场。"萨姆重复道。

"什么叫'走错了广场'？"

"你现在是在哈佛广场，但你本该出现在中央广场或者肯德尔广场。我听说你去了麻省理工。"萨姆说。

"我男朋友住在这附近，"莎蒂说道，听语气她似乎不想对此谈论太多，"我不理解大家为什么把这些地方叫作广场。它们并不算是真正的广场，不是吗？"又一辆列车驶入地铁站，"我的车又来了。"

"地铁就是这样。"萨姆说。

"确实。一辆车，又一辆车，又一辆车。"莎蒂说。

"我说，你应该跟我喝杯咖啡，"萨姆说，"或者如果你觉得咖啡太老套，也可以喝其他你爱喝的东西。印度奶茶、奶昔、康普茶、胡椒

---

[1] 原文为 grok，是美国科幻小说作家罗伯特·海因莱因在其作品《异乡异客》中创造的一个词语。

博士汽水、香槟……我们头顶上的世界里有着无穷无尽的饮品选择，你知道的？只要走上那座电梯，我们就可以尽情享用。"

"我其实也很想去，但我真的该去上课了。我的阅读材料只读了大约一半，只能靠准时出勤来挽救这门课了。"

"我才不相信呢。"萨姆说。莎蒂是他认识的头脑最聪明的人。

莎蒂又匆匆拥抱了他一下。"遇见你真好。"

她向地铁走去，萨姆无比希望自己能想个办法让她停下脚步。假如这是一场电子游戏，他就能按下暂停键。他可以重新开局，说不同的话——这一次他要说正确的话。他可以在自己的物品栏里搜寻能够让莎蒂留下来的物品。

他绝望地想到他们甚至连电话号码都没来得及交换。他在头脑中逐一检视能在 1995 年派上用场的找人办法。在过去，萨姆还是个小孩子的时候，人们有可能永远失去联系，而如今已不再像从前那样容易失去联系了。在越来越多的情况下，人们缺少的只是让某个人的电子联系方式变成血肉之躯的动力。因此当他望着老友的身影在地铁站里越来越小，只能自我安慰世界正在朝着同一个方向发展——那就是全球化与信息高速公路，以及其他类似的方向。要找到莎蒂·格林其实很容易。他能猜出她的电子邮箱——麻省理工的电子邮箱都以同样的格式命名，他可以搜索麻省理工的学生名录，可以给计算机系打电话询问——他推测莎蒂是学计算机的，还可以给她住在加利福尼亚的父母——史蒂文·格林和夏琳·弗里德曼-格林打电话。

然而他了解自己，也知道自己是那种永远不会主动给别人打电话的人，除非能百分之百确定对方欢迎自己主动联系。他的想法之消极，甚至可谓背信弃义。他会假想莎蒂对自己态度冷淡，假想她那天根本没有课，只是想摆脱他。他的大脑坚定地认为如果莎蒂想跟他见面，就必定会留下联系方式。他由此断定对莎蒂来说，自己代表着她生命中一段痛苦的时期，既然如此，她自然不愿意再次见面。抑或真相正如他时常揣测的那样，他在莎蒂心中毫无分量——只不过是这个富家女孩随手做的一件好事而已。他反复琢磨着莎蒂提到的那个住在哈佛广场附近的男友。他会查出莎蒂的电话号码、电子邮箱、住址，但永远不会对任何信息加以利用。就这样，萨姆意识到这很可能是自己最后一次见到莎蒂·格林，这个念头让他有种巨大的沉重感。他试图记住她外表的每一处细节，记住在 12 月寒冷刺骨的一天，她在地铁站里离他而去的情景。米黄色的羊绒帽子，连指手套和围巾，驼色的半长款毛呢大衣——绝对不是从军用品旧货商店买来的，蓝色的牛仔裤略显破旧，微喇的裤脚有不规则的磨损，黑底白条的运动鞋，红褐色的皮质邮差包塞得鼓鼓囊囊，斜挎在她身上几乎跟她整个人一样宽，一只米白色的毛衣袖子从包的一侧掉出来，头发长度刚过肩膀，闪着光泽，有些潮湿。萨姆认定真实的莎蒂在这个场景中并不存在，她的外表跟地铁站里其他衣着时髦、保养得当的女大学生别无二致。

就在她即将消失在他视线里的那一刻，莎蒂突然转身跑回他身边。"萨姆！"她说，"你现在还玩游戏吗？"

"玩啊，"萨姆的回答热切得过了头，"当然玩。一直都玩。"

"给，"莎蒂说着，把一张 3.25 英寸软盘塞进他手里，"这是我设计的游戏。你肯定忙得不得了，不过有时间的话你可以玩玩看。我很想听听你的意见。"

她又向列车跑去，萨姆跟了上去。

"莎蒂！等等！我怎么联系你？"

"软盘里有我的邮箱，"莎蒂说，"在必读文件里。"

车门关闭，列车把莎蒂送回了属于她的广场。萨姆低头望着手里的软盘，游戏的名字叫《答案》。标签是她手写的，无论何时何地，萨姆永远认得出她的笔迹。

那天晚上回到公寓后，他没有立刻安装《答案》，不过他把软盘放在了电脑驱动器旁边。他发现**不玩莎蒂的游戏能够有效激励自己**，他开始写三年级学期论文的开题报告，这篇开题报告已经拖延了一个月，原本打算拖到圣诞节之后的。经过一番冥思苦想，论文的题目确定为《在不采用选择公理的前提下论证巴拿赫－塔斯基悖论的方法初探》，仅仅是写开题报告就已经让他感到无聊透顶，随之而来的论文撰写过程更是繁杂乏味得让他心生畏惧。他不禁心有疑虑，虽然自己在数学方面有明显天赋，但并没有从中获得激励。他在数学系的导师——后来获得了菲尔兹奖的安德斯·拉松，在一次午后会面时也是这么说的。二人分别前他说道："你的天赋令人难以置信，萨姆。但你要明白，擅长做某件事不等于热爱做某件事。"

萨姆和马克斯买了意大利菜带回宿舍吃——马克斯故意点了很多，这样他不在的时候萨姆就有剩菜可以吃。马克斯再次邀请萨姆假期去特柳赖德滑雪："你真的应该来，如果你担心的是不会滑雪，其实大家几乎都只在度假屋里待着。"假期里，萨姆甚至连回家的钱都很少能拿得出，所以这样的邀请每隔一段时间就会被发起又遭到拒绝。吃过晚饭，萨姆开始看道德推理课的阅读材料（这门课研究的是维特根斯坦青年时代的哲学理念，当时他还没有认定自己对一切的看法都是错误的），马克斯则收拾行李为放假做准备。行李收拾好后，他写了一张送给萨姆的节日贺卡，放在他桌子上，一起放在那儿的还有张五十美金的啤酒屋代金券。就是在这时，马克斯无意间看见了那张软盘。

"《答案》是什么？"马克斯拿起那张绿色的软盘递给萨姆，问道。

"我朋友做的游戏。"萨姆说。

"什么朋友?"马克斯说。他们住在同个屋檐下已经将近三年,马克斯几乎从未听萨姆提起任何朋友。

"我在加利福尼亚时的朋友。"

"你打算玩吗?"马克斯问。

"以后吧。说不定做得很烂。我只是帮忙看一看。"萨姆觉得自己这样说好像背叛了莎蒂,不过话说回来,这游戏确实有可能很烂。

"是关于什么的游戏?"马克斯问。

"不知道。"

"名字取得倒是挺有意思的,"马克斯在萨姆的电脑前坐下来,"我正好有几分钟时间。我们要不要装上试试?"

"当然可以!"萨姆说。他原本打算一个人玩的,不过马克斯经常和他一起玩游戏。他们最喜欢格斗类电子游戏,《真人快打》《铁拳》《街头霸王》。他们还有一场已经持续了两年多的《龙与地下城》战役,由萨姆担任地下城城主。两人组队玩《龙与地下城》是种怪异而亲密的体验,这场游戏的存在是个秘密,他们从未对任何人说起过。

马克斯把软盘放进驱动器,萨姆把游戏装进了电脑硬盘。

几个小时后,萨姆和马克斯完成了《答案》的第一次通关。

"这究竟是什么游戏啊?"马克斯说,"我去艾达家要迟到了,她非杀了我不可。"艾达是马克斯最近的恋人———一位来自土耳其、身高一米八的软式壁球运动员,偶尔当模特,在马克斯的诸多恋爱对象中,她的资历只能算平平无奇。"我真心以为我们只玩五分钟的。"

马克斯穿上外套,跟莎蒂的一样也是驼色的。"你朋友太牛了吧。他说不定是个天才。你们是怎么认识的?"

2

莎蒂第一次见到萨姆的那天，她刚被姐姐艾丽斯从医院的病房里赶出去。那时的艾丽斯喜怒无常，这与她正值十三岁有关，也与她有可能会死于癌症有关。她们的母亲夏琳说大家应该格外包容艾丽斯，因为她的身体要同时承受青春期和疾病这两场风暴，换作是谁都会感到难以应对的。"格外包容"的意思就是莎蒂应该去候诊区待着，直到艾丽斯不再生她的气为止。

莎蒂并不确定这次惹恼艾丽斯是因为又做错了什么事。她把《青少年》杂志上的一张照片拿给艾丽斯看，照片上的女孩头戴贝雷帽，莎蒂大概说了句"你戴这顶帽子一定很漂亮"之类的话。具体说的什么她已经记不清了，不过她说了什么不重要，重要的是她惹怒了艾丽斯，她尖叫起来大吵大闹："洛杉矶没人这么戴帽子！就是因为这样你才交不到朋友，莎蒂·格林！"艾丽斯走进卫生间哭了起来，她哭的声音好像要窒息一般，因为她的鼻子堵住了，喉咙里也长满了疮。正在床边的椅子上打盹的夏琳醒过来，劝艾丽斯冷静些，不然一会儿又要犯恶心了。"我已经觉得够恶心了。"艾丽斯说道。闹到这个时候，莎蒂也哭了起来——她知道自己没有朋友，但是把这件事明晃晃地说出来就是艾丽斯的不对了。于是夏琳叫莎蒂去候诊区待一会儿。

"这不公平，"莎蒂对母亲说道，"我什么都没做。是她蛮不讲理。"

15

"这确实不公平。"夏琳表示赞同。

被赶出病房的莎蒂试图搞清楚究竟发生了什么——她真心认为艾丽斯戴上那顶红帽子会很好看。不过现在回想起来，她意识到提帽子会让艾丽斯以为是在说她的头发——由于化疗，她的头发变得日渐稀疏。如果艾丽斯果真是这么想的，莎蒂也很懊悔自己提起了那顶破帽子。她来到艾丽斯的病房前敲了敲门，想向她道歉。但她透过窗玻璃看见夏琳向她做了个口型："一会儿再回来。艾丽斯睡了。"

午饭时间，莎蒂饿了，她对艾丽斯的愧疚之情有所减少，对自己的同情倒多了几分。明明是艾丽斯胡搅蛮缠，受罚的却是莎蒂，这实在令人窝火。虽然莎蒂反复被告诫艾丽斯是个病人，但这病其实没有生命危险。艾丽斯患的那种白血病康复率很高，她对治疗的反应良好，秋季学期很有可能按时入学读高中。艾丽斯这次入院只需要住两晚。用她母亲的话来说，住两个晚上，只是因为他们心里抱着"大群的谨慎"。莎蒂很喜欢"大群的谨慎"这种说法，这让她联想到"大群的乌鸦""大群的海鸥""大群的狼"。在她的想象中，"谨慎"是某种生物——也许是圣伯纳犬和大象的混合体，一只体型庞大、通人性、性格友善的动物，有了它，格林家的两姐妹就不会受到威胁，无论是人身安全方面，还是其他方面。

一名护士注意到候诊区有个无人照看又显然身体健康的十一岁女孩，便送给莎蒂一份香草布丁。他看得出，莎蒂是某个来治病的孩子的亲属，受到了家人的冷落，于是建议莎蒂去游戏室玩。他说，游戏室里有台任天堂游戏机，工作日的下午很少有人玩。莎蒂和艾丽斯有一台任天堂游戏机，但还要再过五个小时夏琳才能开车载她回家，莎蒂反正无事可做。正值夏天，她已经把《神奇的收费亭》读了两遍——那天她只带了这一本书。若是艾丽斯没有生气，那天下午本该跟往常

16

一样排满休闲活动：观看她们最喜欢的晨间家庭游戏节目《按钮大竞猜！》和《价格猜猜看》；翻看《十七岁》杂志，给对方做性格测试；玩《俄勒冈之路》——艾丽斯有台用来补作业的笔记本电脑，大约二十磅重，里面预装了一些寓教于乐的游戏，总之姐妹俩总能想出无数种方式一起打发时间。莎蒂的朋友确实不多，但她从未觉得自己缺少朋友。全世界她最喜欢的人就是艾丽斯，没人比艾丽斯更聪明、更勇敢、更漂亮、更擅长运动、更幽默、更"随便你怎么形容"。在莎蒂眼里，艾丽斯是最棒的。尽管大家都说艾丽斯一定会康复，但莎蒂还是忍不住想象没有艾丽斯的世界会是什么样。那个世界里没有人与她分享笑话、音乐、毛衣、半成品布朗尼，没有人在毯子下面、在黑暗之中与她皮肤亲密相贴，最重要的是，那个世界里没有艾丽斯——莎蒂纯洁的心灵深处的那些秘密与羞耻的唯一知情人。莎蒂对其他任何人的爱都不及她对艾丽斯的爱，她的父母比不上，她的祖母也比不上。没有艾丽斯的世界荒凉而黯淡，像尼尔·阿姆斯特朗在月球上拍下的那些模糊不清的照片，这一念头时常令这个十一岁的女孩在深夜辗转难眠。躲进任天堂的世界逃避片刻，未尝不是一种解脱。

但游戏室里已经有人了。一个男孩正在玩《超级马力欧兄弟》。莎蒂断定他是在这里治病的孩子，而不是自己这样的患者亲属或者访客：已经中午了他还穿着睡裤，椅子旁边的地上放着一双腋杖，左脚被一个中世纪牢笼似的装置套着。莎蒂猜想这个男孩跟自己的年纪差不多大，十一岁，或者略大 点儿。他长着黑色卷发，小鼻子向上翘，戴着眼镜，圆圆的脑袋与卡通人物有几分相似。莎蒂最近在学画画，老师教她把物体分解成各种几何形状的组合。如果要她来画这个男孩子，要用到的恐怕大多是圆形。

她在男孩身边跪坐下来，看了一会儿他玩游戏。他玩得很熟练，在关卡末尾，他能让马力欧落在旗杆顶端，而莎蒂一直没能掌握这个技巧。尽管莎蒂很喜欢亲自上手玩游戏，不过旁观优秀玩家打游戏也自有一番趣味——像是在欣赏舞蹈。男孩从没转头看过她，实际上，他甚至根本没察觉到她的存在。他打通了与大魔王的第一轮对战，屏幕上出现了"然而桃花公主在另一座城堡里"的字样。他暂停游戏，看也没看莎蒂一眼，问道："剩下的这条命你想玩吗？"

莎蒂摇摇头。"不用了。你玩得非常好。我可以等你死了再玩。"

男孩点点头，继续玩了起来，莎蒂则继续在一旁看着。

"刚才我不应该那么说，"莎蒂说道，"我是说，这里毕竟是儿童医院，如果你真的快要死了的话……"

男孩操纵着马力欧跳进一片布满金币的云层，说道："这里毕竟是人间，所有人都会死的。"

"确实。"莎蒂说。

"但我目前还不会死。"

"那很好。"莎蒂说。

"你会死吗？"男孩问。

"不会，"莎蒂说，"目前不会。"

"那你得了什么病？"男孩说。

"是我姐姐，她生病了。"

"她得了什么病？"

"痢疾。"莎蒂说。她不想提起癌症——正常对话的终结者。

男孩望着莎蒂，似乎想要追问，但他只是把手柄递给了她。"给，"男孩说道，"我的大拇指累了。"

莎蒂顺利通过了那一关，给马力欧加了一条命。

"你玩得不错。"男孩说。

"我们家也有一台任天堂，但我每个星期只能玩一小时，"莎蒂说，"不过自从我姐姐小艾生病以后就没人管我了……"

"痢疾。"萨姆说。

"是啊。今年夏天我原本要去佛罗里达参加太空夏令营的，但我父母决定让我留在家里陪着小艾，"莎蒂说着踩扁了一只栗宝宝——超级马力欧里遍地都是的蘑菇形生物，"我挺同情栗宝宝的。"

"它们只不过是反派的喽啰而已。"萨姆说。

"可我总觉得它们是不小心被卷进了一些本来与它们无关的事情。"

"这就是反派喽啰的命运。从那个管道下去，"萨姆提醒道，"下面有一大堆金币。"

"我知道！我会去的，"莎蒂说，"小艾好像总是生我的气，所以我实在不明白我为什么不能去太空夏令营。这本来会是我第一次参加过夜的夏令营，第一次独自坐飞机。再说，本来也只有两个星期而已。"莎蒂打到了关卡结尾，问道："要想落在旗杆顶上，有什么秘诀吗？"

"按住加速键不放，然后蹲下，在马上要掉下去的时候起跳。"男孩说。

莎蒂的马力欧落在了旗杆顶端。"嘿，真管用。对了，我叫莎蒂。"

"萨姆。"

"轮到你了。"莎蒂把手柄还给他。"你生了什么病呢？"她问。

"我出了车祸，"萨姆说，"我的脚断了二十七处。"

"那可真不少，"莎蒂说，"你是在夸张，还是真的有这么多？"

"真的有这么多。我对数字向来很较真儿。"

"我也是。"

"不过，有时候这个数字还会稍微增加一些，为了让骨头复位，他们有时需要弄碎其他的部分，"萨姆说，"甚至有可能需要切掉。我根

19

本没法用这只脚站着。我已经做过三次手术，脚已经不像是脚了，只是个肉做的袋子，里面装着骨头渣。"

"听起来怪好吃的，"莎蒂说，"不好意思，这么说有点儿恶心。只是你的描述让我想到了薯片。自从我姐姐生病，我们经常没时间吃饭，我总是很饿。今天我只吃了一个布丁杯。"

"你真是个怪人，莎蒂。"萨姆颇有兴趣地说。

"我知道，"莎蒂说，"我真心希望他们不会把你的脚截肢，萨姆。对了，其实我姐姐得的是癌症。"

"我以为她得的是痢疾。"

"这个嘛，痢疾是治癌症的副作用，痢疾这件事是我们俩之间的一个小玩笑。你知道一个叫作《俄勒冈之路》的电脑游戏吗？"

"不知道。"萨姆说。

"你们学校的计算机室里可能有。这大概可以算是我最喜欢的游戏，尽管它确实有点儿无聊。它讲的是 19 世纪的人驾着马车，赶着几头牛从东海岸往西海岸迁移的故事，目标是让你这一队人全部活下来。你得给他们吃足够多的饭，不能走得太快，买合适的装备，类似这样的事。尽管如此，有时还是会有人死掉，甚至你本人也有可能死掉，被响尾蛇咬中，饿死，或者——"

"死于痢疾。"

"对！没错。这个结局总能把我和小艾逗笑。"

"到底什么是痢疾啊？"萨姆问。

"其实就是拉肚子，"莎蒂压低声音答道，"一开始我们也不知道。"

萨姆哈哈大笑，但又突然停了下来。"我其实还在笑，"他说，"只是我一笑脚就会疼。"

"那我向你保证，再也不说任何有意思的话了。"莎蒂换了一种怪模怪样、毫无情绪的语气说道。

"打住！你这样说话逗得我更想笑了。你这演的是哪一出啊？"

"一个机器人。"

"机器人应该是这样的。"萨姆说着也模仿起机器人来，两个人又笑作一团。

"你不应该笑的！"莎蒂说。

"那你就不应该**逗**我笑。人得了痢疾真的会死吗？"萨姆问。

"我猜在过去真的会死。"

"你说他们会在那些人的墓碑上写什么呢？"

"我觉得他们不会把死因写在墓碑上的，萨姆。"

"迪士尼乐园的幽灵公馆里就会写。我现在反倒有点儿希望自己真的死于痢疾了。你想不想玩《打鸭子》？"萨姆问。

莎蒂点点头。

"那你得把枪装上，就在那儿。"莎蒂取来光线枪，插在游戏机上。她让萨姆先玩。

"你真是太厉害了，"她说，"你家也有任天堂吗？"

"没有，"萨姆说，"不过我外公的餐馆里有一台大金刚游戏街机。我想玩多长时间就可以玩多长时间，不用付钱。关于游戏的秘诀就是，只要你能把一个游戏玩好，那么任何游戏你都能玩好。我就是这么想的。归根结底都要靠手眼协调和寻找规律。"

"我同意。**你刚才说什么？**你外公有台大金刚游戏街机？这也太酷了吧！我最喜欢那种老式游戏机了。他开的是什么餐馆？"

"是个比萨店。"萨姆说。

"**什么？**我最爱吃比萨了！这是全世界我最喜欢的食物。"

"我也是。"萨姆说。

"那你能随便免费吃比萨吗？"莎蒂问。

"差不多吧。"萨姆说。

"这几乎是我梦想中的生活，你就生活在我的梦里。你一定得带我去，萨姆。那家餐馆叫什么名字？说不定我已经去过呢。"

"东与凤的纽约比萨店。东和凤是我外公外婆的名字，在韩语里一点都不好笑，差不多像英文里的杰克和吉尔，"萨姆说，"餐馆在 K 城的威尔希尔大道。"

"K 城是哪里？"莎蒂问。

"这位小姐，你真的是洛杉矶人吗？ K 城就是韩国城啊。你怎么可能不知道呢？"萨姆说，"人人都知道 K 城。"

"我知道韩国城，但我不知道大家叫它 K 城。"

"那你住在哪儿呢？"萨姆问。

"平地区？"

"什么是平地区？"萨姆问。

"就是贝弗利山庄的平地部分，"莎蒂说，"离 K 城很近。瞧，你也不知道平地区在哪里！洛杉矶人都只了解自己生活的那个城区。"

"看来你说得对。"

萨姆和莎蒂一边朝虚拟鸭子射击，一边愉快地闲谈，就这样度过了整个下午。莎蒂忽然说："这些鸭子究竟怎么得罪我们了？"

"或许我们向它们开枪是为了获取虚拟食物，要是没有这些虚拟鸭子，虚拟的我们就会饿死。"

"我还是有点儿同情鸭子。"莎蒂说。

"你也同情栗宝宝。你差不多同情所有人。"萨姆说。

"确实，"莎蒂说道，"我也同情《俄勒冈之路》里的野牛。"

"为什么？"萨姆问。

莎蒂的母亲忽然从游戏室的门口探进头来，表示艾丽斯有话要对莎蒂说——这是她原谅莎蒂的暗号。"下次我再告诉你。"莎蒂对萨姆说，尽管她并不知道他们会不会再次相见。

"回头见。"萨姆说。

"你那个小伙伴是谁啊？"母女俩离开时夏琳问道。

"一个男孩子，"莎蒂说着回头看了一眼萨姆，他的注意力已经转回游戏上了，"人挺好的。"

去艾丽斯病房的路上，莎蒂向那位建议她去游戏室的护士道了谢。护士对莎蒂的母亲笑笑——这样懂礼貌的孩子如今实在不多见了。"里面是不是跟我说的一样，没有人？"

"不是的，有个男孩在里面。萨姆……"她不知道萨姆姓什么。

"你见到萨姆了？"护士说着，忽然显得很有兴致。莎蒂不禁猜测自己是不是破坏了医院里某条不成文的规定，在患者使用游戏室的时候还霸占着游戏室不走。自从艾丽斯患上癌症，她要遵守的规矩就多了许多。

"对，"莎蒂想为自己辩解，"我们聊了天，还玩了任天堂。他好像并不介意我待在那里。"

"你说的是萨姆，卷发戴眼镜的那个萨姆？"

莎蒂点点头。

"我得跟你母亲谈一谈。"护士说。

"你先去找艾丽斯吧。"夏琳说道。

莎蒂走进艾丽斯的房间，感到不大自在，说道："我好像闯祸了。"

"你这次又怎么了？"艾丽斯问。莎蒂向她解释了自己可能犯下的罪行。"是他们*让*你用的，"艾丽斯论证道，"所以这不可能是你的错。"

莎蒂在艾丽斯的床上坐下来，艾丽斯开始给她编辫子。

"我敢打赌，护士跟妈妈谈话肯定不是因为这件事，"艾丽斯继续说道，"也可能是因为我。是哪位护士？"

莎蒂摇摇头："我不认识。"

"别担心，小家伙。就算最后他们真的怪你，你只要哭哭啼啼，说你姐姐得了癌症就好了。"

"对不起，我不该说帽子的事。"莎蒂说。

"什么帽子？噢，对，其实应该怪我，我也不知道自己是怎么了。"

"可能是白血病的缘故。"莎蒂说。

"是*病疾*。"艾丽斯纠正道。

直到她们开车回家，夏琳也迟迟没有提起游戏室的事情，莎蒂相信妈妈已经把这件事忘了。她们听着全国公共广播电台播放的广播故事，讲的是自由女神像百年纪念日的事情。莎蒂忍不住想到，假如自由女神像是个真正的人，那感觉该多么糟糕啊。人们在你身体里走来走去，多奇怪啊。那些人就像入侵者，像某种疾病，比如头虱或者癌症。这种想法烦扰着她，因此母亲关掉广播时她不禁松了口气。母亲问："还记得今天跟你聊天的那个男孩吗？"

终究还是躲不过，莎蒂心想。"记得。"她轻声说道。她忽然发现汽车正驶过 K 城，于是努力在街边搜寻东与凤的纽约比萨店。"我没有闯祸吧？"

"没有。你怎么会这么想呢？"

因为最近莎蒂几乎总是在闯祸。她是个十一岁的女孩，还有个患病的姐姐，想让别人觉得她的行为无可指摘几乎是不可能的。她总是说错话，或者太吵闹，或者要求太多（时间、关爱、食物），可她并没有多索取过什么，放在以前，她想要的那些东西是会不加限制地给予她的。"没什么原因。"

"护士告诉我，那个孩子经历过一场严重的车祸，"夏琳继续说道，"自从受伤以后，过去六个星期里他跟别人说话几乎都不超过两个字。他的腿疼得厉害，而且可能接下来很长一段时间都要不断地进出医院。他肯跟你聊天，这不是一件小事。"

"真的吗？萨姆在我看来挺正常的。"

"他们做了各种努力想让他敞开心扉，却一直没能成功。医生、护士、朋友、家人都试过。你们俩究竟聊了些什么？"

"我也不记得了。没什么特别的，"莎蒂说着努力回忆他们的对话，"我猜是游戏？"

"好吧，这完全由你说了算，"夏琳说，"那位护士想问你愿不愿意明天回医院，再陪萨姆聊聊天。"不等莎蒂回答，夏琳又说道："我知道你要为明年的成人礼做社会服务，我敢肯定这件事很可能可以算作社会服务。"

陪另一个人玩，这风险可不小。这意味着你要敞开自己的心扉，暴露自己的内心，直面受到伤害的可能。对人来说，这样做的意义之重大就跟狗儿把肚皮朝向你一样——**尽管你有能力伤害我，但我知道你不会那样做的**。这就像狗把你的手叼在嘴里，却从不会真的咬下去。一同玩需要充足的信任和爱。正如多年以后萨姆在接受游戏网站Kotaku的采访时说的那番颇具争议的话："世界上没有比一起玩耍更加亲密的行为，就连性行为都不能与之相比。"互联网上对这句话的调侃是：真正享受过性生活的人绝不会说出这样的话，萨姆肯定有点儿毛病。

第二天莎蒂又去了医院，然后再一天，再一天，后来只要萨姆的精神状态允许他玩游戏、身体状况又使他不得不留在医院，莎蒂就会去医院。他们成了绝佳的玩伴。他们喜欢游戏里的竞争，一边比赛，

25

一边向对方讲述自己尚不算长的人生中的各种故事。到最后，莎蒂对有关萨姆的一切都了如指掌，萨姆对莎蒂也一样——至少他们是这样认为的。莎蒂把自己在学校学到的编程知识（BASIC 语言）教给萨姆，萨姆则教她如何画画（交叉排线、透视法、明暗对照）。早在十二岁时他就已经是个优秀的画师了。

车祸之后，萨姆开始绘制错综复杂的迷宫，那些画作颇有 M.C. 埃舍尔的风格。心理医生鼓励他这样做，她认为萨姆终究要通过某种途径来消化他正在承受的精神与肉体上的双重痛苦。她相信绘制迷宫能够帮助萨姆找到一条超越自身当下处境的道路。但心理医生想错了，萨姆的迷宫都是为莎蒂而画的。他会在她离开前把迷宫放进她的口袋。"这是我给你画的，"他会说，"不是什么了不起的东西。下次来的时候你把它带回来，这样我就能看见答案了。"

后来，萨姆会告诉大家，这些迷宫就是他对设计游戏的最初尝试。"迷宫，"他说道，"是把电子游戏提炼到了最纯净的形态。"或许果真如此，但这种说法流露出修正主义的意味，而且有自夸之嫌。那些迷宫是他画给莎蒂的——设计游戏也要揣测最终玩这个游戏的是怎样一个人。

每次去医院之后，莎蒂总会偷偷递给护士一张时间表，让他们签字。大多数人的友情都无法用数字衡量，但是这张表格让莎蒂和萨姆的交友时间有了清晰的数据记录。

萨姆和莎蒂的友谊就这样发展了几个月，至于莎蒂究竟算不算真的在做社会服务，这个问题后来是莎蒂的奶奶最先提出的。弗蕾达·格林经常开车送莎蒂去医院跟萨姆见面。她开的是一辆美国制造的红色折叠篷汽车，天气好时她会敞着车篷（洛杉矶的天气通常都很好），发间系一条印花丝巾。她身高一米五左右，只比十一岁的莎蒂高两三厘米。她每年都会在巴黎订购服饰，衣品永远无懈可击：挺括的白衬衫、柔软的灰色羊毛裤、粗纺线圈羊毛衫或者羊绒衫。她永远随身带着一只足以用来防身的六边形皮质手袋，涂着正红色的口红，腕间戴着精致的金表，她喷栀子味的香水，戴珍珠首饰。在莎蒂眼里她是全世界最时尚的女人。然而弗蕾达不仅是莎蒂的奶奶，同时也是洛杉矶的房地产大亨，以商业谈判时令人望而生畏的气势和一以贯之的审慎态度而闻名业界。

"我的莎蒂，"开车从城西驶向城东的路上，弗蕾达说道，"你知道的，我非常乐意载你去医院。"

"谢谢你，奶奶，你的心意我知道。"

"但是我认为，从你告诉我的事情来看，那个男孩或许不只是你的朋友这么简单。"

那张被水泡过的社会服务时间记录表被莎蒂夹在数学书里，露了出来，她把它重新塞回书里。"妈妈说这样没问题，"莎蒂的回答带着几分辩解的意味，"护士和医生都说没问题。上个星期他外公拥抱了我，还送给我一块蘑菇比萨。我不觉得这样做有什么问题。"

"确实，但那个男孩对你和护士之间的约定并不知情，我说的对吗？"

"对，"莎蒂说，"我们没谈到过这个。"

"依你看，你不对他提起这件事，是不是另有原因呢？"

"和萨姆在一起的时候总是有很多事要做。"莎蒂的解释很苍白。

"宝贝，这件事将来很可能瞒不住，如果你的朋友认为你和他在一起是为了做慈善，而不是真正的友谊，他到时候会伤心的。"

"这两件事难道不能同时存在吗？"莎蒂说。

"友谊就是友谊，慈善就是慈善，"弗蕾达说，"我小时候在德国的经历你都知道，那些故事你也都听过，我就不再反复讲了。但我必须告诉你，施舍你的人绝不会成为你的朋友。人是不可能从朋友那里获得施舍的。"

"我没从这个角度考虑过。"莎蒂说。

弗蕾达抚摸着莎蒂的手说："我的莎蒂，我们的生活中充满了道德方面的妥协，无法逃避，但我们还是应该尽自己所能，避开比较容易避免的那些妥协。"

莎蒂明白弗蕾达说的是对的，但她还是继续把时间表拿给护士签字。她喜欢这种仪式感，也喜欢为此受到表扬——护士会表扬她，有时医生也会，除了他们，父母和与她同属一个犹太会堂的人也会表扬她。甚至就连填表本身也是一桩小小的乐事。她把这看作一种游戏，在她看来，这个游戏甚至跟萨姆本人没什么关系。这件事本身不能算是欺骗。起初，她并没有刻意向萨姆隐瞒社会服务的事情，但交往的时间越长，她越觉得自己没法把这件事说出口。她心里清楚，这张时间表的存在使她的动机显得不太光彩，但在她看来真相再清晰不过：莎蒂·格林喜欢受到表扬，除此以外，萨姆·马苏尔是她这辈子最好的朋友。

莎蒂的社会服务项目持续了十四个月。果然不出所料，社会服务以萨姆发现其存在而告终。他们的友谊累计六百零九小时，再加上第一天没有被记录在案的四个小时。埃尔会堂的成人礼只要求完成二十小时的社会服务，由于莎蒂的善行记录出类拔萃，她获得了哈达萨组织好心的女性志愿者们颁发的奖项。

3

　　游戏设计高级研讨课每星期一节，在星期四下午两点到四点。想选课的学生必须提前申请，名额只有十个。研讨课的主讲人是二十八岁的多夫·米兹拉。选课列表里写的是他的姓氏，但在游戏圈里，人们只知道他的名字。人们说多夫就像是两个约翰（卡马克和罗梅洛）[1]的结合体——那两位设计了《指挥官基恩》和《毁灭战士》的美国天才少年。多夫最为人熟悉的特点是浓密的黑色卷发，以及喜欢穿紧身皮裤参加游戏展会，当然了，还是游戏《死海》的设计者，那是一款水下僵尸历险游戏，最早是为电脑设计的，他为此开发了一个具有突破性的游戏引擎——尤利西斯，以便创造出有如照片般真实的水下光影效果。去年夏天，莎蒂以及大约五十万名计算机爱好者都玩了《死海》。在所有老师当中，多夫是唯一一位莎蒂在开课前就**已经**玩过其游戏作品的老师，而不是**因为**选了这位老师的课才去玩他设计的游戏。许多玩家都和她一样翘首期盼着《死海》的续作，因此当她在选课列表里看见多夫的名字时，不禁纳闷儿像他这样的人为什么要中断游戏设计的光明前途，转行去教书。

---

[1] John Carmack（1970—　），美国电子游戏程序员，在游戏引擎领域颇有建树。John Romero（1967—　），美国知名游戏制作人。两人于1991年共同创立游戏公司 id software，制作并发行了数款堪称业界里程碑的游戏。

"听我说，"上课的第一天，多夫说道，"我到这里来不是为了教你们编程。这是麻省理工的游戏设计高级研讨课。你们早该会编程了，如果不会的话……"他朝门口一指。

这门课的上课形式与创意写作不无相似。每个星期会有两名学生带来自己设计的游戏，可以是简单的小游戏，也可以是较长游戏的节选，总之只要是在有限的时间内能够创作出的合理长度即可。其他学生则要试玩这两个游戏，然后发表评价。每个学期每名学生要设计两个游戏。

汉娜·莱文——除了莎蒂之外班里唯一一个女生（不过这样的男女比例在麻省理工的课堂上很常见）——问多夫对使用的编程语言有没有要求。

"我管这个干吗？都是一样的东西，统统滚蛋。我没开玩笑。无论你用什么编程语言，统统滚蛋。是它要为你服务，不是你要为它服务，"多夫看了一眼汉娜，"你没有蛋，那就别的，随便什么都行。哪个编程语言让你爽，就用哪个。"

汉娜拘谨地笑笑，避开了多夫的目光。"这么说 Java 是可以用的了？"汉娜小声说道，"有些人，我也不确定，好像比较**推崇** Java，但是——"

"**推崇** Java？说真的，这屁话到底是谁说的。随便。只要**我**用得爽，什么编程语言都行。"多夫又说。

"好的，只是如果你有偏好的话……"

"我说，你叫什么名字？"

"汉娜·莱文。"

"我说，汉娜·莱文，你淡定一点儿。我对你**如何**设计游戏没兴趣，你就是三种编程语言混写我也不在乎。我当年就是这么干的。先写一会儿，如果写不下去，有时我就换种语言再写一会儿。编译器就是干这个用的。还有别人有其他问题吗？"

莎蒂觉得多夫这个人粗鲁、讨厌，但又有点儿性感。

"目标是要把人震撼得灵魂出窍，"多夫说，"我不想看见有人改编我的游戏，或者任何我已经玩过的游戏。我不想看见毫无深刻想法的漂亮画面。我不想看见天衣无缝的代码为毫无趣味可言的设定服务。我最最最最最讨厌无聊。震撼我，折腾我，冒犯我。我是不可能被冒犯到的。"

下课后，莎蒂来到汉娜身边。"嘿，汉娜，我叫莎蒂。这门课真够难搞的，是不是？"

"还好。"汉娜说。

"你玩过《死海》吗？那个游戏棒极了。"

"什么《死海》？"

"是他设计的游戏。我之所以选这门课就是因为，你知道的，因为这个游戏。游戏的第一视角是个小女孩，作为唯一的生还者，她遭遇了——"

汉娜打断了她的话："看来我有空也应该玩一下。"

"确实值得一玩。你平时都玩什么游戏呢？"莎蒂说。

汉娜皱起眉头。"对，不好意思，我得走了。很高兴认识你！"

莎蒂觉得自己真是白费力气。你大概会以为，女生越少的地方，她们就越想要团结起来，但实际情况从来不是这样。身为女性仿佛是种疾病，没人想沾染上它。只要不跟其他女性来往，你就可以向多数人群——男性——暗示：**我跟其他女人不一样**。莎蒂的个性向来喜欢独来独往，然而就连她也感到作为女生在麻省理工上学是种很孤独的体验。莎蒂被录取那年，她这届的女生比例只勉强超过总人数的三分之一，而以她的切身体会，女生人数似乎比那更少。有时莎蒂觉得自己在校园里连续几个星期都看不见一个女生。如果你是女性，那么男性，或者至少大部分男性，会默认你很蠢，就算不蠢，你也不如他们聪明。他们想当然地认为女性被麻省理工录取要容易得多。从统计数据来看确实如此——女生的被录取率比男生高百分之十。但这样的数据背后有各种各样的原因，其中很有可能的一个原因就是女生的自我淘汰：女性申请者对自身的要求可能比男性申请者更高。人们不该仅凭这个数据就得出"被麻省理工录取的女生不够有天赋，名不副实"的结论，然而实际情况正是如此。

莎蒂是这个学期第七个提交游戏的学生，不知该算幸运还是倒霉。她犹豫许久，不知该编个怎样的游戏。她想展现自己作为未来游戏设计师的理念。无论是画风还是娱乐效果，她都不想交出一个看上去太老套、太中规中矩或者过于简单的东西。然而在目睹过其他同学被多夫批评得体无完肤之后，她明白了，她交上什么样的游戏都不要紧，因为多夫讨厌一切。他讨厌《龙与地下城》的翻版游戏和回合制角色扮演游戏。他讨厌平台游戏，只有《超级马力欧兄弟》是个例外，可是他又讨厌游戏手柄。他讨厌运动项目，讨厌可爱的动物，讨厌基于某个IP开发的游戏，讨厌太多的游戏都以"要么追人、要么被人追"的设计理念为基础。而在这一切之上，他最瞧不起的是射击类游戏。这就意味着他讨厌绝大多数由职业设计师和相关专业的学生设计的游戏，以及一大批畅销游戏。"伙计们，"多夫说，"你们知道我在军队服过役，对吧？你们这些美国人把枪支想象得他妈的过于浪漫了，因为你们根本不知道战场是什么样，被敌人围攻又是什么样。这实在太荒唐了。"

这天被拿来开刀的游戏是弗洛里安设计的，这个主修工程学的男生瘦巴巴的，他说："多夫，我根本不是美国人。"弗洛里安设计的游戏也不是射击游戏，而是箭术游戏，灵感来自他在波兰作为青少年弓箭手参加比赛的经历。

"确实，但是你吸取了美国的价值观。"

"可是你的《死海》里也有射击啊。"

多夫一口咬定《死海》里没有任何射击环节。

"你搞错了吧？"弗洛里安说，"那个女孩子明明用木棒打了一个男人。"

"那不是射击，"多夫说道，"那是暴力。一个小女孩用木棒痛打凶残的掠夺者，这是肉搏战，是**诚实**的战斗。但用一只手代表一个人，向一群不知名的反派喽啰开枪，这**不诚实**。我讨厌的不是暴力，而是懒惰的游戏，是想当然地以为生活中除了朝别的东西开枪以外再没其他事情可做的游戏。这太懒惰了，弗洛里安。而你这款游戏的问题不在于它是射击游戏，而在于不好玩。我问你，这游戏你自己玩过吗？"

"玩过，我当然玩过。"

"你觉得它好玩吗？"

"我不认为射箭是一件好玩的事情。"

"那好，去他妈的，谁在乎它好不好玩！这个游戏给你的感受像射箭吗？"

弗洛里安耸了耸肩膀。

"因为我不觉得它像射箭。"

"我不明白你这话是什么意思。"

"我来告诉你。这个游戏的射箭机制有延迟，我看不见准星对着什么地方。它也根本没有模拟出把弓拉满的感觉，我相信你对这种感觉很熟悉。这个游戏没有张力，而平视显示器对玩家非但没有帮助，反而会影响视线。这个游戏只不过是几张弓箭和靶子图片的组合，套用在任何游戏上都可以，任何人都能设计出来。除此以外你也没有创造出故事情节。你这游戏的问题不在于它是射击游戏，而在于它是个糟糕的、毫无特色的射击游戏。"

"多夫，你简直是在胡说八道。"弗洛里安说着，苍白的脸上泛起了淡淡的粉色。

"小伙子，小伙子，"多夫亲切地拍拍弗洛里安的肩膀，然后把他拉进怀里狠狠地抱了一下，"下次还有机会，下次我们失败得好一点。"

莎蒂动手设计第一个游戏的时候完全猜不透多夫的喜好。接着她不禁琢磨，会不会这才是这门课的关键所在：想要取悦多夫是不可能的，既然如此，还不如索性设计些至少自己认为有意思的东西。时间已经所剩无几，莎蒂想姑且一试，设计了一个与艾米莉·狄金森的诗歌有关的游戏，取名叫《艾米莉大爆破》。词组从屏幕顶部落下，玩家要用一支会喷墨水的羽毛笔在屏幕下方击中相应的词组，拼成艾米莉的一首诗。拼出几首诗歌之后，闯关成功的玩家可以获得积分，用来装饰艾米莉在阿默斯特的故居。

因为

（射击）

我不能

（射击）

为死亡

（射击）

而停下

全班每个人都讨厌这个游戏。第一个发表意见的是汉娜·莱文。

"就是……我认为有些图案还不错，但问题是这个游戏有点儿烂。它的暴力感很诡异，更奇怪的是它同时又透露着田园风格。还有，多夫告诉过我们不要做射击类游戏，会喷墨水的笔其实也是一种枪，不是吗？"其他人的反馈意见也是顺着她的思路说的。

只有弗洛里安的评价略带些积极的意味："我很喜欢的一点是单词被打中时会变成一个个黑色的小墨点，而且我很喜欢你添加的墨水击中屏幕发出的爆破声。"

汉娜·莱文表示反对："我倒觉得这声音像是，抱歉这样说有点儿粗俗，我觉得像是放屁的声音。"说完她捂住了嘴，仿佛自己刚刚放了个屁。

一个名叫奈杰尔的英国男生接着说道："我倒觉得严格来说，这声音更像是阴吹。"

全班顿时嘘声一片。

"等等，"汉娜说，"**阴吹**是什么？"

全班笑得更欢了，莎蒂也笑了。

"我也想把声音改善一下，但是没时间了。"莎蒂道歉说，然而似乎并没人听见她说话。

"伙计们，冷静。我也讨厌这个游戏，"多夫说，"但是确切地说，我对它的讨厌比对其他游戏的讨厌少一点儿。"多夫看了莎蒂一眼，仿佛是第一次看见她。（这已经是上课的第四个星期了。）他扫了一眼花名册，莎蒂知道他是想看看她叫什么名字，尽管已经上了**四个星期**的课，这还是让她有些受宠若惊。"这个游戏抄的是《太空侵略者》，只不过武器不是枪，而是一支笔。莎蒂·格林，我至少得承认，我从没玩过跟这个游戏一模一样的翻版。"

多夫又玩了一关《艾米莉大爆破》，莎蒂知道，这是他对自己的又

35

一次赞扬。"有意思。"多夫的声音很轻，但足以让所有人都听见。

设计第二个游戏时，莎蒂觉得胆子可以再大些。这一次她没再为设计理念而犹豫。

莎蒂的游戏设定在一座看上去平平无奇的工厂里，这里制造的是些用途不明的小部件，画面黑白相间，玩家每组装一个部件就会获得相应的分数。莎蒂设计的游戏机制与《俄罗斯方块》有些相似——多夫曾经多次表达自己对这个游戏的赞赏。（他之所以热爱《俄罗斯方块》，是因为这个游戏在本质上是富有创意的，其根本理念在于建设并探索如何让方块彼此契合。）每完成一关，玩家需要组装的部件就会变得更加复杂，要组装的零件越来越多，但用来完成任务的时间越来越少。游戏过程中会不时出现一些对话框，询问玩家是否想用分数兑换有关工厂和其所生产零件的信息。游戏会提示玩家，如果获取有关工厂的信息，已经取得的高分会相应地减少。玩家可以自行决定接受或者跳过多少相关信息。

按照平时的流程，莎蒂在做报告的前一堂课把存储着游戏的 3.25 英寸软盘分发给同学们，以便大家在接下来的一个星期里试玩。她解释道："这个，呃，这个游戏叫作《答案》，设计灵感来自我奶奶。你们可以玩玩看，相信你们会把自己的想法告诉我的。"

那个周末，莎蒂收到了汉娜·莱文写来的邮件：*亲爱的莎蒂，我玩了你的"游戏"，我实在无话可说。这个游戏令人作呕，冒犯无礼，你这个人简直有病。这份邮件我抄送了多夫。我不确定自己能否继续参加这门课，因为这个游戏让我深感不安。这个课堂已经不再让我有安全感。——汉娜*

读到这封邮件莎蒂忍不住笑了。她认真地回了一封邮件：*亲爱的汉娜，我并不想为这个游戏给你带来的不安而道歉。这个游戏的目的*

恰恰在于扰乱人心，正如我在课上说的那样，它的设计灵感来自我奶奶的经历。

汉娜回复道：滚远点儿，莎蒂。

几个小时后，多夫回了封邮件，只回给了莎蒂：莎蒂，还没玩。很期待。多夫。

第二天，多夫给莎蒂打了个电话。"好，我们彼此心里都清楚汉娜·莱文是个无可救药的白痴，对吧？"

多夫刚刚跟汉娜·莱文通了一个小时的电话，她想让多夫向麻省理工的纪律委员会举报莎蒂。汉娜认为《答案》违反了学生行为守则，因为该守则禁止学生发表仇恨言论。"我大概已经说服她放弃了，"多夫说，"她这人无聊得要命。谁有工夫搭理这样的人啊？不过恭喜你，莎蒂·格林，你的游戏严重地冒犯了她。"

"这也太疯狂了。"莎蒂说。

"我猜她不喜欢别人说她是纳粹分子。"多夫说。

"你玩过游戏了？"

"当然，"多夫说，"我不玩怎么行。"

"你赢了吗？"莎蒂问。

"每个人都能赢，"多夫说，"这正是此游戏的天才之处，对吗？"

"每个人都会输，"莎蒂说，"这个游戏的核心观念是串通合谋。"天才，多夫用了"天才"这个词。

《答案》的设计理念是如果你提出质疑，而不只是盲目地制造部件，你得到的分数会很低，但你会发现自己工作的工厂其实是在为第三帝国生产机械零件。一旦获得这个信息，你就可以偷偷放慢生产速度。你可以按照要求的最低限度生产零件而不被帝国察觉，也可以彻底停止生产零件。不提出质疑的玩家——也就是"德国好公民"级别——能够拿到最高分，但是在游戏的结尾，他们会得知自己的工厂究竟在做什么。德式哥特体字幕出现在游戏结尾：**恭喜你，纳粹！你成功协助第三帝国取得了胜利！你是真正的效率大师。**MIDI 版的瓦格纳[1]曲目响起。《答案》的设计理念是，如果你想凭借高分在游戏中获胜，那么在道德层面你就是失败的。

"听我说，我很喜欢这个游戏。我觉得它非常好笑。"

"好笑？"在莎蒂的设想中，这个游戏应该会震撼灵魂，或说扰乱玩家的心神。

"我有种阴暗的幽默感，"多夫说，"管他呢，你想一起喝杯咖啡吗？"

他们去了哈佛广场附近的一家咖啡店，离多夫的公寓不远。莎蒂不确定这次见面是否与汉娜的投诉有关，然而实际上他们根本没提到汉娜。莎蒂告诉多夫她非常喜欢《死海》，还针对尤利西斯引擎的光线渲染问了一些专业性很强的问题。多夫回答了她的问题，还告诉她一些有关《死海》设计过程的事，比如这个游戏的灵感来自他对溺水的恐惧。莎蒂谈到了自己的祖母，谈到她在洛杉矶长大，还谈到了姐姐的疾病。他们讨论了自己在童年时代和现在分别最喜欢的游戏。多夫与她交谈的语气仿佛他们是同事，这令莎蒂十分激动。她不在乎自己是否会因为设计了《答案》而被纪律委员会叫去谈话。只要此时此刻能够跟多夫这样的人在一起，一切都是值得的。

多夫从咖啡桌对面伸过手，擦掉了她嘴唇上的一点咖啡泡沫。

"我想我惹上大麻烦了。"多夫说。

"因为汉娜吗？"莎蒂说。

---

[1] Richard Wagner（1813—1883），德国作曲家、剧作家，因其反犹太主义思想而成为欧洲音乐史上极具争议的人物，其作品深受纳粹党欣赏。

"汉娜是谁？"多夫说，"哦对，**她**啊。我想我惹上的麻烦是，想带你一起回公寓去，但我知道自己不应该那样做。"

"为什么不行？"莎蒂说，"我很愿意去你住的地方看一看。"

这是莎蒂第一次与成年人交往。尽管多夫依然是她的老师，但作为莎蒂的恋人，他教给她的东西比以前单纯作为老师要多得多。莎蒂从他那里学到了太多东西，他们仿佛在一刻不停地上研讨课。他鼓励她改进《答案》，教她游戏引擎的开发方法。"只要能够避免，就永远不要用别人做的引擎，"多夫告诫道，"否则就会把过多的权力让渡给引擎的开发者。"莎蒂喜欢跟他一起打游戏，喜欢跟他做爱，喜欢把自己的想法讲给他听。她爱他。

直到四个月后，大二学年快结束时，她才得知多夫已经结婚了。他们原本打算一起在公寓过暑假。多夫说，趁他们之间的关系还没有发展到更严肃的地步，有件事他必须要告诉她。

他说自己的妻子在以色列。他们已经分居了。正是由于这个原因，他才来到麻省理工。在这段婚姻中，他们彼此都需要休息一下。

"这么说她知道我的存在了？"莎蒂问。

"没那么确切，但是她知道我可能会遇到像你这样的人，"多夫说，"别担心，这没什么见不得人的。"

尽管多夫这样说，莎蒂依然有些见不得人的感觉。她并不完全相信多夫说的话，她感到自己受了蒙骗，由此做出了不道德的行为。她无意间与 个有如之夫有了婚外情，就算在交往之初她不知情，现在她毕竟知道了。而且如果要她完全坦诚地面对自己，或许以前她也是知道的。也许她和《答案》的玩家一样。也许她问的问题之所以不正确、不够多，是因为她其实并不希望知道答案。

即便如此，她还是跟多夫一起度过了暑假。她很爱他，而且交往

39

到这个时候，她已经对他有些欲罢不能。她在波士顿的地窖之门游戏公司实习，从没把自己男朋友的身份告诉过公司里的任何人。多夫在游戏开发者的圈子里很有名，她不希望风声传到多夫妻子耳中。她花了太多精力隐瞒（并维持）和多夫的地下情，以至于她认为自己给地窖之门留下的印象并不好。她觉得自己没能展示出创意，而且总是第一个下班回家。

还有一件事是不言自明的，莎蒂之所以没有把男友的身份告诉地窖之门的同事，不仅是为了保护多夫，也是为了保护她自己。从事游戏行业的女性甚至比进入麻省理工的女性还要少，她不希望自己的事业还没起步就先陷入窘境。这固然很不公平，但如果年轻漂亮的女孩落得个喜欢跟有权势的男人睡觉的名声，她们的职业发展肯定会受到牵连。跟那些男人分手以后，她们会发现自身能力很难再受到外界的客观评价。她不希望自己在游戏行业的非正式简历以"多夫·米兹拉的十九岁情妇"开头。尽管她深深地爱着多夫，但她构想的未来图景里并没有他的身影。

大三那年秋天，她选修了人工智能，自从多夫的研讨课后便再没与她见过面的汉娜·莱文跟她分到了同一门小课。"希望你没有记恨我，"上完课之后莎蒂对她说，"我不是有意要冒犯你的。"

"拜托，你设计那种游戏的出发点就是为了冒犯人。"汉娜答道，"我之所以没有追究那件事，是因为你的**男朋友**劝退了我，再说，我也不希望将来有人因为这件事反咬我一口。"

"我修那门课的时候他还不是我男朋友。"莎蒂说，但汉娜已经走出了教室。

自从跟多夫在一起，莎蒂就没再设计自己的游戏，不过倒是会偶尔帮多夫设计他的游戏。从某些方面来说，跟多夫一同工作、给他帮忙比做她自己的作品更容易。跟多夫正在设计的作品相比，她的作品显得十分简单、无趣。她的作品**确实**简单又无趣——她刚满二十岁，所有人二十岁时的作品都简单又无趣。但是跟多夫在一起使得她对自己二十岁的头脑和想法很不耐烦。

在地铁站遇见萨姆时，她和多夫已经交往十个月了。在萨姆还没看见她的时候，她就已经看见了萨姆。她望着他，过于宽大的外套罩住了他孩子般的身材，步态略显蹒跚，却透着坚定，眼神直视前方——莎蒂很确定他绝不会回头看见自己，她不免为之庆幸。萨姆丝毫没有改变，还是那样单纯干净。他没有做过她做的那些事。与他相比，莎蒂觉得自己已经衰老、枯萎了，她猜测假如他们开口交谈，萨姆一定能察觉到她已然腐朽。然而不知出于什么原因，萨姆转过了身。他呼唤莎蒂的名字时，她没有停下脚步。

可就在这时，他又喊了她一次："**莎蒂·米兰达·格林！你死于痢疾！**"

她能够对萨姆视若无睹，但做不到对他们的童年暗号充耳不闻。萨姆是在对她发出游戏的邀请。

于是她转过了身。

回以色列过寒假之前，多夫给莎蒂打了预防针，说他不会时常跟她保持联系。"家里的事，"他说，"这种事情你也知道的。"莎蒂说她不在意。虽然她嘴上这样说，心里却并不确定自己**是否**真的不在意。她只知道自己别无选择，只能不在意。而不在意的女孩子绝不会询问自己的爱人是否打算在寒假里跟据说已经分居的妻子见面。若她过于在意这些事，多夫可能会结束这段感情，这让莎蒂无法承受。她已经变得过于依赖多夫。事后回想起来，她意识到在遇见多夫以前，她在麻省理工度过的那一年半时间极其孤独。她没有结交任何真正的朋友，而从"没有朋友"到"与多夫做朋友"是一种巨大的转变。他似乎让她生活中的一切都蒙上了明亮而温暖的光彩。她感到自己变得明快起来，充满激情。没人比多夫更适合跟她讨论游戏，没人比多夫更适合为她的想法把关。是的，她爱他，但同时也喜欢他。她喜欢跟他在一起时的自己。

最近她隐约觉得多夫对她的兴趣有所减弱。于是她努力让自己变得更加有趣。她尝试改进穿衣风格，剪了头发，买了带蕾丝的内衣。她读了一本有关葡萄酒的书，好在他们共进晚餐时显得更有见识，在她的想象中，比她更年长的情人就该是那样的。多夫曾在无意间说起美国的犹太裔对以色列的了解少得令人吃惊，于是她便读了一本有关以色列建立过程的书，以便增加自己对那个国家的了解。但这些办法似乎都没有奏效。

有时她觉得多夫是在故意挑她的毛病。如果莎蒂整天都在读小说，多夫就会说："我像你这么大的时候，一天到晚都在编程。"如果他给莎蒂布置了任务而她完成得太慢，他就会说："你非常聪明，但是太懒散了。"除了帮多夫设计游戏，莎蒂还有全日制的学业要读。如果莎蒂对多夫提起这些事，他就会说："永远、永远、永远不要抱怨。"或者说："这就是为什么我从来不跟学生合作。"如果莎蒂对他说起某个她很赞赏而多夫不以为然的游戏，他就会把这个游戏之所以糟糕的原因一条条地讲给她听。不仅游戏如此——电影、书籍、艺术作品都是这样，以至于莎蒂习惯了不再直接发表自己对事物的看法。她教会了自己以"多夫，你觉得怎么样？"开始对话。

因为她只能不在意，因为情妇就该如此。**情妇**，莎蒂心想。她暗自苦笑，心想这便是按照别人的游戏规则行事的感受：眼前的选项皆是假象，实际上自己并没有选择的余地。

"我的小天才为什么笑得这么勉强啊？"多夫问。

"没什么。你回来了给我打电话吧。"她说。

回加利福尼亚过节的那段时间，莎蒂一直情绪低落，沉默寡言。她觉得自己好像得了流感，时差倒不过来，筋疲力尽。假期的大部分时间，她都在自己童年时代的小床上睡觉，盖着印有玫瑰图案的褪色的被子，重读儿时那些已经翻得卷了边的平装书。"你怎么了？"艾丽斯问她，"大家都很担心你。"艾丽斯正在加利福尼亚大学洛杉矶分校的医学院读大一。

"我没事，"莎蒂说，"可能是在飞机上被传染了。"

"好吧，你可不要传染给我，"艾丽斯说，"我可绝对不能再生病了。"余下的人生岁月里，艾丽斯不想被疾病占据哪怕一天。

莎蒂感到自己无法把多夫的事告诉家里任何人，就连艾丽斯也不行，或者说，尤其不能告诉艾丽斯。艾丽斯跟她们的祖母一样，对生活中那些难以避免的灰色地带极为反感。

艾丽斯仔细打量着莎蒂，伸手摸摸她的额头，又望着莎蒂的眼睛。"你没发烧，但我觉得你的状态不太好。"艾丽斯说。

莎蒂转移了话题："你肯定猜不到我在哈佛广场遇见谁了。"

原来，把莎蒂做社会服务项目的事情告诉萨姆的人是艾丽斯。艾丽斯一口咬定自己这样做不是因为嫉妒，莎蒂也渐渐相信了她的说法。但艾丽斯讨厌莎蒂在医院做社会服务是公开的秘密，莎蒂为此获得了会堂颁发的社会服务奖，更是让艾丽斯厌恶至极。

大约在莎蒂的成人礼举办前三个星期，艾丽斯在医院里遇见了萨姆。艾丽斯去医院做常规血液复查——她的病情进入平稳期已有一年。萨姆去医院则又是为了做手术矫正他的脚。他们彼此并不认识，但就艾丽斯对萨姆有限的了解，她不太喜欢他。她觉得莎蒂和萨姆之间的关系很古怪，其中有一部分要怪莎蒂。每当艾丽斯对她的新朋友表现出兴趣，想要见见他时，莎蒂总会说萨姆不算是她真正的朋友。她总是强调他们的关系当中与志愿服务有关的方面，还把萨姆描述成"有点儿可怜"的样子。莎蒂的私心是不想让艾丽斯认识萨姆，不想让她口无遮拦地发表自己对萨姆的看法，就像她对待莎蒂的其他朋友和同学那样。艾丽斯很聪明，但是那种接近不友善的聪明劲儿，而且自从被诊断出患有白血病之后，她的这种特质在过去几年里愈演愈烈。莎蒂不想把萨姆送到姐姐那台精准而不留情面的显微镜下接受审视。

因此，当艾丽斯在医院见到萨姆的时候，她本能的反应是无视他。

"你是莎蒂的姐姐，对吗？"萨姆说，"我是萨姆。"

"我知道你是谁。"艾丽斯说。

一位儿童整形外科医生——为萨姆治病的众多医生之一——看见这两个孩子在一起，错把艾丽斯当成了经常来医院的莎蒂。"嗨，萨姆！嗨，莎蒂！"

"蒂博尔特医生，"萨姆说道，"这不是莎蒂，是她的姐姐艾丽斯。"

"哦对！"医生说，"你们两个长得可真像。"

"没错，"艾丽斯说，"但我比她大两岁，而且我的头发更直。不过，要想区分我和我妹妹，最容易的办法就是我不会随身携带时间记录表。"

这时护士叫了艾丽斯的名字，他们准备好为她抽血了。于是谈话就此结束。

"回头见，萨姆。"艾丽斯大声说。

那天晚上萨姆给莎蒂打了个电话。"我在医院见到你姐姐了。"萨姆汇报说。

"对，艾丽斯今天去医院了，"莎蒂说，"抱歉，我也想去的，但我有成人礼课程要上。你猜猜，现在在我眼前的是什么游戏？"

"什么？"

"《国王密使Ⅳ》。我让奶奶带我去了巴贝奇电玩店，这个游戏的上架时间竟然提前了整整一个月。我看见它的时候当场就尖叫了起来。萨姆，这一版的画质比上一版好太多了。可能甚至比《塞尔达传说》还要好。"

"你之前说过要等我一起玩的。"

"我没真的开始玩，只是安装上了而已。你听，音乐也好听多了。"

莎蒂把电话放在电脑跟前，好让他听见游戏的 MIDI 音轨。

"电话里听不清，"萨姆说，"莎蒂，艾丽斯说到了一件怪事……"

"别理她，艾丽斯就那样。她是我认识的**最——没——礼——貌——的——人**，"莎蒂故意大声说出最后这几个字，好让艾丽斯也听见，"如果你的脚不太疼，可以离开医院的话，你觉得星期天东炫外公能送你来我家吗？我们可以一起把《国王密使Ⅳ》玩通关。如果他能送你过来，我敢肯定我爸爸愿意送你回家。"

"我也不确定，我猜这次得在这里住上至少一个星期，甚至更长时间。"

"没问题，也许我可以把磁盘带去，我们可以把它装在——"

"莎蒂，她提到了时间记录表，或者类似的东西。"

莎蒂停顿了一下。虽然她早就预料到了这一天的到来，但并没有准备好要说的话。

"莎蒂？"

"没什么，"莎蒂说，"就是我去医院时要填的一张表格。我猜每个去医院的人都有这张表。"

45

"是啊，"萨姆说，"对……可是我的外公外婆就没有。"

"哦，真奇怪。也许其实他们有，只是你没注意过？或者……**或者**只有去医院看望其他孩子的小孩才有。"

"有道理。"

"因为安全原因，"莎蒂临场发挥道，"夏琳在叫我吃饭呢。我晚点给你回电话可以吗？"莎蒂没有给他回电话。晚上八点五十五，在萨姆被允许打电话的最晚时间，再次给莎蒂打去了电话。有一会儿工夫，莎蒂真想让爸爸告诉他自己不在家。

"可是莎蒂，艾丽斯管它叫时间记录表。"萨姆说。

"没错，那也是种时间记录表，用来记录我在医院的时间。你为什么总是盯着这件事不放呢？你问过东炫外公这个周末的安排没有？"

"可是你为什么要知道时间呢？"

"我……"莎蒂说，"我猜是为了做记录吧。"

一段长长的沉默。"你是医院的志愿者吗？"

"我要是志愿者的话，就得穿那种红白条纹制服裙了，我绝不会穿那样的裙子。"

"除了裙子呢？"

"萨姆森，你可真烦。我们能不能聊点儿别的？"

"我在你眼里是某种社会服务吗？"萨姆问。

"不是，萨姆。"

"我们究竟是朋友，还是你只是在同情我，还是我其实是一项家庭作业，还是别的什么，莎蒂？到底是什么？我必须搞清楚。"

"是朋友。你怎么能那样想？你是我最好的朋友。"莎蒂几乎要流眼泪了。

"我不相信，"萨姆说，"**你从来都不是我的朋友，你只是贝弗利山**

庄来的一个有钱的让人讨厌的志愿者，而我是个脑子不正常的穷人家的小孩，腿还给撞烂了。那好，从此以后我不再需要你的怜悯。"

"萨姆，这件事很难解释，但是跟你没有关系。我把这张表格看成一个游戏。我……就是，我喜欢看见那些时间加在一起，变得越来越多，"她忽然灵光一闪，想到萨姆肯定会认同这个比喻，"我想拿到高分。我已经拿到了六百零九，但我认为实际的分数比那更多——"

"你是个撒谎精，是个坏人，而且……"这些词似乎都不足以表达他的感受，"你是个……是个……"他绞尽脑汁搜寻自己听过的最难听的词，"贱货。"他小声说道。他从来没说过这个词，它听起来是那样陌生，仿佛他说的是某种外语。

"什么？"莎蒂说。

萨姆知道"贱货"是一条不可逾越的红线。他曾经无意间听见母亲的男友在争吵中用这个词说了她，安娜顿时如石碑般怔住了。那个夜晚过后，萨姆再也没见过那位男友，因此他知道这两个字中蕴含着巨大的力量。"贱货"能够让一个人从你的生命里永远消失，而他相信这正是他想要的结果：忘记他曾经遇见过莎蒂，忘记他曾经可悲、愚蠢到这种程度，竟然异想天开地以为**她**会是自己的朋友。"你是个**贱货**，"他又说了一遍，"我再也不想见到你。"萨姆挂断了电话。

莎蒂坐在她那条印着玫瑰图案的被子上，手里的电话听筒贴着她滚烫的面颊。萨姆从不会说"贱货"这种词，说出这两个字的时候，他尖细的声音在莎蒂听来甚至有些好笑。她最初的反应是想笑。她在学校的人缘不太好，但她是个性格坚强、不为外人看法所动的孩子，大多数侮辱性的言语——丑八怪、讨厌鬼、书呆子、婊子、自大狂，凡此种种都不会让她感到难过。但萨姆的话刺痛了她。电话里发出刺耳的滴滴声，她却打不起精神挂掉电话。她只知道自己伤害了萨姆，而且自己很可能确实是个"贱货"。

第二天，父亲载着莎蒂去了医院。她来到前台，护士去叫萨姆，但他拒绝与她见面。"真抱歉，莎蒂，"护士说道，"他心情不太好。"莎蒂坐在候诊区等了又等，直到两小时后母亲来接她回家。她用 BASIC 语言给萨姆写了一张留言条，他们正在学习这种基础编程语言：

10 READY

20 FOR X = 1 to 100

30 PRINT "I'M SORRY, SAM ACHILLES MASUR"[1]

40 NEXT X

50 PRINT "PLEASE PLEASE PLEASE FORGIVE ME.
LOVE, YOUR FRIEND SADIE MIRANDA GREEN"[2]

60 NEXT X

70 PRINT "DO YOU FORGIVE ME?"[3]

80 NEXT X

90 PRINT "Y OR N"[4]

100 NEXT X

110 LET A = GET CHAR ()

120 IF A = "Y" OR A = "N" THEN GOTO 130

130 IF A = "N" THEN 20

140 IF A = "Y" THEN 150

150 END PROGRAM

---

[1] 意为："对不起，萨姆·阿基利斯·马苏尔。"

[2] 意为："拜托拜托拜托原谅我。爱你的朋友莎蒂·米兰达·格林。"

[3] 意为："你原谅我了吗？"

[4] 意为："是或否。"

她把留言条对折起来，在外面写上了"**必读**"。如果萨姆把这段程序输入电脑，屏幕上就会出现"对不起萨姆"。如果萨姆接受她的道歉，程序会结束运行。如果他不接受道歉，程序就会不断重复跳转，直到他接受为止。

护士把字条送去萨姆的病房，几分钟后便回来了。萨姆不肯收下她的字条。那天晚上，莎蒂把程序输入自己的电脑后，她意识到程序的句法写错了。

又过了一个星期，轮到弗蕾达送莎蒂去医院。莎蒂不愿向奶奶坦陈这件事。她不想承认弗蕾达说的是对的。她任由弗蕾达开车送她到儿童医院，可到达之后却不肯下车。

"怎么了，我的莎蒂？"弗蕾达问。

"我搞砸了，"莎蒂伤心地说，"我是个坏人。"她担心弗蕾达会朝她大喊我早就提醒过你了，或者强迫莎蒂进去向萨姆道歉，莎蒂知道这样做于事无补。大人总以为自己有办法解决孩子们的问题。

弗蕾达只是点点头，把莎蒂搂在自己怀里。"哦，我的宝贝，"弗蕾达说，"失去这个朋友你肯定伤心极了。"她掏出她那部巨大的手机，取消了下午的所有安排，带莎蒂去她最喜欢的餐馆吃午饭。那是贝弗利山庄一家不起眼的意大利餐馆，里面的服务生都喜欢跟弗蕾达调情几句。她们点了莎蒂最爱吃的帕玛森干酪焗鸡肉和冰淇淋圣代。弗蕾达唯一一次提起这件事是在买单的时候。"世上有你我这样的人，我们经历过糟糕的事情，却得以幸存。我们的个性很坚韧。但世上也有你朋友那样的人，对于他们这样的人，我们必须格外温柔以待，否则他们就会受到伤害。"

"我有什么幸存经历呢，奶奶？"莎蒂问。

"你姐姐的癌症。在这整个过程中你表现得非常坚强，其实你的爸爸妈妈应该更常提到这一点。但我注意到了，而且我为你而自豪。"

莎蒂有些难为情。"这跟你的幸存经历没法比。"

"当妹妹不是件容易的事，这我是知道的。而且我也为你能够跟那个男孩交上朋友而自豪。尽管事情的结局不理想，但你为他做了一件好事，这对你自己也是件好事。那个男孩没有朋友，受了重伤，孤身一人。你虽然不是个完美的朋友，但你毕竟成了他的朋友，而他确实需要一个朋友。"

"你早就提醒过我会发生这样的事。"

"好吧，"弗蕾达说，"奶奶只是瞎猜的而已。"

"问题是我真的很舍不得他。"莎蒂眼泪汪汪地说。

"也许你还会再次见到他的。"

"我觉得不会的。奶奶，他现在非常恨我。"

"我的莎蒂，你要记住，人生很漫长，不过短暂的人生除外。"莎蒂知道这话多次一举，但它也是事实。

·:

多夫回到剑桥后没有给莎蒂打电话。他原定的返程日期到来又过去，眼看就到了 1 月中旬，快要开学了。莎蒂不想给他打电话，直接到他的公寓去又显得有些莽撞。她决定给他发封邮件。她把邮件改了又改，然而一次次的修改得出的最终结果依然不能算聪明：嗨，多夫，我开始玩《时空之轮》了，有些元素挺有意思的。

过了整整一天多夫才回复她：我已经玩过了。我们应该谈一谈。你今晚想过来吗？

莎蒂知道这次见面的气氛无异于葬礼，因此她穿了一身黑：裙子、裤袜、马丁靴。她想打扮得很性感，想让多夫为他即将失去的一切而后悔，但她又不想表现得太刻意。她乘地铁来到哈佛广场，下车后她发现那张魔术眼的海报依然挂着，但被喷上了涂鸦，边角也剥落了。圣诞节过后，人们显然对它失去了兴趣。她决定再看看那张海报，拖延去多夫家的时间。**走近再后退，放松眼睛。**

去过了魔术眼的世界，她感到自己的思路变得清晰起来。她告诉自己，无论多夫说什么，她都不会争辩、哭鼻子或者抱怨。

来到多夫的公寓，尽管她其实有钥匙，但并没有自己开门进屋。她按了门铃，多夫下来接她，在她面颊亲了一下，想帮她把外套脱下来，但莎蒂不想脱掉外套。她希望把那件羊绒混纺外套像盔甲一样穿在身上，那是大一那年秋天弗蕾达在菲林地下百货商店给她买的。"你用得着暖和的衣服。"弗蕾达说道。

"我穿着就好。"莎蒂望着多夫的眼睛说，双臂抱在胸前。**我很坚强**，她心想。

"我和巴蒂亚想尽可能挽救一下，"多夫说，"真的很抱歉。"他打算离开麻省理工，收拾行李——这时莎蒂才注意到房间里许许多多的箱子——然后把公寓转租出去。他要收回她那把钥匙。他要回以色列去设计《死海Ⅱ》。

莎蒂不让自己哭出来。"一直没有你的消息，我就猜到了是类似的事。"她的语气很轻松，控制得当。**别太在意**，她心想。她的大脑飞速运转，历数自己之所以不该在意的种种原因。若她将来想申请研究生，或许需要他给自己写推荐信。她或许想进入某个他工作过的公司。她也许会想跟他合作设计游戏。她也许会跟他分到同一个设计组，或者他可能是某个游戏比赛的评委。莎蒂和萨姆一样，擅长憧憬自己的未来。在她对未来的设想中，她虽不是多夫的情人，但依然有可能是他的同事、员工、朋友。若她能对眼下事淡然处之，之前的时间便不算浪掷。**人生很漫长**，她心想，**不过短暂的人生除外**。

"你对这件事的反应很体面，"多夫说，"这反倒让我更自责了。我更希望你对我大喊大叫发脾气。"

莎蒂耸耸肩。"我早就知道你结婚了。"**她真的知道吗？**没错，尽管她一直在欺骗自己，同时也欺骗多夫，但她其实是知情的。早在选修那门课以前，她曾在一个新兴游戏网站上读到过他的简介。大二开学前的那年夏天，她玩完《死海》之后便在网上搜索过他的信息。网上提到了他的妻子，还有一个儿子，但是没写他们的名字，因此莎蒂没有把他们放在心上，但那并不意味着他们不存在。多夫从未亲口对她说过有关他妻儿的事情，于是她便自欺欺人地去理解自己与他的关系：**只要他不告诉我，这些事就与我无关**。"是我的错。"她说。

"过来。"多夫说。

莎蒂摇摇头。她不想让他碰自己。"拜托了，多夫。"

确定了莎蒂不会把场面搞得很难堪以后，莎蒂看得出多夫的眼神变得柔和起来。她看得出他的眼神里充满了对她的爱意和愧疚。莎蒂想把多夫这样的面容记在心里。她向门口走去。

"莎蒂，别走。我来点份泰国菜。有个同事给我复制了一份小岛秀夫的新游戏。至少要再过一年才会发行呢，甚至还要更长时间。"

"《合金装备Ⅲ》吗？"

"他们不打算叫它《合金装备Ⅲ》，而是叫《合金装备索利德》。小岛对于合金装备系列前几部在美国的销量不太满意，所以他这次不想做成续作。"

"可是那些游戏棒极了啊。"莎蒂说。

"他这样做其实很聪明，前提是他认定自己手上的作品会大受欢

52

迎，"多夫说，"仅仅成为优秀的编程师、优秀的设计师还不够，莎蒂，你还必须成为优秀的商人和经纪人。你慢慢就会明白的。"

尽管莎蒂并不想听他说教，她还是不由自主地脱掉了外套。

"这条裙子很好看。"多夫说。

莎蒂已经忘了自己穿的是裙子，此刻的她不禁有些怜悯一小时前决定通过穿裙子来物化自己的那个莎蒂。她在多夫的桌边坐下。他装上游戏，把手柄递给了她。

《合金装备索利德》是个潜行类游戏，意思就是从战术角度来说，避免被人发现比正面对战更有利。大部分时间里，玩家的游戏体验不免有些乏味——隐蔽、等待。《合金装备索利德》中的些许乏味感令莎蒂感到安心。她操纵着自己的角色蹲伏在箱子、墙壁或者过道背后，忽然意识到，就眼下的形势而言，"潜行"的策略正适合自己。她在这里与多夫共处一室，但除非有绝对的必要，否则她不会主动激怒他或者与他产生冲突。

莎蒂来到了一个场景，玩家控制的角色要暗中监视一位只穿着内衣裤的女性非玩家角色。她的名字叫梅丽尔·西尔弗伯格，莎蒂觉得这个名字太扯了。

"有必要这样吗，"莎蒂说，"让梅丽尔·西尔弗伯格只穿着内衣。"

"或许是小岛对犹太女生情有独钟吧？"

莎蒂不禁揣测大多数玩家是否会因这个角色而感到兴奋。她不得不时常把自己代入男性视角才能理解某个游戏。多夫经常告诫她："如今的你在玩游戏时已经不仅仅是玩家，还是世界的创造者。既然你是世界的创造者，那么你个人的感受就不如你角色的感受重要，你必须时刻想象他们的感受。没有哪个艺术家比游戏设计师更富有同理心。"玩家莎蒂觉得这个场景充满性别歧视，令人不舒服。而与此同时，世界的创造者莎蒂则赞同这个游戏是游戏界最有创造力的头脑的产物。在这个时代，莎蒂这样的女孩必须学会无视随处可见而不仅仅存在于游戏中的性别歧视——指出这些问题会显得你不够**酷**。如果你想跟男生一起玩，就不能让他们在你面前不敢说话。如果有人说你的游戏音效像阴吹，你就必须大笑着应和。但是今天晚上，莎蒂没心情大笑。

"我不想玩别人的性癖合集做成的游戏。"莎蒂说。

"莎蒂，老兄，你这一句话说中了百分之九十九的游戏。不过胸确实太大了，我同意。她这样站着怎么可能不跌倒？"多夫说，"不过小岛真的很厉害。"

"是啊。"莎蒂边说边操纵她的角色挤进了一条通风管道。

外卖送来了，多夫与她边吃边闲聊，似乎这只是个平常的夜晚，而不是他们最后一次共进晚餐。莎蒂没什么胃口。她喝了一点多夫给她倒的红酒——她始终不太喜欢喝酒——感到头晕目眩，隐约有点儿恶心，但是没有喝醉。她头晕得厉害，没心情展示自己新学会的那些有关红酒的真知灼见。

"你真美。"多夫说着，从桌子对面探过身吻了她，莎蒂只觉得筋疲力尽，没力气告诉多夫，既然他要跟她分手，那至少该放她离开，而不要最后再跟她上一次床。她虽然不在意，但并不确定自己有**多不在意**。可是如果莎蒂此刻开口，她很难做到不生气、不伤心，既然已经保持着不生气、不伤心一路走到了现在，又何必打破这样的局面呢？

"多夫。"她说道。她想要说不，却说不出口，最后她默许了。有什么区别呢？她反正已经和多夫上过那么多次床了，何况她确实喜欢跟多夫上床。

他脱掉她的裤袜、裙子、内衣，手在她身上上下游走，似乎在赞

54

美她，像一名农夫在欣赏自己即将出售的土地。"我会想你的，"他说，"我会想念这些的。"莎蒂想象着自己脱离了躯体，回到《合金装备索利德》的世界。玩家在《合金装备索利德》里操纵的角色叫索利德·斯内克，他的主要对手利奎德·斯内克与他有着同样的基因构成。在这一刻，莎蒂突然顿悟了设计者构思的深意——是啊，有什么敌人比你自己更难以打败呢？在这些事当中，她的错难道不比多夫更大吗？多夫说过，如果莎蒂到他的公寓来，事情会很难收场，但她还是去了。如果别人告诉你事情会很难收场，你大可以相信他们。

出租车来了，多夫把她送到了路边。

"我们还是朋友吗？"他说。

"当然了。"莎蒂说着把钥匙递给了多夫，没等他开口向自己索要。

多夫拥抱了她，送她上了出租车，关上了车门。

出租车沿着马萨诸塞大道行驶，莎蒂穿着冬季外套只觉得浑身燥热，仿佛无法呼吸，她问司机可不可以把车窗摇下来。透过车窗，她能看见新英格兰糖果公司的工厂水塔，水塔最近重新刷过漆，刷成了公司成卷出售的圆饼状硬糖的颜色，那些色彩浅淡的小圆片吃起来没什么味道，隐约透出一种宗教气息。他们渐渐驶近工厂，空气中弥漫的糖果气息越发浓烈，这气味让莎蒂产生了一种强烈的怀旧感，怀念一种她从没吃过的糖果。

4

圣诞节后的那天，萨姆给莎蒂发了一封邮件：**你好啊陌生人，你的游戏我已经玩过两遍了，我想跟你谈一谈！等你假期回来之后我们碰个头吧。替我向我们的老朋友加利福尼亚打个招呼。——S.A.M. 又及，我很庆幸那天的偶遇。**

莎蒂没有立刻回复，萨姆并没在意。在当时，人们一旦离开学校，很可能确实没办法查看邮件。

直到 1 月中旬，她依然没有回复，萨姆不禁开始担心她没有收到他的邮件，决定再发一封。

等待回复的时间里，他又玩了一遍《答案》。到这个时候，他已经把游戏完整地玩了三遍。玩第一遍的时候，他没有获取任何信息，只是追求高分，最终达成了"纳粹大同伙"结局。玩第二遍时，他获取了所有信息，但依然用最快的速度完成了各个关卡，达成的是"加速者"结局。最后一遍，他获取了所有信息，并尽量用最慢的速度完成关卡，勉强升级，达成的是"良知未泯的拒绝者"结局。萨姆认为"良知未泯的拒绝者"就是你在《答案》中可能获得的最佳结局，不过他没有查看游戏代码来确认。

萨姆一边玩游戏，一边做笔记。他认为这个游戏设计得很巧妙，但有些细节依然有改进的空间。同时，有些细节又设计得非常棒，他

56

希望莎蒂明白，萨姆，她曾经最好的朋友，注意到了她为之投入的心血。他把这些微观的反馈意见整理成了一张表格，分为**音效、延迟、机制、语句、图像、节奏、平视显示器、操控性、综合趣味创意**几个类别。他还没想好要不要把这个文件交给莎蒂。

他最想跟她讨论的是这个游戏在宏观层面的效果。他最为详尽的一部分笔记是这个游戏应该设计得更加复杂。作为一份课程作业，他认为《答案》非常了不起，但是假如玩家选择道德路线之后，能够开启游戏中的一个全新部分，那样岂不是更好吗？如果你选择收集每条信息，玩了一会儿之后谜底就会变得显而易见，游戏也随之变得单调重复。如果玩家技术高超，道德也过硬，那他们就能研究出如何改写工厂的产量输出，这样岂不是更好？萨姆觉得这个游戏的运作模式还不够完善，因此不能完全令人满足。其模式之所以不完善，是因为它没有号召玩家采取反抗措施。在莎蒂设计的游戏结尾，玩家唯一的感受就是虚无。萨姆完全能够理解她所追求的效果，但他也知道，如果莎蒂想要设计的是令人爱不释手的游戏，而不只是个令人赞赏的游戏，她要做的还有**更多**。

记录下这些想法时他激动不已。这种激动的情绪是他在撰写《在不采用选择公理的前提下论证巴拿赫 - 塔斯基悖论的方法初探》时从没体会过的。安德斯·拉松的话重新浮现在他的脑海："擅长做某件事情不等于热爱做某件事。"玩过《答案》后，他才明白自己真正想做的是什么（而且他相信自己对此也很擅长）：他非常想跟莎蒂·格林合作设计游戏。等莎蒂一回信，萨姆就打算说服她跟自己共同完成这件事。

又一个星期过去，莎蒂依然没有回复。哈佛的复习周结束了。萨姆完成了所有考试。新学期即将开学。换作往常，萨姆会对她的暗示心领神会，把自己曾在地铁站里遇见莎蒂·格林这码事抛到脑后。但

《答案》不允许他这样做。莎蒂把游戏给他肯定是有原因的，他迫切地想要跟她谈一谈，哪怕这是他们最后一次谈话也好。必读文件里写着她的电子邮箱，除此以外还有个地址（没有电话号码），看样子是哥伦比亚街上的一间公寓，从那里到肯德尔广场和中央广场的距离一样远。这就意味着从最近的地铁站去莎蒂的公寓不会是件易事。萨姆要从地铁站出发，在剑桥曲折的结冰路面上，顶着冬季的严寒步行四五百米，这对他经过手术反复修补的左脚来说并不容易。他考虑过坐出租车，但车费令他难以承受。气温虽然寒冷但天气晴朗，他也没别的事情要做，于是决定鼓起勇气踏上旅途。他很少拄手杖——尽管出于医疗的考虑他应该用手杖，但他觉得这让自己显得有些做作，像个二十一岁的《大富翁》桌游主人公——但是这一次他还是决定带上手杖。这一次，他觉得自己是要去谈正经事的。

他来到莎蒂的公寓，按响了门铃。直到这一刻，他才开始担心莎蒂的必读文件里写的会不会是个旧地址，自己跑了这么远，会不会是白忙一场。

过了大约五分钟，才有人来开门。萨姆说自己要找莎蒂，那位室友狐疑地打量着萨姆，最终断定他不是坏人。"莎蒂！"室友高声喊道，"有个小孩要见你。"

莎蒂从卧室里走出来。这时已是下午两点，但萨姆看得出她还在睡觉。

"萨姆？"她睡眼惺忪地说，"嘿。"

看样子她没洗澡，身上那件麻省理工的运动衫上沾着红白相间的污迹。尽管衣服很宽大，萨姆依然看得出她瘦得不成样子。她的头发脏兮兮地纠结在一起，像在野外生存了很长时间的动物。她身上，说实话，带着体味。萨姆猜测，如果她只昏睡了一天，是不至于成这个样子的。

"你没事吧？"萨姆问。六个星期前她看上去明明好端端的。

"没事，"莎蒂说，"你来干什么？"

"我……"莎蒂这副样子一时扰乱了萨姆的心神，他忘了自己到这里来的原因，"我给你发了邮件，想跟你谈一谈《答案》。还记得吗？你给了我一张软盘——"

莎蒂重重地叹了口气，打断了他："听我说，萨姆，现在不合适。"

萨姆正要离开，忽然停下了。"我能不能……我从中央广场一路走过来的，要是能坐下歇一会儿那就再好不过了。"

莎蒂看看他的手杖和脚，疲惫地说："进来吧。"

萨姆跟着莎蒂走进卧室，所有窗帘都拉着，遍地是衣服和杂物。他认识的莎蒂不是这样的。

"莎蒂，出什么事了？"萨姆问。

"关你什么事？我们不是**真正**的朋友，你忘了吗？"莎蒂摇摇头，"而且不打电话就直接闯进别人家里很不礼貌。"

"对不起。我没有你的号码。而且你也没回我的邮件。"萨姆说。

"我猜我已经积累了好多邮件没回，萨姆，"莎蒂冷冰冰地说，她回到床上躺下，用被子蒙住了脑袋，"我要睡觉了，"被子模糊了她的声音，"你到时候自己出去就好。"

萨姆拿开她堆在椅子上的几件衣服，坐了下来。

莎蒂的头依然蒙在被子里，说道："你的外套太离谱了。"又过了几秒钟，萨姆听见她睡着了，发出有规律的呼吸声。

萨姆环视莎蒂的房间，床头上方贴着的海报里是杜安·汉森的雕塑——《游客》，梳妆台上方贴着葛饰北斋画的海浪。他还注意到书桌上方挂着一张小小的画作，装在相框里。那是一幅迷宫，画的是洛杉矶城区。精致的雕花竹子画框有些歪，萨姆站起身扭正了画框。他看见桌面上放着一张软盘，上面是莎蒂的笔迹，《艾米莉大爆破》。萨姆把软盘装进外套的口袋里，离开了房间。

那张请柬是 9 月送来的，在萨姆得知了莎蒂的社会服务项目并说她是个贱货之后的一个月。"**萨姆森·A. 马苏尔先生，**"信封上清秀的字迹写道，"**夏琳·弗里德曼－格林和史蒂文·格林诚挚邀请您参加他们的女儿莎蒂·米兰达·格林的成人礼……仪式将于十点举办，之后共进午餐……期待您的回复……**"

请柬风格简约，换句话说，低调地流露出了高级的品味。奶油色卡纸质地厚重，上面印着凸起的文字，信封里带有羊皮纸内衬。萨姆这个年纪已经明白了那些表面看似简约的东西往往价格更为昂贵。他把请柬放在鼻子底下，高级信纸的气味闻着很舒服。萨姆觉得那不像是金钱的气味，因为钱总是很脏。信纸的气味饱满而洁净，像书店里的精装书，也像莎蒂本人。

萨姆把请柬放在桌子边，单独打量起信封。纸张散发着令他难以抗拒的诱惑。他拧开水龙头，用蒸汽融掉了纸缝间的胶水，把信封展开，摊成一张平展的纸。他取出自己最喜欢的施德楼蓝杆绘图铅笔，在这张被二次利用的纸上画起了迷宫。萨姆动笔画迷宫时往往不确定自己在画什么，不过这一次，他发现自己不自觉地画了一系列圆圈和弧线，这些图形最终构成了洛杉矶。迷宫从城东的回声公园——萨姆生活的地方——出发，到城西的贝弗利山庄平地区——莎蒂生活的地方——结束。整条路线蜿蜒穿过西好莱坞，登上好莱坞山，穿过影视城，下山途经东好莱坞、洛斯费利斯和银湖区，最后绕了一圈来到韩国城和中城。他完全沉浸在迷宫里，连东炫外公走进房间都没察觉。天色已晚，外公身上散发着比萨味，他身上总是带着比萨味。

"画得真不错，"东炫说着伸手去拿萨姆桌上那张请束，"我能看看吗？"与外婆凤彩不同，东炫在动萨姆的私人物品之前总会先问他。

萨姆耸耸肩。

"收到邀请是好事。"东炫说。自从萨姆不再与莎蒂见面，他和凤彩都在为萨姆的情绪担心。萨姆不肯告诉他们究竟发生了什么事，只是说莎蒂并不是他原本以为了解的那个人。

萨姆放下铅笔望着东炫。"我真的不想去。莎蒂的朋友我一个都不认识。"

"你就是莎蒂的朋友。"东炫说。

萨姆摇头否认道："她不是我的朋友，她只是在做善事而已。"

几个星期后，莎蒂给萨姆打了个电话。他们已经两个月没说过话了，她的音调听起来很高、很陌生。"我爸爸想知道你究竟来不来。你没有把卡片寄回来。"

"我也不知道，"萨姆说，"我那天说不定会有事。"

"那等你确定了能告诉我吗？我们必须确认吃饭人数之类的。"莎蒂说。

"好。"

"萨姆，你不能永远这样跟我置气。"

萨姆挂断了电话。

凤彩通过厨房的电话听到了他们的对话，第二天便寄回卡片表示接受邀请。她给萨姆买了新的卡其布裤子、蓝色牛津纺衬衫、花卉图案的棉质领带和一双巴斯牌乐福鞋。这都是另一个外孙阿尔伯特告诉她的，现在的十四岁男孩参加体面的聚会时都这样打扮。聚会当天一早，她把新衣服拿给萨姆，告诉他穿戴完毕就去参加莎蒂的成人礼。

"你不能这么做！"萨姆朝她大喊，"我不去！"

"可是你看啊，萨姆，我还给莎蒂做了个礼物呢。"凤彩打开了礼品袋，她把萨姆画的那张从莎蒂家通往他们家的迷宫放进画框装裱了起来。

萨姆猛地往墙上一捶。"你没有权利这么做！这是我的私人物品！再说莎蒂根本不想收到这样的狗屎！"

"但你是为她画的，不是吗？这张图很漂亮，萨姆，"凤彩说道，"我相信莎蒂会非常喜欢它的。"

萨姆拿起画框举到半空，眼看就要砸在地上，他忽然改了主意，重新放回桌子上。

萨姆气呼呼地爬上楼梯回到自己的卧室——他的脚还做不到跑上楼梯——砰地关上了房门。

过了一会儿，东炫外公来敲门。"你外婆是好意，"他说，"她很担心你。"

"我不想去，"萨姆说，"求求你们不要逼我去。"他觉得自己快要哭了，但下定决心不流眼泪。

"为什么呢？"东炫问。

"我也不知道。"萨姆说。他不好意思告诉东炫自己唯一的朋友根本不是真正的朋友。

"我也觉得你外婆这样做不对，"东炫说，"但她已经这么做了，而且如果你不去，莎蒂可能也会伤心的。"

"莎蒂才不会伤心。这次聚会场面大着呢，她那些有钱朋友全都会参加，还有她父母的有钱朋友。她根本不会发现我不在。"萨姆说。

"我相信她会发现的。"东炫说。

萨姆摇摇头。"我脚疼。"萨姆说。他从来不抱怨脚疼，因此他知道如果自己现在说疼，东炫肯定不会再强迫他做这做那了。"一直很疼。我实在去不了。"

东炫点点头。"如果你不反对的话，那我把礼物送过去。我想她会喜欢你和你外婆共同完成的这个礼物的。"

"她想要什么父母都能给她买。她才不想要我在信封纸背面画的破玩意儿呢！"萨姆说。

"我想，"东炫说，"正是因为她父母什么都能给她买，她才会喜欢你的礼物。"

∴

爱是

（射击）

一切

（射击）

这是你我所知

萨姆正要射中"爱"，马克斯忽然走进房间问他想不想一起去吃晚饭。"这是什么？"马克斯问。

"是我那个朋友设计的另一个游戏。不如《答案》好，但还是挺有意思的。"萨姆答道。

马克斯在萨姆身边坐下来，萨姆把键盘让给他，好让他也打一局。

因为

（射击）

我不能

（射击）

为其停步

（射击）

和善地

一滴墨水在屏幕上炸开，说明马克斯不小心击中了错误的单词，失去一条命。"这是我玩过的最暴力的诗歌游戏。"马克斯说。

"你还玩过其他有关诗歌的游戏？"

"这个嘛，确切地说，没玩过，"马克斯说，"你朋友很有天赋，而且很古怪。"

马克斯·渡边和萨姆都是 1974 年出生，因此他们比同届的大多数同学都大一岁。马克斯是因为在他父亲的投资公司度过了一个间隔年，萨姆自然是因为花在医院的那些时间。他们似乎没多少共同点，相同的出生年份很可能是他们大一时被分到同一间宿舍的唯一原因。

维格斯华斯学生宿舍的双人间既可以分成两个单人间，靠外一间留出走道，也可以两人共用一个房间，留出一间作公用的活动区。马克斯喜欢交际，早在与萨姆见面之前，马克斯就想说服他采用有公共活动区的格局，以便有人来访。

萨姆比马克斯先到宿舍，因此在见到萨姆本人前，马克斯先见到了他的行李：一台上了年纪的电脑，一面贴着神秘博士，另一面贴着《龙与地下城》；一个饱经沧桑的淡蓝色美旅牌硬壳大行李箱（后来他才知道里面装的尽是不实用的轻薄衣物）；一根黑色手杖；一盆竹子，花盆是大象的形状。这一切让马克斯预感到室友的选择将是**单人间**。

萨姆终于回到宿舍时，马克斯忍不住暗笑。萨姆看起来很和善，长着一张圆脸，眼眸的颜色很浅，五官糅合了白人和亚洲人的特征，几乎像个动漫角色。像铁臂阿童木，或者其他日本漫画里那些讲话幽默俏皮的男孩子。至于萨姆的性格，马克斯觉得他有点像跟着机灵鬼道金斯糊口时期的奥利弗·退斯特——如果奥利弗·退斯特来自加利福尼亚南部，是个低阶的大麻贩子，而不是扒手的话。萨姆有一头深色卷发，梳着中分，头发垂到肩膀上，发型剪得很粗糙。他戴着一副廉价的约翰·列侬式的金丝边眼镜，身穿常在墨西哥出售的那种质地粗糙的亚麻条纹外套，蓝色的牛仔裤上满是破洞，几乎褪成了白色，太哇牌凉鞋里搭配了一双厚实的白色运动袜。"我叫萨姆，"他说道，声音有些尖细，仿佛吸进的空气不够多，"你就是马克斯吧？你知道这附近哪里能买到便宜的床单和毛巾吗？"

　　"不用为这个伤脑筋，"马克斯对面前这个从漫画里走出来的男孩笑笑，说道，"我所有的东西都带了双份。"

　　"真的吗？你确定吗？"萨姆说，"我不想给你添麻烦。"

　　"我们是室友嘛，我的就是你的。"马克斯说。

　　他们的友谊由此开始，马克斯处处帮助萨姆，却表现得并非有意为之。就这样，塑料袋里会奇迹般地出现外套，只等着萨姆开口借用。假期萨姆不能回家，宿舍里便总会留几张餐馆代金券。萨姆爬楼梯去他们分配到的宿舍楼层十分艰难，电梯又时常出故障，马克斯便说自己想搬到校外去住。哈佛的本科生几乎没人住在校外，马克斯说如果萨姆不想跟他一起搬走，他也能理解。他们租住的那座有电梯的新房子的房租明显比宿舍的费用高得多，马克斯便说他要住那间比较大的卧室（其实那个房间并不比另一间大多少），这样萨姆就可以继续支付跟宿舍同样的价格。（从小卧室能看见查尔斯河的景观。）萨姆不常给家里打电话，马克斯便腾出时间给远在洛杉矶的李家外公外婆打电话。"Halmeoni，Halabeoji，"[1] 他会用韩语跟他们打招呼，"咱们家孩子好着呢。"（马克斯的父亲是日本人，母亲是美籍韩裔。）

这个男孩有点儿古怪，很多人都隐约觉得他不大讨人喜欢，可马克斯为什么要为他做这一切呢？因为他**喜欢**萨姆这个人。马克斯的童年时代是在有钱人之间度过的，这些人理应是些有趣的人，但马克斯明白真正不同寻常的头脑多么少见。既然哈佛安排他们做室友，他便把萨姆视为自己肩上的一份责任。因此他要保护萨姆，让萨姆的生活变得容易一点，而这对他来说几乎不需要付出任何代价。马克斯的生活向来极为富足，以至于养成了一种习惯，那就是把照顾自己身边的人视为理所当然的事情。在他们的相处中，马克斯得到的回报是萨姆的陪伴带来的欢乐。

萨姆渐渐习惯了马克斯的帮助，以至于他表达谢意的次数其实不够多。至于萨姆开口主动向马克斯索取东西，特别是寻求他的建议，这种情况极为罕见，甚至可能从未出现过。

"你总能做出正确的决定，"萨姆一边看着马克斯屠杀艾米莉·狄金森的诗歌，一边说道，"我是说，特别是在跟人打交道的时候。"

"你的意思是，我做别的事情时就做不出正确的决定了？"马克斯打趣道。

萨姆把自己在莎蒂住处看见的景象告诉了他。

马克斯的回答跟萨姆的想法一样："听起来你朋友抑郁了。"

"那我该怎么办呢？"

马克斯停下游戏，望着萨姆，表情中夹杂着严肃和笑意。有时候

---

[1] 意为"外婆，外公"。

萨姆看上去全然不像个二十一岁的人。"你可以给她父母打电话，或者通知她学校里的人。"

萨姆摇摇头。"我不确定事态真的有那么严重，而且我觉得那样做侵犯了她的隐私。"

马克斯思索一阵。"这个人是你很好的朋友，对吗？"

"她曾经是我最好的朋友，但我们后来吵了一架。"

"既然是这样，那我建议你坚持去她的公寓看望她，"马克斯说，"如果她是我的朋友，我就会这么做。"

"我觉得她不希望我去，"萨姆停顿了一下又说道，"我不擅长待在自己不受欢迎的地方。"

"那不要紧，"马克斯说，"这件事的重点不在于你。你要做的只是每天出现，看看她就可以。"

"要是她不肯跟我说话呢？"

"只要她知道你在就够了。方便的话，就给她带点饼干，带本书，带部电影跟她一起看。友谊这东西，"马克斯说，"就像养拓麻歌子一样。"这一年拓麻歌子，也就是电子宠物钥匙链，风靡一时。马克斯刚刚养死了一只，是某位女友送给他的假日礼物。那位女友认为这件事反映了马克斯性格中的深层缺陷。"劝她冲个澡，聊聊天，散散步。可以开窗户的话就把窗户打开。如果没有进展，你可以试试带她去看医生。如果看了医生**依然**没有进展，那真的应该给她父母打电话。"

想要去做这些事当中的任何一件，萨姆都感到别扭极了，不过第二天下课后他还是艰难跋涉来到了莎蒂的住处。走到公寓时他的脚疼得厉害。他爬上楼梯，敲响了房门。"莎蒂，那个小孩又来了。"室友高声喊道。

莎蒂高声说："告诉他我不在。"

室友也在为莎蒂担心，她打开门让萨姆进了屋，萨姆走进莎蒂的卧室。她看上去跟前一天没有区别，不过换了件运动衫。莎蒂打量了他一眼。"萨姆，说真的，你走吧，"她说，"我没事，睡一觉就好了。"她说着用被子蒙住了脑袋。

　　萨姆在莎蒂写字台前的椅子上坐下，取出了历史必修课布置的关于美国亚裔历史的阅读材料。

　　几个小时后他读完了，材料讲的是19至20世纪生活在美国的中国移民。这些中国移民只被允许从事少数几个行业，比如餐饮和清洁，美国之所以有许多中餐馆和华人洗衣店，原因就在于此，换句话说，这是制度性的种族歧视。这让他想起了自己远在K城的韩裔外公外婆。萨姆被哈佛录取的时候他们多么自豪，到处都摆上哈佛的纪念品，他们的老汽车上都贴了车贴，凤彩亲手缝制了一条横幅，上面写着"祝贺我们的外孙萨姆成为哈佛大学1993级新生"，那条横幅在比萨店里挂了整整一个夏天，东炫天天穿着哈佛的T恤工作，衣服破了洞依然不肯换掉，后来还是马克斯给萨姆的外公寄了一件新T恤过去。萨姆不给他们打电话，心里其实也有愧疚感，另一方面他觉得自己在数学系的表现，或者说自从进入哈佛后，他在各方面的表现都不算优异，这也让他心中有愧。

　　"你还没走吗？"莎蒂问。

　　"没走呢。"萨姆说。

　　他从书包里取出一个装着贝果的纸袋，放在莎蒂桌上，就放在他画的迷宫底下，然后离开了。其实，支撑他不断回到这里来的动力是那幅迷宫。莎蒂把它保存了这么多年，带着它横跨全国，又带着它从宿舍搬到校外的公寓。下一次给家里打电话时他要告诉外公外婆：**没错，你们说得对，莎蒂确实喜欢这个礼物。**

第三天，他给她带了一本图书馆借来的小说，是理查德·鲍尔斯的《伽拉忒亚2.2》，他最近刚读完，很喜欢。

第四天，他给她带了掌机版的初代《大金刚》，那是马克斯送给他的圣诞礼物。

"你为什么总是到这儿来？"她问。

"不为什么。"他说。点击这个词，萨姆心想，你会发现与它相关的所有链接：因为你是我结识最久的朋友；因为在我曾经处于人生最低谷的时候，是你挽救了我；因为假如没有你的友情，我可能会死掉，或者流落到儿童精神病院；因为这是我欠你的；因为我私心想着，如果你能从床上爬起来，我们将来就有机会携手创作了不起的游戏。"不为什么。"他重复了一遍。

第五天，她不在家。萨姆问那位室友莎蒂去哪儿了。"她去看校医了，"室友说着拥抱了萨姆，"不过她看起来好些了。"

接下来的那个星期里，除了在拉蒙特图书馆打工的日子，萨姆每天下午都会去看望莎蒂。按照马克斯的建议，他每天都会给莎蒂带些小东西，在她那里待一会儿，再回自己的公寓去。

第十二天，莎蒂忽然问他："你是不是把《艾米莉大爆破》偷走了？"

"我那叫借。"萨姆说。

"你留着吧，"莎蒂说，"我还有备份。"

第十三天，萨姆坐在莎蒂的书桌前。他已经许多年没画过迷宫了，现在他决定给她画一幅新的。上一次给她画迷宫之后的这些年里，他的绘画技巧有所精进，他希望留给莎蒂一份能够反映自己近期水平的作品。这幅新的迷宫画的是从萨姆那间位于查尔斯河畔的公寓到莎蒂这间毗邻新英格兰糖果公司的公寓的路线。

莎蒂从床上爬起来，在萨姆肩头看着他的画作。"你到这里来要花很长时间，是不是？"

"一般长吧。"他说。

"我明天可能要出门。"莎蒂说，"系主任说，如果从这个星期开始恢复上课、做作业，我这个学期或许还有救。"

萨姆站起身，小心地把迷宫和画图用的铅笔放回书包里。"你的意思是，不希望我再来看你了？"

莎蒂哈哈大笑。萨姆已经很长时间没听见过莎蒂这样发自肺腑地笑了。她改变了许多，但萨姆欣喜地发现她的笑声没有被时间改变，只是音调有些许无可避免的变化。他心想，她的笑声是全世界最动听的笑声之一。她的笑声从不会让对方觉得自己受到了嘲笑，而仿佛是一种邀请：*我诚挚地邀请你加入我，一起为这件我觉得很有趣的事情发笑*。"不是啦，你这个白痴，我想跟你约定个见面的时间。我不希望你大老远跑过来却发现我不在家。

"答应我，我们以后再也不会这样了，"莎蒂说，"答应我，无论发生什么事，无论我们对彼此做了什么蠢事，我们都不会再一连六年不跟对方说话。答应我，你永远都会原谅我，我也答应你，我永远都会原谅你。"当然，只有年轻人才有信心许下这样的承诺，因为他们对于未来的生活一无所知。

莎蒂伸出手与萨姆握了握。她的声音十分坚定，但萨姆觉得她的眼睛看上去脆弱而疲惫。他握着她的手，冰冷的手汗津津的。无论她生的究竟是什么病，萨姆都可以确定这件事还没有完全结束。

"你还留着我的迷宫。"他说。

"没错。好了，现在让我听听你对《答案》有什么想法吧，"莎蒂说着，起身打开了窗户，清新的空气涌进房间，清爽怡人，仿佛一剂良药，"你说得委婉些，萨米。想必你也注意到了，我最近有点儿抑郁。"

Ⅱ

影 响

1

《一五漂流记》——当时游戏的名字还不叫这个——本该是个简单的小游戏，一个萨姆和莎蒂利用大三升大四的暑假就能够完成的小作品。

自从 12 月玩过《答案》以后，合作设计游戏的念头就在萨姆头脑中徘徊不去，尽管如此，直到 3 月他都没对莎蒂提起过这件事。这样耐得住性子不像萨姆的一贯作风，但他凭直觉知道，这件事自己应该慢些推进才好。课业占据了莎蒂的大部分精力，因为在那灰暗的一个月里，她各门功课都落了后，而事情的缘由对萨姆来说依然是个谜。对于那段抑郁的时光，莎蒂唯一给出的简短解释是"一场糟糕的分手"。萨姆隐约觉得事情没那么简单，但是出于对莎蒂的尊重，他没有刨根问底。他们的友情给彼此的隐私留出了充足的空间，这并不多见。他们之所以能够成为如今这样的挚友，重要的原因之一就是在相识之初，莎蒂从不会缠着萨姆让他讲述过往的悲惨经历，以此来满足自己的好奇心。萨姆认为自己也理应这样对待莎蒂。

他不那么急切推进的另一个原因是再次有了莎蒂的陪伴，这已经让他无比开心了。他们自然地重拾了童年时代的交往模式，每个星期见面几次，或看电影，或吃饭，或一起打游戏。有她在，萨姆觉得自己振作了起来。他的论点和观察都变得更加敏锐。与没有莎蒂陪伴的前两个冬天相比，新英格兰地区凛冽的寒风不再那样令他难以忍受，隐隐作痛的伤脚也不再时刻占据他的头脑。跟莎蒂并肩前行时，他对鹅卵石子路的恐惧甚至也有所减少。大多数时间里，萨姆都感觉不到自己是个残疾人，但是鹅卵石子路、结冰的路和他勉强走过冰面时的步态都提醒着他相反的事。在下雪天，根据上课地点的远近，他有时甚至要提前四十五分钟出发，像荣誉退休的老教授那样迈着蹒跚的步子穿过校园。由于从未将自己视为残疾人，这个来自加利福尼亚的男孩在决定去东北部上大学的时候并没有把天气因素考虑在内。

如今回想起来，当时他决定结束与莎蒂的友谊是个巨大的错误，错在他以为世界上有的是莎蒂·格林这样的人。实际上并非如此。他就读的高中里显然没有人像莎蒂一样。他曾抱着一线希望，认为哈佛或许会有她那样的人，然而最终也令他大失所望。诚然，学校里有很多聪明人，你大可以跟他们愉快地聊上二十分钟，但是能跟你聊六百零九个小时的人实在太少见了，就连马克斯也做不到。尽管，马克斯待人真诚、富有创意、头脑敏锐，但他依然无法取代莎蒂。

萨姆把说服莎蒂与自己合作设计游戏的截止日期定在了3月。能被哈佛和麻省理工录取的学生往往优异过人，最迟3月，他们肯定已经为暑假做好了安排。从萨姆私人的角度来说，那年夏天让他有种紧迫感。再过大约一年的时间，他就要开始还助学贷款了——哈佛在录取时不会考虑申请人的财务需求（这正是他选择哈佛的重要原因），然而即便他获得了丰厚的助学金也不足以覆盖全部开销。他欠的贷款不算多，但绝不可能向外公外婆开口让他们帮自己还助学贷款。当然，他去哈佛读书可不是为了当穷人的。他开始逐渐认识到安德斯·拉松对他说的那句话是有道理的。萨姆并不**热爱**高等数学，他关于未来图景的想象中不包括菲尔兹奖，欠下更多助学贷款来攻读数学专业的硕士学位在萨姆看来完全没有意义。他最有可能的出路是在科技、金融或者相关的咨询公司谋一份工作——这也是他绝大多数同学的选择。用他对马克斯说的一句话来说："如果我真的想搞出点名堂来，今年夏天就是最后的时机。"

后来，作为设计师和商人的萨姆，长处之一就是清楚地知道戏剧性，或者说场景设定的重要性。他想在一个特殊场合邀请莎蒂与自己合作——他们创造力的结合应该有一个令人难忘的开始。早在那个时候他就决定了，如果他们真的要共同创作一款游戏，如果这款游戏真的如他设想中那般优异，他希望萨姆·马苏尔和莎蒂·格林决定合作的那一天是个有故事可讲的日子。他对这个游戏甚至还没有具体的想法，但是已经在筹划"萨姆与莎蒂的传说"了。不过萨姆一直都是这样——他之所以能够忍受时常充满痛苦的当下，正是因为他的生活着眼于未来。

在他看来，这次邀约的意义之重大不亚于向莎蒂求婚。他要单膝跪地，问她："你愿意与我合作吗？你愿意与我分享你的时间，相信我的直觉，相信我们投入的时间没有白费吗？你相信我们能携手创造出了不起的事物吗？"尽管萨姆身上带着与生俱来的傲气，但他并没有想当然地认为莎蒂会答应自己。

是马克斯建议他去玻璃花展厅的。萨姆曾向马克斯打听哈佛最有意思的地方。马克斯是哈佛的校园导游，不过就算他没做这份兼职，他依然是那种交游广泛、眼界开阔的人，对于每个城市的最佳游玩地点如数家珍。

威尔家族资助的植物玻璃模型[1]收藏展品包括大约四千件精心烧

---

[1] The Ware Collection of Blaschka Glass Models of Plants，哈佛大学自然历史博物馆最有名的藏品之一，也被简称作"玻璃花"（Glass Flowers）。由布拉施卡父子制作，既是为教学服务，也是精美的艺术珍品。

制的玻璃制品和手绘标本图。这是一对德国父子在18、19世纪之交受学校委托合作完成的作品。这些玻璃模型的存在回答了这样一个问题：如何才能保存无法保存的事物？或者换句话说，如何让时间和死亡停下脚步？难道还有别的地方比这里更适合为他们后来创立的游戏公司——"不公平游戏"——拉开序幕吗？归根结底，电子游戏的潜在意义不正是要消除"人终有一死"的现实吗？

在2011年接受一个名为"洛夫莱斯[1]的后辈"的博客采访时，莎蒂是这样描述那天的：

莎蒂·格林：梅泽知道我在麻省理工读书时做过几个游戏，当时的作品只能算是迷你小游戏。其中一个叫《答案》的游戏让我获得了一点知名度。

洛夫莱斯的后辈：就是那个有关犹太人大屠杀的游戏，对吗？听说你险些因为这个游戏被学校开除。

莎蒂·格林：（翻了个白眼）萨姆喜欢这么说，他喜欢戏剧性，不过说实在的，只是有一个人投诉过这个游戏而已，没什么大事。不过萨姆，不好意思，我知道我应该管他叫梅泽，但我总是忘记。梅泽非常喜欢《答案》，他相信这个游戏会为我带来突破。但说实话，在《答案》之后，我甚至不确定自己还想不想继续设计游戏，我觉得自己已经才思枯竭了。但是在大三学年快要结束的一天，萨姆对我说："你想不想去看玻璃花？"实话是，根本不想去！我一听就不想去看，而且从我当时在麻省理工住的地

---

[1] Ada Lovelace（1815—1852），英国浪漫主义诗人拜伦之女、数学家、作家。她是第一个主张将计算机应用于算数以外更广泛科技领域的人，并发表了第一段分析机用的算法，因此也被认为是历史上最早的程序员之一。

方去哈佛的自然历史博物馆很不方便。但我还是去了，因为萨姆，梅泽，一旦有了想法，就会很坚持，而他总是有新想法，这一点相信你们也知道。（笑）

于是我们长途跋涉去了展厅，结果关门了。那天好像是博物馆藏品盘点日，或者扫除日之类的。展厅门口贴了一张玻璃花的海报，我相信我不是第一个意识到这一点的人——欣赏玻璃花的照片完全没有意义，因为这些模型太逼真了，看上去跟**真花**一模一样。

这时候我已经有点儿不高兴了，因为我大老远跑到这里却没看到玻璃花，更何况我本来就不想看什么玻璃花，另外我也有点儿生萨姆的气，因为他没有提前给博物馆打电话确认。萨姆累得有些喘不上气，他在长椅上坐下，然后说："你今年暑假有什么安排？"

我说："你在说什么啊？"

然后他就说："留在这里，三个月的时间，跟我合作一款游戏。卡马克和罗梅洛创作《德军总部3D》和《指挥官基恩》的时候跟我们同岁。我们可以免费住在马克斯（马克斯·渡边，《一五漂流记》制作人）的公寓里。我已经问过他了。"

我们从小就经常一起打游戏，但直到他说出这些话以前，我根本不知道他居然想设计游戏。萨姆总是很藏得住心事。不过，怎么说呢，当时我自己的游戏设计生涯正处在十字路口，萨姆这个人头脑很聪明，又是和我交情最长久的朋友，所以我想，有什么可怕的，如果一切顺利，自然是再好不过，就算不顺利，我毕竟也能跟好友共度暑假。而且马克斯的公寓很棒，就在紧邻哈佛广场西边的肯尼迪街，窗户视野开阔，可以看见查尔斯河的全景。

于是我告诉他我得想一想，但我能感觉到他已经料到我会答应他。

我们向市中心的方向步行往回走，他忽然严肃地看着我说："莎蒂，将来你讲起这个故事的时候，就说我是在玻璃花展厅问的你。不要说展厅关门了。"萨姆向来非常看重传奇感，或者叫故事性，或者随便你想怎么说都可以。所以我猜，我向你们讲起这个故事的时候其实已经出卖了他。

莎蒂三十多岁的时候——在仿佛体验过几辈子的人生以后，她终于去看了那些玻璃花，展品出乎意料地动人。花朵固然令人赞叹，但更让她感到震撼的是布拉施卡父子也为腐败的水果制作了模型，果实被碰伤的痕迹和污点全部被如实地呈现出来，得以永恒保存。**这是怎样一个世界啊，莎蒂心想，人们用玻璃还原腐败的过程，然后把这些模型放进博物馆，人是多么奇异而美丽，又是多么脆弱。**除了莎蒂以外，那天上午展厅里唯一的参观者是位衣着雅致的老妇人，她让莎蒂想起了当时去世已有两年的奶奶弗蕾达。那位老妇人（身着羊绒开衫，散发出弗拉卡斯香水 [1] 独特的晚香玉气息）一直在莎蒂身后不远的地方。参观完毕之后，老妇人问莎蒂："展厅里那些花确实很漂亮，可是玻璃花究竟在哪儿呢？"这些模型如此逼真，以至于那位老妇人以为它们是真花。

莎蒂本能地想把这件事告诉萨姆，但当时的他们已不再跟彼此讲话。

---

[1] Fracas, 法国设计师品牌 Robert Piguet 于 1948 年推出的一款花香型女用香水。

2

人们初次见到一五是在《一五漂流记：大海的孩子》开篇的过场动画中，在莎蒂和萨姆的设定中，一五是个没有性别的孩子，一个只会说几个词语、不识字的小孩。一五坐在海滩上，离父母那座朴素的海滨小屋不远，从小屋周围的环境看，这里似乎是一座偏远的渔村。一五梳着黑亮的瓜皮头——亚洲的幼童无论什么性别都可以梳这样的发型——身上只穿着一件最心爱的运动衫（15号），衣摆像裙子那样垂到膝盖，脚上是一双木头做的人字拖。海啸来袭时，一五正拿着小水桶和小铲子玩。

一五被海浪卷进了大海，游戏就此开始。一五只能凭借着有限的词汇和仅有的工具——水桶和铲子，设法找到回家的路。

关于创作过程有种老掉牙的说法，大意是，艺术家想出的第一个点子往往是最好的。《一五漂流记》不是萨姆和莎蒂想出的第一个点子，倒很有可能是他们想出的第一千个点子。

创作的难点也正在于此。萨姆和莎蒂都知道自己欣赏什么样的游戏，也能轻而易举地分辨好游戏和烂游戏。对莎蒂来说，这个本领并不能给她带来多大帮助。与多夫共处的时间，加上她在过去几年里学到的有关游戏设计的总体知识使得她对一切都很挑剔。面对任何一款游戏，她都能精准地告诉你这个游戏哪方面**存在问题**，但她不见得知道如何才能亲手制作一款优秀的游戏。所有初出茅庐的艺术家都要经历这样一个创作水平与艺术品位无法匹配的阶段。要想渡过这个阶段，唯一的办法就是坚持创作。而如果没有萨姆（或者像萨姆这样的人）推动着她渡过这个时期，莎蒂可能永远也不会成为她后来成为的那种游戏设计师。她甚至可能根本不会成为一名游戏设计师。

莎蒂确信自己不想做射击类游戏，尽管在当时这种游戏比较容易流行。（她**永远**也不想做射击类游戏，受多夫的深刻影响，这种游戏令她反感，她觉得它们不道德，是一种不成熟社会的病态表现；相反，萨姆则很喜欢玩射击类游戏。）而作为一支在暑假里组建起来的二人团队，她觉得他们能够完成的作品类型十分有限。他们不打算做主机游戏，因为反正没有资源去开发出任天堂 64 时代的"塞尔达"和"马力欧"那样的全 3D 动作游戏。他们的游戏是为电脑设计的，2D 或者 2D 半——如果她能够办到的话。在很长一段时间里，关于他们要做的游戏她知道的只有这么多。

临近学年末的那几个星期，莎蒂和萨姆展开头脑风暴，在萨姆从科学中心偷回来的那块白板上列出长长一串创意列表。虽然腿脚不好，萨姆却是个技艺高超的小偷，偶尔搞点小偷小摸。那一次他去科学中心，是为了跟拉松碰面道别。离开时，他在走廊里发现了这块无人看管的白板，便当即推着它走出了科学中心，他推着白板一路往前走，穿过哈佛园，向一群参观校园的报考新生挥了挥手，穿过哈佛广场，走过肯尼迪街，径直推进了他们那幢楼的电梯。萨姆一向认为要想当个成功的小偷，秘诀就在于旁若无人的气势。那个星期晚些时候，他还从哈佛合作社商店偷走了一包可擦彩色马克笔。他把那包笔顺进马克斯送给他的那件巨大外套的巨大衣兜，出了店门，扬长而去。

在很长一段时间里，他们写在白板上的东西似乎无一触及游戏的本质。诚然，他们此前从未制作过游戏，所谓的办公室只是萨姆家境富裕的室友的公寓，但他们尚且年轻，相信无论自己制作什么样的游戏都有可能成为一代经典。就像萨姆时常对莎蒂说的那样："若是不相信自己能够做出了不起的东西，那为什么还要做呢？"

但对萨姆和莎蒂来说，"了不起"的含义是不同的。简单地讲，于萨姆而言，了不起意味着**畅销**，对莎蒂来说，是**艺术**。

到了 5 月，萨姆那几支偷来的马克笔已经干了，写起字来吱吱作响，莎蒂不禁担心他们永远确定不下来创意，到最后没时间制作游戏。在她看来，现在剩余的时间已经少得可怜，甚至不够完成制作。

他们站在白板前，上面留下了头脑风暴过后的彩虹。"这里面隐藏着一些东西，我敢肯定。"萨姆说。

"如果没有呢？"莎蒂说。

"那我们就想别的主意。"萨姆说着，对莎蒂露齿一笑。

"你根本没理由这么开心。"莎蒂说。

这个举棋不定的阶段让莎蒂充满压力，然而萨姆却全然没有这种感觉。**最棒的时刻就是现在**，他心想，**一切都还有可能**。不过萨姆这个人就是会这样想。他是个不错的艺术家，后来更是成了一名不错的编程师和游戏关卡设计师，但在那之前他从没设计过任何游戏。真正了解游戏——哪怕是个糟糕的游戏——制作过程的人是莎蒂，在编程阶段承担重任、负责构建引擎的人也是莎蒂。

萨姆这个人一向不喜欢用肢体语言来表达情感，这与他在医院的那几年被人触碰的次数过多有关。但此刻他把双手搭在莎蒂肩上——她比他高两三厘米——望着她的眼睛。"莎蒂，"他说道，"你知道我为什么想做一款游戏吗？"

"当然，因为你认为这能让你名利双收。"

"不，原因很简单。我想创造一个能让人变得快乐的东西。"

"这个说法有点儿老套。"莎蒂回应道。

"我不这么认为。你还记得我们小时候整个下午都沉浸在游戏世界里有多么开心吗？"

"当然记得。"莎蒂说。

"有时我疼得实在受不了，只有一个方法能阻止我想死的念头，就是想象自己离开了身体，换了个健全的身体，确切地说是比健全的身体更强大的身体，去生活一会儿，去体验一些不属于我的烦恼。"

"你没法跳到旗杆顶上，但是马力欧能做到。"

"就是这样。尽管我连床都起不来，但我还是可以拯救公主。确实，我也想名利双收。你知道的，我的雄心以及对物质的需求是个无底洞。但与此同时，我也想创造一些甜蜜的东西，一些我们这样的孩子会喜欢玩的东西，一些能够让他们短暂忘却自己的烦恼的东西。"

莎蒂点点头。萨姆这番话触动了她。他们相识多年，萨姆绝少提起自己的病痛。"好的，"她说，"好的。"

"好，"萨姆说，仿佛终于敲定了一件事，"现在我们该去剧院了。"

那天他们打算休息一晚，去看马克斯参演的《第十二夜》，这部剧由学生制作，将在美国剧目剧团的主舞台上演。能参演在主舞台上演的戏剧是件大事。既然马克斯同意暑假把自己的公寓借给他们用，萨姆觉得他们理应都去捧场。

说不清为什么，萨姆不大想让莎蒂和马克斯直接接触。这跟他们俩没关系，而是萨姆生性谨慎，甚至有些多疑，他喜欢对信息来往有所掌控。他害怕他们会互通有无，以某种方式联合起来对抗自己。他内心深处还隐隐担心着另一件事，就是他们**喜欢**彼此，胜过喜欢萨姆。

在萨姆看来，人人都喜欢莎蒂和马克斯，却没人喜欢他，除了那些责无旁贷、有义务喜欢他的人：他的母亲（在去世之前）、他的外公外婆、莎蒂（有争议的医院志愿者）、马克斯（学校分配的室友）。现在马克斯要把公寓借给他们，莎蒂和马克斯无可避免地会认识对方。马克斯扮演的是主角奥西诺公爵，他建议萨姆带莎蒂来看演出，结束后跟马克斯的父亲——他会来哈佛观看演出——一起去查尔斯宾馆吃晚饭。"她下个星期就要搬进来了，"马克斯说，"我离开前想跟她吃顿饭。"马克斯打算暑假的大部分时间都在伦敦的一家投资银行实习。

尽管马克斯大学四年有三年都是校园剧团的成员，但他并不打算当演员。以他的外表，其实很适合做演员，一米八的个子，肩膀宽阔腰胯又窄，穿什么衣服都很优雅，下颌棱角分明，声音坚定有力，仪态挺拔，皮肤光洁，一头浓密的黑发梳成背头，很是俊朗。如果说他在校园剧团里有什么事情值得抱怨，那一定是总被安排演刻板的强势人物或自命不凡的公子哥，比如他在《第十二夜》中的角色。生活中的马克斯既不强势也不自命不凡。他开朗爱笑，热情而富有活力，有时甚至会冒傻气，因此经常被安排这样的角色令他十分费解——原来旁人是这样看待他的。他反思自己的问题究竟出在哪里。在一次《哈姆雷特》的演出庆功会上，他问起一位做导演的朋友："我究竟有什么特质？为什么总是让我演雷尔提斯，而不是哈姆雷特呢？"

马克斯提出这个问题时，那位朋友显得有些不自在。"就是你的气质。"他说。

"我的什么气质？"马克斯追问道。

"比方说，你的个人魅力什么的。"

"我的个人魅力怎么了？"

朋友咯咯笑了起来。"兄弟，别再问我了。我喝多了。"

"我是认真的，"马克斯说，"我想搞清楚。"

那位朋友把两根食指放在眼角，往两边一拉，做了个模仿亚洲人眼睛的动作，持续不到一秒便松开了手。他带着歉意咯咯地笑了："别往心里去，马克斯。我晕了，不知道自己在干什么。"

"嘿，"马克斯说，"这样可不好。"

"你太他妈好看了。"那位导演朋友说着吻了一下马克斯的嘴唇。

从某个角度来说，这位朋友做出那个带有种族歧视意味的动作，马克斯心里是有些感谢的。那个动作把一切都解释清楚了。他身上那种难以捉摸、无法触及、神秘莫测、异常迷人的特质原来是，呃，他的亚洲面孔，而这一点永远无法改变。即使是在校园剧团里，亚洲演员能够扮演的角色也只有那么几种。

马克斯的母亲是韩裔美国人，父亲是日本人。在母亲的坚持下，他在东京的一所国际学校读书，学校里的孩子来自世界各地。这样的环境为他提供了庇护，使他在很大程度上免于面对来自祖国的种族歧视。尽管如此，日本人对外国人，尤其是韩国人，依然存在一些排斥情绪，他对此也有所体会。举个例子，他的美籍韩裔母亲在东京大学教授面料设计，他们生活在东京的那些年里，她交到的朋友寥寥无几，但马克斯不确定这究竟是因为排外心理，还是他母亲内向的个性使然，抑或是她不甚流利的日语。不过由于马克斯年少时期几乎都在亚洲生活，因此他对于亚洲人在美国受到的那种种族歧视一无所知。直到进入哈佛，他并不知道在美国——不仅仅是美国的校园剧团——亚洲人能够扮演的角色只有那么几种。

那次聚会结束后一个星期，马克斯把专业从英语（这是哈佛所有专业中最接近戏剧的）转成了经济学。

萨姆不爱数学，马克斯却爱校园剧团。他热爱的不是站在舞台上的感觉，而是排练剧目的过程。他喜欢置身于关系紧密的团体之中，在一段不算长的时间里，许多人奇迹般地聚集在一起，为一个共同的目标——创造艺术作品——而努力。每次剧目制作结束，他都会感到深深的哀伤；每次入选新的剧目，他都会为之欢欣鼓舞。他不长的大学生涯可以用参演的剧目来划分。大一：《麦克白》《贝特与博的婚姻》。大二：《帝王》《李尔王》。大三：《哈姆雷特》《第十二夜》。

《第十二夜》以一段沉船海难开场。尽管在原文中这个情节发生在舞台之外，但是这部剧的导演决定精心编排这场沉船事故，将它搬上舞台，也因此把学校提供的丰厚经费用掉了不少——她是一位专业导演而非学生，正是因为有这些经费，她才答应与学生合作。程序化的激光灯效和烟雾层层叠叠，海浪的拍击声、雷声、雨声，冷水喷出一层细密的雾气，引得观众倒吸一口气，像激动的孩子般鼓掌喝彩。演员们则批评朱尔斯导演唯一在乎的就是这场沉船戏，说她以为自己排的是《暴风雨》，而不是《第十二夜》。

对这些流言蜚语一无所知的莎蒂只觉得这场戏令人着迷。她凑到萨姆耳畔说："我们的游戏也要以海难开篇，或者是暴风雨。"话还没说完她便知道，海难以及与之相关的各种元素很可能会导致这个游戏无法在9月完成。

"没错，"萨姆低声回答，"一个孩子在海上迷失了方向。"

莎蒂点点头，低声说道："一个小女孩，大概两三岁，被冲到了海上，想找到回家的路，但是她不知道自己姓什么，也不知道家里的电话号码，不太会说话，也不认识十以上的数字。"

"为什么非得是小女孩？"萨姆问，"为什么不是小男孩呢？"

"我也不知道，也许因为《第十二夜》里就是个女孩？"

坐在附近的人嘘了他们一声。

"我们把主角设计成没有性别的孩子，"萨姆的耳语更轻了，"在那个年纪，性别无关紧要。这样每个玩家都能在其中看到自己的影子。"

莎蒂点点头。"很好，"莎蒂说，"我接受。"

马克斯扮演的奥西诺走上舞台，奉上了这部剧的开篇独白："假如音乐是爱情的食粮，那么奏下去吧。"然而到这时，莎蒂的心思早已不在赞助人马克斯和话剧上了。她正梦想着自己即将创造的那场风暴。

演出结束后，他们跟马克斯的父亲一起去他入住的酒店吃饭。"萨姆你已经认识了，这位是萨姆的搭档，莎蒂·格林，"马克斯介绍道，"我正在制作的电子游戏就是他们设计的。"

萨姆从没向莎蒂提起过马克斯是游戏的制作人，尽管这个游戏尚且没有名字，甚至连一行代码都没有。莎蒂明白萨姆的想法，马克斯为他们提供了公寓，而这间公寓当然可以算是一种股本投资。即便如此，萨姆没有事先跟她商量依然让她心中有些不平。接下来的几分钟里，她发现自己很难把注意力集中在对话上。

渡边龙对这个尚未成形的游戏的兴趣远远超过了他儿子刚刚参演的话剧。马克斯出生时，毕业于普林斯顿的经济学家渡边先生已经离开学术界赚钱去了。他很成功，投资的项目包括一个连锁便利品店品牌、一家中等规模的手机公司，以及各种各样的国际投资项目。他告诉他们，自己无比后悔没有在七十年代把握住机会，投资任天堂。"当时他们只是一家纸牌公司，"渡边先生自嘲地笑着说道，"生产花札，是给老阿姨和小孩子玩的，你们知道吗？"在制作出《大金刚》以前，任天堂最畅销的产品确实是花札纸牌。

"什么是花札？"萨姆问。

"一种塑料卡片，很小很厚实，上面印着花卉和自然风光。"渡边先生说。

"哦！"萨姆说，"我知道那种卡片！我以前常跟我外婆一起玩，但我们不管它叫花札。我们玩的那种游戏好像叫五鸟？"

"没错，"渡边先生说，"在日本，大多数人玩的花札游戏叫 Koi Koi，意思是——"

"来来。"马克斯接着说。

"好孩子，"渡边先生说，"看来你的日语还没忘光。"

"真有趣，"萨姆说，"我一直以为这是个韩国人玩的游戏。"他转头问莎蒂，"你还记得以前凤彩外婆带到医院来的那些印花小卡片吗？"

"记得。"她心不在焉地说，头脑里依然在想马克斯和他制作人的头衔，甚至没意识到自己在应和什么。她决定转移话题，于是转向了马克斯的父亲："渡边先生，您觉得这部剧怎么样？"

"那场风暴，"渡边先生说，"太棒了。"

"比公爵好多了。"马克斯说。

"我也很喜欢那场风暴。"莎蒂说。

"它让我想起了我的童年，"渡边先生说道，"我和马克斯不一样，我不是在城市里长大的。我出生在日本西海岸的一个小镇，每年我们都等待着大雨来袭，雨季总是在夏天到来。我小时候最害怕的就是我自己或者我父亲，他有几艘小渔船，被海水冲走。"

莎蒂点点头，与萨姆互换了一个眼神。

"你们有什么秘密？"渡边先生微笑着问。

"这个嘛，"萨姆说，"其实，我们的游戏就是这样开场的。"

"一个孩子被冲到了海上，"莎蒂说，话已出口，她知道自己非做不可了，"之后就是孩子回家的历程。"

"没错，"渡边先生点点头，"这个故事很经典。"

萨姆曾说马克斯和他父亲的关系令人焦虑，渡边先生对儿子的要求很高，有时甚至会贬低他。莎蒂却没看到这种迹象。她觉得马克斯的父亲睿智风趣，为人热忱。

别人的父母总是令人愉快的。

第二天，萨姆去帮莎蒂收拾行李。为了省钱，莎蒂会住在马克斯的房间，然后把自己的公寓转租出去。"你的艺术品要收起来吗？"萨姆问。每次来到她的房间，那些艺术作品总会让他心情舒畅，它们仿佛是莎蒂本人的延展：葛饰北斋的海浪、杜安·汉森的游客、萨姆·马苏尔的迷宫。

莎蒂停下手里的活，双手叉腰站在葛饰北斋的海浪图前细细端详。收拾行李的这三个小时里，萨姆渐渐意识到，尽管莎蒂很优秀，但非常不擅长收拾行李——带哪些衣服，哪些数据线，哪些电脑设备？仅仅是筛选她为数不多的藏书就花了九十分钟：萨姆会觉得我今年暑假总算有时间读《混沌学》了吗？萨姆想读吗？哦，他已经读过了，好吧，或许还是应该带上，除非萨姆也有一本，如果是这样，就读他那本，把自己的收起来；然后拿起《时间简史》，深情地拍拍封面，**或许我这个暑假应该重读一遍？**然后是《黑客》，"萨姆你读过这书吗？写得太棒了，里面花了一整章来讲威廉姆斯夫妇，你知道吧？雪乐山游戏公司，《国王密使》《幻想空间》，我们过去多喜欢玩儿这些游戏啊。"萨姆忍不住开始琢磨，她如果干脆带上所有东西，会不会反而更简单些。

"莎蒂，"萨姆轻声说，"你可以把挂画带去，这你是知道的吧？马克斯不会介意你把它们挂起来的。"

莎蒂依然盯着葛饰北斋的海浪图。

"莎蒂。"萨姆又叫了她一声。

"萨姆，你看这个，"她轻轻推了萨姆一下，让他站在与自己相同的角度欣赏画作，"这就是我们的游戏应该有的样子。"

莎蒂墙上挂的那张葛饰北斋是大都会艺术博物馆的展览海报。博物馆为它取的名字是《神奈川的巨浪》。（日语原名《神奈川冲浪里》听起来更加凶险，大意是"在神奈川冲的海浪之下"。）《神奈川冲浪里》可谓全世界最著名的日本艺术作品，在九十年代它绝对算得上麻省理工学生的公寓必备装饰品，风靡程度仅次于那些萨姆一向不感兴趣的魔术眼图片。《神奈川冲浪里》描绘的是一场滔天巨浪，相比之下画面中的其他元素——三艘渔船和一座山——都显得极为渺小。画作风格简洁生动，十分适合被雕刻在樱桃木印块上，无限地复制下去。

莎蒂知道，要想在资源有限的情况下制作电子游戏，关键就在于把限制转化为游戏风格的一部分。（正因如此，她才把《答案》设计成了黑白游戏。）这幅画作之所以在1830年代得以被广泛复制，也是由于同样的原因（色彩有限，形式语言看似简单实则丰富），莎蒂知道自己有能力用电脑图像重现这种场景。

萨姆端详着葛饰北斋的海浪图。他退后几步，擦了擦眼镜，然后又仔细看了一会儿，说道："我明白你的意思。"此刻，他们处于一种罕见的合作状态，彼此之间的灵悟连贯不断，几乎对所有事物都能立刻达成共识。"那个孩子跟马克斯的父亲一样是日本人吗？"

"不，"莎蒂说，"这 点不明确，用这个词或许不太合适，应该说是不要表现得太明显，不把这个信息作为重点来呈现。从某些方面来说，来自哪里并不重要，这是个不会说话的孩子，不是吗？不太会说话，也不认识字，即便是母语也如同外语。因此玩家不会知道。"

不过，遵循葛饰北斋的风格打造游戏世界的决定还是把整体设计推向了日系。在设计他们的"孩子"的过程中，两人不断被日本元素吸引：奈良美智充满稚气的画作；《魔女宅急便》和《幽灵公主》那样的宫崎骏动画；其他更适合成年人的动画，比如萨姆和莎蒂都喜欢的《阿基拉》和《攻壳机动队》；当然了，还有葛饰北斋的"富岳三十六景系列"，《神奈川冲浪里》便是其中的第一幅。

当时是 1996 年，"文化挪用"这个词从未出现在他们的头脑中，之所以被这些元素吸引，单纯是因为喜欢。他们的出发点并非是窃取另一种文化，不过也确实算是这么做了。

梅泽在 2017 年接受了 Kotaku 网站的采访，庆祝《一五漂流记》第一部的任天堂 Switch 版本推出二十周年：

> Kotaku：人们说第一部《一五漂流记》是有史以来画面最精美的低制作成本游戏之一，但也有批评者认为这个游戏属于文化挪用。对此你如何回应？
>
> 梅泽：不回应。
>
> Kotaku：好的……那么假如你现在来做这个游戏，你还会做出同样的东西吗？
>
> 梅泽：不会，因为如今的我已经不再是当年的我。
>
> Kotaku：我的意思是，游戏中的日本元素显而易见，一五看起来很像奈良美智笔下的人物，游戏世界的设计则像是北斋的画作，但"不死"关卡除外，那一关有村上隆的风格，配乐则跟黛敏郎的作品有些相似……
>
> 梅泽：我不会为我和莎蒂设计的游戏而道歉。（长时间的停顿）我们参考了很多元素，狄更斯、莎士比亚、荷马、圣经、菲利普·格拉斯、查克·克洛斯、埃舍尔。（又是一段长时间的停

顿）话说回来，如果没有文化挪用又会怎样呢？

Kotaku：我不知道。

梅泽：在没有文化挪用的世界里，艺术家只能参考自己的文化。

Kotaku：这么说未免太过简化。

梅泽：在没有文化挪用的世界里，欧洲白人只能创作与欧洲白人有关的艺术作品，只参考欧洲白人的文化。这里的欧洲可以替换成非洲、亚洲、拉丁美洲，随你怎么替换。在这样一个世界里，每个人都对不属于自己的文化视而不见、充耳不闻。我讨厌这样的世界，难道你不讨厌它吗？它让我恐惧，我不想生活在那样的世界里，而且作为一个混血，我也的的确确不属于那样一个世界。我的父亲，我对他完全不熟悉，是犹太人。我的母亲是韩裔美国人。我由从韩国移民来的外祖父母抚养，在洛杉矶的韩国城长大。作为一个混血，我可以告诉你，两种文化各占一半意味着你不可能完整地属于两者之间的任何一方。而且，顺便说一句，我的血统并没有让我对犹太文化和韩国文化产生格外深刻的理解。不过我猜假如一五是个他妈的韩国人，你就不会觉得这种设计有任何问题，对不对？

萨姆和他的母亲安娜·李搬到洛杉矶是在1984年7月。那年夏天正在举办奥运会，这是美国五十年来首次再度举办夏季奥运会。民众的内心充满希冀与狂热。洛杉矶算不上美丽，特别是从远处看。但她决意要呈现出自己最美的一面，哪怕只有两个星期也好。毕竟归根结底，美貌往往只取决于角度以及变美的决心。城区翻新项目搞得热火朝天，看上去颇像延时摄像的效果。运动场馆建起来了，宾馆翻修了，破败的建筑物爆破拆除了，花卉栽种了，缺乏吸引力的本地花卉移除了，道路重铺了，公交线路增设了，制服设计出来了，乐手招募了，舞者雇佣了，赞助商的商标贴满了一切可以贴的地方，涂鸦遮盖掉了，流浪汉悄悄转移了，丛林狼安乐死了，私相授受及针对种族与阶层由来已久的分裂意见被暂时搁置，因为客人要来了！洛杉矶改头换面，变成了一座明亮的、现代化的未来之城，对于开办盛会之道了然于心。从孩子特有的以自我为中心的角度看来，萨姆觉得这些改善都是为了他和安娜，日后每当他回想起自己初到洛杉矶的那几个月，总感到一种特别的柔情，仿佛这座城市的红毯只为他铺开。

他们与安娜的父母——东炫和凤彩，共同居住在一幢黄色的工业风房子里，地处宁静的回声公园附近，这一带成为文艺青年聚居区尚是二十年以后的事情。东炫和凤彩醒着的时间大都花在了韩国城附近那间以他们命名的比萨店里，那年夏天萨姆的大部分时间也是在那里度过的。安娜曾经对萨姆讲起过 K 城，但他对 K 城的实际大小没有概念。他以为 K 城就像纽约的唐人街，有几个街区的药剂店、礼品店和餐馆，或者像曼哈顿那条开满韩国餐厅的三十三街——演出结束后他经常跟妈妈去那里吃烤牛肉和小菜。洛杉矶的 K 城大极了，绵延几千米尽是韩国的人和物，而且就在城市中心。广告牌上印着韩国明星的面孔，萨姆并不认识这些人，他此前甚至没想过韩国人竟然**能够成为**明星。所有商店的招牌上都用抢眼的字体写着韩文，韩文甚至比英文还多。如果不认识韩文，那你在 K 城几乎可以算是文盲。这里有韩国书店和新娘美容店，食品店的规模跟白人开的食品店一样大，店里出售独立包装的巨大韩国梨、泡菜全家桶、上千种承诺让皮肤光洁无瑕的韩国美妆产品，以及色调或艳丽或淡雅的平装厚本漫画书。韩国烤肉店可以每天吃一家，一整年都不重样。凤彩架设的天线甚至能收到两个韩国电视台。以及，没错，还有人。萨姆从没在哪个地方见到过这么多亚洲面孔。看见他们，他不禁琢磨自己以前对这个世界以及其中生活的人的认知是不是彻底出了错，也许全世界都是亚洲的？

最让萨姆惊奇的是世界的转变之快——这也是后来他与莎蒂合作设计的几款游戏共同的主题之一：你所处的位置会怎样决定你的自我认知。正如莎蒂在接受《连线》杂志的采访时说的那样："游戏中的角色就像自我认知一样，取决于主人公所处的背景。"在韩国城，没人会把萨姆看成韩国人；在曼哈顿，没人把他看成白人；在洛杉矶，他是家族里的"白人表亲"；在纽约，他是个"中国小孩"。然而在 K 城，他对自己韩裔血统的认同感前所未有地强烈，或者确切地说，他比以往更加清晰地意识到自己是韩裔，这并非一种负面的事实，甚至连中立都算不上。这种认知让他得以喘口气：或许一个样貌奇怪的混血小孩也可以存在于世界的中心，而不只是世界的边缘。

在洛杉矶，萨姆突然有了外公外婆、阿姨、舅舅、表亲，所有人都很关心他和安娜充满戏剧性的生活。安娜和萨姆要住在哪里？参加哪个教会？萨姆会报名参加韩语学校吗？安娜会不会参演电视节目？她为什么要离开纽约？这些问题压在整个家族身上，是一种令人愉快的负担。萨姆的母亲被视为家族里的明星，她是那个在白人圈子里闯出了名堂的韩裔女孩，参演过《歌舞线上》，那可是百老汇呀！外婆凤彩对萨姆疼爱有加，带他玩韩国的纸牌游戏"五鸟"，给他包饺子，央求他母亲带他去教堂。"不然他就不能在上帝的指引下长大了，安娜。长大以后他会迷失方向的。"凤彩说。

"萨姆很有灵性，"安娜说，"我们经常探讨宇宙万物。"

"哎呀，安娜。"凤彩说。

那年夏天，最能触及萨姆心灵的，其实是外公外婆的比萨店里那台大金刚游戏街机。购置这台游戏机是东炫想出来的营销手段，1980年代初，街机游戏正风靡。机器送到之后，他发了许多宣传单：**东和凤有大金刚游戏街机了！欢迎前来家庭聚餐，玩游戏！购买一张招牌纽约比萨即可免费玩一局！** 宣传单上印的是未经任天堂授权的插图，大金刚正把比萨面团抛向空中，面团则是凤彩自己画上去的。1972 年为餐馆起名字的时候，东炫清楚地知道，如果去掉"炫"和"彩"这两个字，他和妻子普通而体面的韩国名字"东"和"凤"在白人听来会变得极为滑稽。他希望大金刚游戏街机的促销手段能够将这两个名字自带的喜剧效果进一步强化，吸引 K 城以外的顾客，换句话说，友善的白人。他确实一度实现了这个目标。

等到萨姆搬来洛杉矶的时候，街机的风头已经消退了，几乎从来没人跟他在街机上对战过。东炫把游戏机硬币箱的钥匙一扭，萨姆想玩多长时间就可以玩多长时间。在外公外婆的比萨店里玩着《大金刚》，平静的感觉渐渐笼罩了萨姆。每当他精准地计算跳跃时间，操纵着那个来自日本的小个子意大利水管工以合适的速度登上楼梯，他仿佛感到世界可以是井井有条的，自己可以完美地掌控时机。这种感觉富有协调性，与那个寒冷的冬夜，一个女人纵身跳下位于阿姆斯特丹大道的公寓大楼正落在萨姆和母亲脚边的感觉完全相反。那个女人，她的脸和脖颈扭成雨伞手柄般骇人的曲度，她的血散发着土腥味和铜的气味，与他母亲那熟悉的晚香玉香水味融合在一起——几乎每个夜晚那个女人都会出现在他的梦境里。萨姆琢磨着她被救护车拉走之后又经历了什么，猜测着她的名字。他从没向安娜提起过她。他知道那个女人正是他们离开纽约的原因。"在加利福尼亚，"母亲对他许诺，"我们再也不会遇见坏事了。"

萨姆十岁生日那天，玛莉·卢·雷顿获得了女子体操全能金牌。

外婆为他举办生日聚会时，电视开着，但按了静音，这样大家在为萨姆庆祝生日的同时也能观看玛莉·卢的比赛。所有人的眼睛都盯着电视，但萨姆并不介意，他跟大家一样，也想知道她究竟会不会获胜。萨姆吹灭了十根蜡烛，在远处，玛莉·卢·雷顿的自由体操表演获得了满分十分。萨姆不禁产生一种错觉，仿佛正是由于自己在这一刻吹灭了十根蜡烛，才让她获得了满分。他想象着整个宇宙是一台鲁布·戈德堡机[1]。假如他只吹灭了九根蜡烛，也许获胜的就会是那个罗马尼亚女孩了。

　　第二天，萨姆和安娜出去吃午饭。萨姆觉得自己仿佛有好几年没与母亲独处了，尽管才刚十岁，他已经对那间位于破败的曼哈顿谷的连通式公寓、对中餐外卖、对他们过去的生活有了一种真切的怀念。不远处的一张桌子旁，两个穿西装的男人正声如洪钟地谈论体操决赛。

　　"要不是苏联抵制奥运会，她才拿不了金牌呢，"一个男人言之凿凿，"最厉害的选手不参赛，这就不算真正的胜利。"

　　萨姆问母亲，她同不同意那个大嗓门男人的看法。

　　"嗯……"母亲喝了一口冰茶，然后用双手托着下巴，萨姆知道这个姿势意味着她即将展开一段深入的哲学探讨。安娜是个很健谈的人，在萨姆幼年的生活中，最让他由衷感到开心的事情之一，就是跟母亲讨论世间万物的奥秘。没人能比他的母亲更加认真地对待他这个人以及他提出的疑问。"即便那个人说的是真的，我依然认为这次胜利应该属于她，"她说道，"因为她是在那一天获胜的，她赢了当时的那群人。

---

[1] 美国漫画家鲁布·戈德堡（Rube Goldberg，1883—1970）在其作品中创造出的一种被设计得过度复杂的机械组合，以迂回复杂的方法去完成一些实际上非常简单的工作。例如倒一杯茶、打碎一颗鸡蛋等。由于机械的运作方式繁复费时，零件组合又十分简陋，所以整个过程往往给人荒谬、滑稽的感觉。

我们永远无法确定如果其他选手参加会发生什么事。苏联的女孩们有可能获胜，但她们也有可能因时差的影响而发挥失常，"安娜耸耸肩膀，"在任何比赛中都一样，只适用于比赛进行的这一刻。对演员来说也一样。我们最终唯一能够确定的只有真实发生的这场比赛。"

萨姆盯着面前的薯条。"还有别的世界吗？"

"我认为很可能有，"安娜说，"但我没有确切的证据。"

"在别的世界里，或许玛莉·卢没有赢得金牌。她甚至可能都没入围？"

"有这种可能。"

"我很喜欢玛莉·卢，"萨姆说，"她一看就是个勤奋的人。"

"确实，不过我猜其他女孩也都很勤奋。就连没有获胜的那些也一样。"

"你知道吗，她只有不到一米五高，只比我高五厘米。"

"萨姆，你是不是暗恋玛莉·卢·雷顿啊？"

"没有，"萨姆说，"我是在陈述事实。"

"她只比你大六岁。"

"妈，别这样。"

"这个年龄差距现在看起来或许很大，但再过几年就不会了。"

这时，那两个穿西装的男人中的一个来到了他们桌边。"安娜？"是那个大嗓门的男人。

安娜转过头，说道："哦，你好。"

"我看着好像是你，"大嗓门的男人说道，"你气色不错。"

"乔治，最近怎么样？"安娜说。

大嗓门的男人转而对萨姆说："你好啊，萨姆。"

萨姆知道自己认识这个男人，但一时想不起他是谁。他已经有三年没跟他见过面了，在十岁的年纪，三年几乎有一辈子那么长。这时他忽然想起了乔治是谁。"嗨，乔治。"萨姆说。乔治跟萨姆握了握手，显得轻松而客气。

"我不知道你们到洛杉矶来了。"乔治说。

"我们刚到这里，"安娜说，"我本打算安顿下来后给你打电话的。"

"这么说你们是要在这里定居了？"乔治说。

"对，估计是，"安娜说，"我的经纪人已经央求我好几年了，让我来参加试播季。"

"试播季是在春天。"乔治说。

"没错，"安娜说，"这我自然知道。不过我得等萨姆上个学年结束，于是就拖到了现在，等到明年我会做好准备的。"

乔治点点头。"好的，很高兴见到你，安娜。"他正要离开，忽然转身回到桌边。"萨姆，"乔治说，"如果你有时间的话，我很希望我们两个能一起吃顿午饭。日子你定，我的助理埃利奥特小姐会安排的。"

萨姆与父亲乔治·马苏尔的会面安排在斯卡拉餐厅，洛杉矶许多日渐破旧但环境依然宜人的餐厅之一，这些餐厅的名号总是比实际环境更加气派。在这之前，他只跟乔治见过六次面，通常是在乔治到纽约出差的时候。见面时，他们会去纽约游客或者离婚后的父亲常带儿子去的那些地方，FAO施瓦茨玩具店、广场饭店的下午茶、布朗克斯动物园、曼哈顿儿童博物馆、火箭女郎舞蹈团等等。这些活动没有让他们建立起情感纽带，萨姆对乔治并没有很深的情感。举个例子，他从不叫他爸爸，而是叫他乔治。每当想起乔治，萨姆只把他看作一个曾经与他母亲发生过性行为的人，尽管才十岁，萨姆并不完全清楚性行为究竟是怎么一回事。

萨姆知道乔治是威廉·莫里斯娱乐公司的一名经纪人，也知道他母亲的代理公司不是威廉·莫里斯娱乐公司。他知道乔治曾经在《花鼓歌》的一场重演结束后来到后台,告诉安娜这部戏里最棒的就是她。他知道乔治和安娜约会过大约六个星期,然后不知由于什么原因她提出了分手。他知道在那之后又过了六个星期,她发现自己怀孕了。他知道她曾经考虑过堕胎,他也明白什么是堕胎。他知道她从没想过要跟乔治结婚。他知道乔治得知她怀孕的消息后给她开过一张一万美金的支票,尽管她从没向他要过钱。他知道这笔钱存在信托基金里,留给萨姆上大学用,自那以后乔治再也没有往这个账户存过钱。萨姆对这些事的了解大都来自与安娜同上表演课的朋友——加里。有时安娜需要工作,他就替安娜照看孩子,而他这个人有点儿过于爱聊天。

乔治穿着一件高档的夏季薄羊毛西装,在萨姆的印象里他总穿着西装。他伸出手跟萨姆握了手。"你好,萨姆。谢谢你抽时间来跟我见面。"乔治说。

"不客气。"萨姆说。

"能跟你见面我很开心。"

萨姆点餐时询问了乔治的建议,乔治推荐了"大名鼎鼎的碎切沙拉",但萨姆吃完后觉得寡淡无味。他们谈到了奥运会,谈到了 K 城的家人,以及在纽约和洛杉矶生活的不同感受。

"你知道吗,"乔治说,"我是犹太人,这说明你是半个犹太人。"

"是吗?"萨姆说。

"我知道表面看起来不太像,但你的一半来自我。"

萨姆点了点头。

"我不是有意很少跟你见面,这你是知道的。"

萨姆又点了点头。

"我没有怪安娜的意思,不过你母亲有时不太好说话。你知道吗,我在她怀孕的时候劝过她搬到这里来。当时她拒绝了，说她无法想象自己要如何在洛杉矶抚养一个孩子。结果现在她来了，"乔治耸耸肩，"人们的想法有时真够奇怪的，不是吗？"他用期待的目光望着萨姆。

"人啊。"萨姆的语气像个六十岁的老头，而乔治要等的似乎正是这样一句回应。

"人就是这样。我在马利布有幢房子，"乔治说道，"你想不想找个时间到布城来？"

"好的，"尽管对马利布并不是特别向往，但萨姆还是客气地说，"开车去……布城要花挺长时间的。"

"没那么长。你想不想认识一下我的女朋友？她长得非常漂亮。我这么说不是吹牛，只是让你有个大致的印象。给别人留下视觉印象，这一点很重要。如果能够做到这一点，你就抢占了先机，萨姆。不过没错，我的女朋友确实是个很有魅力的女人。你知道 007 系列电影吗？她在最新一部里扮演邦德的第二位秘书。有的人会说，扮演邦德的秘书跟成为邦女郎没法相提并论，但我觉得可以一比，"他看了萨姆一眼，"你觉得呢？"

"嗯……"萨姆说，"我其实不太了解这些。"

乔治做了个打勾的手势，一名服务生送来了账单。他付了账，再次与萨姆握手。乔治递给萨姆一张名片：**乔治·马苏尔，电影演员经纪人，威廉·莫里斯娱乐公司。**

"你有任何需要都可以打这个电话。接电话的会是埃利奥特小姐，但她总是能找到我，就算找不到我，她也会给我留言的。"

他们走出了餐厅，距离与凤彩约定的来接萨姆的时间还有几分钟。

乔治看了看手表。

"你不用陪我等车的。"萨姆说。

"没事，不要紧。"

"我时常一个人待着，"萨姆说着，忽然意识到把这件事说出来，无意中诋毁了自己的母亲，"我是说，不总是一个人待着。"

·点整，凤彩把车开到了路边，精准地把那辆森林绿色的名爵汽车停进了只比车身长十五厘米的停车位。凤彩车技高超，开车风格很是狂野。她和东炫初到洛杉矶时，她曾经为当地的一家搬家公司开车，以惊人的侧位停车技术闻名整个家族。萨姆常说她开车就像在玩《俄罗斯方块》。

萨姆上了车，对乔治挥挥手。"再见，乔治。"

"再见，萨姆。"

萨姆关上车门。凤彩头上系着一块方巾，戴着开车专用手套——那是丈夫送给她的礼物，她的车里永远一尘不染。驾驶座上铺着木珠串成的坐垫，据说有按摩或者促进血液循环的效果；招揽顾客用的那只胖乎乎的招财猫在后窗挥着手；后视镜上挂着一块圣母马利亚形状的香薰片，香气早已散去，不过据上面的标签说，它曾经是松木味的。用萨姆的话说："坐进我外婆的车，你就能对关于她的一切有所了解。"

"你妈叫我不要对你说这些，但我不喜欢那家伙。"凤彩说。

"他说让我去马利布找他做客。"

"马利布，"听凤彩的语气，仿佛这个词惹得她反胃，"你妈人长得漂亮，又有才华，但是看男人的眼光实在太差了。"

"可是，"萨姆说，"乔治说我有一半来自他。既然我有一半来自他……"

凤彩发觉自己说错了话："你是百分之一百的完美，是我最心爱的韩裔小外孙。"

在红灯的路口停下车来，凤彩摸摸萨姆的头，亲了他的额头，又在他佛像般可爱的圆脸蛋两边各亲了一口，萨姆没再争辩，接受了外婆的谎言。

3

7月的第一个星期，马克斯给萨姆发了封邮件，说他要提前结束实习回来：

> 地下城主马苏尔，我这周六就从伦敦回来。实习烂透了，以后再跟你细说。如果你和格林小姐同意的话，我打算睡在沙发上。我可以替你们跑腿，担起我身为"制作人"的职责，为你们扫清障碍，哈哈。我爸对你们两个印象特别好。很期待游戏的进展。已经起名字了吗？马克斯，9级圣骑士

当萨姆把马克斯星期六回来的消息告诉莎蒂时，她颇为不满。"你就不能叫他不要回来吗？"莎蒂说。

"我不能，"萨姆说，"这是**他的**房子。"

"这我知道，"莎蒂说，"就因为这是他的房子，所以他才有了制作人的头衔。如果他跟我们一起住，那是不是意味着我们**不必**给他任何头衔了？"

"不是。"萨姆说。

"过了这么长时间，我们才刚摸索到合适的工作节奏。"莎蒂说。

"马克斯很棒，"萨姆说，"如果他在这里，可以帮我们。"

"帮我们干什么？"莎蒂说。在她看来，马克斯不过是个长着漂亮脸蛋的富二代，感兴趣的东西很多，却没多少真本事。在她曾经就读的高中——十字路中学，班上一半的男生都是马克斯这种人。

"帮我们干一切我们没干的事情。等他来了你就知道了，"萨姆说，"只要安排得当，他能为我们提供资源。"

看来这件事他已经拿定了主意，于是莎蒂重新投入到了工作中。

他们那个还没取名字的孩子已经有了不小的进步。萨姆为这个孩子设计了服饰：父亲的运动衫像连衣裙般长长地罩住身体，脚上是木头做的人字拖。他们决定让孩子梳个光滑的瓜皮头，两人都对这一发型的外观和实用性感到满意。头盔式的发型与透出北斋画风的背景相重叠，呈现出最简洁的效果。

形象设计完成后，莎蒂便开始完善孩子的动作。她希望走路的姿态给人一种轻快又不完全受控制的感觉，像只跟在鸭妈妈身后的小鸭子。在设计策划里她和萨姆写道："孩子的身体运动起来像是从没体验过疼痛，甚至不知疼痛为何物。"唉，这些设计策划的野心可真不小！

莎蒂花了几天时间来解决孩子走路的难题。她为这个人物设计的步幅很小，脚步很轻快，走过会留下一串小鸟般的足迹，而后渐渐消失。设计有所改善，但后来真正解决了这个难题的关键在于孩子行走的路线不是笔直的，而是在玩家操纵角色往前走的时候，总要先笨拙地左右蹒跚几步来加速。

她把设计成果拿给萨姆看。"不错。"萨姆说，他操纵着那个孩子在屏幕上走来走去，"但这就是我啊，"他说，"我就是这么走路的。"

"不，不是你。"莎蒂说。

"我走路比这慢得多。不过我往前走的时候总是会往两边歪，"萨姆说，"我上高中的时候，有个混蛋管这叫萨姆小碎步。"

"我讨厌孩子，"莎蒂说，"我永远也不想要孩子。"莎蒂从萨姆手里拿过键盘，操纵着那个孩子在屏幕上走了一圈。"好吧，也许确实有点儿像你，"莎蒂承认道，"但我在设计的时候真的没有想到你。"

这时莎蒂忽然听见了爆炸声。"是什么声音？"她伏下身子，萨姆则来到了窗口。他们看见很远的地方升起了烟花。两个人都忘了这一天是独立日。

马克斯回来后，他们给他看了第一关的样盘。"这个还远远没做完，"莎蒂说，"光效和声音都没有，但是它能让你大致了解我们追求的视觉效果，还有这个游戏的基本手感。至于风暴，我也还没开始做。"

萨姆把手柄递给马克斯。屏幕上的孩子站在水里，身边漂浮着碎片。马克斯玩游戏的经验非常丰富，即便如此，他还是花了点心思才得以上手，在他的操纵下，孩子消失了好几次。"老天啊，够难的。"马克斯说。

《一五漂流记》的第一关要求玩家拿着水桶和铲子回到岸边，避免溺水。这部分既可以算是节奏游戏——玩家要摸索出如何控制孩子游泳——又可以算是动作冒险游戏。游戏世界完全是沉浸式的：线索很少，也没有文字。马克斯最终回到了海滩上。看见那个孩子走路的姿势，他忍不住开心地大声说："是小萨姆！"

"拜托你不要这么叫。"莎蒂恳求道。

"我早跟你说了吧。"萨姆对莎蒂说。

马克斯操纵着游戏人物在沙滩上走来走去。

"第二关还没做。"莎蒂提醒他。

"没事，我只是想看看小萨姆的背面是什么样。"

"拜托你别再这么说了。"莎蒂说。

"小萨姆衣服背后写的十四是什么意思？"马克斯问。

"没什么意思，"萨姆说，"是这个孩子的爸爸最喜欢的球星编号之类的。我们还没决定。"

"Juu-yon."马克斯说。

"Juu-yon 是什么意思？"萨姆问。

"是日语里的十四，"马克斯说，"你们刚才说这个小男孩没有名字，对吗？或许可以按照运动衫背后的数字叫他 Juu-yon。"

"有意思。"萨姆说。

"不是小男孩，而且我不喜欢类似 'Jew' [1] 的发音，"莎蒂说，"美国玩家会觉得这个发音很奇怪，至于原因就显而易见了。"

"Ich Yon 怎么样？意思是一四。也许这个孩子还数不到十以上的数字，因此不知道十四这个数字。"马克斯说。

莎蒂点点头。"这个还差不多，不过读起来不太上口。"

"你们知道吗？有个名字比一四更好，一五怎么样？Ichi、Go， [2] 这个孩子的名字就叫 Ichigo，"马克斯说，"游戏本身也可以叫这个名字。Ichigo 也有草莓的意思。"

"Ichigo，"萨姆试探着念这个词，"Go 朗朗上口。Go，go，Ichigo，go。"

"让我想起了《马赫五号》[3] 的主题曲。"莎蒂轻蔑地说。

"确实。这其实是好事。"萨姆说。

"当然了，这完全由你们决定，"马克斯说，"我毕竟不是设计师。"

莎蒂想了想。她不喜欢事情这样发展，她本来就有些讨厌马克斯，

---

[1] 英语中，Jew 意为"犹太人"。

[2] 日语中，Ichi 意为"一"，Go 意为"五"。

[3] *Speed Racer*，一部以赛车手为主角的日本动画。

105

而他刚刚竟然为她和萨姆的游戏起了名字。"Ichigo."她缓缓地重复道。可恶，她心想，**这个名字实在朗朗上口**。"我能接受。"

尽管多年以后莎蒂才向萨姆承认这一点，但那年夏天马克斯确实发挥了巨大的作用。诚然，马克斯不是游戏设计师，他既不是莎蒂那样的一流编程师，也不像萨姆那样会画画，但除此以外的一切事情，他几乎都为他们做了，从乏味的日常琐事到需要创意的关键任务，他都为之做出了贡献。马克斯会理顺工作流程，好让莎蒂和萨姆更清晰地掌握对方在做什么、自己需要做什么。他列了长长的用品清单，也从不吝惜自己的信用卡——他们总是需要更大的内存条和储存器，而且时常烧坏显卡——那年夏天，他去过不下五十次位于中央广场的大型计算机商店。他开设了银行账户，还注册了一家公司，Go, Ichgo, go。他安排他们交税（以便在短期内为他们省钱，因为公司购置办公用品是免税的），而且如果将来需要雇佣人手——他知道会有这么一天的——他也会为他们安排好。他确保大家都有东西吃，有水喝，有觉睡（多少也要睡一点儿），让他们的工作环境保持清洁整齐。他是个经验丰富的游戏玩家，也因此成了试玩游戏关卡和纠错的绝佳人选。除此以外，马克斯品位出众，而且对故事情节有着独到的见解。《一五漂流记》中著名的"冥界"场景正是来自马克斯的建议。（"一五的境遇必须糟糕到极点。"他如是说。）也是马克斯向他们介绍了村上隆和藤田嗣治。莎蒂和萨姆工作时，是喜爱前卫无人声音乐的马克斯用自己的 CD 机为他们播放布赖恩·伊诺、约翰·凯奇、特里·赖利、迈尔士·戴维斯和菲利普·格拉斯的作品。马克斯提议他们重读《奥德赛》《野性的呼唤》和《勇敢的心》，还让他们读了有关构建故事的书籍《英雄的旅程》，以及一本关于儿童语言能力发育的书《语言本能》。他想让尚未学会说话的一五给人真实可信的感觉，拥有来自真实生活的细节。马克斯眼中的《一五漂流记》既是一个寻家的故事，也是一个关于语言的故事。在没有语言的世界里，我们该如何交流？这个故事之所以能驱使马克斯为之努力，一部分原因在于他的母亲始终没能学会流利的日语，而他认为母亲成年生活的大部分时间都孤独甚至抑郁的原因正在于此。最早开始从销售的角度理解这个游戏的人也是马克斯，制作一款优秀的游戏固然重要，但总有一天，他们当中有人需要向外人解释，这**为什么**是一款优秀的游戏。

到 8 月中旬，莎蒂和萨姆已经大致完成了《一五漂流记》十五个关卡中的六个，而这很大程度上要归功于马克斯的组织能力。从某些方面来说，马克斯觉得做莎蒂和萨姆的制作人跟做萨姆的室友其实区别不大。他会以不太引人注意的方式为他们解决困难，为他们灭火，会在需求和障碍出现前就预料到这些情况。这正是制作人应该做的事情，而马克斯会成为一名非常优秀的制作人。

不过马克斯为萨姆和莎蒂做的最好的一件事是信任。他爱一五，爱萨姆，也渐渐爱上了莎蒂。

"所以说，你跟莎蒂之间到底是怎么回事啊？" 8 月初的一个酷热难耐的夜晚，马克斯问萨姆。他们开着的电脑设备本就让公寓闷热得要命，这天空调又坏了。为了降温，马克斯和萨姆除了四角短裤什么也没穿，还将一罐冰啤酒按在额头上。他们三个很少有不共处一室的时候，不过这天晚上莎蒂出门去跟一个碰巧到这里来的高中同学见面，或许也是为了躲避电脑的热气。

"她是我最好的朋友。"萨姆说。

"当然，"马克斯说，"这我知道。但就是……你知道的，我希望这个问题不会太奇怪，你们是恋人关系吗？或者以前曾是恋人关系吗？"

"没有，"萨姆说，"我们从没……这不仅仅是恋爱的事，这比恋爱好得多。我们之间是友情，"萨姆笑了，"再说，谁在乎恋爱啊？"

"还是有人在乎的，"马克斯说，"我想，我之所以问这个，是因为……就是，如果我约她出去，你会介意吗？"

萨姆放声大笑："跟莎蒂·格林约会？你只管去尝试。我猜她不会答应的。"

"为什么？"马克斯问。

"因为……"**她讨厌你，**萨姆想这样说，**因为她觉得你是个白痴，她根本不希望你在这里。**"因为她知道你经常换约会对象。"萨姆说。

"她怎么知道的？"

"我说，这事本来也算不上什么国家机密。你总是有这样那样的男朋友或者女朋友。"萨姆顿了顿，又说道，"比方说，我不记得你有过约会超两个星期的对象。说实话，现在我认真一想，我觉得你约莎蒂出去不是个好主意。倒不是因为我对她有**那种意思**，而是因为我们都是同事，不是吗？我不希望让某些事影响《一五漂流记》的进展。"

"对，你说得对，"马克斯说，"你就当我没提过这回事吧。"

萨姆说的"两个星期"有些夸张，马克斯的恋爱关系持续的时间通常在六个星期左右。马克斯很擅长恋爱，至少是短时间的恋爱，而且确实从来没人在跟马克斯谈恋爱之后感到自己被他利用，或者受到了伤害。他有一种天赋，那就是让对方以为是自己主动结束了这段感情，因此大多数前任都变成了他的朋友。只有在过了几个星期、几个月，有时甚至是几年以后，马克斯的某位前任才会想道："嗯……如今回想起来，好像是马克斯甩了**我**。"这也就是说，马克斯走在哈佛广场上随时有可能遇见某位前任，而那个人通常也会很高兴遇见他。

若要说二十二岁的马克斯面临着什么难题，那一定是令他感兴趣的人和事太多了。马克斯最爱用的形容词是"有意思"。在他眼中，这个世界上满是有意思的书等着他读，有意思的戏剧和电影等着他看，有意思的游戏等着他玩，有意思的食物等着他品尝，有意思的人等着跟他上床，有时甚至坠入爱河。在马克斯看来，不尽可能地去热爱一切你能够热爱的事物，这种行为太愚蠢了。在莎蒂与他初相识的那几个月里，跟萨姆谈到马克斯时，她会颇为不屑地叫他"只知道风花雪月的绣花枕头"。

然而对马克斯来说，这个世界就像某个亚洲国家五星级宾馆的自助早餐——选择之丰盛令人应接不暇。有谁不想同时品尝菠萝奶昔、叉烧包、煎蛋饼、腌制小菜、寿司和抹茶牛角包呢？它们触手可及，美味又独特。

说起来未免有些苦涩，马克斯来到哈佛之后约会过许多人，但他唯一真心以待的只有萨姆。马克斯确实爱上了萨姆，但他并不想跟萨姆上床。萨姆就像他的弟弟，是他拼了命也要保护的人。

至于莎蒂……马克斯觉得她是另一码事。莎蒂跟萨姆很像，却又有些不同，而这个特点对他充满吸引力。对马克斯来说，莎蒂身上的某些特质使得她比马克斯通常约会的对象更丰富、更有趣，也更复杂。他不傻，他知道莎蒂好像不喜欢他——这种情况在马克斯的生活中非常少见，人人都喜欢马克斯！——即便如此，他依然想知道，如果莎蒂喜欢他会是怎样一种体验。他希望莎蒂能够用她与萨姆说话的语气跟自己说话。马克斯酷爱读书，他隐约觉得莎蒂像一本值得反复翻阅的书籍，每读一遍都会获得新的感悟。不过令马克斯感兴趣的人实在太多了，因此萨姆叫他不要追求莎蒂时，他并没有觉得格外难过。

4

直到 8 月中旬，莎蒂才开始设计暴风雨。她知道这场暴风雨将是玩家对《一五漂流记》的第一印象，务必要把它做得气势恢宏，因此压力很大。她也知道，这极有可能是她最后一次跟萨姆合作，这个游戏完成后的秋天，他们就要各自返回学校了。

萨姆和莎蒂从没说起过这件事，但他们彼此都心知肚明，他们不可能在 9 月前完成这个游戏。他们知道自己做的东西还不错，甚至比"还不错"更好一些。他们担心的也许是"游戏无法在暑假里完成"，这毕竟是萨姆曾经随口设定的截止日期，这件事一旦说出口，他们合作顺利的魔咒就会被打破。作为一名优秀的制作人，马克斯曾经试过委婉地向他们提起这个话题。他提议设定一个学期内的工作时间表，但他们俩都不想谈论这件事。萨姆和莎蒂决定无视自己的现实生活，尽最大努力奋斗到最后一刻。

跟大多数二十出头的人一样，莎蒂此前从没开发过复杂的图形和物理引擎，可想而知，在为《一五漂流记》构建引擎时，她遇到了不小的困难。萨姆和莎蒂想让游戏图像呈现出日本漫画里那种水彩颜料的轻盈感，但无论莎蒂如何尝试都无法成功复刻。比方说，一五跑起来的时候，她希望动作不要那么稳定，而是几乎像水一样。在她和萨姆写下的雄心勃勃的设计策划中，（相较于走路来说）对一五奔跑的动作的描述是："拥有流水般的速度、美感与危机感，奔跑时要宛若一道海浪，跳跃时要宛若一阵台风。"在最初的几次尝试里，一五看上去是模糊的、隐形的，根本不像"流动的水"，后来她终于设法贴近了预期的效果，这时游戏又常常突然宕机。不过，莎蒂的引擎是在她硬着头皮开始设计暴风雨部分时，缺点才真正突显。

什么是暴风雨？莎蒂想，是水，是光，是风，是这三种元素共同作用在物体表面上，这能有多难啊？

莎蒂把自己初次设计的暴风雨转场动画拿给萨姆看。他看了两遍才提出意见。

"莎蒂，"他说，"我不想惹你伤心，但是这个做得还不够好。"

莎蒂知道动画不够好，但是听见这话，她还是不免生气。"哪里不够好？"她问。

"感觉一切都不真实。"

"我们设计的背景像木版画，这怎么真实得了？"莎蒂问。

"或许真实这个词用得不恰当。我看到它的时候心里没有任何感受。我感受不到害怕，感受不到……"萨姆又玩了一遍这个场景，"是光效的问题，"萨姆说，"我觉得光效不合适，还有纹理。这个水……水给人的感觉不够，怎么说呢，不够湿。"

"既然你说得这么容易，你倒是来设计个他妈的暴风雨试试看啊！"莎蒂回到自己的房间摔上了门，独自待在房间里，她倒是毫不费力地哭成了一场暴风雨。

莎蒂感到筋疲力尽，她觉得自己辜负了《一五漂流记》。他们设计策划中的设想是那样美好，萨姆创作的画是那样唯美，而她的工作就是把这些画用游戏的形式呈现出来。莎蒂最讨厌的就是游戏包装盒画得精美绝伦，而实际玩到的游戏跟概念图根本不是一码事。

问题不在于萨姆不喜欢她做的暴风雨，也不在于他的批评意见指出了这个游戏在图形方面还隐藏着更大的问题，而是即便她三个月来几乎没怎么睡觉、洗澡，他们依然无法按时完成这个游戏！他们做了那么多努力，为所有关卡做了详细的安排，撰写了完整的故事情节，为故事和人物设计了背景，然而……他们要做的**工作还有那么多**。她感到自己渐渐陷入了恐慌。

萨姆敲响了她的房门。"我可以进来吗？"

"当然可以。"莎蒂说。

萨姆在她身边坐下，莎蒂把烟递给他，他拒绝了，并打开窗户。二十二岁的萨姆烟酒不沾。他从不喝酒，甚至连阿司匹林也不吃。他这辈子唯一服用过的药物是医院开的止痛药，就连这个他也不喜欢吃，因为它会破坏人思考的能力。萨姆身体里唯一能始终如一地有效运作的部分就是大脑，他不愿让它受到损害。因此，萨姆总是处在疼痛之中，而这种疼痛也许原本是可以减轻，也应该得到减轻的。

"是引擎的问题，"莎蒂平静地说，"是我的光效和纹理处理引擎的问题，它不够好。"

"问题出在哪里呢？"萨姆问。

"出在……"莎蒂说，"出在我身上……以我的水平还无法完成。"

"你什么都能办到，"萨姆说，"我对你有绝对的信心。"

萨姆的信任沉甸甸地压在她心上。她钻进被窝，用被子蒙住了头。"我得睡一觉。"

莎蒂睡觉时，萨姆开始着手研究游戏引擎。他知道设计游戏时可以借用其他公司的引擎，如果能找到一个跟你想要的图像处理效果相似的引擎，说不定能省下很多工作量，甚至从长远来看还能省下一笔开销。他曾经和莎蒂谈过这件事，他知道莎蒂坚决反对使用其他设计

112

师的引擎。从设计之初她就坚持一切代码都必须由他们亲自编写，因为如果不坚持这一点，游戏的原创性就会打折扣，就会把一部分权利（而且通常还有利润）让渡给引擎的开发者。当然了，她说的这些都是在重复多夫的教诲。

即便如此，萨姆还是花了一整个下午查看他、莎蒂和马克斯拥有的所有游戏。作为一名自学成才的编程师，萨姆是通过拆解游戏学会的编程。虽然在技术领域，反向工程可以算是常规操作，但萨姆其实是从外公那里学会的这一招。每当餐馆里的东西出了故障——无论是收款机、室外射灯、比萨烤炉、付费公用电话，还是洗碗机——东炫总会细心地拆开那件出了故障的东西，把所有零件有条不紊地陈列在一张旧桌布上。大多数时候，他都能把坏掉的东西修好。他会举起一块受到腐蚀的密封圈，带着胜利的喜悦说："啊哈！问题就在这儿！只要九十九美分，我就能在五金商店买到一个新零件！"然后东炫会替换掉破损的零件，再把所有零件重新组装回去。萨姆的外公对两个道理坚信不疑：（1）任何人都有能力了解任何事；（2）只要肯花时间找到问题的根源，任何东西都是可以修复的。萨姆也相信这两个道理。

萨姆决定研究其他游戏，找出与他们追求的光效和纹理相似的效果。如果游戏能够拆解，那他就把游戏拆开，看看自己能学到 / 偷走什么东西，然后把发现告诉莎蒂。

在莎蒂那堆东西的最底下，他翻到了一张《死海》的拷贝。萨姆听说过《死海》，但一直没有抽时间坑这个游戏。

莎蒂睡醒时，马克斯和萨姆正凑在电脑跟前。"来看看这个，"萨姆说，"暴风雨差不多就应该是这样的，对不对？"

莎蒂从没对萨姆说起过多夫的事，也没问过他有没有玩过《死海》。

113

她漫不经心地来到电脑前，看了一眼自己前任制作的游戏，仿佛从没看过上百遍这个游戏。"这比我们想要的效果更阴暗些。"莎蒂说。

"当然，"萨姆说，"我的意思不是要跟这个一模一样，但里面添加的光效很合适。看见光在水里的折射效果了吗？看得出轻盈感吗？还有氛围感。"

"看得出来。"莎蒂在萨姆身边坐下，说道。"你得把那块木头捡起来，"她对正在打游戏的马克斯说，"一会儿要用它给僵尸爆头。"

"谢谢。"马克斯说。

"对了，这游戏的引擎叫尤利西斯，"莎蒂说，"是他自己设计的。"

"他是谁？"萨姆问。

"这个游戏的设计者兼编程师。他叫多夫·米兹拉。我过去跟他有点儿交情。"

"你们怎么认识的？"萨姆说。

"他是我的老师。"莎蒂说。

"那正好，你给他打个电话试试？"萨姆说，"我是说，如果你还是觉得开发引擎有困难的话……"

"有道理，"莎蒂说，"也许我确实应该找他。"

"说不定他能指导你？"萨姆接着说，"或许我们甚至可以直接使用他的引擎？"

"我不确定，萨姆。"

"不知我这么说你心里会不会舒服些，我们已经为这个游戏付出了太多努力，我不认为每一行代码都必须是原创的，你对纯粹度这件事有点儿钻牛角尖，不过说实话，其实没人在乎。世上没有纯粹原创的艺术作品。你追求的最终效果是通过怎样的过程实现的，这根本不重要。这个游戏依然完全是原创的作品，因为它是我们创造出来的。如

114

果你能够拿到对自己有帮助的工具，对它加以利用是再正常不过的事情。我们的游戏跟《死海》完全不一样，所以这有什么关系呢？"

第二天早上莎蒂给多夫写了封邮件，原来他已经回到了剑桥，秋季学期，他会一边上游戏研讨课，一边完成《死海Ⅱ》的制作。他邀请莎蒂到他的工作室去，她去了。

见到莎蒂，他拥抱了她。"收到你的邮件我实在太开心了，莎蒂·格林！我本想给你发邮件的，但是事情太多了。我快要把《死海Ⅱ》做完了。以后我再也不做续作了。"

多夫最近成了素食主义者，于是他们去了他办公室附近的一家素食餐厅。"你最近怎么样？"他热情地问。

莎蒂把《一五漂流记》的事告诉了他。

"这个名字不错。你就应该做这样的事，"他说道，语气中略带一丝屈尊俯就的意味，"你应该制作由你原创的游戏。"

莎蒂从背着的邮差包里取出萨姆画的概念图，拿给他看。"哇，很迷幻啊！"多夫说。莎蒂又拿出笔记本电脑让他玩了第一关。"这做得太他妈棒了。"多夫说。他这个人从不会违心地夸奖别人，莎蒂听见这句话，几乎忍不住要流下眼泪。时至今日，多夫的赞许在她心里仍然意义非凡，这不禁令她有些难为情。"我喜欢这个游戏。"多夫望着莎蒂。他把概念图放在桌子上，望着莎蒂的眼睛，然后点点头。"你是为了尤利西斯来的，对不对？"

起初莎蒂不愿承认，她想说自己只是需要一些关于独立开发引擎的建议，但最后她说："没错，我想要尤利西斯。"

"你知道我对于开发自己的引擎向来是怎么说的。"

她点点头。

"不过我看得出来，尤利西斯非常适合你和你的同事。他叫什么？"

"萨姆·马苏尔。"

"尤利西斯非常适合你和马苏尔先生想要完成的作品。既然我的莎蒂需要帮助，我又怎么可能拒绝她呢？"

就这么简单。多夫把引擎交给了她，作为回报，他成了《一五漂流记》的制作人和股权合伙人之一，永久性地把他与莎蒂的职业生涯联系在了一起。

多夫来到他们的公寓帮莎蒂架设尤利西斯引擎，马克斯立刻就讨厌上了他——他的皮裤、紧身黑 T 恤、沉重的银饰、梳理整齐的山羊胡、永远棱角分明的眉毛、头顶的发髻。"这个可怜虫以为自己是克里斯·康奈尔呢。"马克斯压低声音，刻薄地把他比作油渍摇滚乐队"声音花园"的主唱。

"克里斯·康奈尔？"萨姆说，"我觉得他像个萨堤尔[1]。"

不过，最让马克斯厌恶的是多夫喷的古龙水。那古龙水的气味并不廉价，但是他刚进屋，那种气味就在整座房子里弥漫开来，甚至在多夫离开之后，在他们打开所有窗户通风之后，马克斯依然能闻到他的气味。房间里弥漫着暗沉的麝香味，松木、广藿香和雪松的气味透露出压迫感。他觉得这气味过于男性化，带有侵略性，与其说是古龙水，不如说更像迷药。马克斯感受到了强烈的冲击。

马克斯还发现多夫与莎蒂的肢体动作过于亲密。站在莎蒂的工作台前，多夫的手总是不由自主地触碰她，侵犯她的私人空间。他会把手搭在她肩头，移到她大腿上，放在她的键盘上、鼠标上，而莎蒂的笑声生硬而敏感。多夫拂开她眼前的一缕碎发，马克斯看得出那是曾经的情侣之间才会有的亲密举动。

---

[1] Satyr，古希腊神话中一种长有公羊角、腿和尾巴的半人半兽生物，以懒惰、贪婪、淫荡、喜欢狂欢饮酒而闻名。

马克斯悄悄把萨姆叫到卧室里。"你怎么不告诉我莎蒂曾经是多夫的女朋友？"马克斯对萨姆说。

萨姆耸耸肩。"我也不知道这事。"

"你怎么可能不知道。"

"我们不谈论这种事。"萨姆说。

"我是说，他以前也是她的老师，不是吗？这是滥用职权。既然他要成为我们的制作人，你不觉得我们应该把这一点也考虑在内吗？"

"说实话，我不觉得，"萨姆说，"莎蒂已经是成年人了。"

"刚成年。"马克斯说。

马克斯把头探出卧室的房门，继续暗中观察莎蒂和多夫。

说话的人几乎永远是多夫。"如果我是你，"多夫说，"下个学期就申请休学。"

莎蒂听着，点了点头。

"你和你的团队，你们有点儿东西，"多夫说，"我真的看好你们。"

"可是学校……"莎蒂的声音几乎听不清，"我父母……"

"谁在乎他们啊？现在已经没人在乎你是不是乖乖女了，莎蒂。我希望你能掌握主动权，彻底摆脱那些传统观念。你接受教育就是为了做你现在正在做的事情。既然已经开了头，不如干脆按照这个节奏把程序编下去，等到春季和夏季学期再完成学业，同时把音效和纠错做完。"

继续听，继续点头。

"需不需要我，你曾经的老师，帮你安排？"

"也许吧。"她说。

"我会帮你的。"多夫说。

"谢谢你，多夫。"莎蒂说。

"我会永远支持你的，小天才。"

他张开汗毛茂盛的双臂抱住她，把她的脸深深埋进自己的胸口。马克斯不禁纳闷莎蒂怎么受得了他身上那股刺鼻的气味。

两个星期后，暴风雨制作完成的当天，莎蒂告诉马克斯和萨姆她打算下个学期申请休学，把游戏做完。采用尤利西斯引擎意味着此前已经完成的工作中又有相当大一部分需要重做，而她不想在此刻放慢工作进度。"你们不用休学，"她对他们说，"不过我打算这么做。"

"我正盼着你说这句话呢，"萨姆说，"因为我也打算休学，你呢，马克斯？"

"萨姆，你确定吗？"

萨姆点点头。"我确定。但是有个关键的问题：我们还能继续用这间公寓吗？"

"你可以回到自己的房间，这是自然的，"莎蒂对马克斯说，"我会另找个住处，不过要是我们能继续在这里工作，那就再好不过了。"

"那你住在哪儿呢？"萨姆问。

"住在多夫那里，"她的声音很平静，"现在他是我们的制作人了，他说他那里空着一个房间，可以给我住。"大家彼此都明白这是一句谎话。

那年秋天，马克斯是他们当中唯一返回校园的人。由于背负着制作人的职责，这也是他唯一没有参加剧团演出的一年。说实话，跟课业比起来，马克斯花在剧团的时间总是多得多。

5

距离萨姆在地铁站遇见莎蒂已经过去了大约一年整,《一五漂流记》制作完成了。制作这个游戏花费的时间比萨姆承诺的时间多了三个半月。

有了尤利西斯引擎的鼎力相助,莎蒂和萨姆马不停蹄地编写代码,直至血染键盘。就萨姆的情况而言,这个说法并非夸张。他的指尖变得非常干燥,起了水泡,他不得不给手指贴上创可贴,一来是避免血蹭到键盘上,二来也是防止伤口再次裂开。可是后来他发现创可贴会减慢打字的速度,便又把它们撕掉了。他早已习惯了比这更剧烈的疼痛。

然而这并非他们遭受的唯一伤病。万圣节时,莎蒂盯着电脑屏幕的时间太长,右眼的血管发生破裂。她甚至没去看医生,只是叫马克斯去药店买回了眼药水和布洛芬,然后继续编程。离感恩节还有一个星期,萨姆去合作社商店买六瓶装的能量饮料时昏倒在路上。负责去买东西的人通常是马克斯,但那天马克斯在上课,萨姆又等不及,就这样昏倒在了街上,倒在食品店门口。他身上穿着宽大的外套,路人大概以为他是个流浪汉,因此几乎没人留意他。萨姆醒来时,曾经的导师安德斯·拉松正站在他身边,仿佛一个身穿北面冲锋衣的金发耶稣。安德斯发现他是合情合理的事情。安德斯在瑞典出生,正是那种心地善良淳朴的人，面对流浪者的苦难，他从不会背过脸视而不见。

"萨姆·马苏尔，你没事吧？"

"哦天啊，安德斯，你怎么到这儿来了？"

"应该是我问你怎么到这儿来了？"安德斯说。

尽管萨姆连声反对，安德斯还是把他送到了学校的健康中心，医生判定萨姆营养不良，给他输了液。

"所以你最近都在忙些什么呢？"安德斯问。他坚持在萨姆输液时陪着他。

"我在制作一款游戏！"萨姆说。他滔滔不绝地讲起了《一五漂流记》和莎蒂，安德斯从不打游戏，只是茫然而友善地望着他。"朋友，依我看，你好像已经找到了自己热爱的东西。"

"安德斯，在我认识的所有数学家当中，你谈到热爱的次数是最多的。"

11月，马克斯雇了一位编曲师——他诸多了不起的前任之一，佐伊·卡多根——以他们听了一整个夏天的那些前卫作曲家的作品为灵感创作曲谱。马克斯向他们保证佐伊是个作曲天才。萨姆则时常打趣他："马克斯只要见到一个天才，就想跟人家睡觉。"十年之后，佐伊为歌剧版《安提戈涅》创作的全女声版配乐获得了普利策音乐奖，不过《一五漂流记》是她第一次靠自己的配乐作品获得报酬，这项创作经历也一直留在她的简历上。

一录制完总谱，马克斯和佐伊就回到她位于亚当斯公寓的宿舍。他们在餐厅吃了饭，然后上了床。马克斯一向很喜欢跟前任做爱的感觉，这天晚上也不例外。察觉一个人身体的变化很有意思，特别是自上次亲密接触后的变化。一种怡人的忧伤笼罩着马克斯，这种怀旧感仿佛重返母校，发现课桌比自己印象中要小得多。

"我们为什么分手来着？"佐伊问他。

"是你跟我提的分手，你不记得了吗？"马克斯说。

"是吗？那好吧，当时肯定有合理的原因，不过我已经不记得了。"佐伊在马克斯胸口印上一个吻。"我非常喜欢你的游戏，"她说，"我看见的、听说的都非常不错。"

这是第一次有人称《一五漂流记》为马克斯的游戏。"它其实不算是我的游戏，"马克斯纠正道，"是莎蒂和萨姆的。"

"最后那一幕，"她说，"非常感人。一五长大了好多，父母已经不认识她了。"她停顿了一下，"等等，不好意思，一五是男孩子吗？"

"萨姆和莎蒂说**没有性别**。"

"真酷。父母不认识一五的那一幕，正像是《奥德赛》中的情节。"

设计《一五漂流记》最大的挑战之一就是莎蒂和萨姆决定让一五这个角色随着故事的发展而成长。游戏角色通常会保持同样的年龄和外表，在同一个故事中，这些元素不会改变，甚至在整个系列中都不会改变——马力欧和劳拉·克劳馥[1]就是这样的例子。这样设计的原因很简单：便于打造品牌，而且**大大减少了工作量**。但莎蒂和萨姆希望一五的旅途能够在角色身上得以体现。随着叙事的发展和时间的流逝，一五的年龄也随之增长，在故事结尾终于回到家乡时，已经过去了大约七年，家人已经认不出了。一五回到家时已经十岁，筋疲力尽，战胜了海洋、城市、冻原，甚至冥界，站在自家门口伸出颤抖的手，却不敢敲响房门。最终是母亲让一五进了屋，然而母亲已经不认识自己的孩子了。虽然不相识，但她看得出这个孩子饥肠辘辘，需要关爱，而且由于曾经失去过自己的孩子，她便让一五进了屋。"你叫什么名

---

[1] Lara Croft，著名动作冒险类游戏《古墓丽影》系列以及相关电影、漫画中的女主角。

121

字?"她问。

"一五。"那孩子说。

"真是个奇怪的名字。"母亲说。

这时，一五的父亲走进了房间。"十五号，"他说，"这是麦克斯·松本的球衣号。他是我最欣赏的足球运动员。我曾经也有一件这样的球衣，但是很久以前就被我弄丢了。"

配乐渐起，佐伊的一位做音效设计的朋友又为配乐增添了听觉景观，这不禁让肯尼迪街的朋友们感到游戏效果更上一层楼。"我觉得，"莎蒂对马克斯说，"这个游戏会有所成就的。"

"我相信它一定会的。"马克斯带着无比真挚的热忱说。

莎蒂用欧洲人那种做作的方式在马克斯两边面颊上各亲了一口。他是这个游戏的头号粉丝。每个游戏都需要这样一个粉丝。

终于写完游戏代码，他们的工作进入了纠错阶段。每发现一处错误，错误真不少，他们就写在偷来的白板上，一同写在上面的还有他们想做的修改，每完成一项任务就擦掉一项。距离寒假开始还有大约一个星期——他们是那样年轻，还在用学期标记时间——白板被擦干净了，只有残留的浅淡模糊的笔痕让他们想起自己曾经的那些努力。

"我们完工了？"莎蒂问萨姆。她拉开窗帘。清晨五点，空中飘着小雪。

"依我看是完工了。"萨姆说。

"我好累，"莎蒂打了个哈欠，"今晚暂且算完工了。我们明天再看一遍，如果还觉得没问题，就算正式完工。我这就回多夫那儿去。"

"我送你。"萨姆说。

"你确定吗？路上很滑的。"莎蒂有些担心萨姆的脚，她知道最近他的脚总是不舒服。

"路不远，"萨姆说，"走一走对我也有好处。"

路上空无一人，周围寂静无声，他们甚至听得见雪花落在地上的声音。要去多夫的公寓，最近的路线是穿过哈佛园，于是他们抄了近路。学期临近末尾，大一新生还在睡觉。日出前的天光映着白雪，营造出富有魔力的气氛，他们仿佛置身于雪景球中，处在只属于他们两个人的秘密世界里。莎蒂伸手挽住萨姆的胳膊，萨姆也向她靠拢了一些。他们疲惫不堪，但那是一种坦荡的疲惫感，是那种知道自己为某个目标用尽了全部精力之后的疲惫感。当然，以后他们还会共同制作其他游戏，那时的办公室之开阔、工作人员规模之庞大是此刻的他们难以想象的。但是这个清晨会永远留在萨姆和莎蒂的记忆中。

"萨姆，"她说，"问你件事，你要跟我说实话。"

她的语气让他心里有些慌乱。"当然。"

"去年 12 月，你真的看出魔术眼图片里隐藏的图案了吗？"

"莎蒂，你怎么能这样怀疑我！"他故作愤慨地大声说道。

"那好，既然你看见了，那就告诉我是什么图案。"

"不，"萨姆说，"我不会为那种东西增光添彩。"

莎蒂点点头。他们来到了多夫公寓楼的大门口，她把钥匙插进锁孔，然后转过身。

"无论将来发生什么，我都很感谢你鼓励我做了这个游戏。我爱你，萨姆。你不用说你也爱我，我知道这种话会让你浑身不自在。"

"非常不自在，"萨姆说，"非常不自在。"他笑了，满面笑容，露出满口歪歪扭扭、向来令他颇难为情的牙齿，然后笨拙地鞠了一躬。没等他告诉莎蒂他也爱她，莎蒂已经走进了大楼。没有说出那句话，萨姆并不觉得难过。他明白莎蒂知道他是爱她的。莎蒂知道萨姆爱她，正如她知道萨姆其实没看出魔术眼里藏着的图案。

太阳渐渐升起，雪基本停了，萨姆走在回家的路上，尽管天气寒冷，他却感到很温暖，心里对生活、对莎蒂·格林在那一天走进游戏室充满了感恩。他觉得宇宙是公正的，或者说虽然算不上公正，但足够公平。它也许会夺走你的母亲，但作为补偿，会赐予你其他人。他转过肯尼迪街的街角，自言自语地念诵着一首似曾相识的诗歌。"爱是一切，这是你我所知有关爱的全部。这便已足够，货重应该与车辙成正比。"这里的"货重"是什么？他暗自琢磨。"车辙"又是什么？诗中的谜团吸引着他，韵律又抑扬错落（他觉得这有点儿像火车行驶在铁轨上的声音），萨姆感到一反常态地轻快、喜悦，忍不住蹦蹦跳跳起来。萨姆·马苏尔！蹦蹦跳跳！也正因如此，他在走下路沿时不像平常那样小心，脚下一滑摔倒了。

萨姆已经习惯了疼痛。说实话，他几乎已经感受不到疼痛了。那年冬天，他第二次昏了过去。"我们不该再以这种方式偶遇了。"他自言自语道。

他躺在街上，擦破的面颊枕着冰冷的鹅卵石，他看见了自己的母亲，她站在结冰的路上俯视着他，身上穿着一件巨大的白色派克服，衣服垂到脚踝。安娜的身形像哥斯拉一样庞大，在她帐篷般的派克服底下，萨姆知道自己是安全的。他的美籍韩裔母亲说着日语："Daijoubu, Samu-chan.[1]"

萨姆的母亲决定搬去西岸是在 1984 年初的冬季。萨姆九岁，安娜三十五岁。安娜想要离开纽约已经有十二年了，换句话说，就是她在这里生活的全部时长，但这种想法真正变得强烈是在萨姆出生以后。

---

[1] 意为："没关系的，萨姆。"

对中产生活的向往不断纠缠着她，她幻想着他们会在远方一座不知名的城市里过上一种更实惠、更洁净、更健康、更快乐的生活。她想象中的家有后院供萨姆玩耍，有一条救助站领养来的血统不详的黄色土狗，有一个步入式衣帽间，洗衣服不必再投币，而是可以在自己家里洗，不再有楼上楼下的住户。她想象着棕榈树、温暖的气候和缅栀子的香气，想象着他们把不合身的厚重外套塞进垃圾袋，捐给救世军。同样强烈的还有她的恐惧，她怕自己在纽约的生活已经是她所能企及的最佳境遇，怕自己一旦离开纽约，大门就会关闭落锁，而她太懦弱、太狭隘，纽约不会再接受她回来。若不是另一个安娜·李从空中坠落，她也许会永远处于这种衔尾蛇似的循环思虑中。

　　遇见另一个安娜·李的那天晚上，安娜和萨姆刚从剧院出来，正要返回他们那间位于曼哈顿谷的其貌不扬的连通式公寓。几年前，安娜曾跟表演课上认识的一位同学发生了性关系，彼此相处愉快但交情不深，如今这位朋友参演了曾由奇塔·里韦拉和丽莎·明内利主演的关于滑旱冰的音乐剧《冰场》，送给他们两张预演的门票。那位朋友说："我几乎可以肯定这场演出会搞砸，不过或许它正适合略有艺术家气质的九岁男孩。"对她儿子的这句描述让安娜哑然失笑，得知旁人对你孩子的看法，这种体验很新鲜，有时又令人大为惊恐，不过那位朋友说得没错，萨姆确实非常喜欢这部音乐剧，安娜则感到自己像个称职的母亲，为萨姆提供了只有纽约才会有的丰富文化体验。她仿佛着了迷，她爱上了纽约，坚信自己永远也不会离开这里。她琢磨着这些愉快的想法，与萨姆一同走过阿姆斯特丹大道上尤为昏暗的一段路。萨姆忽然扯了扯安娜的衣袖。"嘿，妈妈，上面那是什么？"

　　借着路灯的光亮，安娜依稀辨认出在大约六层楼高的地方，阳台的金属栏杆上有个像是活物的身影。"也许是一只大鸟？"她说，"或者……是个滴水兽？是座雕像？"

那座雕像纵身跃向地面，出人意料地仰面落在了地上，发出清晰的啪嗒声，红色的血迹四散飞溅，整个场景与其说是自杀，不如说更像一幅杰克逊·波洛克的画作。那个女人的双腿和手臂扭曲成离奇的姿态。母亲和儿子不约而同地尖叫起来，但这里是纽约城，他们的尖叫声没人注意，也没人在乎。

雕像坠落后，他们才清楚无疑地看见那是个女人，而且是个亚裔女人，甚至有可能跟安娜一样是韩裔。这个女人当天夜里就会死去，但此刻她还没有死。萨姆放声笑了起来，这并非由于他生性残忍，而是因为那女人让他想到了自己的母亲，面前不足十步远的地方出现了如此骇人的景象，面对此情此景，他不知道自己该如何应对。他从没见过任何生物死掉，因此也不确定这个女人是不是快要死了。尽管如此，在他内心深处的某个地方还是分辨出了一个想法，意识到了一件事：这就是死亡，他将来会死，他的母亲将来也会死，他见过的、爱过的每一个人将来都会死，死亡有可能发生在他和他们都老去以后，也有可能不会。这个念头令他无法承受，对于一个九岁的普通人来说，这个事实过于庞大沉重。安娜在他手臂上用力打了一拳，他这才止住笑声。"对不起，"萨姆呜咽着说，"我也不知道我为什么要笑。"

"没关系，"安娜说着指了指马路对面一家拉丁裔商人开的杂货铺，"去店里叫他们打911。"

萨姆犹豫不决。"我不想去，"他说，"我动不了。我的脚粘住了，被冰面粘住了。"

"你的脚没被粘住，萨姆。路上根本没有冰，你的脚也没被粘住。快去！现在就去！"安娜说着把他往杂货铺的方向推了一把，萨姆跑了起来。

安娜在那女人身边跪下来。"别担心。马上就会有人来帮忙的,"安娜说,"顺便说一句,我叫安娜。救护车赶到之前我会一直陪着你的。"安娜握住了那个女人的手。

"我也叫安娜。"那女人说。

"我叫安娜·李。"安娜说。

"我也叫安娜·李。"那女人说。那女人筋疲力尽地吸了口气,又虚弱地轻轻咳嗽了几声。安娜确信这个女人的脖子肯定断了。大量的鲜血从女人身上的一个或者许多个破洞里涌出来,安娜却一时不知怎样才能止住血。鲜血沾在她的白色网球鞋上,她对这双鞋向来爱惜有加,总是保持洁白。另一位安娜·李身上则到处是血,但是在安娜看来,沾血最多的是她头上戴的那只大蝴蝶结,粉色的蕾丝蝴蝶结戴在她乌油油的黑发间,那也是麦当娜戴过的款式。

"哦,这很正常,"安娜轻快地说,"跟我们重名的人很多。李难道不是全世界最常见的亚裔姓氏吗?在我们协会,我不得不把自己的名字改成安娜·Q.李,因为叫这个名字的人不可以超过一个。我是权协的第七个安娜·李。"

"权协是什么?"

"戏剧演员权益协会。"

"你是演员吗?"女人说,"我会不会看过你演的剧?"

"这个嘛,"安娜说,"女演员能扮演的所有亚洲角色我基本都演过,不过我最重要的角色是《歌舞线上》里的康妮·黄。"

"那部剧刚上演的那年我去看了,"女人说,"你演得很好。"

"我是百老汇的第三个康妮·黄,也是国家巡回演出公司的第二个康妮·黄。所以你看的不是我,也许是巴约尔克·李,又是个姓李的演员,"安娜笑笑,"姓我们这个姓的人太多了。"

"Q 是什么意思？"

"没什么意思，"安娜说，"只是为了协会取的。也许你不想谈论这个。"安娜望着另一个安娜·李的眼睛，同样的金棕色，与她相同的异色虹膜。"你为什么要……我问这个你会介意吗？如果这样不礼貌的话，那我向你道歉。"

"我不知道还要怎么做才能离开。"另一个安娜·李说。她想耸肩，但身体抽搐了起来，漫长的九十秒过后，她死了。安娜站起身。站在另一个安娜·李的尸体旁，她逐渐感到头晕目眩，仿佛脱离了自己的肉体，正从高空俯视。她觉得躺在人行道上的是死去的自己。她知道自己应该守在另一个安娜身边，直到救护车赶到再离开，然而天寒地冻，她担心继续跟另一个安娜共处下去会引发自己内心某种不可逆转的存在性危机，除此以外，她也迫切地想回到萨姆身边。

她走进杂货铺去找萨姆。她快速扫了一眼过道，却没见到他的影子。

"我儿子来过吗？"安娜说。她努力不去理会头脑中渐渐萌生的被害妄想——另一个安娜·李的死亡只是为了转移她的注意力，其目的在于协助某个邪恶组织绑架萨姆。

"原来你是他母亲，"店主说，"这世道啊。小孩子看见这种事，真够他受的。"

"他没走吧？"

"没有，不过他有些失魂落魄，我给了他几个硬币，让他去后面的机器上玩游戏了。小孩子都喜欢打游戏，不过如今那台游戏机赚的钱已经不能跟从前相提并论了。"

"你真好心，"安娜说，"请问我该付多少钱？"

那男人摆摆手。"不用了。就算没人跳楼，小孩子生活在这样的世道里也不容易。那个女人怎么样了？"

安娜摇了摇头。

"这世道啊。"店主说着，也摇了摇头。

她来到小店最里面，一台巨大的游戏机挡住了萨姆，机器的外壳上画着喜气洋洋的**吃豆人小姐**。安娜觉得吃豆人小姐和吃豆人的样子并无区别，只不过她头上有个蝴蝶结，名字的前缀是 Ms.，在 1984 年这通常是对女权主义者的尊称。

"嗨！"安娜说。

"嗨，"萨姆没看她，说道，"你可以看我打游戏。我玩到这条命结束就走。"

"这个想法很有哲理。"安娜说。她集中注意力盯着游戏，尽力不去理会不远处传来的警笛声——这意味着救护车已经赶来处理另一个安娜·李的尸体了。

"如果你吃到水果，"萨姆说，"就可以杀死小鬼怪，不过效果只能持续一小会儿。如果掌握不好时间，小鬼怪也能反过来把你吃掉。"

"太有趣了。"安娜说。她决定等到另一个安娜·李的尸体被人从人行道上清理掉以后再离开杂货铺。

"有时候你有机会额外获得一条命。但是为了拿到那条命，你有可能会死掉，所以不是每次都值得这么做。"

"你玩这个可真厉害。"安娜说。尽管离家只剩下十几个街区，但安娜打算挥霍一次，离开杂货铺后乘出租车回家。

"现在我还不算厉害呢，"萨姆说，"如果有更多时间练习，我就能变成真正的高手。糟糕！"降半音的音乐声响起，吃豆人小姐死了，"这是我最后一条命了，"萨姆谨慎地打量着安娜，"她怎么样了？"

"救护车现在正在外面。他们要带她到医院去。"

129

"她没事吧？"萨姆说。

"应该没事。"安娜说。确切地说这不算撒谎，那个女人会没事的，死亡也是一种没事。

萨姆点点头，不过他观看安娜表演的次数已经足够多，知道她什么时候是在说谎，而且他对她也足够了解，知道她为什么要说谎。萨姆说谎往往是出于同样的原因：为了保护她，不让她面对那些她难以面对的事情。"她为什么要那样做？"萨姆问。

"我想……"安娜说，"我想她的心情一定非常不好。我猜她在生活中遇到了麻烦。"

"你也会心情不好吗？"

"会，每个人都有心情不好的时候。但我认为我的心情永远不会像她那样不好，因为我有你。"

萨姆点点头。"如果她落在我们身上，你觉得我们能救下她吗？"

"我不知道。"

"你觉得我们会被砸死吗？"

"我不知道。"

"如果我们走得稍微快一点，或者没停下来买香蕉，就有可能正好走到她下面，我们有可能被砸死。"

"我不认为我们会被砸死。"安娜说。

"可是如果你从帝国大厦的楼顶扔下一枚硬币，砸中了一个人，那个人是会被砸死的，不是吗？"

"我觉得那只是传言，"安娜说，"再说，她跳的那栋楼只有六层。"

"可是一个人要比一枚硬币重得多。"

"你要不要再玩一局？"安娜在钱包里摸索一番，往机器里投进一枚二十五美分的硬币。对于吃豆人小姐而言，安娜心想，生命的价格低廉，而且充满了重新开始的机会。

萨姆又玩了一局，安娜在旁边看着，考虑着自己的下一步。

他们显而易见的选择是洛杉矶——她出生的城市。她之所以迟迟不肯回到那里，是因为返回自己的故乡有种缴械投降的意味。而且在职业发展方面，洛杉矶的戏剧行业也不值一提，换句话说，安娜在洛杉矶的工作机会要比纽约还少（即便是在纽约，行情最好的时候她也只能阶段性地找到工作）。运气好的话，她能在警匪题材的电视剧和电影里扮演亚裔妓女的角色。她必须练习各种各样的"亚洲式"口音，因为她将不再有机会扮演一个"美国人"。或许她可以为广告配音，偶尔接点儿模特的零活，不过作为模特，她的年龄其实已经太大了。又或许她可以彻底放弃表演——学习电脑编程、推销房地产、学习美发造型、做家居设计、当有氧健身教练、当编剧、找个有钱的丈夫——总之就是洛杉矶的转行演员们会做的那些事。不过能够时常与父母见面是件好事，跟外公外婆多见面对萨姆也有好处，另外，萨姆的父亲也在那里生活，虽然他这个人压根儿靠不住，但是如果萨姆能跟父亲保持联系，这未尝不是一件好事。除此以外，住在一座不会有安娜·李从天而降的城市也是件好事。除了几个零零散散的街区以外，洛杉矶哪里找得到超过两层楼高的房子呢？而且**这个安娜·李**——安娜·Q.李，权协的第七个安娜·李——绝不允许自己成为另一个安娜·李。这个安娜·李知道该如何离开。

"你吃小鬼怪的技能越来越厉害了。"安娜说。

"还行吧，"萨姆说着扭头看了看她，"嘿，妈妈，你想不想玩一局？"

6

1996年，一个人失踪的速度可以快得惊人。

莎蒂来到马克斯的住处时是十点多，她发现公寓里空无一人，除了硬盘偶尔发出的啾啾声以外，屋子里寂静无声。也许萨姆和马克斯一起出去吃早饭了？由于他们两个都不在，她并没有担心——马克斯总是会照顾好萨姆的。她开始担心是在一点钟左右，马克斯回家后说他一整天都没见到萨姆。"我还以为他跟你在一起，"马克斯说，"他总是跟你在一起。"

萨姆没有手机，当时没人有手机。（莎蒂认识的人当中有手机的只有她的奶奶和多夫。）他们能做的只是查看萨姆最后一次登录哈佛邮箱的时间和地点：当天早上三点零三，IP 地址是这间公寓。

莎蒂和马克斯坐在公寓的客厅里，冷静地逐一列出萨姆有可能去的地方。也许他去了图书馆，然后睡着了？也许他去买他们之前讨论过的新驱动器了？也许他去玻璃花展馆朝圣了？也许他跟安德斯吃午饭去了？也许他终于因为小偷小摸被逮捕了？

他们研究了一会儿，马克斯忽然注意到了白板。"上面没东西了。"他说。

"完工了，"莎蒂说，"至少我们认为完工了。"

"恭喜，"马克斯说，他稍做停顿又说道，"要不要我来玩玩看？反正现在我们也没办法为萨姆做任何事。他是个成年人了，何况这也没过多长时间。"

莎蒂想了想。"好，你应该玩一遍。就这么办。我出去找他。"

"要不要我陪你去？"

"不用。万一他打来电话，你留在这里接电话。"

莎蒂去了哈佛广场附近所有他们经常出没的地方，电影院、图书馆、合作社商店、墨西哥餐馆、车库里的游戏商店、书店、另一家书店、另一家另一家书店、贝果店，在这些地方都没找到萨姆。她又去了中央广场、漫画书店、电脑用品店、她以前的公寓、印度餐馆。她回到哈佛广场，一路走到拉德克利夫宿舍区，去了学校警察局，最终气馁地去了学校健康中心。她连萨姆的照片都没有，没法给别人看他的样子，于是只能一遍遍地描述：巨大的外套，剪得很糟糕的卷发，戴眼镜，跛脚，一连串的缺陷与疾病。她很庆幸萨姆不必听见自己对他的这些描述。她步行穿过哈佛园，高声呼喊着他的名字，喊得嗓子都哑了。一个女人拦住她问道："你的狗长什么样？我好替你留意着。"她重走了一遍那天清晨她和萨姆刚刚走过的路，彼时整个世界光影朦胧，似乎充满了可能性。此刻的小路在她眼中变得幽暗沮丧，暗藏危险。她不禁暗自琢磨，这个世界竟然如此善变，真是奇怪。她的思绪飘向了黑暗的地方。如果萨姆被人绑架、被人打伤了怎么办？他身材瘦小，腿脚又不利索，很容易被人制伏。如果萨姆死了怎么办？她并不真的认为他死了，可万一他死了呢？她没法准确地描述萨姆和自己的关系。他和艾丽斯、弗蕾达或者多夫不一样，那些关系有着简单易懂的名字：姐姐、奶奶、男朋友。萨姆是她的朋友，但"朋友"是个很宽泛的词，不是吗？"朋友"已经被滥用到不再有任何意义了。

午夜时分她才回到公寓。马克斯已经玩到了一半，这是他第一次

133

正式试玩《一五漂流记：大海的孩子》。

"顺利吗？"马克斯的眼睛没离开屏幕，问道。

"不顺利。"莎蒂闷闷不乐地说，扑通一声瘫在沙发上，"我担心他出事了。"

马克斯站起身，伸手搂住她。"他会回来的。这才没过多长时间。"

"但这不是他的行事风格。他究竟能去哪儿呢？他们说我还要再等一天才能报失踪，但是这种情况很不对劲。过去六个月里我们几乎时时刻刻都在一起。我差不多每隔十分钟就要跟他说句话。他为什么要在游戏完成的这天早上失踪呢？"

马克斯摇摇头。"我真的不知道。但是我跟萨姆已经共同生活了三年半，我知道他这个人既注重隐私又顽强得要命。共同生活了整整两年后我才知道他曾经出过车祸。两年的时间里，我始终不知道他到底是哪里出了问题。一切都有可能。我旁敲侧击地暗示过，也看得出他行动有困难，尽管他从没求过，但我会尽自己所能地帮助他。即便如此，我还是很好奇，所以会在聊天时给他倾诉的机会。正常人也许会向跟自己共同生活的人，怎么说呢，**解释一下**自己遇到的问题，但萨姆不会这么做。他喜欢把秘密藏在心里。我真正想说的是，我也担心他，但我不像你**那么**担心。"

"他最后是怎么把车祸的事告诉你的？"莎蒂问。

"他从头到尾都没告诉过我。是凤彩外婆告诉我的。"

莎蒂哈哈大笑，说道："他曾经一连六年没跟我说话。"

"你怎么惹到他了？"马克斯问。

"我得承认，我做得确实很差，但那本质上是个误会。说起来太无聊、太书呆子气了，连我自己都解释不了。再说当时我才十二岁！"

"萨姆怄起气来，谁也比不了。"

134

莎蒂摇摇头。"我不应该让他送我去多夫家的。"

"莎蒂，听我说，萨姆不会有事的。一定是事出有因，到时候我们肯定会大笑一场，我向你保证，"马克斯站起身，"这个无比激动人心的游戏我才玩到一半，如果你没意见的话，我现在要去打完了。"

莎蒂点点头。她走进萨姆的房间，在萨姆的床上躺下。她给多夫打了个电话，说她今天晚上不回去了。

"为什么？"多夫说，"没有他的消息你什么都做不了，你的担心只是无用功。回家吧。"

"我要在这里等着，万一他打电话过来。"她说。

多夫笑了，说道："我忘了你有多年轻。你还处在错把朋友和同事当家人的年纪。"

"没错，多夫。"她努力抑制着语气中的恼火。

"等你有了孩子就再也不会因一个朋友而这么担心了。"多夫说。

"我累了，"莎蒂说，"我先挂了。"

莎蒂挂断了电话，扯过萨姆的被子蒙住头，然后睡着了。

莎蒂醒来时已是第二天晚上八点，她睡了太长时间，马克斯已经通关了《一五漂流记》。她走进客厅，问萨姆有没有来过电话，却发现马克斯正盯着漆黑的显示器傻笑，仿佛心里藏着一个巨大的秘密。

"马克斯？"

他看见莎蒂，跑到她面前，把她抱起来转了一圈。

"马克斯！"莎蒂高声惊叫。

"我太爱这个游戏了，"马克斯说，"再没别的话可说了。"接着他用演员特有的语调声如洪钟地说：**"我太爱这个女人，太爱这个游戏了！萨姆究竟跑到哪儿去了？"**

仿佛是为了回应马克斯对宇宙发出的诘问，电话忽然响了。莎蒂和马克斯同时扑了过去，不过莎蒂离得更近，是她接起了电话。

"是他。"莎蒂向马克斯报告说。"你究竟跑到哪儿去了？"

萨姆摔断了脚踝，正是他受过伤的那只脚，由于这只脚原本的状况已经十分糟糕，他不得不接受紧急手术。现在他身在波士顿的麻省总医院，还要再住院一晚，不知明天早上他们能不能来接他回家。

"你怎么不给我们打电话呢？"莎蒂问。

"我不想让你担心。"萨姆说。

"就是**因为**你没来电话我们才会担心，"莎蒂心中的石头终于落了地，忍不住哭了起来，"我以为你死了，萨姆。**死了**。我们的游戏做完了，于是……我也不知道是怎么回事。"

"莎蒂，莎蒂，没事的，"萨姆说，"我很好。你看见就知道了。"

"你再干这种事，我就杀了你。"莎蒂说。

"现在我知道了，应该给你打电话的。莎蒂？莎蒂？你还在吗？"

莎蒂在擤鼻涕，于是马克斯从她手里接过了电话。

"我必须声明一下，我知道你没事。我玩了游戏，"马克斯说，"你们两个都是天才。我太爱你们了。就是这样。"

莎蒂从马克斯手里拿过了电话。

"这是我们第一次通关，"萨姆说，"这么说，我们完工了？"

"我认为是完工了，"莎蒂说，"基本完工。我还要改几个小地方。"

"我也有几个小地方要改。"

"我想见你。"莎蒂说。

"我记得探访时间是到九点。"萨姆说，此刻已是八点十五，"我猜你们来不及在赶到这里的同时还搞到一张社会服务时间记录表。"

"很好笑。"莎蒂说。

"说真的，你们来不及赶过来的。"

“好了，萨米，”她说，“爱你。”

“爱得要命。”他说。

“我们明天一早就去找你。”莎蒂挂断了电话。

再一次躺在病床上（这是他躺过的第一张看得见查尔斯河的病床），萨姆感到无以复加的孤独，还有些自怜的情绪。麻醉效果加上过去两天吃得不够多，他不禁有些反胃。尽管医护人员给他用了不少药，但他依然能感觉到自己的伤脚，而且他心里清楚，一旦药效退去，能明确感受到脚伤时，必定会疼得惊人。他担心自己要为这次失误付出高昂的代价（他的银行余额几乎为零），对于处理医疗保险的相关事宜他也心怀忌惮。专家说，他的脚状况过于糟糕，已经开始影响脚踝了。“一只脚能够承受的修复次数是有限的，超出这个限度以后，你就要开始考虑其他选择了。”医生如是说。其他选择大都很有中世纪之风，萨姆知道哪怕是在最理想的状况下，他也要拄几个月的腋杖，而且他很担心这个冬天余下的时间里，自己会比以往更加依赖马克斯和莎蒂的照料。他刚刚在医院醒来时之所以没给他们打电话，真正的原因是他觉得难为情。他抱着一线希望，以为自己摔的这一跤不像实际情况那么糟糕。他以为只要稍加包扎，开瓶价格虚高的阿司匹林，医生就会放他回家，而不必把他们俩牵扯进来。他不希望自己在他们眼中是一副虚弱的样子，尽管此刻这正是他的真实感受，虚弱、脆弱、孤单、筋疲力尽。他厌弃自己的身体，厌弃靠不住的伤脚，就连最轻微的表达喜悦的动作它都无法承受。他厌倦了轻手轻脚地活动，厌倦了永远要这样小心翼翼。看在老天的分上，他只是想蹦跳几下而已。他想成为一五，想冲浪，想滑雪，想乘滑翔伞，想飞上天空，想登上高山和楼顶。他想像一五那样死去一百万次，无论身体遭受过怎样的伤痛，明天醒来时都会焕然一新、安然无恙。他想要一五的人生，充满无穷无尽、整洁无瑕的明天的人生，过去经历的错误不会在他的人生中留下痕迹。退一步，就算不能成为一五，他至少可以回到公寓，跟莎蒂和马克斯在一起，去制作《一五漂流记》。

萨姆的内心正在翻江倒海，忽然透过门上的玻璃看见了莎蒂和马克斯。他们的身影仿佛是海市蜃楼的幻影。这两个家伙真是才貌双全。

虽然只有十五分钟的时间与他相伴，莎蒂和马克斯还是决定乘出租车赶到医院。"人这辈子有多少次机会庆祝自己制作的第一个游戏呢？"马克斯说。他们中途去了趟酒类商店，买了香槟和塑料酒杯。

见到他们，萨姆既难为情又开心。他知道自己的样子糟糕透顶，脚和脚踝打着厚重的石膏——这大约是他这辈子打过的第一百次石膏。他脸颊和额头上的淤青五颜六色，朋友们却相貌堂堂，身体健全，面颊被室外的冷气冻得红扑扑的，身上穿的是羊绒大衣，头发富有光泽。萨姆敢肯定，若是旁人见到他们，肯定会以为他属于一个与他们不同的更加孱弱的物种。但这时他又提醒自己，**他们不仅是我的朋友，更是我的同事**。他把他们变成了自己的同事，而这个事实以某种说不清的方式为萨姆带来了慰藉。《一五漂流记》把他们永远与他联系在了一起。

马克斯为萨姆倒了一小杯香槟，说道："但愿这个不会跟医生给你用的药冲突。"

"到底出什么事了？"莎蒂问。

萨姆努力地把这件事讲成一件趣闻。他说自己蹦蹦跳跳地背着诗，为游戏制作完成而感到满心欢喜，身心舒畅。他省略了自己看见母亲的幻象的部分。"你们听过这首诗吗？大致是说爱是一切之类的。"

"是甲壳虫乐队，"马克斯说，"你需要的只是爱，爱……"

"不对，还提到'货物'和'车辙'之类的？"

"是艾米莉·狄金森，"莎蒂说，"**货重应该与车辙成正比**。我在《艾米莉大爆破》里用过这首诗。"

萨姆哈哈大笑。"是《艾米莉大爆破》！对啊！没错，我心里正在琢磨这几句诗真奇怪啊，忽然就在路沿摔倒了。"

"照这么说，你岂不是被艾米莉爆破了？"马克斯说。

"你知道吗，**我们全班都特别讨厌**那个游戏。"莎蒂说。

"马克斯，你玩《艾米莉大爆破》的时候是怎么说的来着？"萨姆说。

"我说这是我玩过的最暴力的诗歌游戏，设计这个游戏的人一定是个彻头彻尾的怪胎。"马克斯说。

"我接受你的赞美。"莎蒂说。

"那么，既然《一五漂流记》已经做完了，我们接下来该做什么呢？"

"我们把它拿给多夫看看，听一听他的意见。"萨姆说。

负责接待的那位护士已经年过六十，快要退休了，她让他们待到了午夜。她很喜欢他们放声欢笑，彼此打趣，开些无伤大雅的小玩笑。为了打发时间，她经常暗自玩一个小游戏，猜测病人和访客之间的关系。她喜欢一边想象这些人的生活和关系，一边悄悄地给他们取名字。那个受伤的男孩，她叫他小蒂姆。那个亚裔男孩既像个时装模特，又像电视剧里的白马王子，他叫基努。那个身材娇小、面容甜美的棕发女孩眉毛生得很密，正古灵精怪地皱着鼻子，她叫奥德丽。小蒂姆看上去比另外两个年轻人略小几岁。奥德丽和基努不像是情侣，不过看样子倘若他们是情侣，基努是不会介意的。说来奇怪，小蒂姆有点儿像他们的孩子，不过从年龄看显然不合常理。也许小蒂姆是他们当中某个人的弟弟？或许奥德丽和小蒂姆才是一对？又或许这两个男孩子才是一对？那个男孩要水喝时，基努对他是那样温柔。然而奥德丽和小蒂姆之间的亲切感又溢于言表。基努坐在椅子上，奥德丽在床上，躺在小蒂姆身边，指尖心不在焉地彼此触碰，那是彻底感到轻松自如的人之间才有的相处方式，仿佛是彼此身体的延续。他们之间是有爱的，她心想。到最后，她不无失落地断定，他们几个之间的关系与爱情无关。

　　尽管萨姆受了伤，那个月余下的时间里他和莎蒂依然在继续调试游戏。1月底，他们终于准备好把游戏拿给多夫看了。在工作的过程中，多夫已经看过很多次，也提出过许多意见，但他还没有从头到尾完整地体验过这个游戏，也不知道这个游戏最终会被如何组合起来。莎蒂把装有完整游戏的硬盘带到了他的公寓。多夫开始第一次试玩通关，莎蒂陪在他身边，激动地给他提建议，为他解说游戏的每个时刻。她因多夫的反应而心怀忐忑，但同时也为自己的工作成果感到无比自豪。她不希望多夫错过她劳动成果的任何一处细节。

　　"莎蒂，让开。你这样围着我指手画脚，我没法专心了。我在打游戏呢。"多夫说。

　　"好的，"莎蒂说，"我不出声了。"

　　多夫打到了第七关，在这片冰雪世界里，一五第一次遇见了垃圾怪——把迷路的孩子抓走当奴隶的怪物。"我能感觉到你在看我。我能听见你在呼吸。"他拉着她的手把她带进了卧室。

　　"从现在起你要做个乖乖女。"他说。

　　"可是……"

　　"你不会不听我的话，对不对？"

　　"不会的，多夫。"

"我也这么想。"他看了看她，"把衣服脱掉。"

"我不想脱，"她说，"多夫，这里太冷了。"

"把，衣，服，脱，掉。你知道不听话的下场。"

莎蒂脱掉了衣服。

他们第一次在一起的时候，多夫从未表现出对性虐待有兴趣，这件事是在这年秋天他们复合之后才开始的。这让莎蒂很兴奋，至少一开始很兴奋，后来开始渐渐感到不安，既不确定他们玩的是些什么花样，也不确定他们为什么要玩这些花样。多夫倒不算粗暴，他总是会征得她的同意，但他喜欢手铐和其他更复杂的道具，而且喜欢支使她做这做那。他喜欢叫她脱掉衣服，把她绑起来，偶尔还会塞住她的嘴。他喜欢打她的脸、屁股，拉扯她的头发。他喜欢剃掉她的阴毛，做这件事的时候他总带着艺术家般的专注与深思熟虑。他往她身上撒过一次尿，不过莎蒂叫他停下他便停了下来，而且后来再也没那样做过。每次弄疼她——他从来不会把她弄得太疼——过后他总会充满柔情与歉意。

多夫还喜欢被打，而莎蒂压根儿不想这么做。三十岁生日那天晚上，多夫叫她抽他的脸。"再用力。"他说。

她照做了。

"用力。"

她照做了。

打得足够用力后，多夫眼里会漫上泪水，然后他会给远在以色列的儿子打去电话，脸颊依然是红褐色的。莎蒂听见他温柔地跟孩子说话，抑扬顿挫的希伯来语让她想到鸟儿的鸣唱。莎蒂的希伯来语是在成人礼预备课上学的，因此她唯一能听懂的词甚至不是希伯来语词汇，而是他儿子的名字——忒勒玛科斯，多夫通常叫他特利。特利三岁了。

多夫邀请她重新开始与自己约会的那天晚上，他给她倒了一杯红酒，并告诉她，他的妻子终于答应离婚了。

"那不错，"莎蒂谨慎地说，"既然你不开心，那就应该分开。"

"我确实很不开心，"多夫说，"这场离婚会很艰难、很昂贵，但到头来还是值得的。"

他们同时开口。

"我认为我们不应该再约会了，我希望保持专业的工作关系。"莎蒂说。

"我想跟你重新开始。"多夫说。

"去年你不在这儿，"莎蒂说，"如果再跟你分手一次，我觉得自己无法承受。"

"你不需要再跟我分手了，"多夫说，"我向你保证。"

回到多夫第一次玩《一五漂流记》的那个晚上。

在他们以莎蒂看来简短、愉悦、没有花样的方式上过床后，多夫打开床头柜，把一副手铐啪地扣在了她手腕上，另一头则铐在床架上。事情发生得太快，莎蒂甚至来不及表示反对。

"在我玩完《一五漂流记》之前，我不希望你离开这张床。"他说。

"可是多夫，"莎蒂大声说，"你还要玩差不多十三个小时。"

多夫没理她，关上了卧室的房门。

虽然被铐在床上，但莎蒂还能够到床头柜上的电话。她给萨姆打去了电话。

"他玩完了吗？"萨姆急切地问。

"他遇到了垃圾怪。"莎蒂说。

多夫的反馈对他们至关重要。多夫在这个行业里有关系、有影响力——如果他喜欢这个游戏，他可以把它拿给他自己的发行商，或者是另一家发行商。他有能力让《一五漂流记》快速获得人们的关注，而仅凭莎蒂、萨姆和马克斯是无法做到这一点的。

"你要不要回来？"萨姆说，"我们可以去看电影。马克斯说《火星人玩转地球》今晚会在索尼淡水池塘影院上映。"

"你的脚伤好了？可以出门了？"

"我偶尔还是要出门的，莎蒂。我们坐出租车去，慢点儿走。"

"不蹦蹦跳跳了？"

"不蹦蹦跳跳，也不背诗。我向你保证。"

莎蒂看了一眼自己被铐住的手腕。"我应该留下，"她说，"万一他需要我。"她又补上一句。

她没有书可看，刚刚撒过尿，此刻已经开始口渴了。她尽量用被子盖住自己，试着入睡，但是本就不困，何况把一只手举到头顶睡觉也不舒服。

毫无疑问，他们需要尤利西斯引擎，但用了这个引擎后莎蒂还是有些担心。多夫是《一五漂流记》的制作人之一，而他太出名了，她担心人们把**她**的作品视为**他**的作品。她担心人们分不清哪些工作是她做的，哪些是他做的。

关于这点，莎蒂的担忧不无道理。多夫发行《死海 II》时，接受了"游戏仓库"博客的一次采访。

游戏仓库：今年还有一款引起轰动的游戏，那就是《一五漂流记》，这款游戏采用了你的尤利西斯引擎，呈现出的效果非常好。跟我们讲一讲你是如何参与《一五漂流记》的创作的吧。

多夫·米兹拉：这个嘛，莎蒂（莎蒂·格林，《一五漂流记》的编程师、设计者）曾经是我的学生。她非常聪慧，一向如此。

我呢，其实不做买卖游戏引擎的生意，我不喜欢把自己的工具卖给其他所谓的设计师。就我个人而言，我认为多个游戏共用引擎会抹杀游戏的创造力，这也是懒惰的体现。游戏会渐渐长得都一样，有同样的游戏机制、同样的物理推定等等。但我看到了她和萨米（萨姆·马苏尔，《一五漂流记》的编程师、设计者）的想法，我觉得他们的想法真的很有新意，我也想参与其中。我相信尤利西斯能够助他们一臂之力。听我说，尤利西斯不该抢走莎蒂和萨米的风头。这两个孩子完成了惊人的工作量，我经常以他们两个为榜样教育我的学生，让他们看看只凭借两个孩子和几台电脑究竟能做出怎样的作品。如今的游戏公司规模太大，已经没有人情味了。这十个人做纹理图层，那十个人建模，再来十个人做背景，有专人写故事情节，其他的人专门负责写对白，说真的，这些人甚至彼此连一句话都说不上。他们就像是僵尸，把脑袋埋在格子间里。这（粗口）简直是个噩梦。

游戏仓库：但是游戏中依然能看出你的影子，比如开篇的暴风雨场景就是个例子。

多夫·米兹拉：这个嘛，也许有，也许没有。如果你知道应该去哪儿找，就能看见它。

等多夫终于第一次把《一五漂流记》打通关，回到卧室时，他眼里含着泪水。"太他妈美了，莎蒂。"

"它还不错？"她说。她想听他亲口说出来。

"还不错？"多夫说，"你这个天才疯丫头。你太让我震撼，太让我震惊了。想想看，这么娇小的一个人，竟然能创造出这样的东西。"多夫连连摇头，任凭眼泪顺着脸颊流淌，却不肯擦掉。看见多夫流泪，莎蒂忍不住也想流泪。她此刻的感受与看见马克斯的反应时不同——马克斯是这个游戏的粉丝，而多夫的赞许则令她如释重负。自去年3月萨姆邀请她共同制作游戏开始，在她心里紧绷了十个月的那根弦突然消失了。她不知道这个游戏接下来会怎样，会以共享软件的形式悄无声息地发布，还是大张旗鼓地搞发行，对此她几乎完全不在乎。她创造出了让多夫·米兹拉赞赏不已的东西，就目前而言，这已经足够了。

她想到多夫身边去，但依然被手铐困在床上。她跪立在床上，赤裸着身体，没有被铐住的那只手伸向他，多夫抚摸着她的手。"我爱你。"他说道。

"我爱你。"她说道。

"我也爱《一五漂流记》。明天我要做的第一件事就是跟萨米和马克斯谈谈。我们全都会大赚一笔的。"他滔滔不绝地开始阐述自己对《一五漂流记》的宏伟计划，语速之快，像个拍卖师。他在房间里来回踱步，踮着一只脚，充满激情地比画着。莎蒂从没见过他对任何事物表现得如此激动。

"多夫，"她说，"你能不能……？"她抖了抖锁链。

III

不公平游戏

1

　　没人能确定究竟是谁想出了"不公平游戏"这个名字，不过他们三个都曾在不同的时间把这个名字归为自己的创造。马克斯认为是他根据《暴风雨》中一句自己很喜欢的台词命名的："诚然，就算你并吞了我二十个王国，我依然认为这是一场**公平的棋局**。"莎蒂觉得这根本说不通，"公平"不同于"不公平"，"棋局"也不同于"游戏"。她很确定"不公平游戏"来自她童年时代的非正式口头禅——"这不公平"。她太常对母亲说这句话了，后来母亲甚至威胁她，每这样说一次就从她的零花钱里扣掉二十五美分。萨姆确信无疑是自己想出了"不公平游戏"这个名字，当他从病床上醒来，面对自己碎裂的脚踝，他记得当时想到的是：游戏最大的优点就是它比生活更公平。一款优秀的游戏，比如《一五漂流记》，打起来虽然艰难，但它是公平的。生活则是一场"不公平的游戏"。他发誓他曾把这个词写在了病床边的一张纸上，但是从来没人见过那张纸。而且每当谈及事物的来历，萨姆说法的真实性往往存疑，或者说至少是加工过的。

2

多夫跟不公平游戏的人见面，讨论有关出售《一五漂流记》的宏伟计划。他提出了一个问题："就是说，一五是个男孩，对吧？"

"我们不想做出这样的限制。"萨姆说。

"**限制**？"多夫说。

"萨姆的想法是，在这个年纪孩子的性别无关紧要，而我也同意这一点。所以我们从未限定过一五的性别。"莎蒂解释道。

"这个想法很聪明，"多夫说，"但它绝对行不通。你们想让这个游戏摆上沃尔玛的货架，不是吗？你们想把这个游戏卖给主流玩家。马克斯，你这个人一向讲究实际，你怎么看？"

"我完全同意莎蒂和萨姆的做法，"马克斯慎重而忠诚地说，"而且这并不影响我玩游戏的体验。我是男的，所以在我眼中一五是个男孩子。"

"你看！"多夫说，"问题就在这儿，我想说的就是这一点。一五理应是个男孩。伙计们，我很欣赏你们的创造力，但是你们何必要为了某个哈佛论文题目似的胡扯想法，把自己摆在劣势位置呢？反正也不会有人注意到这个！"

"多夫，一五为什么必须是男孩？为什么不能是女孩子？"莎蒂说。

"你明知道以女性人物为主角的游戏销量都会差一些。"多夫说。

"可是《死海》的主角就是个女孩，"莎蒂不同意，"而它卖了多少来着，一百万份？"

"世界范围内，对，其实比那还要多。但是在美国境内只卖出了大约七十五万。"

"这已经是无比畅销的数字了。"莎蒂说。

"要是我没有把幻影设计成小女孩，这个游戏的销量肯定会翻倍。可是当时我没有**我**做顾问啊。"

莎蒂撕扯着笔记本里的一页纸，她把它撕得粉碎，摆成整齐的一小堆。多夫伸出手盖在她手上，让她停下来。

"伙计们，听我说，这不是我的游戏，最终还是要由你们拿主意，这只是我的意见而已。如果性别这件事对你们来说至关重要，那就这么办好了。如果你们希望一五是女孩，那也可以。重要的是这个游戏非常棒，你们有大把的选择。如果你们同意，也可以把这件事暂时搁置一边，先等等看发行商的意见。"

《一五漂流记》拿到的两个最优报价分别来自地窖之门游戏公司——莎蒂曾经是那里一名不起眼的实习生，以及奥珀斯交互——奥珀斯计算机公司的游戏部门，总部位于得克萨斯州奥斯汀市。

地窖之门认为一五的性别不成问题。这是一家年轻的公司，负责人都是刚走出校门不久的麻省理工毕业生，他们认为没有性别的一五"既有个性又很酷"。他们报的预付款不算多，但利润分成丰厚，此外还有一笔后续游戏的预付款，这个游戏可以不必是《一五漂流记》的续作。"我们不想只做《一五漂流记》的生意，"地窖之门二十九岁的首席执行官乔纳斯·李普曼说道，"我们想跟……嗯……跟**你们**做生意。不好意思，这话听着有点儿奇怪。我不确定你们的公司取了名字没有。"

奥珀斯计算机开出的预付款则丰厚得多，足有地窖之门的五倍之多。他们即将推出一款游戏笔记本电脑"奥珀斯巫师"，计划给每台都预装上《一五漂流记》，于1997年圣诞季发售。他们认为《一五漂流记》的角色设计和画风优雅而简洁，故事情节感人又适合家庭体验，正适合用来推销他们的游戏笔记本电脑，改变那些认为只有用游戏主机才能玩到优质游戏的人的看法。他们希望《一五漂流记》推出续作，并愿意为这款续作出双倍的价钱，截止日期定在1998年的圣诞季。而且不出所料，在这个来自得克萨斯的、全部由男性成员组成的收购团队看来，一五确凿无疑是个男孩——这一点是毫无疑问的。

莎蒂想跟地窖之门合作。她喜欢他们宽松的合作条件，而且说实话，她不喜欢奥珀斯交互的那群人。奥珀斯为他们四个买了飞往得克萨斯的机票，安排他们跟游戏部门的主管见面。这位五十岁的公司高管亚伦·奥珀斯蓄着八字胡，头戴牛仔帽，脚蹬牛仔靴，颈间系着波洛领带，腰间的皮带饰有银质牛头皮带扣，上身穿着件牛仔西装外套，他在会议室现身时让所有人都吃了一惊。回到宾馆以后，莎蒂对多夫说，亚伦·奥珀斯的这身装扮像是从开在谷仓里的西部服饰商店买的，通往奥斯汀机场的公路旁边开满了这样的商店。然而多夫觉得亚伦·奥珀斯很讨人喜欢。"我就喜欢美国这些狗屁玩意儿。"他说。

"那就是一身戏服，"莎蒂反驳道，"奥珀斯是康涅狄格州人，是耶鲁毕业的。"

"我喜欢这家伙！回去之前我也要去趟西部服饰店，"多夫说，"真男人身上起码要穿戴三种死掉的动物。"

"真恶心。"莎蒂说。

见面时亚伦·奥珀斯向他们道了歉，说他之所以看起来憔悴，是因为他为了玩《一五漂流记》熬了两个通宵。"我们都久仰你的大名，米兹拉先生，"他对多夫说，接着转身对萨姆说，"所以说，你是这个游戏的编程师了？"

"我只是编程师之一，"萨姆说，"莎蒂才是主要负责编程的人。"

"这个游戏是我们共同设计的。"莎蒂说。

亚伦·奥珀斯点点头。他端详着萨姆的脸，接着又端详了一阵莎蒂的脸，然后把注意力转回了萨姆身上。

"那个小家伙，一五，他长得跟你非常像，"亚伦·奥珀斯说着点点头，似乎拿定了主意，"嗯……依我看，你就是这个游戏的面孔。"

返回剑桥之后，他们详尽对比了两家公司的报价。莎蒂说她喜欢地窖之门，因为对方不强求他们出续作，此外她觉得地窖之门的气场也与他们更加匹配。萨姆说他不明白他们为什么要把地窖之门纳入考虑，因为奥珀斯开出的报价高得多。多夫说两家公司开出的条件都不错，但走的是不同路线，这取决于他们打算如何发展。他补充道，考虑到地窖之门的利润分配条件更优渥，从长远来看，他们跟地窖之门合作也许能赚到更多的钱。马克斯说他也喜欢地窖之门为他们提供的创作自由，但奥珀斯有能力让《一五漂流记》获得更大的反响。奥珀斯向他们保证，在奥珀斯巫师计算机投入百万美金预算的营销活动中，《一五漂流记》会是重点宣传对象。如果这款游戏的反响符合他们的预期，奥珀斯会考虑在未来推出动画片、梅西百货的感恩节气球，以及其他多得数不清的一五周边产品。而地窖之门既没有渠道也没有预算做这些事情，至少短期内还做不到。

到这天晚上讨论告一段落时，马克斯、多夫和萨姆都站在奥珀斯这一边，莎蒂是唯一支持地窖之门的人。

"这笔钱能改变我们的命运，"萨姆说，"说真的。"

"可是我不想在自己被改变的命运里再花一年时间给《一五漂流记》做续作了。"莎蒂说。

"我明白，"马克斯说，"如果莎蒂决定这么做，我愿意支持她。你们俩是这款游戏的创作者，所以应该由你们来决定。"

萨姆让莎蒂到屋外的阳台上去，以便他们私下谈谈。他脚上还打着石膏，行动不便，若不是这样，他其实更想跟她出去散散步。他觉得行动起来的时候自己的想法更清晰，语言也更有说服力。

莎蒂先开了口。"地窖之门的预付款也不错，而且他们真正理解我们想要制作的是怎样一款游戏，"她对萨姆晓之以理，"这样我们明年就能继续创作新的、更好的作品。再说你怎么能这么快就向金钱低头，改变我们对一五性别的想法呢？我还以为你很重视这一点呢。"

"我确实看重，但这确实是很大一笔钱。"萨姆说。

"你怎么突然开始在乎钱了？"莎蒂问，"你才二十二岁，你能需要多少钱？既然你这么想赚钱，那你就不该做这款游戏。你大可以像你这一届的其他学生那样参加哈佛的招聘项目，去贝尔斯登做年薪六位数的工作。"

"你没体验过缺钱的日子，"萨姆说，"所以你是不会明白的。"萨姆停顿了一下。他不愿坦诚自己的弱点，哪怕对方是莎蒂也不行。"我欠着学生贷款，还因为脚踝和脚的手术欠了急诊一大笔钱，如果我不尽快开始还钱，账单就会寄到我外公外婆那里去。而此时此刻，我银行账户的余额是负数。房租是马克斯在付，我的信用卡额度眼看就要吃空了。如果我们和地窖之门签约，在制作下个游戏的过程中我根本没有生活来源。我需要这笔钱，莎蒂，而且说实话，我真的认为这个条件更优越、更有可能让《一五漂流记》成为畅销游戏。我也知道你其实也看得清这一点。我认为，你不喜欢他们的真正原因在于他们以为我是这个游戏的编程师。"

莎蒂在阳台的地上坐了下来。她深深地厌恶奥珀斯那帮人，而且一想到要为《一五漂流记》制作续作，她就觉得自己仿佛被戴上镣铐，蒙上双眼，堵住嘴巴，锁进旅行袋，丢进了海底。

萨姆艰难地想弯腰坐在她身边。莎蒂扶了他一把，尽管有她的帮助，萨姆落地的动作依然稍显笨重。他把头靠在她颈窝里，货重与车辙刚好成正比。

"你想怎么办，我都会照做。"他说。

"好吧，萨姆，"她说，"就是奥珀斯了。"

一旦一五真正成了男孩子，他的身份和萨姆的身份变得越发难以区分了。除了亚伦·奥珀斯以外的人也开始说萨姆长得跟一五很像——的确，他们有几分相似。人们对萨姆丰富又悲怆的人生经历照单全收：童年多伤病，只有打电子游戏才能让他感到自己无坚不摧；他的韩裔祖父和比萨店，以及店里的大金刚游戏街机。他们试图寻找萨姆与一五命运的交集。萨姆是亚裔，一五也是亚裔——在1997年，没人分得清日本人和半个韩裔的差别，萨姆是亚裔就足够了。由于人们——评论家、玩家、奥珀斯的市场部——在游戏中能更清晰地看见萨姆的影子，《一五漂流记》渐渐成了萨姆创作的作品，而不是莎蒂的，也正因如此，他成了这个游戏的主创。（至于他和莎蒂的关系，他们既非兄妹又非夫妻或曾经的夫妻，他们并未与对方交往，也从未交往过，因此人们觉得他们的关系太令人困惑，难以感同身受，便也懒得去探究。）

作为营销活动的一部分，奥珀斯时常会送萨姆去参加各种各样的游戏大会，当时这些活动的规模比如今小得多。莎蒂其实本可以与他一同前往，但她觉得自己还是应该提高效率，把时间花在不公平游戏的办公室里（头顶是荧光灯管，脚下是工业地毯，不过至少不再是马克斯的客厅了）。她要在监制《一五漂流记》续作的同时完成自己在麻省理工的本科学业。此外，萨姆比她更享受被人注意的感觉。她并不因此而怨恨萨姆：他喜欢做访谈，喜欢对着人群夸夸其谈，喜欢别人为自己拍照片。这些事情总要有人来做，而与人谈论自己完成的工作令莎蒂感到很不自在，她天真地认为作品本身足以为自己发声。《一五漂流记》发行时莎蒂二十二岁，她尚未搞清楚公众视野中的自己究竟是怎样一个人。（她甚至也不清楚自己私下里究竟是怎样一个人。）著名的女性程序员少之又少，女性程序员应该在公众面前如何自处也没有固定的剧本可以遵循。但更为关键的因素是在奥珀斯，没有任何人鼓励莎蒂走到台前来。奥珀斯的那些男人只想把萨姆的面孔与《一五漂流记》绑定，他也确实与这个游戏绑定在了一起。游戏行业与其他许多行业一样，都对天才少年情有独钟。

即便如此，莎蒂依然不得不承认一件事——哪怕只有她自己在意：萨姆不仅喜欢参加推广活动，他也比莎蒂更擅长做推广。游戏发行前，他们共同出席了一场在博卡拉顿举办的销售会议。此前他们从没对这么多观众讲过话，约有五百人。萨姆十分紧张，但莎蒂毫不紧张。萨姆在临时搭建的嘉宾休息室里来回踱步，直到他们被叫上台为止。

"我觉得我快吐了。"萨姆说。

"没事的，"莎蒂说着捏捏他的手，给他倒了杯水，"只不过是个宾馆宴会厅，里面坐了几百个爱打游戏的人而已。"

"我不喜欢有这么多人盯着我。"萨姆说着张开手指理了理头发。佛罗里达潮湿的气候把他的发型变成了犹太卷发爆炸头。

然而一旦他们登上讲台，萨姆的紧张感便消失了，他变成了全世界最风趣的谈话节目嘉宾。每当有人向莎蒂提问——比如"你们两个是怎么认识的？"——她总是会给出明确的答案，通常不超过两句话。

"这个嘛，我们俩都来白洛杉矶，"莎蒂说，"而且我们都喜欢打游戏。"

当有人向萨姆提问时，他的答案仿佛是一部短篇小说。故事一讲就是十五分钟，回溯到童年时代，却没有人表现出一丝厌倦的情绪。"遇见莎蒂的那天，我已经有六个星期没跟任何人说过话了，足足六个星期。但那是另一个故事了。至于我们成为好朋友之后的故事以后再讲，有件重要的事情你们必须知道，那就是当时莎蒂不知道怎么才能让马力欧落在旗杆顶上。在互联网普及以前，人们没办法找攻略，必须要**认识**会这么做的人才行……"他讲话时，观众不约而同地往前探身，被他讲的笑话逗得捧腹大笑，情不自禁地爆发出掌声。他们**太喜欢他了**。人群面前的他似乎变得更加英俊了，跛脚不再那么明显，声音也温暖而坚定，仿佛多年以来萨姆缺少的只是一群观众。他的转变令莎蒂惊叹不已：她那个内向的搭档去哪儿了？这个健谈的人是哪里来的？这个诙谐的小丑是谁？

莎蒂坐在他身边，感到自己变得越发微不足道。

3

《一五漂流记Ⅱ：勇往直前》在 1998 年 11 月发行，这时距离《一五漂流记：大海的孩子》发行过去了差不多整整一年。在第二部游戏中，花见[1]——一五的妹妹——在另一场暴风雨中失踪了，十一岁的一五必须把她找回来。第二部游戏的销量比第一部略胜一筹，但这主要建立在第一部的声誉和强劲销量的基础之上。大多数评论家，包括莎蒂和萨姆在内，都认为这款游戏在创造力方面有所退步。这倒不是说第二部《一五漂流记》是款烂游戏，只是它给人带来的感受与前作无甚区别。《一五漂流记Ⅱ》没有把一五这个人物推向新的发展方向，在图像、技术和故事情节方面也没有进步。

莎蒂告诉他们自己不想做第三部《一五漂流记》的那天晚上，马克斯和萨姆刚刚完成一轮长达一个月的《一五漂流记Ⅱ》巡回推广活动。自从他们的合作在那年夏天拉开帷幕以后，这是他们三个经历过的时间最长的一次分别。"我认为这个系列发展到这里已经够了，"莎蒂说，"它不再有发挥创意的空间。"他们聚在肯尼迪街的公寓吃晚饭，萨姆和马克斯依然同住在那里。

"那你想做什么呢？"马克斯说。

---

[1] Hanami，常用女性日文名，亦有"赏花会"之意。

"我有几个想法，"莎蒂说，"不过这是以后讨论的问题。"

"我们随时可以把那块旧白板搬出来。"马克斯说。

"等一下，"萨姆说，此前他一直在静静地听着，"莎蒂，我们不能就这样把一五丢下。我们之所以没时间把《一五漂流记Ⅱ》打造成一款优秀的游戏，是因为奥珀斯定下的截止日期太武断了。你难道不想把第三部做成一个出类拔萃的游戏吗？"

"也许是在以后吧。"莎蒂说。

"我是说，他就像我们的孩子一样，"萨姆说，"你不能把我们的孩子丢在一个差劲的续作里就不管了。"

"萨姆森，"莎蒂的语气带上了警告的意味，"我能这么做。"

萨姆站起身，皱了皱眉。

"你没事吧？"马克斯问。

"只是有点儿累而已，"萨姆说，"莎蒂，你不能独自决定我们接下来的安排。如果不做《一五漂流记Ⅲ》，我认为我们应该做，你起码应该让我们大致了解你接下来想做什么。"

"萨姆，你的脚出血了，已经把袜子浸透了。"马克斯说。

"对，它最近总这样。"萨姆不以为然地说。

"你得去看医生。"马克斯说。

"马克斯，别他妈管我的脚行吗？我自己会操心的。"萨姆最讨厌自己的伤病成为讨论的焦点。

"别针对马克斯，他是不想让你再次昏倒在路边。"莎蒂说。

"我没事，"马克斯说，"真的。"

"你应该道歉。"莎蒂坚持道。

"对不起，马克斯，"萨姆心不在焉地说了一句，紧接着转而对莎蒂说，"说真的，你都不想事先跟我这个搭档讨论一下这些想法吗？"

莎蒂开始收拾盘子。"既然大家都吃完了，那我就收拾桌子了。"

"你不用做这些。"马克斯说。

"我是客人，"莎蒂说，"这样做才礼貌。"

马克斯开始跟她一起收拾。

她走进厨房，萨姆跟在她身后，一瘸一拐。"你不想跟我这个搭档讨论一下这些想法吗？"他又问了一遍。

"我倒是想跟你讨论，"莎蒂语气冷静地说，她把盘子放在水池里，"但你总是不在。"

"你可以一起来啊，"萨姆说，"我反复劝过你跟我们一起去。"

"我们不能全都说休假就休两年假。"

"莎蒂，我做的是实实在在的工作。"萨姆说。

"我做的也是实实在在的工作，"她说，"是我负责把这个烂续作做出来的。"

"好吧，确实够烂的。"萨姆说。

"嘿萨姆，滚蛋吧你！"莎蒂说。

"朋友们，罗马人们，同胞们，"[1] 马克斯说，"冷静一下。"

莎蒂走出门去，直接回到了她和多夫同住的公寓。多夫回以色列看望妻儿去了，两年过去了，他依然没有离婚。

莎蒂回到公寓时，电话正在响，但她没有接。打电话的人没有留言。她知道打电话的不是萨姆就是多夫，她不想跟他们中的任何一个说话。

她并非别无选择。如果萨姆执意要做《一五漂流记Ⅲ》，她可以离开不公平游戏。不公平游戏已经履行了与奥珀斯约定的义务，而她和

---

[1] 出自莎士比亚戏剧《凯撒大帝》第三幕第二场。

不公平游戏之间没有雇佣合同，他们都没有。她不需要萨姆和马克斯，她可以靠自己闯荡，独立创作一款新游戏。电话再次响起，直接转到了答录机："莎蒂，我是多夫。接电话。"

莎蒂接起了电话。他们谈了几句家里的事，然后莎蒂说："如果我想独立创作一款游戏，我是说不带萨姆，这会不会是个巨大的错误？"

"出什么事了？"多夫问。

"没事，"莎蒂说，"我们吵了一架。"

"莎蒂，这再正常不过了。哪怕合作最顺利的团队也经常吵得你死我活。这是合作中不可避免的一部分。如果你们不吵架，那说明你们不够在乎自己的工作。去道个歉，然后该干什么就干什么。"

莎蒂懒得向多夫解释自己**并不觉得**抱歉，而且他的回应答非所问。"好吧，"她说，"谢谢你，多夫。"

到了十一点半，莎蒂换上了睡衣睡裤，刷了牙，用过了牙线，准备好上床睡觉了。她忍不住琢磨，其他二十三岁的年轻人的星期五晚上是怎么过的？她忍不住猜测自己四十岁的时候会不会后悔没跟更多的人上床，没有参加更多的聚会。可是话说回来，她不喜欢跟太多人在一起，参加聚会时她总是盼着早点离开，她不喜欢喝得醉醺醺的。她喜欢打游戏，看外国电影，品尝美味的食物。她喜欢早早上床，早早醒来。她喜欢工作。她喜欢做自己擅长的工作，为此获得丰厚的报酬也让她十分自豪。她喜欢一切都井井有条的样子——一段运行顺畅的代码、东西整理得整整齐齐的柜子。她喜欢独处，喜欢自己有趣而富有创造力的头脑中迸发出的想法。她喜欢过舒适的生活。她喜欢宾馆的房间、厚实的毛巾、羊绒衫、丝绸连衣裙、牛津鞋、早午餐、高档文具、价格虚高的护发产品、成束的非洲菊、帽子、邮票、有关艺术的书籍、竹芋盆栽、公共电视网的纪录片、白面包、大豆蜡烛和瑜

161

伽。她喜欢在慈善捐款之后收到纪念帆布袋。她热爱阅读（虚构和非虚构作品都喜欢），但她从来不读报纸，只有艺术专栏除外，而这让她心里有一丝内疚。多夫常说她小资情调。他的话是贬义的，但莎蒂知道自己很可能就是小资。她的父母就很小资，而莎蒂非常爱他们，于是她也自然而然地成了一个小资的人。她很想养条狗，可是多夫住的公寓楼里不允许养狗。

但她之所以过着小资的生活，原因在于只有这样她才能创作出不那么小资的作品。如果她在生活中足够小心，就可以避免自己的作品做出妥协。

门铃响了。

她没理会。

她听见马路上传来了萨姆尖细的声音。**"莎蒂·米兰达·格林，我能看见你的灯还亮着。"**

她没理他。

"莎蒂，外面特别冷，又下雪了。求求你，让你相识最久、最要好的朋友上楼吧。"

莎蒂依然没理他。如果萨姆被冻僵，那只能怪他自己。

莎蒂从窗帘缝向外张望，看见了楼下的街道。萨姆拄着手杖，他越来越常用手杖了。莎蒂已经记不起上一次看见他走路不用手杖是什么时候了。她接通门禁，让他进了屋。

"你想干什么？"她说。

"我想听听你的想法，"萨姆说，"我真的想听一听。我喜欢听你的想法。全世界我最喜欢的就是这个。而且我也不想强迫你去做你不愿意做的续作。你是我的搭档，你答应跟奥珀斯签约是为了我，你为我做的这些我都没有忘记。但是我爱一五，爱我们的创作成果，而且还有很多其他人也爱一五。我认为，我们应该找个合适的机会把他推上新高峰。但我也能理解现在的你为什么会对他感到厌烦。"

"《一五漂流记Ⅲ：永别了，一五先生》。"莎蒂说。

萨姆哈哈大笑。"不算太糟。"

萨姆把重心放在没受伤的那只脚上，他的站姿倾斜得越发明显了，莎蒂心里不禁充满了对他的怜爱与担心——到头来，这两种情感又有什么区别呢？如果你不爱对方，那他就不值得你为之担心。如果你不为一个人担心，那就说明你不爱他。"你好歹是打车过来的吧？"

"是的，女士，现在我坐得起出租车了。"

"马克斯同意你这样出来？"

"马克斯又不是我的监护人。"

"但你们两个比起来，他更理智些。"

"啊，不要怪马克斯。他不知道我出来。他去佐伊家了。"萨姆说。

"他还在跟她约会吗？这次够长久的。"莎蒂说。

"依我看他们是彻底坠入爱河了。"萨姆哼了一声，仿佛恋爱这码事荒唐得很。

"这么说你不赞成他们在一起？"

"马克斯永远泡在爱河里。他就是个感情的娼妓。如果对人对事都见一个爱一个，那爱还有什么意义？"

"马克斯很棒，"莎蒂说，"我认为他很幸运。"

"不存在运气这码事。"萨姆说。

"当然存在。你玩《龙与地下城》时扔的那个巨大的多面体骰子就是运气。"

"够搞笑的。"萨姆说，"多夫呢？"

"他已经走了，放假了。"她说。

萨姆端详着莎蒂。他对她的情绪和脸色了如指掌。"你还沐浴在爱河里吗？"

"我什么时候沐浴在爱河里过？"莎蒂说。

"这么说够惨的。"

"我喜欢他，也想弄死他。这很正常，也很复杂，"莎蒂说，"我现在不想讨论多夫，"她打了个哈欠，往沙发旁边挪了挪，给萨姆腾出地方，"好了，既然你都来了，不如就留下吧。要是我在这样的天气里把你赶回家，马克斯非杀了我不可。"

萨姆在莎蒂身边坐下来。她打开了电视，他们看了一会儿莱特曼的脱口秀，播到"愚蠢宠物花招"版块时，莎蒂按下了静音键，萨姆转过头望着她，等着她开口。她望着萨姆的圆脸盘，她对这张脸是那样熟悉，仿佛她是在审视自己，透过一面有魔力的、能够让她回顾自己整个人生的镜子审视自己。望着他的时候，她不仅看见了萨姆，也看见了一五、艾丽斯、弗蕾达、马克斯、多夫，以及她犯过的所有错误，她所有最隐秘的耻辱与恐惧，她所有做过的善举。有时候她对萨姆的感情甚至连喜欢都谈不上，然而有这样一个事实：如果她不把自己的想法放到萨姆的头脑里也过一遍，她就不敢肯定这个想法是否值得追寻。只有当萨姆把她的想法稍加调整、改进、综合、整理，再重新反馈给她以后，她才会确信这是个好主意。她知道，一旦她把自己的想法告诉萨姆，它便也会立刻成为他的想法。无论前途坦荡还是坎坷，他们都将再次并肩走上面前的道路，没心没肺地踏上另一块玻璃。她深吸了一口气："我想做的游戏叫《双面人生》。"

4

莎蒂萌生出有关《双面人生》的想法是在萨姆失踪的那天夜里，自那以后这个想法总在她头脑中徘徊不去。当时她的构思还不完善，只是一种模糊的概念，一缕凭空生出的思绪。重新踏上她在那个充满希望的清晨与萨姆共同走过的那段路，她忽然体会到同一段路的外观以及给人的感受可以多么迥然不同。前一刻，萨姆在她身边，游戏已经完成，全世界都蕴藏着潜力。十二个小时之后，萨姆失踪了，游戏早已飘离她的思绪，世界阴森灰暗，暗藏着危险。*世界还是那个世界，*她心想，*然而我却变了，抑或其实是另一个世界，而我还是那个我？*有片刻的工夫，她产生了一种可谓危险的幻觉，仿佛脱离了肉身与现实世界，她不得不坐下来体会坚实的大地，过了一会儿才继续去寻找萨姆。

她此前也曾有过这样的感受，高中时代的最后一年，一个曾经与她关系很亲近的朋友死于进食障碍。早在那之前，莎蒂对进食障碍一无所知的时候，她曾经与那位朋友玩过一个所谓的吃饭游戏。她的朋友会宣布今天是"生菜日"或者"谷物棒日"或者"罐装汤日"或者"逾越节薄饼日"，接下来的二十四小时里，莎蒂和朋友就只吃这一种食物。在十四岁的年纪，莎蒂以为这是在开玩笑，而且这个只吃一种食物的游戏也很符合她向往秩序与整洁的个性。她完全没有意识到这个游戏对于自己的朋友还有着其他含义——某种最终产生了致命后果的含义。最后是艾丽斯告诉她："这太变态了，莎蒂，人不能一整天只吃生菜。"没过多久那种游戏便结束了，至少莎蒂不再参与其中，再后来，莎蒂也与那位朋友渐行渐远。

朋友的葬礼上，灵柩是敞开的。莎蒂向棺材里望去，仿佛看见了自己。她觉得自己已经死了，死去的本应该是她，然而不知由于什么原因，朋友与她交换了身份。她心中不安，葬礼没结束便跑了出去，离开时，她向朋友悲痛欲绝的双亲道了歉。

萨姆失踪的那天晚上，莎蒂忽然意识到生活中没有任何事物真的如表面所见那样一成不变。充满稚气的游戏或许暗藏着杀机。多年的朋友有可能失踪。无论一个人多么想逃避，另一种结局的可能性永远存在。**我们度过的，最多只能算半个人生**，她心想。你做出的种种选择构成了你此刻所在的这段人生，然而还有另一种人生，它由你未选择的那些事物构成。有时候，另一种人生似乎与你所在的人生同样真实，仿佛触手可及。有时你走在布拉特尔街上，突然便毫无预兆地滑进了另一种人生，像掉进兔子洞进入了梦幻世界的爱丽丝。你会成为另一种自己，置身于另一座城镇。但这种体验并不像爱丽丝的仙境那样诡异，完全不是，因为你早已预料到了这样的结果。你反而会如释重负，因为你总在好奇另一种人生究竟是什么样。而此刻你终于置身其中。

但莎蒂没有把这些话告诉萨姆。

"你听说过《巨洞冒险》吗？"莎蒂说。

"当然听说过，不过我从来没玩过。那个游戏很老派，是不是？"

"应该说是很**古典**，"她说，"只有文字，没有图像。"

"你该不会是说想做一款那样的游戏吧？"

166

"不是，"莎蒂说，"当然不是。不过那个游戏中有一部分给我的印象很深。你知不知道玩家要在游戏中穿越所有的洞穴？"

"知道，我猜得到。"萨姆说。

"好的，这很麻烦，因为有时你不得不回到游戏开始时的小屋，去取补给之类的东西。为了解决从洞穴一路返回小屋的问题，程序员设计了一个特殊的指令，Xyzzy。"

"滋滋？"萨姆重复道。

"对，不过是拼成 X-Y-Z-Z-Y。运用 Xyzzy 指令时，你可以神奇地在两个地点之间来回切换。"

"听起来像作弊。"萨姆最讨厌把物理流程设计得过分简单的游戏。

"不是的，"莎蒂说，"这种设计其实非常巧妙。这正是这个游戏最棒的一部分，因为它认同你正在玩游戏的这个世界**并非真实世界**。既然不在真实世界里，那你就不必按照真实世界的法则行动。我希望我们的游戏也能这样，像 Xyzzy 指令一样。只不过玩家不是像《巨洞冒险》那样在两个地点之间切换，而是在两个世界之间切换。比方说，在一个世界里你是个过着普通生活的普通人，但是在另一个世界里你是个英雄人物。这个游戏能让你体验双面的人生。我还没来得及把所有细节都考虑好，时间还早。"

萨姆摘掉眼镜放在茶几上。"我明白了，"他说，"也就是说，这两个世界的风格要截然不同，游戏的机制也不同。"

"没错，"莎蒂说，"就是这样。就好比奥兹国和堪萨斯，而多萝西从头至尾都可以在两个世界之间切换。[1]"

"世界的一边像新出的《塞尔达传说》，3D 画面、第一人称视角、

---

[1] 在童话《绿野仙踪》中，主人公多萝西是一个生活在美国堪萨斯州的女孩，她被一场龙卷风带到了奇幻的奥兹国。

高画质，很烧硬盘的那种。另一边则很简洁。不是八十年代街机游戏的那种简洁，而是穿越回雪乐山出的《国王密使Ⅳ》的那种风格，或者其他类似的游戏。第三人称视角，朴素轻便，甚至可以在线玩。"

"对。"莎蒂说。

"故事情节呢？"

"也许是关于一个女孩吧。她的原生家庭很不幸，在学校也时常被人霸凌。但是在另一个世界里，她——"

"等一下，"萨姆说，"我得记下来。"

第二天下午，萨姆打车回到了肯尼迪街。他和莎蒂熬了个通宵，却感到既疲惫又满足。他花了太多时间在外面推广《一五漂流记》，甚至没意识到自己有多么怀念与莎蒂合作的时光。或许莎蒂认为萨姆出门在外是去度假，但推广游戏确实是一项实实在在的工作。其中固然存在有趣的部分，与眼光独到的游戏记者做访谈，奥珀斯为游戏开发者大会准备的一五吉祥物，打扮成一五和垃圾怪的孩子们，玩家们对萨姆·马苏尔的喜爱无以复加——这个游戏的创造者跟他的作品长得一模一样哎！但推广过程中的大部分时间都很难熬。他不得不翻来覆去地讲述同一个故事，却要装出是第一次讲的样子。他要倾听愚蠢的人对《一五漂流记》——他们的孩子——发表愚蠢的见解，还不得不装出这些见解很风趣、很敏锐、很有新意的样子。他要把自己的痛苦经历摆到公众面前，供购买游戏的玩家们消遣玩味。他要参加萧条的推销会，要到破败购物街上的游戏商店里做签售，要微笑着面对镜头，拍照拍得他头疼，数不清的航程和租车行里排的长队。这一年的时间里，他的脚疼得越来越厉害，而萨姆尽力不去理会这种疼痛。他习惯了无视肉体的疼痛，然而两个星期前，他的脚开始流血了。血迹让人难以忽视。他当时正在纽约的 FAO 施瓦茨玩具店参加推广活动，一个小孩子扯扯萨姆的衣袖："一五先生，您流血了。"萨姆低头看了一眼。果然，他的白色网球鞋正中间浸染了一大片血迹。

"我猜是蹭到了颜料。"萨姆有些难为情地说。

回到宾馆的房间里，他用绷带为自己稍加包扎，小心地避免把血迹蹭到宾馆的地毯上，然后把那双运动鞋扔进了垃圾桶。

重要的是必须有人出面为游戏做宣传，而莎蒂的态度很鲜明：她不想做那个人。

萨姆最喜欢的是跟莎蒂一起把他们的宏伟设想写满白板。他喜欢跟她合作构建世界。那天晚上他们决定开始构建新的世界，而他已经迫不及待想要投入新的工作了。

他冲了个澡，走出浴室时发现自己脚上的血止不住了。用来支撑脚部结构的那七根金属杆再次变了形，而且很不合时宜地戳破了他的皮肉。疼痛感虽然锐利，但尚在他能够承受的范围之内，真正惹他心烦的是这件麻烦事本身。他坐在浴室的地上尝试止血，却又在脚上发现了一个洞。他把手指伸进第二个洞里，摸到了另一根金属杆的末端。有片刻的工夫，他放任自己感受到一丝恐惧。就在这时，马克斯从佐伊家回来了。

马克斯看见萨姆坐在浴室的地上，受伤的脚露在外面。马克斯已经好多年没见过萨姆的脚了，因为萨姆总是尽可能把脚藏起来。此刻看见那只脚，马克斯想不通萨姆这个样子怎么还能走路。萨姆的脚看上去仿佛已经死了——上面遍布淤青和淤血，形状歪歪扭扭，沾染着血迹。萨姆慌乱地把毛巾盖在脚上。"天啊，萨姆。你必须现在就去看医生。"马克斯说。

"我不能去。我约了过几个小时跟莎蒂见面，"萨姆平静地说，"我们打算开始制作一款新游戏。再说我也不至于今晚就失血过多而死。相信我，马克斯。我应对这种事已经有段时间了。你能不能帮我拿些止血棉和纱布过来？"

马克斯走到医药箱前，把包扎用的东西递给了萨姆。

"萨姆，我觉得这只脚看起来不太好。"这个说法其实过于保守。

"过几天就长上了。总是这样的，"萨姆嘴上这样说，心里却并不自信，"我和莎蒂的新游戏就要开始行动了。"

昨晚的争吵过后，得知他们打算合作，马克斯深受鼓舞，很想了解他们的想法。"好吧，"马克斯说，"不过我要帮你预约明天去看医生。"

萨姆的骨科医生接下来一个星期都约满了患者。到了萨姆去看病的那天早上，他的脚看上去既没有好转也没有恶化，不过萨姆几乎已经完全不再用那只脚走路了，除此以外，过去的几天里他还开始发烧。马克斯陪着萨姆去看医生，一方面是为了确保他真的会去看医生，另一方面则是为了在回来的路上帮他行动。

在诊所里，马克斯一边在候诊区等待萨姆，一边读琼·狄迪恩的《白色专辑》打发时间，阅读体验不算十分怡人。佐伊打算搬到加利福尼亚去。陆续有电影、电视节目和广告找她配乐，她认为搬到洛杉矶住一段时间更有利于接受更多的工作。这个想法对马克斯很有吸引力，这不仅仅是由于佐伊的缘故，更是因为他一直对加利福尼亚的生活心向往之。他喜欢西海岸。他本想去斯坦福上学，可惜没有被录取。他喜欢洛杉矶细瘦的棕榈树、破败的西班牙风格住宅、偶然飞过的鹦鹉群、永远面带笑容对你有所需求的当地人。他喜欢徒步、跑步，他愿意住在一年里大部分时间都适合进行室外活动的地方。至于工作，西海岸有许多从事游戏行业的人，尤其是在洛杉矶，那里的办公场地轻快通透，建筑风格富有个性又充满现代感，而且比他们在剑桥的办公室更便宜。一年前他曾经到那里出差，回来后马克斯对莎蒂和萨姆说起过把办公室搬到加利福尼亚的想法。他们两个都来自洛杉矶，谁都不想回去——回家发展总会让人觉得自己已经放弃了拼搏。

在医生办公室待了半个小时之后，萨姆出来了。他拄着腋杖，脚上包裹着厚厚的绷带，手里拿着一张处方，医生给他开了一个疗程的抗生素。

"她怎么说？"马克斯问。

萨姆耸耸肩。"说的都是我早就知道的事情。"

"这么说你没事？"马克斯追问道。他很难把萨姆那只伤脚的景象从脑海中驱散。

"跟平常一样，"萨姆说，"我想回去工作了。"

马克斯和萨姆出了门，来到停车场等出租车。马克斯假装记起自己把《白色专辑》忘在了候诊区。"我马上就回来。"他说。

回到诊所，他飞快地取回了书，然后到导诊台询问萨姆的医生有没有时间跟自己谈几句话。他说自己是萨姆的兄弟，对萨姆的病情有些疑问。马克斯毕竟是马克斯——英俊、迷人、彬彬有礼，因此护士说她会去问问看。

马克斯来到医生的办公室，医生说她很庆幸能跟他聊几句，因为她认为萨姆并没有把她说的话听进心里。她为萨姆清理、缝合了伤口，并且尽可能为他调整了那只脚的结构。他脚上最大的伤口已经感染了，因此她给萨姆开了一个疗程的抗生素。但诊断的结果并非好消息。医生认为截肢势在必行。

"虽然我想不通他怎么能受得了这样的疼痛，但是他说他受得了。不过事到如今，疼不疼已经不再是问题的关键。他的脚已经无法再维持下去了。金属杆正在磨损他剩余的骨头，他的皮肤越来越容易感染，越来越难以愈合。唯一避免损伤的办法就是让他坐轮椅，一丁点儿压力都不让那只脚承受，但我不建议充满活力的二十四岁年轻人这样做。如果不重视起来采取行动，他就要不断地回到这里来。越早采取行动，效果越好，如果发展成脓毒症那就糟了，需要紧急截肢，风险更大。他还年轻，身体也健康，如果他是我的兄弟，我会告诉他现在是时候采取措施了。"

马克斯离开诊所回到路边时，出租车已经在等他们了。

"时间够长的。"萨姆说。

"是啊。"

"别装了，"萨姆说，"看你的脸色，又鬼鬼祟祟地待了这么长时间，我知道肯定发生了别的事。究竟是怎么回事？"

"我在大厅遇见了你的医生。她以为我是你的兄弟。她看起来非常……"马克斯搜寻着合适的字眼儿，"放心不下你。"

萨姆摇摇头。"她不应该跟你说这些。我的医疗状况是我的私事。"

马克斯知道，仅凭他们的友谊和多年的私交是不可能说服萨姆的。"萨姆，这件事可以说与我息息相关。我们是搭档，如果你要做重大手术，我和莎蒂必须得做好相应的计划。"

"大家叫我处理这只脚已经有好多年了。我明白。我知道现在也许是时候采取行动了；但是我必须先跟莎蒂把这个新游戏做出来。"

"萨姆！那要花多长时间啊？你现在甚至还没开始。我是你的制作人，可是我根本不知情，一个星期前你们两个还在争论要不要制作《一五漂流记Ⅲ》。"

萨姆摇了摇头。

"这太疯狂了。如果你是害怕，我完全能理解。这——"

"我不是在害怕。我只是没法在截肢手术之后的康复期里制作游戏，"萨姆急切地说，"我没那么多时间做手术、搞术后复健、试戴合适的假肢。现在是马萨诸塞州的冬天，马克斯。我的行动本来就够艰难了。"

回家路上余下的时间里，马克斯和萨姆谁都没有说话。

"如果你能够不把这件事告诉莎蒂，我会非常感谢你的。"出租车开到肯尼迪街时，萨姆说道。

马克斯点了点头。他先下了车，以便扶萨姆下车。

那天晚上马克斯去了佐伊的住处，把他和萨姆之间发生的事告诉了佐伊。佐伊坐在客厅里，盘腿坐在用印尼传统工艺染制的丝绸大靠垫上吹着排箫，她最近正在学习这种乐器。仿佛缇香画里的女主角，红色长发垂下来盖住了她的乳房，她身上只穿着白色的棉质内裤。佐伊总是把房子里的温度调得很高，身上穿的衣服越少越好。她说她喜欢感受乐器的振动。她喜欢感受身下大地的震动与周围空气的震颤。她说有一种秘密的乐声，只有当她和万物之间毫无隔阂时才能听得见。（这里的"隔阂"指的是"衣物"。）佐伊曾开玩笑说——也有可能并非玩笑——她初次性经历的对象是她的大提琴。在开始专攻作曲之前她是个大提琴神童，她最喜欢做的就是到户外去，脱掉衣服，独自拉琴。有一次母亲发现她在自家屋后这样拉琴，忙带佐伊去看心理治疗师。（治疗师得出的结论是，在他见过的所有青春期女孩当中，佐伊的身材观念是最健康的。）他们的关系发展到今天，马克斯已经完全习惯了佐伊的裸体，这对他来说已不再带有性的意味。尽管他们的性生活依然频繁而愉快，但佐伊的裸体并不等同于性邀请。

"解决办法再清楚不过了，"佐伊说，"你必须说服萨姆和莎蒂跟我们一起搬到加利福尼亚去。加利福尼亚不存在过冬的问题，而且那里人人都开车出行，这样萨姆就不需要经常步行，他恢复起来也会容易些。"

"我还不确定要不要去加利福尼亚。"马克斯说。

"哦，你肯定会去的，"佐伊说，"我知道的。马克斯，你照照镜子，你正适合到加利福尼亚去。不公平游戏现在没有尚未制作完成的游戏，萨姆又需要休养，所以现在是你把办公室迁到加利福尼亚的最佳时机，而且你已经跟我说了好几年你有这个想法。萨姆有充足的时间做手术、术后复健，而你和莎蒂可以设立办公室，着手招聘员工，"佐伊把双手一拍，"正合适。"

"也许莎蒂不想去，"马克斯说，"毕竟多夫在这里。"

佐伊翻了个白眼。"马克斯，莎蒂已经**等不及**找借口离开多夫了。"

"她爱多夫。"马克斯说。

"她**恨**多夫。他永远不会离婚的，这你我心里都清楚。"佐伊说。

马克斯见佐伊这样笃定，忍不住笑了。他认识莎蒂已有三年，是他和萨姆相识时间的一半，却依然觉得她是个谜。"那我该怎么说服萨姆呢？"马克斯问。

"马克斯，亲爱的，**你太天真了**。你不需要说服任何人。你对莎蒂说萨姆应该去加利福尼亚，因为他的脚快腐烂了，必须做手术，而他不肯在马萨诸塞做手术。对萨姆你就说莎蒂应该离开，她需要一个离开多夫的理由。他们俩好得简直像一个人，为对方做什么都心甘情愿。"

马克斯在佐伊唇上轻轻一吻。她的嘴唇带着肉桂茶和橘子的味道，他忍不住想和她做爱，但他知道佐伊的工作还没结束。"你今晚很有麦克白夫人的气度。你说这些，是不是因为想让我跟你一起搬去加利福尼亚？"

"这个嘛，对，是一部分原因。但这同时也是个正确的决定。"佐伊说。

事情的发展与佐伊的预言几乎完全一致。马克斯首先找到莎蒂，不顾萨姆的反对把他那只令人揪心的伤脚的情况告诉了莎蒂。莎蒂说她自己不太想回加利福尼亚发展，但她完全赞同这样做对萨姆和公司都大有益处。在她以及所有熟悉萨姆的人看来，这是再明确不过的事情——萨姆必须采取行动以保证身体健康，而要想做到这一点，在加利福尼亚要容易得多。"跟你说实话，"莎蒂说，"我自己也有点儿厌倦冬天了。"

马克斯去见萨姆时没有完全按照佐伊的建议说服他。他首先拿出的论据是在洛杉矶，他们可以打造最先进的办公室，以及洛杉矶蒸蒸日上的游戏行业发展势头，而没有提到莎蒂。萨姆对马克斯说了有关《双面人生》的事——马克斯非常喜欢这个创意，不过在下一步设计规划这方面其实没人在意马克斯的想法。尽管如此，《双面人生》还是完美地契合了马克斯想要论证的观点：它的创作规模更加耗时耗力，他们需要更大的办公室才能容纳制作这个游戏所需的员工。萨姆似乎依然不太确定。"搬家、雇佣得力的员工、布置办公室，这些事情都需要时间。"萨姆争辩道。

"这些事我和莎蒂可以完成，"马克斯说，"这样就能给你留出时间做手术了，不是吗？"

萨姆摇摇头。"莎蒂不会同意这么做的。她愿意离开多夫吗？"

"她愿意，"马克斯说，"我认为，她甚至是想要离开他，只是她不知道该怎么做。有了这个离开的理由，或许正好可以帮她一把。"

"那好，"萨姆说，"为了莎蒂。"

佐伊不是唯一一个意识到莎蒂和多夫之间的关系不对劲的人。

除了多夫永远离不成的婚以外，有时莎蒂出现在办公室时，脸上和四肢会带有轻微的瘀青、绳子的勒痕、皮肤上轻微的刮擦痕迹，还有一次她扭伤了手腕。种种轻微的伤痕不算严重，甚至不会被人注意到，但这足以促使马克斯决心寻找合适的机会询问伤痕的来由。

那一次，马克斯和莎蒂单独去奥斯汀市与奥珀斯团队见面。奥斯汀的天气热得简直要人命，于是回到宾馆后他们换上了泳衣，去了游泳池。马克斯当时便注意到莎蒂的手臂和腿上有几块瘀青，后来他们晚上到宾馆的酒吧小坐，他非常委婉地问莎蒂那些瘀青是怎么回事。他们都选了入口比较烈的酒——马克斯喝的是古典鸡尾酒，莎蒂喝的是威士忌酸。这场景像是个玩笑，他们像是在扮演两个出差在外的忧伤中年人。马克斯轻轻地摸摸她手腕上的伤痕。"你没事吧？"他问。

莎蒂笑声低沉，带着气声，那是她觉得难堪时才有的笑声。她用另一只手盖住了手腕。马克斯以为她什么都不会说，这时莎蒂却开了口。

"这是我们玩的一个游戏。"她说。

"游戏？"马克斯说。

"捆绑什么的，"她说，"他从来不会太出格，也总会先争求我的同意。"

"你喜欢这样吗？"他问。

莎蒂思考着这个问题，又喝了一口酒。"有时候吧。"她苦笑了一下，眼神里带着一丝歉意，仿佛她也知道，承认自己只是**有时候**喜欢跟多夫上床，已经是一种对多夫的背叛，"其实他很好，我是说，他帮了我很多，"她说道，"他帮了我们大家很多。"

5

在二十三岁的年纪，为自己的生活打包不算难事，假期结束多夫回来的时候，莎蒂的行李已经收拾得差不多了。

"这他妈是怎么回事？"他说。

"我……是这样的，我要去加利福尼亚了。"她说。

不公平游戏的行动效率很高，她解释道。萨姆已经转诊，由一个新的医疗团队接手。圣诞节前他就离开了，以便安排手术日程。一旦下定决心要这样做，萨姆希望尽快行动。新年那天，马克斯和佐伊也飞往洛杉矶为公司物色办公室，同时为他们自己物色公寓。这两个地点最后都选在了威尼斯海滩[1]，马克斯认定最酷的技术人员都在那里发展。萨姆和莎蒂暂时不需要找房子，萨姆会跟外公外婆一起生活，直到手术后康复为止，莎蒂则可以跟父母同住，然后再慢慢找房子。她解释这些的时候，多夫静静地听着。

"搞得像半夜做贼一样。你打算什么时候才告诉我？"多夫说。

"事发突然，"她说，"这事不是针对你来的。"

"在你们做出这些**决定**之后，我们足足通过几十次话了。"

"确实，但是你在以色列的时候我很难好好跟你谈话，"她解释道，

---

[1] Venice，美国加利福尼亚州的一座海滨小城。

177

"你跟特利在一起的时候总是心不在焉。"

多夫坐在床上看着莎蒂把衣服装进行李箱。他眯着眼睛，仿佛眼睛不舒服。他双手抱住了头。

"你是想让我向你求婚吗？你要的是这个吗？"

"不是，"莎蒂说，"何况你也不能那么做。"

"你是想让我现在就离婚吗？我会的，"他伸手去拿电话，"我现在就给巴蒂亚打电话。"

"不是的，"莎蒂说，"再说我也不相信。如果你真的打算这么做，你肯定早就行动了。"

"我们这是要分手了吗？"多夫问。

"我也不知道，"莎蒂说，"不对，我想我们确实是要分手了。"

多夫把她扑倒在床上，舌头蛮横地伸进她嘴里，她只是无力地躺着。"你觉得自己现在是个人物了，是不是？"他说。

她摇摇头。"不。我只是想去洛杉矶，给我的朋友帮忙，做我的游戏。"

"萨姆不是你的朋友，莎蒂。别骗自己了。"

"我的合伙人打算这样，所以我必须这么做。"

"**合伙人**。要不是因为我，你们连公司都建不起来，"多夫说，"是我给了你们尤利西斯引擎，是我替你们跟发行商和业内人士牵线。一切都他妈的是我给你们的。"

"谢谢你，"她说，"谢谢你他妈的给我们的一切。"

"把衣服脱掉。"他说。

"不。"

"你觉得自己翅膀硬了，是不是？"她知道接下来要发生什么事。多夫把她推到床头，把手伸进床头柜的抽屉，咔嗒一声用手铐把她的手腕和床柱铐在了一起，就跟此前的无数次一样。有时候他这样做会激发她的情欲，有时候则让她感到心烦，还有的时候，这会让她心生恐惧。而这一次莎蒂没有任何感受。她没有反抗，任由他做这一切。多夫把手伸到她短裙底下、两腿之间，他一把扯掉她的内裤丢到房间另一头。多夫不会违背她的意愿强行与她发生关系，但他觉得自己大可以让莎蒂感到不自在、难为情。他摔上了卧室的门，莎蒂听见他在另一个房间里捶打着什么东西——是墙？还是沙发？她用空着的那只手拿起电话，拨通了萨姆的电话。接电话的是他的外婆。

"莎蒂·格林！你什么时候才到啊？"凤彩说。

"我后天就到。"莎蒂说。

"你们两个孩子还是好朋友，真是太好了，而且你们都要回家来。你父母肯定激动坏了吧？"凤彩说。萨姆回家，她显然非常开心。

"确实很激动。"莎蒂说。

"到处都是《一五漂流记》。你知不知道日落大道上有一块《一五漂流记》的广告牌？萨姆有没有把我们拍的照片给你看？"

"他给我看了，"莎蒂说，"太谢谢你们了。"

"噢，不用客气，东炫为你们俩自豪得不得了。他逢人就说萨姆跟小时候的好朋友合作设计了这个大游戏，全靠他们自己动手。他说他早就知道你们两个肯定会有出息的。他在比萨店里挂了老大一张《一五漂流记》的海报，不过你很快就能亲眼看见它了。"

"我一定会去看的。萨姆在吗？"莎蒂问。她想活动活动肩膀，但是手臂被铐在头顶，这很难做到。

"噢，我这就去给你叫萨姆森！稍等。"

"加利福尼亚怎么样？"萨姆刚接起电话莎蒂便问道。

"干燥，炎热，到处都是车，"萨姆说，"我走到哪里都能看见郊狼。

不过马克斯租的办公室很不错。"

"至少还有这一点值得期待。"莎蒂说。

"多夫对这个消息反应如何？"萨姆问。

莎蒂听得见多夫在另一个房间大声玩《侠盗猎车手》的声音。"跟我设想的差不多。"莎蒂说。她觉得自己仿佛已经置身于加利福尼亚。

"你想谈谈游戏的事吗？"莎蒂问。

"想啊。"萨姆说。

大约一个小时后，莎蒂还在跟萨姆通电话讨论《双面人生》，多夫走进卧室，解开了手铐。"你在跟谁说话？"他压低声音问。

"萨姆。"她说。

"替我跟他打个招呼，"多夫用平静的、仿佛是在工作场合的语气说，"顺便祝他一切顺利。"

第二天，莎蒂继续打包自己的生活，中间不时与多夫争吵一番，争吵的内容翻来覆去都一样。多夫说她什么也不是，作为回应，莎蒂并不还口。多夫向她道歉，莎蒂收拾行李。多夫骂她，莎蒂继续收拾行李。多夫再次道歉，她继续收拾行李。最后装进行李的东西是那副手铐，她悄悄把它放进了打算托运的那只大行李袋的拉链口袋里。她不想让多夫把它用在其他女孩身上，就连她自己也不能确定，这种冲动究竟来自女孩子之间的同情心还是某种多愁善感的心态。

尽管莎蒂说要叫车去机场，多夫还是坚持开车送她去。通常情况下，多夫开起车来暴躁好斗——他打手势、骂人、不分场合地按喇叭、突然变换车道、右侧超车、很少打转向灯——因此莎蒂尽可能避免坐他的车。这天早上多夫的车开得很克制，但他决定利用路上的时间对莎蒂说教，数落她离开波士顿是在犯傻。他用一连串小题大做的反问句揭示洛杉矶的短处，阐明自己的观点，而作为土生土长的洛杉矶人，这些短处莎蒂早就知道了。她难道不知道那边有地震，有山火，有洪水，有干旱，有雾霾，有流浪汉，有郊狼？不知道那里笼罩在隐约的末日气氛中？她难道不知道那里的日用品店十点钟就会关门吗？如果十点以后需要止咳糖浆或者电池或者草稿纸怎么办？她难道不知道那里没有通宵营业的餐馆、杂货店和外卖餐厅？该去哪里吃饭？要到哪里去买像样的贝果和比萨？她难道不知道洛杉矶人只吃牛油果和豆芽？她准备好喝果汁了吗？她难道不知道自来水会致癌？"莎蒂！无论如何，千万不要喝那里的自来水！"她难道不知道那里的空气有多干燥？她做好时刻过敏的准备了吗？她难道不知道那里的手机信号特别差？不知道在洛杉矶没人读书或者去剧院或者关注时事？那里的人脑子跟糨糊一样，因为他们全都从事娱乐行业，业余时间全部用来整容和健身了。她难道不知道那里没人走路？一个街区都不肯走，他们从自家大门去信箱都要开车去，她还会开车吗？还有交通，老天啊，她听说过那里的交通没有？她真的打算把绝大部分醒着的时间都浪费在路上吗？她不会怀念四季分明的气候吗？她难道不知道那里从不下雨，一旦下雨就会引发泥石流？她难道不怀念有雨的日子吗？

他们开上通往机场停车场的环路，多夫说："我觉得我把一切都搞砸了。我明明是个他妈的天才，所以我不懂我怎么总是把事情搞砸，但事实就是这样。我想停下来，但我不知道该怎么做。"他从车里取出她的行李箱放在路边，紧紧地把莎蒂搂进怀里，把她的头按在自己肌肉发达的胸口。"我是个讨厌鬼，但我是真他妈*爱*你的，丫头，"多夫说，"无论将来怎么样，你都要记住这一点。"

马克斯为莎蒂订的飞往加利福尼亚的航班是商务舱，莎蒂觉得很昂贵。尽管父母很富有，但他们一家总是飞经济舱。作为电影明星的商务经理，她父亲已经见过太多为了华而不实的东西——奢华旅行、离婚、投资餐厅、永远不用的二套房产之类——浪费金钱导致破产的例子。

莎蒂落了座，接过热毛巾、装在香槟玻璃杯里的橙汁和一小碗温热的坚果。她打开遮光板，此刻是早上七点钟，太阳刚刚升起，挂在发灰的天幕中像一块淡淡的白斑。飞机升空，她特地最后看了一眼被冰雪覆盖的波士顿港。她知道，自己短期内不会再回来了。

刚早上十点，莎蒂就到达了洛杉矶。马克斯和佐伊到机场接她，佐伊把一束五颜六色的非洲菊塞进莎蒂怀里。"欢迎回家。"佐伊说。

佐伊穿的是件垂到脚踝的白色连衣裙，马克斯穿着白 T 恤和蓝色牛仔裤。他们俩的模样与史蒂薇·妮克丝和詹姆斯·迪安有几分相像。两个人都戴着太阳镜。"你们俩已经完全融入加利福尼亚了，"莎蒂说，"我明明在这里出生，看上去反倒不如你们像真正的加利福尼亚人。"

马克斯和佐伊载着莎蒂直接去了办公室。佐伊开车，莎蒂坐副驾驶，马克斯坐在后排。莎蒂刚下飞机，有些疲惫，所以说话的主要是佐伊，她叽叽喳喳地讲述着自己在加利福尼亚的新发现。佐伊的问题与多夫的截然相反：莎蒂去过格里菲斯天文台没有？去过好莱坞永恒公墓的电影之夜没有？弧光电影院呢？希腊人剧院呢？好莱坞露天剧场呢？盖蒂中心呢？洛杉矶郡艺术博物馆呢？植物园剧院呢？尝没尝过青汁蔬果汁？去没去过那家长得像个甜甜圈的甜甜圈店？粉红热狗店呢？参没参加过那种坐着双层巴士参观名人住所的旅行团？有没有去过那家围着一棵树建造的餐厅？最喜欢去哪座峡谷徒步？最喜欢去哪里听现场音乐会？威士忌畅饮酒吧、帕拉丁音乐厅，还是游吟诗人夜总会？最喜欢洛杉矶的哪个城区？

"人们都说这里没有文化氛围，可我在这里明明有好多事情可做。"

佐伊说。

"她特别喜欢这里。"马克斯说，他对恋人的热情很是赞赏。

尽管佐伊列举的都是游客才会做的事情，但莎蒂依然很喜欢她。佐伊很聪慧，但她的聪慧并不影响她展露自己的热情。

"你住在贝弗利山庄，对吗？"佐伊问。

"平地区。"莎蒂说。

"一个以山丘而闻名的地方的平地区？"佐伊说。

"如果没有平地，那么也就没有山丘了。"莎蒂答道。

"没错，"佐伊说，"这是事实，"她转过头对莎蒂说，"顺便说一句，我决定了，我们要成为非常要好的朋友，所以你想都不要想着拒绝我。我会缠着你不放的，直到你投降为止。"

莎蒂忍不住哈哈大笑。

威尼斯城的办公室位于阿伯特·金尼大道，1999 年这里一家高端连锁商店也没有（换句话说也没有亏损，这取决于你从哪个角度来看）。办公空间很有工业风格，除了卫生间和六间办公室以外，布置不受任何限制。最显著的建筑风格细节是坚实的钢框平开窗和水泥地面。按照通常的习惯，马克斯打算用木制家具、地毯和绿植来为这里增添一丝暖意。与他们刚刚离开的逼仄的办公空间相比，这里的办公室极为宽敞，空间之广阔不禁让莎蒂心中闪现出一阵近乎广场恐惧症的焦虑感。说话时，她的声音在房间里回荡。"我们负担得起这个地方吗？"

"负担得起。"马克斯说。威尼斯海滩的租金相对还算低廉，她是圣莫尼卡的穷酸表妹，而不公平游戏的资金很充足。"房地产经纪人说查尔斯和蕾·伊姆斯的办公室也在这条街上。"

萨姆从其中一间办公室里走了出来。"你们好啊，同事们！"萨姆转而对莎蒂说:"你觉得怎么样?"

"我觉得《双面人生》的前途一片光明。"莎蒂说。

"如果你们到屋顶去,"马克斯说,"就能看见一线无比狭窄,但是很壮观的海景。"他的手机响了,是搬家公司把剑桥办公室的箱子送来了。"我得去接待他们。你们两个先上去,不用等我。"

然而当莎蒂和萨姆来到顶层,却发现通往屋顶的唯一通道是一段陡峭的螺旋形楼梯。这是萨姆行动起来最不方便的建筑结构,马克斯居然没有提醒他们,莎蒂不禁感到惊讶。"我们也不是非去不可。"莎蒂说。

萨姆打量着楼梯,然后点点头。"没事,我能行。我想亲眼看一看这不起眼的景象。"

他们小心翼翼地拾级而上,萨姆倚着莎蒂借力,只给她施加了一点点压力。他一边上楼一边说话,不想让莎蒂察觉他的不适。"我在回忆一个游戏的名字。是你把笔记本电脑带到医院来的那段时间玩的,游戏里有个小孩想要解救他的女朋友。"

"这再平常不过了。"

"还有一位科学家,他的大脑被控制了,好像是一个……我想说什么来着……一块有感知能力的陨石?另外还有个角色长着绿色的触手。"

"是《疯狂大楼》。"莎蒂说。

"就是它。对,是《疯狂大楼》。天啊,我们当时多喜欢那款游戏啊。我在考虑,也许我们以后也可以设计一款以大楼为场景的游戏。"

"然后每个房间都是一个时空穿梭传送门。"

"或许曾经在那里生活的、来自各个不同时代的人都在那栋大楼里。"

"而他们对这个安排不满意。"莎蒂说。

这时他们已经来到了楼梯顶端。

"谢谢你。"萨姆说。

"为什么要谢我？"

"谢谢你把手臂借我用。"

在屋顶，如果莎蒂踮起脚尖伸长脖子，她的确能看见太平洋。景象算不上壮阔，但海洋确实真实存在，而且她也能感受到海洋就在不远处，她能闻到它的气味，听见它的声音，空气里弥漫着海洋的气息。她深吸了一口气。

马克斯选的办公地点无可挑剔。莎蒂喜欢整洁、明亮的环境，这让她心中充满希望。他们回到加利福尼亚是个正确的决定，加利福尼亚正适合创业者。他们要把《双面人生》做出来，它甚至会比《一五漂流记》更优秀，因为如今的他们比制作《一五漂流记》时的他们理智得多。萨姆的脚会愈合，而莎蒂不会再生他的气——人们以为《一五漂流记》是萨姆的作品，这并不能怪萨姆。而莎蒂也会是一个全新的莎蒂。

那天晚上，莎蒂借了父亲的车开到 K 城。她把车停在了东与凤的纽约比萨店背面的小巷里。

两部《一五漂流记》的游戏海报装在相框里，挂在比萨店墙上显眼的位置。除此以外，店里唯一的一张海报印的是韩国啜啜牌啤酒，那张八十年代的海报已经褪色得厉害，上面有一个面带微笑的韩国女人，以及一句广告语："韩国城最漂亮的女人喝什么酒？"

萨姆坐在靠里面的一个卡座里等她。

东炫见到莎蒂，忙从柜台后面走出来拥抱她。"莎蒂·格林！大名人！"他与她招呼，"还是老样子？一半蘑菇、一半辣香肠？"

"我现在不吃肉了，"莎蒂说，"只放蘑菇就好，如果有洋葱的话再来点洋葱。"

东炫从腰带上取下挂满钥匙的钥匙链，用其中一把打开了大金刚游戏街机。"你们两个小家伙随便玩。"

"走吧？"萨姆说。

他们来到街机前，屏幕上弹出了高分榜，留在上面的只有一个来自S.A.M.的分数——就是最高分。"没人打破你的纪录，"莎蒂说，"你觉得你自己能打破吗？"

"不能，"萨姆说，"我已经生疏了。"

等比萨的时间里他们玩了几轮《大金刚》。萨姆和莎蒂对这个游戏都已经不太在行了。

"你知道《大金刚》设计最巧妙的一点在哪里吗？"莎蒂问。

萨姆摇摇头。

"是领带，"她说，"这个设计太妙了。要是没有领带，它下半身的问题就会永远悬而未决。"

"确实如此。"萨姆说。

两个人都被这个幼稚的笑话逗得咯咯笑起来，仿佛回到了十二岁。

东炫送来了比萨，莎蒂和萨姆在卡座坐下。萨姆没有吃，已经过了晚上七点，而他的手术安排在明早第一台。"你真的打算只看不吃？"莎蒂说。

"我不介意，"萨姆说，"你本来就比我更喜欢吃比萨。"

"小的时候是这样，"莎蒂对他做了个鬼脸，"你真的不介意吗？"

"说实话，有一点介意，不过以后还有别的比萨可以吃，莎蒂。"

"对此永远没法确定，"她说，"这有可能是全世界最后一张比萨。"

自早上的飞机餐之后莎蒂什么都没吃，她几乎吃光了整张比萨。

"我之前没注意，"她说，"其实我饿得要命。"

大约八点钟，莎蒂开车把萨姆送到了医院。探视时间已经结束，因此只有近亲属才能陪同患者进入病房。然而当护士询问萨姆莎蒂是谁的时候，萨姆不假思索地说："我老婆。"

他们回到萨姆的病房。萨姆还不困，于是他们并肩坐在床上望着窗外，窗户对面是另一幢几乎完全相同的建筑物。

"一个场景设定在医院里的游戏。"莎蒂说。

"主角是谁呢？"

"我猜是一名医生，"莎蒂说，"她想挽救所有人。"

"不，"萨姆说，"是僵尸袭击，然后有个患了癌症的小孩子，他必须想办法活着逃出医院，同时尽可能救出医院里的其他孩子。"

"这个主意更好，"莎蒂说着把手伸进了自己的背包，"我在家里的写字台上找到了这个，一直想找个合适的机会送给你。"她递给他几张被水泡过的时间记录表。表头写着：**社会服务记录表，莎蒂·M.格林，成人礼日期 1988 年 10 月 15 日。**

萨姆意识到这是什么，欣喜不已。他把表格翻到背面看了一眼总数："六百零九小时。"

"在所有为犹太教成人礼而完成的社会服务当中，这是有史以来最高的小时数。我不记得我跟你说过没有，她们还给我颁了个奖。"莎蒂说。

"你该不会没有把奖品带来吧！"

"你把我当成什么人了？"莎蒂说着，又伸手从包里取出一枚小巧的心形水晶镇纸，上面刻着：**颁给莎蒂·米兰达·格林，以此表彰她优异的社会服务记录，1988 年 6 月，贝弗利山庄埃尔会堂哈达萨组织。**"我完成五百个小时以后她们给我颁了这个奖。艾丽斯快气疯了，我猜她就是因为这个才会把这件事告诉你，但是她不承认是因为这个原因。"

"这奖品够高档的。"萨姆说。

"哈达萨组织的那些阿姨可不是随便颁的，这东西不是施华洛世奇的就是沃特福德的。艾丽斯嫉妒得不得了！"

"换作谁都会嫉妒的，"萨姆把镇纸攥在手心里，"以后这个就归我了。"

"那当然，"莎蒂说，"我就是因为这个才把它带来的。"

"今天晚上你有点儿多愁善感。"萨姆说。

"回到洛杉矶，跟你一起回到医院，从头开始，没有多夫。新的游戏，新的办公室，我想我确实有点儿多愁善感。"

"我还以为你是担心我会死掉。"萨姆说。

"不会的，你永远不会死。假如你真的死了，我就选择重新开始游戏。"莎蒂说。

"萨姆已死亡，请重新投入二十五美分的硬币。"

"返回保存点，继续玩下去，我们最后总会获胜的。"她停顿了一下。"你害怕吗？"她问他。

"依我看，我最强烈的感受是**解脱**，"他说，"这件事总算要画上句号了，我很高兴。不过其实也有一点奇怪，因为我也会怀念这只没用的脚。它毕竟跟了我一辈子，这是人之常情，而且我不得不说，它给我带来了好运。"

"这话怎么说？"

"这个嘛，如果我没有住院，我就永远不会遇见你，"萨姆说，"我们就不可能成为朋友，然后又成为敌人——"

"我从来都没把你当敌人，是你那样认为。"

"但你是**我的**敌人，"萨姆说着拿起镇纸，"这东西就是实实在在的证据！"

"你可不要逼我反悔啊。"莎蒂说着伸手去抢，不过萨姆把镇纸拿得离她远远的。

"我永远不会还给你的。在那之后我们又和好了。如果没有这只破脚，我们就不会创造出《一五漂流记》，此刻我们就不会在这里，在十二年之后坐在另一家医院里，离当初那家医院只有不到五分钟的路程。"

"那可不一定，"莎蒂说，"我们也许会在其他时间相遇。我们小时候住的地方只有八千米远，上大学的距离不到三千米。我们也许会在剑桥相遇，也许在那之前我们就会相遇，在洛杉矶那些尖子生活动上，你每次参加活动都会瞪我。别不承认——"

"你是我的死对头啊！"

"这话说得有点儿重了。那段时间在我的印象里更像是一种有所保留的亲切感。不过说回我原来的话题，我们有许多种方式、有无数种方式能够相遇。"

"你是说我忍受的这些疼痛、这些折磨都是白费力气？"他说。

"完全是白费力气，"她说，"很抱歉，萨姆。这个世界要折磨你，仅仅是因为它有这个能力，因为它想。天空中抛下一个巨大的多面体骰子，上面写着'折磨萨姆·马苏尔'。无论你受苦与否，我迟早要出现在你生命的游戏场景中。"莎蒂打了个哈欠，忽然觉得无比困倦。她起床已经十八个小时了，而且吃了太多比萨。她睡眼惺忪地对萨姆微微一笑。"我不是你老婆。"

"你是我职业生涯里的老婆，"他说，"别不承认。"

"你职业生涯里的老婆是马克斯。"莎蒂说。

"我那样说是为了让他们允许你以后再来，"萨姆说，"在医院里要达到自己的目的，就得学会用斩钉截铁的语气说恰当的谎话。"

她又打了个哈欠。"我的时差还没倒过来。我该回家了。我太长时间没开车，现在是个糟糕的司机，"她轻快地拥抱了萨姆，又在他脸颊上亲了一口，然后离开了，"明天手术结束你醒过来的时候我会在这里等你的，好吗？爱你，萨姆。"

"非常……"他说。

莎蒂离开后，萨姆依然不困，他决定用这只腐坏的伤脚最后散一次步。伤情发展到现在，那只脚已经几乎无法承受任何重力，萨姆必须拄着腋杖才能行动。即便如此，他依然想记住拥有两只脚的感觉。他信步走到儿童医院，他曾经在那里度过那么多时光，工作人员曾经付出那么多的努力，只为了保住这个即将在几个小时后被永远切除的东西。

他来到候诊区，一个比他们初次相遇时的莎蒂年纪略大些的女孩子在用笔记本电脑玩游戏。萨姆心想，如果这个女孩子玩的是《一五漂流记》那就完美了。他看了一眼屏幕，是《死海》。

"你喜欢这个游戏吗？"萨姆问。

女孩耸耸肩膀。"有点儿老派，不过我喜欢杀僵尸，"女孩说道，"我弟弟说我长得像里面的幻影。"

萨姆向自己的病房走去，莎蒂那块水晶镇纸的尖角比他预想的更加锐利，一路上都在口袋里戳着他的大腿。他把手伸进口袋取出了镇纸。望着那块镇纸，他不禁为自己发笑。当年他多么生莎蒂的气啊！他为这段恩怨投入了多少正义凛然的激愤！当时他决定把她逐出自己的生活，以为自己的想法很是成熟，而实际上他的反应既幼稚又极端，甚至令人难为情。他曾经试过向马克斯解释他们断开联系的原因，马克斯根本无法理解。"不是，"萨姆说，"你不懂。这是原则问题。她是在假装成我的朋友，而实际上她只是为了完成社会服务。"马克斯茫然地望着萨姆，过了一会儿才说："没人会为了做慈善花六百个小时的，萨姆。"想到这些，望着那块小小的镇纸，萨姆的心胀鼓鼓的，充满了对莎蒂的爱。莎蒂明明已经说了爱他，为什么他还是这么难把这句话说出口呢？他知道自己是爱她的。对彼此远没那么多好感的人时常把"爱你"挂在嘴上，这根本没什么大不了的。抑或这才是关键所在——他对莎蒂·格林的情感已经超越了爱，需要另一个词才能够表达。

他想现在就给她打电话，把这个想法告诉她，但他知道她的时差还没倒过来，肯定已经躺在那张薄荷绿色的四柱床上睡着了，身上盖着玫瑰图案的被子，她父母在屋外的走廊另一头。这个想法让他很欣慰——他最好的朋友为了他回到了故乡。他不傻，他知道马克斯坚持把公司迁到这里时心里打的是什么算盘。马克斯想让萨姆以为他们搬家是为了《双面人生》、为了莎蒂、为了马克斯本人甚至是为了佐伊。然而事实就是，他们做这些都是为了萨姆，因为萨姆难以应对冬季的气候，因为萨姆总是受到疼痛的折磨，因为萨姆害怕做手术而人人都看得出这场手术实在不能再拖延下去了。他们牵挂他，想让他的生活轻松一些，于是他们编造出种种理由，其中一些固然很有说服力，也符合事实，但他们做这一切并非为了游戏或者公司，而是因为他们爱他，因为他们是他的朋友。而他对此心怀感激。

他脱掉衣服，把镇纸轻轻放在床头柜上，然后换上了睡衣。他最后看了一眼那只脚——永别了，老朋友——然后上床，进入了梦乡。跟过去住院时一样，他又梦见了他的母亲。

初到洛杉矶的那几个月，安娜没有任何工作。她不断地参加电影、肥皂剧、广告、配音的试镜，却从未得到回音。她问经纪人自己为什么会如此频繁地失败，经纪人叫她不要担心。"你要给人们一点时间来了解你，安娜。"经纪人坚持说她长得**年轻**，并且建议她修改简历，说自己可以扮演十三至四十岁的角色。

萨姆十岁生日过去几天之后，安娜确实接到了一个星期六晨间卡通节目组回的电话，节目的主人公是几个爱唱歌的蓝色小精怪，但是到最后，节目组决定选择一个声音不那么有异国风情的演员。安娜有片刻的纳闷儿，不知自己的声音究竟"异国"在哪里，她是个土生土长的洛杉矶人。然而拒绝意见这种东西向来没必要刨根问底。他们不喜欢她也许是因为她不够优秀、没有才华、个子太矮，也许是因为他们有种族歧视、性别歧视或者其他某些不为人知的偏见。到头来，他们不喜欢她是**因为**他们就是单纯地不喜欢她。安娜不打算说服他们改变看法。她不打算教别人怎么做人。

安娜一边等待在西海岸职业突破的机会，一边报名参加了许多课程：表演（配音、试演、仪态）、舞蹈、瑜伽、计算机编程、专题论文写作。她冥想，做心理咨询，父母需要帮手时她就去餐厅工作。她看着自己的银行余额越来越少——如今她和萨姆住在父母家，与他们一起生活，开销明显变少，因此余额减少的速度不算太快，但开销依然是无可避免的。无论你住在哪里生活都很昂贵。培训课要交钱，但她认为这是有必要的开支。她买了一辆二手车。她需要新的特写照片和服装。尽管父母说不需要，但她坚持向他们支付房租和伙食费。而且她迟早要带萨姆搬出去，搬到好学区去，比她父母居住的回声公园更好的城区，这也需要钱。她必须工作，因为如果她不尽快找到工作，她就没法保住自己在协会的医疗保险，萨姆也会跟着失去医保。她告诉她的经纪人：什么活儿都可以把我报上去，我真的什么活儿都愿意接。

9月，她参加了三场试镜。第一次是国家巡回演出公司的《南太平洋》剧团，配角丽雅特，同时为一个更重要些的角色做候补。安娜觉得《南太平洋》带有种族歧视，而且加入国家巡回演出公司意味着她要与萨姆分开一整年。第二次的角色是《综合医院》里的**异国**女佣，最后跟剧里的男主角产生了婚外情。脚本上写的角色名字是希梅纳，不过安娜的经纪人向她保证制片人说一切有色人种都可以，希梅纳可以换成拉托亚或者梅梅或者安娜（但或许不会真的叫安娜，因为这个名字听起来太像白人了）。三号门后面则是个名叫《按钮大竞猜！》的新兴游戏节目，应征的是个模特兼主持的小职位。这个节目的定位是要与《价格猜猜看》一较高下，主持人是奇普·威林厄姆，他很出名，但安娜并不确定他是因为什么才出的名，或许只是因为他主持了很多节目吧。这个节目要换掉现有的两名代言模特中的一名。（她们其实并不算真正的代言模特，因为她们极少有机会开口说话。）要做模特，安娜其实个子偏矮——她一米六五高——不过如果她穿上最高的高跟鞋，配上玲珑有致的苗条身材和足够高的颧骨，倒也可以以模特的身份出场。除了亚裔的要求以外，制片方还要找一个二十多岁并且"幽默感极佳"的人，这通常意味着在录制过程中她可能会受到羞辱。安娜其实没看中这份节目组的工作，在游戏节目里当模特不是**真正的表演**。安娜是西北大学传播学院的毕业生，还在皇家戏剧艺术学院表演过一段时间。安娜**登上过百老汇**，接受过科班训练，专业素养是过硬的。

去《按钮大竞猜！》试镜时，节目组发给她一双红色的恨天高和一条黑色紧身鸡尾酒裙，叫她换上。女制片人告诉她："我们是个有格调的游戏节目。"说完，那女人满怀期待地望着安娜。

"哇，"安娜说，"真是……"她实在想不出还能说什么。

制片人指导安娜做了一系列活动：用合适的速度拉开、关闭挂帘，向观众展示一只空盒子，引导参赛者走向后台，拿着一张巨大的支票上场，带着夸张的笑容礼貌地鼓掌。

"笑容再大一些，安娜，"制片人高声说，"牙齿露出来，眼神高兴些！"安娜的笑容更大了。

"很棒！笑容非常重要，安娜，"制片人说，"哪怕奇普不幽默，也必须让他感受到你认为他很幽默。你明白我的意思吗？"

安娜笑了。

"这样就很好，"制片人说，"或许可以换一种笑法？更真诚一些。就好比'哦老爸！你太老土了，不过我还是爱你'的那种笑法。"

安娜又笑了，这一次她真的被逗笑了。

"很好，很好！你很好。我完全信服，"制片人打量着安娜，"你是个小不点儿，不过我喜欢你的模样，"制片人点点头，"好，那我现在就安排你跟奇普见面。关于奇普，你要记住一点，那就是他的作风超级老派，知道吗？他不是个坏人，但是他不关心……用他的话来说叫'妇女解放那一套'。他对女人没意见，只是不想听见那些事。还有，他是达特茅斯学院毕业的，他喜欢别人知道这一点。你的工作就是给他讲的笑话捧场，保持你一贯的美貌，还有就是尽量不要碍他的事。"

制片人带着安娜来到一间办公室，房门上有颗星星。制片人敲了敲门。"奇普，我带了个人来跟你见面。是那个接替安娜的女孩。"

"我就是安娜。"安娜说。

"对不起，在你之前那个女孩叫安妮。"

第一次见到奇普·威林厄姆，安娜觉得没有人比这个男人更像游戏节目的主持人了。他皮肤美过黑，涂得油光锃亮，活像一只高档手提包，他的头发无论颜色还是坚挺程度都像是缟玛瑙，牙齿是雪白的巨大方块。他长得并不英俊，却能给人留下相貌英俊的印象，安娜猜不出他的年龄。他转头侧过宽展的肩膀，上下打量着安娜。

"进去吧。"制片人对安娜说完，在她身后关上了房门。

"个子不高。"奇普说。

"确实。"安娜说。

"奶子，"他停顿了一下，"不大，"他又停顿了一下，"像苹果。有些男人喜欢苹果，有些不喜欢。"

安娜发出了一声"老土老爸"的假笑，说道："确实。"安娜已经等不及结束这场谈话了。运气好的话，她就能加入国家巡回演出公司的《南太平洋》剧团。那里的薪水不错，尽管她肯定会舍不得萨姆，但萨姆毕竟留在了她的父母那里。

"不过看我们这个节目的都是女人。你的苹果奶子正适合日间节目。"

"我母亲也总这么说。"安娜说。

"你很幽默，"奇普没有笑，"走近点儿。"

安娜自己也说不清为什么，但是她照做了。奇普端详着她的面容，食指沿着她的鼻梁滑下来。

"有异国情调。上一个也是东方的。"

"'东方的'是用来形容地毯和家具的，"安娜说，"不是形容人的。"

"'中式'才是用来形容家具的，"奇普说，"转过去。"

安娜自己也不知是为什么，但她再次照做了。

"屁股，"他说，"大个儿的苹果。"他在她屁股上拍了一巴掌，捏了捏她右半边屁股，修剪整齐的指甲伸进她屁股沟里，"很结实。"

安娜发出一声"老土老爸"的假笑，接着给了奇普一记耳光。

她走进更衣室去找自己的衣服。她没有哭。

195

离开时，那位女制片人拦住了她。"情况怎么样，跟奇普？"

安娜摇了摇头。

"不论结果怎样，我觉得他真的很喜欢你，"制片人说，"如果不喜欢你，他是不会让你在里面停留那么长时间的。"

"安妮怎么了？就是之前做这个工作的女孩。"

"安妮，就是……这个嘛，其实是挺惨的一件事。安妮突然死了。"

"老天啊，"安娜说，"该不会是奇普把她杀了吧？"

"看来你们在里面谈得很投机，"制片人说，"安妮跟她的一个男朋友在穆赫兰大道开车，然后转了个弯，然后就……洛杉矶你也知道的。那孩子很讨人喜欢，才二十四岁，是奥克兰人。"

"她不会是姓李吧？"安娜不知道如果安妮真的姓李，自己能否承受得住。

"不是，她姓金。"

安娜哭了起来。她为从楼顶纵身跃下的另一个安娜·李而哭泣，也为这个安妮而哭泣。毫无疑问，对她，奇普的手指也曾伸到过不该伸到的地方，她也为自己而哭泣。她怎么落到了这个地步？她怀疑自己的人生抉择——从高一那年参加学校剧团的试演到因为某个女人做出决定搬来洛杉矶，除了碰巧与她重名以外，那个在 2 月里的寒冷夜晚从高楼跃下的女人与她没有任何关系。制片人拍拍安娜的肩膀。"其实也没那么糟。起码她走得不痛苦。"她递给安娜一张纸巾。

三天后，安娜的经纪人打来了电话。"好消息！"他说，"你被《按钮大竞猜！》签下啦！他们喜欢你的小暴脾气，原话就是这么说的。"

"《南太平洋》呢？"

"谁在乎那个啊？"经纪人说，"反正你也不喜欢《南太平洋》。"

"那部肥皂剧呢？"

"他们决定改写你那个角色，把她写成贫穷的白人垃圾。别惦记着那个了。《按钮大竞猜！》的薪水比那两个角色都更高，如果这个节目继续办下去，你就能把你儿子送去哈佛西湖中学或者十字路中学了。如果有更好的角色出现，我就把你从《按钮大竞猜！》捞出来，我向你保证。这钱来得太容易了，安娜。"

播出的三年时间里，《按钮大竞猜！》是个毫无特色可言的1980年代日间游戏节目，形式并无新意，突出的元素包括让普通人跟名人组队回答冷知识问题，一个脾气火暴、头发火红、名叫"按钮怪"的吉祥物，嘉年华风格的游戏项目，摄影棚里的观众按照提词员的提示狂热地齐声高呼"按！按！钮！"。萨姆去看过为数不多的几次拍摄过程，他觉得这一切有趣极了，比母亲在纽约时工作的剧院要好玩儿得多。

至于报酬，安娜每个星期能获得一千五百美金，比她在《歌舞线上》赚的钱还多。而且尽管这份工作与她接受的科班教育无甚关联，但并不难做，唯一困难的部分是躲避奇普·威林厄姆发动的攻势。安娜越是躲避他，他反而追得越紧。安娜的拒绝越干脆，他越是打定主意要发动攻势。他似乎很享受这种拒绝，然而他又喜欢经常对安娜说换掉她有多么容易，他会说："这座城市里有上百万个安娜·李。"为了忍受他，安娜开始想象自己置身于另一个与此平行的游戏节目中。要想获胜，就要在处理好诸多其他事情的同时保住自己的工作。

就算世上有"上百万个安娜·李"，这位安娜·李依然是成功跻身美国电视台节目的屈指可数的几个亚洲人之一，而这个身份的附加价值是她始料未及的。她成了K城的名人，这在她意料之外。她能拿出场费的机会多得数不清：韩国城选美比赛的明星裁判、韩国生鲜店的剪彩活动、韩国美容产品广告、餐馆开业典礼。她成了一款名叫"啜啜"的韩国啤酒的代言人，她的照片被印在威尔希尔大道旁边一块十五米宽的广告牌上，旁边的广告语是"韩国城最漂亮的女人喝什么酒？"

安娜、她的父母和萨姆一同开车去威尔希尔大道跟那块广告牌合影。东炫掏出了他那台笨重的美能达35mm胶片相机。他眼里噙着泪水，拍了拍安娜的胳膊，嘟哝着说了几句有关美国梦的话。他并不清楚美国梦究竟是什么，也不知道自己有没有实现美国梦，不过想必美国梦大概就是他女儿的照片被印在广告牌上，向其他韩裔推销啜啜牌啤酒。谁能说这不算是美国梦呢？"爸爸，"安娜说，"只是块广告牌而已。不是什么了不得的事情。"人们的关注令安娜有些难为情，她的工作也令她感到难为情。而与此同时，她又为自己终于签下了影视城一幢联排别墅的长期租约而自豪，这幢房子能把萨姆送进更好的公立学区。她因爸爸的自豪感而感到自豪。

"韩国城最漂亮的女人。"东炫庄重地说。

"广告商只是想推销啤酒而已，"安娜说，"我才不是韩国城最漂亮的女人呢。"

"她确实不是，"凤彩说道，"韩国城里有的是漂亮女人。"

"谢谢你，妈妈。"安娜说。

"我不希望你被冲昏头脑，"凤彩说，"忽然有这么多人关注你。"

"让萨姆来评评理，"东炫说，"你觉得你妈妈是不是K城最漂亮的女人？"

萨姆望着安娜。"我认为你是全世界最漂亮的女人。"这一年萨姆十二岁，即将开始经历从男孩到男人的转变。在安娜看来，每一天，萨姆都变得更像一个未解的谜，就连他身上的气味也在改变，她曾经对他的气味无比熟悉，如今却也像个谜团，这不禁令她心怀感伤。即便如此，萨姆依然坚信自己的母亲是全世界最美丽的女人。那句话之所以会写在广告牌上，是因为它是事实。

安娜和萨姆开车返回影视城，她在好莱坞的山里迷了路。也许是她故意绕了路，也许是她故意想要迷路。在加利福尼亚6月温热的夜晚，载着你的儿子，开着敞篷跑车，这感觉十分惬意。这辆车是她最近新买的，这辆夸张的红色跑车是她第一次真正大手大脚地花钱。

"你知道吗，我读的是表演艺术高中，"安娜说，"离这里不远。"

萨姆点点头。"我知道。"

"你想不想去那里上学？"她说。

"不合适，妈妈。我不擅长表演。"

"确实。不过那座学校最棒的一点就是全洛杉矶的孩子都可以就读，所以你有机会认识各种各样的人。不知你注意到没有，在洛杉矶人们会有一点地域意识。城东的人会留在城东，城西的人会留在城西。然而在城东，我们跟外婆外公同住的地方又不属于城东，而是属于城西。因为理论上来说，凡是洛杉矶河以西的地方都属于城西。"

萨姆和安娜忍不住为人们对自己住在东边还是西边的执着笑了起来。

"其实，我在表演艺术高中上学的时候有过一个男朋友。"安娜说。

"只有一个吗？"萨姆逗她。

"这个男朋友的祖父母是某个老牌影视公司的老板。家族企业，你懂吧？他住在城西，在太平洋帕利塞德区，没有比那更往西的地方了，可是他经常开车到我家来见我，穿过城区的速度非常快，简直是光速。比方说我给他打个电话，七分钟后他就会出现在我家。你也知道在这种地方开车要花多长时间。于是我就问他。'老兄，你到我家怎么这么快？'他会给我一个神秘的眼神，说他不能告诉我，'这是个秘密。'"作为一名合格的演员，安娜说到这里时稍做停顿，既是为了确保戏剧效果，也是为了确认萨姆还在听自己讲话。

"那他后来告诉你了吗？"萨姆问。

"没有。他那个人其实有点儿混蛋，我们总是吵架，所以在那之后不久我们就分手了。不过上个星期我把这件事告诉了艾莉森，也就是《按钮》的另一个模特，奇普听见了我们的谈话，他说：'他显然是走了秘密高速公路。'"

"秘密高速公路？"

"没错，我也是这么问的。据奇普说，最初开发洛杉矶的时候，影视城的老板们建了一条秘密高速公路，这条公路只有他们才知道，这样他们就能快速赶到某个地方。奇普认为我当年的男朋友，你应该还记得，他是一家影视公司老板疼爱的孙子。奇普说有一条东西走向的秘密公路，从银湖区通往贝弗利山庄，还有一条是南北走向，从影视城通往韩国城。奇普说只要我能找到这两条路，他就给我一万美金。说得好像我会把自己发现的秘密高速公路告诉他一样。"

"我们应该去找这条路，"萨姆说，"这样我们就能飞快地开到外婆外公家去了。"

"确实应该找一找！"安娜说。

"我们可以制订一个计划，"萨姆说，"每次回到影视城时都走一条不同的路线。我来画一张地图，最后肯定能找到。我相信我们一定能。"

他们顺着地势开上了穆赫兰大道，一簇模糊的毛发忽然冲到车子前方。安娜猛地踩下刹车，车子有些打转。那只动物愣住了。借着车头的灯光，安娜看见那是一只中等体型的狗，或者一只郊狼，长着金色的毛发，典型的美国动物。

那只动物飞快地逃走了。

"我的老天啊，"安娜说，"你觉得我们撞上它了吗？"

"没有，"萨姆说，"它跑走的时候看起来没事，只是吓坏了。"

"那是狗还是郊狼？"

"我也不知道，"萨姆说，"这两种动物怎么区别？"

安娜笑了。"说实话我自己也不知道。下次去外公家的时候，我们去他那本百科全书里翻一翻。"

"究竟是哪种动物重要吗？"萨姆说。

"我猜其实不重要，"她顿了一下，"如果我撞死的是别人的宠物，也许我会更难些。郊狼则不属于任何人，郊狼是野生动物。不过这么想或许是错的，郊狼跟其他动物一样有权利活下去。"

她把车子熄了火，定了定神。安娜和萨姆被笼罩在黑暗之中。安娜对这辆新车还不熟悉，因此迟迟没能找到紧急指示灯。她的手直发抖。"老天啊，这里可真黑。"安娜说。

萨姆至今记得那车灯，有两个，像一双眼睛，逐渐变宽、变大，在夜幕中照亮他们的身影。萨姆还记得自己心中闪过一个不理性的念头：**我们没事的，因为那辆车看不见我们，我们受到黑夜的庇护。**

接着，伴随着一阵尖厉刺耳的轮胎摩擦声，金属被压扁，破碎的玻璃仿佛在尖叫。

原来另一名司机在超速行驶，但这场车祸不是他的错。道路很窄，两辆车只能勉强并行。他转弯时的角度绕得略大了些，那台沉重的轿车直接撞上了安娜那台轻型跑车的引擎盖。遭受撞击最严重的部位是驾驶侧和萨姆的左脚。那名司机怎么可能知道这里停着辆车呢？怎么会有车在刚上穆赫兰大道的地方停下呢？他怎么可能知道有个男孩子和他的母亲坐在那辆车里？

在副驾驶座上，萨姆能够看见母亲的脸被另一辆车的车灯照亮。她的皮肤上有碎掉的玻璃碴，看上去仿佛她在发光。他伸出手想拂去母亲脸上的玻璃，却发现自己的左腿被仪表台压住了。他并不觉得疼，疼痛以后才会袭来，但他无法挪动身体触碰到她的脸，这种束缚感让他心生恐慌。他能闻到她身上的血腥味，混合着她的栀子香水味，他看得见她的胸腔和腹部都被塌陷的仪表台压住了。然而在那一刻，最让他不安的是他母亲美丽的面庞上的那些玻璃，他再次伸出手，想拂去她脸上的玻璃。他伸手去触碰她，忽然感觉自己的脚上的骨头挪动的方式很怪异。伴随着最后一次失败的尝试，他渐渐感受到了自己的身体。他开始剧烈地颤抖，觉得自己无法呼吸。"妈妈，"他对身边那具依然温热的尸体说道，"我疼。"他伸长脖子，想把头靠在她的颈窝，然后他闭上了眼睛。

另一辆车里的男人不知所措地向萨姆走来。他拼命地对他们大声说："太对不起了。我没看见你们。我没看见你们。大家没事吧？大家没事吧？有人活着吗？有人吗？"

萨姆睁开眼睛："我在这儿。"直到他在游戏室遇见莎蒂·格林，这是他说的最后几个字。

在游戏中，最重要的一点就是事物的顺序。游戏有它自己的算法，然而为了获胜，玩家也必须有自己的套算法。一切胜利都离不开正确的顺序。每个游戏都有最佳的进行方式。在安娜死后沉默无声的那几个月里，萨姆会着了魔似的在头脑中回放这一幕。假如她没有签下《按钮大竞猜！》那份工作，假如安娜没钱买那辆新车，假如安娜买了新车但是吃完晚饭就直接回家，假如另一位安娜·李没有从楼顶跳下，假如安娜从来没有回到洛杉矶，假如安娜撞上郊狼之后没有停车，假如安娜找到了紧急指示灯，假如安娜从没跟乔治上过床，假如萨姆从未出生过。他最终认定，在那天夜里他的母亲有无数种不必死去的方式，而只有一种可能会让她死去。

6

萨姆手术的那天早上，莎蒂开车去威尼斯城布置自己的办公室。马克斯搞来了一些便宜的桌子和书架，足够他们开始工作，将就着用到办公室装修完毕。莎蒂打开的最后一个箱子里装的是她收藏的电脑游戏，她总是把它们带在身边作为参考。游戏光盘有的放在塑料盒里，有的放在书本样式的纸板收纳盒里，她整理了游戏，把它们摆在书架上，《指挥官基恩》《神秘岛》《毁灭战士》《暗黑破坏神》《最终幻想》《合金装备索利德》《情圣拉瑞》《上校的遗产》《创世记》《魔兽世界》《猴岛小英雄》《俄勒冈之路》，以及其他三十多部游戏。放在箱子最底下的是《死海》。尽管对游戏开发者的情感极为复杂，但她依然爱着《死海》。她从包装里取出光盘，上面带有多夫的签名：**送给莎蒂的二十岁生日礼物，冒险游戏团队最性感、最聪慧的女孩。——爱你的**D.M.。

莎蒂忘了多夫曾经送给她这个游戏，她回忆着自己最后一次看见这张光盘是什么时候。大概有好几年了。她印象中自己最后一次看见这张光盘是马克斯和萨姆打《死海》的时候。就是在那天，萨姆说："**我们的游戏就应该是这样的。**"

莎蒂清楚地记得萨姆说他不知道多夫是她的男朋友兼老师。但如果他是用这张游戏光盘玩的《死海》——莎蒂确信他用的是这张光盘——那他肯定会看见这句话。他不可能漏掉这个细节，何况萨姆从不会漏掉任何事。既然萨姆知道多夫是她的男朋友，那么他选择《死海》的引擎是否并非巧合，而是有意为之？他之所以让她看见那款游戏，会不会是因为他希望莎蒂去找多夫，因为他知道莎蒂**一定会去找多夫**？他岂非轻易就能猜到莎蒂那次糟糕的分手对象正是多夫？而萨姆甚至没有停下来思考片刻，回去向多夫求助对莎蒂而言意味着什么。如果多夫对她的职业生涯和个人生活没有这么大的掌控力，过去的三年将会是怎样一种不同的经历？

如果这是真的，这便是一场彻头彻尾的背叛。萨姆必须得到自己想要的东西，而他不在乎这对莎蒂而言意味着什么。他想要尤利西斯引擎，正如他想要跟奥珀斯签约，同样地，他并不真正在乎一五是不是男孩子，正如他让人们误以为《一五漂流记》是**他一个人的**作品，正如他重拾他们的友情的唯一目的和前提就是他想制作一款游戏。莎蒂以为萨姆是她的朋友，这是在自我欺骗，萨姆不是任何人的朋友。倒不是说他为此撒过谎，莎蒂对他说爱他的时候，萨姆一次都没有说过他也爱莎蒂。莎蒂一直在为他找借口，他缺席的父亲、他母亲的亡故、他受伤的脚、他贫困的生活以及这些因素造成的显而易见的不安全感。可她的错误会不会正在于此，是她把这些情绪与感情强加在萨姆身上，萨姆其实根本没有这样的感受？

莎蒂在办公桌边坐下来。她把《死海》的光盘放进笔记本电脑。她跳过了令人胆寒的开场动画——伴着德彪西的《月光》，飞机坠入熊熊火海，女童幻影成了唯一的幸存者。她想杀点东西，于是她直接跳到了第一关——通往水下世界的入口，场景看上去像拉斯维加斯的赌场门厅。身穿格子衬衫和皮裤的僵尸跌跌撞撞地走向大厅中央，莎蒂操纵着幻影拾起一根木棒。她抡起木棒反复击打僵尸的脑袋。多夫对飞溅的血滴的处理令人耳目一新。举个例子，幻影甚至能在刚刚被她杀死的僵尸的血泊中看见自己的倒影。这样一处微小的细节背后隐藏的工作量之大，令人瞠目。《死海》确实是个了不起的游戏，她心想。

马克斯把头伸进办公室的时候，莎蒂还在玩《死海》。"他已经出手术室了，"马克斯说，"他外公说手术很顺利。"

"好消息。"莎蒂说。她的头脑漆黑一片。幻影丢掉木棒，换了一把锤子。

"我现在开车过去，"马克斯说，"这是《死海》吗？"幻影用锤子敲死了一个看样子怀了孕的僵尸，锤子比木棒的效率高多了。

"对。"幻影抡起锤子砸碎了一扇窗户，练了练手。

突然，刚才那个僵尸的婴儿从它死去母亲的肚子里爬了出来。幻影稍有迟疑，只是片刻的工夫，然后抡起锤子砸中了小僵尸的脑袋。血液和脑浆飞溅在屏幕上。

"我第一次玩《死海》的时候，"马克斯说，"就是死在了这里。我杀小僵尸的速度不够快，它扑到我脸上来了。"

"大家通常都死在这里，或者是在那个有狗的场景。多夫最讨厌多愁善感的人了。"

"他真够黑暗的，"马克斯冷冷地说，"《一五漂流记》跟这个游戏居然是用同一个引擎制作的，实在令人难以想象。"

"从水的纹理就能看出来，光效也看得出来，"莎蒂说，"如果你知道应该往哪里看，共同点就随处可见。"

幻影迈着有违常理的蹦蹦跳跳的步伐，来到一座雕像背后蹲了下来。她喘着粗气，等待着下一个僵尸。

"你有没有把这个游戏打通关过？"莎蒂问马克斯。

"没有。"

《死海》的情节转折点在于幻影并没有在坠机中幸存下来。她也是个僵尸，只是她还不知道而已。所以在整个游戏中她其实一直在杀自己的同类。"

"去你的吧，小鬼！"马克斯开玩笑说，"你以为杀僵尸很好玩儿吗？一会儿就轮到你难过了。"

"这个设计太符合多夫的个性了，"莎蒂说，"有快感的地方就有疼痛。"

"你也会去医院的，对吗？"马克斯说，"要是不想赶上堵车的话，我们差不多应该出发了。"

"我想在这里再待一会儿。"莎蒂说着，目光没有离开过屏幕。幻影把锤子换成了一把螺丝刀。用螺丝刀杀僵尸带来的满足感远不如锤子强烈，但如果你不拿上这把螺丝刀，就没法打开通往电梯的嵌板。不乘电梯，你就会永远困在游戏的第一部分。"我还有几件东西要拆箱。"

> IU <

双面人生

1A

　　萨姆在外祖父母家附近租了间一室一厅的平房，房子刚好位于颇具争议的银湖区和回声公园的分界线上。他原本打算搬到威尼斯海滩离不公平游戏的办公室较近的地方，但手术后的康复时间比他预计的更长，每个星期他都不得不与医生和理疗师碰面，到最后，他发现似乎还是住在离外祖父母和医院更近的城东比较方便。

　　萨姆的新邻居之一是位胳膊像大力水手的女士，她家的前廊上插着一杆彩虹旗，家里走马灯似的不断有受她救助的比特犬来来去去，绝大部分是母犬。这位邻居把这一带称为"哭脚笑脚"，或者"快乐大脚与悲伤大脚"。这个名字来源于本顿街和日落大道交叉路口的一家足病诊所的旋转招牌，就在他们的房子往南一点的地方。招牌的两面各印有一只拟人化的棕色大脚。"悲伤大脚"的大脚趾上贴着一块创可贴，眼睛充血，疼得咧着嘴，拄着腋杖。"快乐大脚"则是一只被足病医生奇迹般治愈了的脚，它竖起两只大拇指，笑容奔放，这只脚的两只脚上穿着一尘不染的白色高帮鞋。这块招牌高高地悬挂在"舒适旅馆"的停车场上方，旅馆的一楼是家泰国素食餐厅，以及招牌上的这家足病诊所。招牌以缓慢的速度不停旋转，大约每十二秒钟转一圈。在都市传说中——把这个词和一块挂在经济型旅馆门外的旋转招牌联系起来或许有些小题大做——你最先看见招牌的哪一面，就预示着你这天接下来的运势如何。

在一年多的时间里，萨姆见到的永远是悲伤大脚。他为了先看见招牌的另一面做出过尝试，他改变接近招牌时的速度，试过步行也试过开车，试过从不同方向向那里走。无论做出怎样的改变，他每次见到的都是悲伤大脚。就算你不是从哈佛大学数学专业毕业，也知道出现这种结果的概率微乎其微，他忍不住觉得这是上天在嘲讽他。

1B

莎蒂在威尼斯海滩一幢名为"芭蕾小丑"的建筑里租了一间公寓，步行去不公平游戏的办公室只要六分半。公寓楼的外墙上固定着一座九米多高的机械雕塑，是个男性小丑，穿着芭蕾舞短裙和足尖鞋。这座雕塑过去是会踢腿的，然而不知是来自海洋的水汽锈蚀了它的零件，还是租户抱怨电机太吵，总之，莎蒂住在那栋楼的那几年里，芭蕾小丑只是静静地站在原地，右脚的红色足尖鞋端庄地抬起，期待着再次起舞的那一天。

芭蕾小丑或许有些庸俗，莎蒂却很喜欢他。在她看来，芭蕾小丑是加利福尼亚精神的代表。这是她有生以来第一次真正接纳了这座她生于斯长于斯的城市。她把自己的冬季大衣捐给了善意企业组织，戴上了宽檐遮阳帽，穿起了拖地长裙。她跟佐伊一起逛跳蚤市场，淘老唱片、长长的项链和手工制作的陶艺品。她开始点熏香，戒断咖啡因，留起及腰的中分长发。她开始练习普拉提。她把多夫的手铐扔进了海里。她开始约会，和邂逅而英俊的独立摇滚乐手、以出演独立电影而为人所知的邂逅而英俊的演员、把自己的网站转卖给了一家大网站的邋遢而英俊的技术员。她开始举办精心策划的晚餐会，并为自己认识许多尚不为人熟知的乐队而感到自豪。她买了一辆跟加利福尼亚的天空同样颜色的二手大众甲壳虫汽车。她每个星期天都跟家人共进早午餐。她起得很早，睡眠很少，坚持每天工作十八个小时。如果说加利福尼亚是一件能够穿在身上的戏服，那么莎蒂穿着它，就像身穿芭蕾舞短裙、头戴女式礼帽的芭蕾小丑一样从容自若。

莎蒂不知道萨姆为什么决定住在城东。有哪个土生土长的洛杉矶人会自愿住在通勤时间五十分钟的地方？那段时间，他们绝少谈及正在合作的游戏以外的事情，因此莎蒂并没有向他问起原因。她已经决定不再花时间琢磨自己合作伙伴的行为动机。

2A

　　萨姆把冬天、春天和夏天的部分时间都用来做复健。与此同时，莎蒂和她的核心编程团队开发出了"梦境"——为《双面人生》提供物理与图形支持的游戏引擎。

　　后来梦境之所以闻名于世，是由于它极具革新性的体积光[1]技术，正是这一技术让阴森的雾气、浅淡的云层和神灵之光在游戏中得到了淋漓尽致的体现。这种图像处理方面的创新是不可或缺的，因为《双面人生》中的奇幻世界"雾幻泽国"长期被雾气笼罩，直到游戏临近结尾时迷雾才得以消散。借用一位评论者的话："雾幻泽国的天气真的非常有特点。"莎蒂一度觉得这条评论有些好笑，无论哪个媒体，精明的评论者总会把**不能算作特点的元素当成特点**。不过在她最初的策划里，她也曾雄心勃勃地写下过同样的字句："雾幻泽国的天气必须让人觉得非常有特点。"

　　梦境引擎让莎蒂引以为傲。她为自己终于完成了五年前未能达成的目标而自豪不已。几个月来，她第一次给多夫打去了电话。

　　"我做到了。"她说。

---

[1] Volumetric Lighting，游戏场景渲染中一种常用的光照特效，用来表现光线照射到遮蔽物体时，从物体透光部分泄露出的光柱。

"感觉是不是他妈的棒极了？"多夫说。

"确实。"她承认道。

"我早就跟你说过的，"多夫说，"你再也不需要尤利西斯引擎了，反正它现在也已经是老古董了。"

"嘿，我前几个月还在玩《死海》呢，我在琢磨，你是怎么做到让血迹映出角色的倒影的？"

"哦，那个啊？那个太荒唐了。"

"放在 1993 年，它优秀得令人难以相信。"莎蒂说。

"放在如今，我很可能不会那么做了。"多夫解释了自己采用的办法——对贴片适配更新加以改动的权宜之计，"为了做出这个，我烧坏了不少显卡和处理器。"

"不过就算是放在今天，呈现的效果依然很好。"莎蒂说。

"我打算过几个星期去趟洛杉矶。有个导演想找我爽一下，做个电影版《死海》。你到时候会在吗？"

"我特别忙，"她说，"而且，其实……我现在有男朋友了。"

"那家伙是什么人？"

"他是搞乐队的。"莎蒂带些歉意说。

"是我听说过的乐队吗？"

"他们的乐队叫'交流失败'。"

"交流失败，"多夫重复道，"听起来真他妈够糟糕的。"

"他人很好。"莎蒂说。

"我的意思不是要和你待在一起。但我很想看看你的工作成果，"多夫说，"你是我最有出息的学生。我经常拿出来炫耀。"

"到办公室来吧，"莎蒂说，"我一直在那儿。"

萨姆几乎完全没有参与构建引擎的工作，当莎蒂把梦境拿给他看时，他看上去似乎无动于衷。"不错，"他说，"这个引擎一定非常合适。"莎蒂为了梦境呕心沥血，萨姆这种不冷不热的反应令她很是恼火。

萨姆原本说他会在3月重新投入工作，但直到5月他才恢复全职，即便到了那个时候，莎蒂依然觉得他只花了一半的心思在工作上。为了避开交通高峰，萨姆早上七点来，然后为了避开另一个交通高峰，他通常下午四点就走。莎蒂的工作时间依旧紧锣密鼓，她通常从早九点工作到凌晨一点，甚至经常更晚。有些日子，萨姆根本不会到办公室来。他永远会迟到，永远在车上，永远在路上。

莎蒂跟马克斯提过萨姆的出勤情况，马克斯猜测是因为复健进行得不顺利，不过他也不确定，萨姆从没对他们中的任何人说起这些。

"棘手的地方在于，"莎蒂说，"我不能干等着他拿主意。他总是不来办公室，这样下去工作进展太慢了。"

把工作内容一分为二的建议是马克斯提出来的，这样萨姆就可以带领一个团队构建较为简单的枫叶镇，也就是游戏中的"真实世界"，莎蒂则负责构建"奇幻世界"雾幻泽国。这样莎蒂就不必总因等着跟萨姆沟通而放慢工作进度。无论从哪一个方面来说，雾幻泽国的构建都比另一个世界复杂得多，莎蒂不禁有些怨愤，她要再次完成更大的工作量，获得的功劳却与萨姆同样多。但是就游戏和萨姆的现状而言，这个办法更适用，于是她同意了。

2B

5月，萨姆建议把游戏的主角从一个遭受霸凌的女孩子改成一个患有重病的小孩。游戏开发到这个阶段，进行这样大的变动已经有些晚了，何况遭受霸凌的女孩了是莎蒂最初的设计理念之一。

"我不会再做一款以男孩子为主角的游戏了。"莎蒂说。

"不，我不是这个意思。不过也许这个女孩可以设计成癌症患者，"萨姆建议道，"她身体残疾，病痛不断。这样的话，当她进入另一个世界变得无所不能时，对比会更加强烈。"

莎蒂思考着他说的话。"你是说像**我姐姐**艾丽斯那样？"

"对，"萨姆说，"就像艾丽斯一样。"

"有点儿意思，"莎蒂说，"可是遭受霸凌难道不会更容易让玩家产生代入感吗？真正的疾病和疼痛难道不会打消玩家的兴致吗？"

"霸凌是心理上的痛苦，"萨姆反驳道，"而肉体上的病痛会给我们的角色在现实世界中增添更多障碍，与她在奇幻世界里的身份形成更鲜明的对比。如果不是为了凸显这种差异，我们为什么还要设计两个世界呢？"

他们给游戏主角取名艾丽斯·马，她来自充满田园风情的美国城郊小镇——枫叶镇。一旦确定艾丽斯·马患有癌症，奇幻世界的设定也随之变得明晰。雾幻泽国被设计成中世纪一座遭受瘟疫侵袭的北欧村庄。村民们无法呼吸，天空被灰绿色的迷雾笼罩，日光似乎也每天都在变得更黯淡。浑浊的海水仿佛是浓稠的黄色黏痰，不时冲刷着海滩，这里的一切都在消亡，首先是老旧的事物，随后是新生的事物，动物以及自然界的其他生物无一幸免。只有艾丽斯·马在这个世界中的化身"无畏女孩罗丝"能够查清瘟疫的来源（或者说始作俑者），拯救雾幻泽国。如果无畏女孩罗丝能够拯救自己的村庄，艾丽斯·马就能战胜肺癌。这两个故事彼此交融，却分别沿着不同的轨迹发展。只有推进其中一条故事线的发展，另一条线才会随之前进。游戏的设置错综复杂。最后，莎蒂终于通知萨姆，要想构建这个游戏，效率最高的办法就是分别制作两条故事线。

确定分工之后，萨姆终于再次充满热情地投入到了表面看来没那么耗费精力的枫叶镇项目。枫叶镇综合医院的设计来源于他曾经住过的每一所医院，至于艾丽斯的病症与治疗过程——枫叶镇部分的支线任务与关卡正是由此构成——只有长期患病、对医院生活的耻辱感深有体会的人才能设计出这些极致的细节。以第四关为例，在经历了一场大手术之后，艾丽斯的意识与身体分离了，她变得像追寻影子的彼得·潘，不得不穿越整座医院才能追回自己的身体。萨姆曾经多次体会到这种剥离感。生病时，你会觉得你的身体已经不再属于你。

在枫叶镇内部，萨姆也创造了两个截然不同的世界：一个是医院，另一个则是医院外的一切，也就是枫叶镇本身。萨姆带领他的团队把枫叶镇的场景设计成了能够依照时间与季节变化的样子。如果你在晚上玩游戏，场景就是黑暗的，如果你在早晨玩，场景就是明亮的，秋天有落叶，冬天有白雪，春天有樱花。生病时，这个世界在他眼中总是美得令人心痛。他只有在孤身独处、不参与生活中的繁杂事务时，才更能体会到生活的可爱之处。那是朋友们在病房门的玻璃窗背后映出的身影，是十二岁那年面容甜美的莎蒂递给他一张走完的迷宫，是他目睹身体健康、健全的人短暂到访这个世界又匆匆离开而自己却不得不长久居留其中时感受到的伤感。

由于莎蒂全身心投入雾幻泽国的创作中，马克斯成了枫叶镇开篇关卡的第一个试玩者。

枫叶镇的第一关设定在医院外。艾丽斯正在参加高中的跨栏比赛。文本框中的文字说她是这个州最优秀的跨栏运动员之一，获胜的希望极大。观众欢呼雀跃，艾丽斯的男朋友和爸爸都在看台上观看比赛。

马克斯开始了比赛，每当艾丽斯来到栏架跟前，他都会按下跳跃键。第一次他输了，接着又输了一次，然后又输了第三次。他转头问萨姆："是我哪里做错了吗？"

无论玩家在比赛中表现得多么优秀，艾丽斯每一次都会输。在她肺里生长的肿瘤减慢了她的速度，但此刻的她尚不知情。艾丽斯每次输掉比赛，玩家都可以选择重新开始游戏，但玩家永远无法在第一关胜出。要想"胜出"，就必须接受这个现实——在有些比赛中，你永远无法获胜。

萨姆这辈子最讨厌的就是别人鼓励他"战斗到底"，这话说得好像疾病是一种失败的表现。无论你如何奋战，疾病都是无法被打败的。至于疼痛，一旦你落入它的手心，将会产生翻天覆地的变化。对萨姆来说，枫叶镇讲述的是有关他的病痛的故事，无论现在还是过去。这将是他制作过的个人色彩最重的游戏，不过这当然只是游戏的一半，他的搭档莎蒂把这个游戏理解为关于她姐姐的游戏。

"萨姆，"马克斯明白过来之后说道，"我太喜欢你这一关的设计了。这个设定巧妙得出人意料。莎蒂看过吗？"

"还没有，"萨姆说，"她知道基本的设定，但她为雾幻泽国忙得不可开交，我不想打扰她。"

马克斯端详着自己的朋友。在他印象中，萨姆从没这么瘦过，眼睛也微微充血。他的唇上和脸颊留起了胡子，看样子有好几个月没理过发了，看上去疲惫、萎靡不振。萨姆从什么时候开始不愿"打扰"莎蒂了？"你还好吗？"马克斯问。

"当然了。"萨姆说。他对马克斯微微一笑，马克斯发现萨姆右边虎牙的尖角被磕掉了。

3A

萨姆不想**大张旗鼓地**庆祝自己的二十五岁生日。自从做完手术，他就尽量避免任何与工作和医生办公室无关的活动。在马克斯的坚持下，萨姆终于答应跟莎蒂、马克斯以及他们的另一半共进晚餐。萨姆走到房门口，刚想打开门锁，忽然感到一阵令他头昏眼花的、冷酷无情的疼痛。他跪倒在地，扯下了假肢，用尽全力把它砸向对面的墙壁，磕坏了墙上的灰泥。

他想给餐厅打电话，可是手指无法操纵手机。

他在地上躺下来，闭上眼睛。他尽量避免移动身体，因为稍微一动就疼痛难忍。但他也无法入睡。

大约九点半，有人敲响了他的房门。"萨姆，"马克斯说，"是我。"

萨姆家的大门没有锁，见他没有回应，马克斯走进了房子。看见眼前的景象，马克斯并没有表现出惊讶：一只脚被扔到了房间另一头，萨姆躺在地上。"拜托你走吧。"萨姆艰难地说。马克斯帮他换掉被汗水浸透的衣服，扶他上了床，所谓的床只是一张放在地板上的床垫。

"我能帮你做点儿什么吗？"马克斯说，"我想帮你。"

萨姆摇摇头。

"如今我们不住在一起，我要帮你也没从前那么容易了，所以你得告诉我你需要什么。"

萨姆再次摇了摇头。

"那好吧，朋友。"马克斯在萨姆床边的地板上坐下来。他打开了电视，没找到想看的节目，便去翻找萨姆的DVD。马克斯选了一张西蒙和加芬克尔1981年中央公园演唱会的光盘。

看了大约半小时，萨姆说："我不知道这张DVD是哪里来的。"

"是我的，"马克斯说着笑了起来，"其实是我妈妈的。"

看完演唱会，萨姆的疼痛有所减轻，说话也轻松了些。他对马克斯说："这叫幻肢痛。我以为我的脚还在，当我穿上假肢，有时候我会以为自己的脚被压碎了，我能感觉到骨头被碾碎、肉被压成肉酱。他们说这种疼痛只存在于我的大脑里。"

马克斯思索着他说的话："可是哪种疼痛不是存在于大脑里呢？"

萨姆从床上坐起身，说："拜托你不要告诉莎蒂。"

"为什么？"

"我不想让她分心，影响她完成游戏。而且说实话，这种疼痛不是真实存在的，所以其实没那么糟。"

起初，萨姆术后恢复得很快。尽管手术伤口比他此前有过的伤口都更大、更张开，但创面不难处理，而且他的肢体也没有感到残余疼痛。医生准许他提前几天出院，回到外祖父母家里休养，他一度以为自己能比预计时间更早重新投入工作。他开始在儿时的卧室里上网找房子，寻找威尼斯海滩和圣莫尼卡周边离不公平游戏较近的公寓。他给莎蒂打电话，继续改进《双面人生》复杂的关卡设计。他告诉她，最迟3月他就会回来。

回到外祖父母家的第二天晚上，疼痛开始了。他在深夜尖叫着惊醒，浑身被汗水和尿液浸透，疯狂地踢蹬着那只早已不存在的脚。萨姆既恐惧又羞愧，他觉得自己对身体彻底失去了控制，如果不明白这

219

种疼痛的来源是什么，他就无法减轻。他不停地伸手去抓那只脚。痛感过于强烈，以至于当惊恐的外公外婆赶到房间，问他究竟出了什么事的时候，他无法说话，也无法向他们解释。他挣扎着从床上起来，想去厕所呕吐，可是忘了自己少了一只脚，重重地摔倒在地，磕到了一边的虎牙，嘴唇也流了血。他跪坐起来呕吐，觉得自己像孩子一样无助，与此同时又有种野性而残暴、不像人类的感觉。外婆把他搂在怀里，直到他最终浅浅地睡去。

第二天，萨姆去看医生，医生诊断他患上了幻肢痛。"你的幻肢痛发作起来尤为强烈，"医生说道，"但这在截肢者当中不算少见。"

有片刻的工夫，萨姆没反应过来医生说的是谁。此前从来没人管他叫"截肢者"。在萨姆的印象中，截肢者应该是战场上的英雄或者癌症康复者。

"在手术前应该有人提醒过你。"医生继续说道。

萨姆点点头。就算他们提醒了，他当时也没留意。他想当然地以为一旦自己下定决心截肢，有关这只脚的问题就会统统得以解决。

医生递给他一张复印的宣传单，上面印着与这种疼痛进行对抗的练习方法。比如，对着镜子观察自己的残肢，以便为大脑重新设定程序，让大脑接受已经不再有脚的现实。萨姆痛恨这种练习。就算是在截肢以前，他也总是尽量避免去看自己的脚。他总觉得只要自己不去看它，它就不会太糟糕。医生还给他开了一张抗抑郁药物的处方，但他最后没去取药。

连续几个星期，幻肢痛没有再次出现，萨姆希望它永远不要再出现。

他第一次戴上假肢时，幻肢痛再度来袭，甚至比第一次更加凶猛。他心里清楚自己感受到的疼痛不仅仅来自残肢接触假肢时的压迫感，但理疗师不停地鼓励他，说就是这么一回事。他感到自己原来的那只脚正在被假肢碾碎。他感到头晕目眩，有几秒钟，他甚至什么也看不见、听不见。他嘴里尝到了胆汁的味道。

"我觉得不太舒服。"他虚弱地说。萨姆的超能力就是他隐藏、无视痛苦的能力。

"没事的，萨姆，"理疗师说，"你做得很棒。我扶着你呢，再迈一步。"

萨姆虚弱地微笑着又迈出一步，然后跪倒在地，呕吐起来。

萨姆被引荐给心理治疗师、催眠师、针灸医师和按摩师，这些治疗手段都或多或少地起过一些作用，然而一旦幻肢痛决定出现，就没有任何手段能够阻止。医生让萨姆留意幻肢痛出现的规律和诱因。唯一诱因就是睡觉或者尝试走路，然而不睡觉、不走路的生活很难实现。假肢做过调整，袜子穿了又脱，但总体来说，只要穿上假肢萨姆就会处在令他无法思考的剧痛当中。而思考对萨姆来说至关重要，这种疼痛让他觉得自己很蠢，这是种前所未有的感受。

医生对他说："好消息是，这种疼痛只存在于你的头脑中。"

但我也存在于我的头脑中，萨姆心想。

萨姆知道那只脚已经不在了。他看得见它不在了。他知道自己的遭遇不过是程序中一个简单的错误，他无比希望能打开自己的脑袋，删掉那段出错的代码。但不巧的是，人的大脑就跟苹果系统一样封闭。

起初几个月，他吃什么就吐什么，因此很少吃饭。他瘦了二十磅，把外婆吓坏了。渐渐地，疼痛感有所减轻，抑或是他忍受疼痛的能力提高了。他重新投入了工作。令他不安的是，有生以来第一次发现，游戏既无法转移他的思绪，也无法为他提供安慰。这种疼痛似乎占据了他头脑中此前从未被触及，或者只为设想中的努力而保留的空间。

3B

"你朋友不来参加自己的生日聚餐，这会不会有点儿奇怪？"莎蒂的男友亚伯问道。他们站在银湖餐厅门外。马克斯之所以选择这家餐厅，是因为它离萨姆的住处很近。餐厅中央长着一棵树，这家餐厅名气很大，因为它被公认为城东最适合分手的餐厅。

"不奇怪，"莎蒂说，"我过去曾经浪费了很多时间为他担惊受怕，但他就是那种动不动就玩失踪的人。"

"人人都有这样的朋友，"亚伯说，"你想不想去我家？既然已经把你骗到我住的城区来了，你不来看看未免有点儿可惜。"

亚伯·洛克特是交流失败乐队的主唱兼二号吉他手。在1999年前后，方圆七平方千米的银湖区住着大约一千个这样的乐队。到萨姆过生日这天晚上，莎蒂已经跟他约会了大约一个月，但她从没去过他家。车程太长，而且这段恋情也没那么正式，莎蒂认为不值得为此开车穿越整座城市。她跟他交往的时间还不够长，不知道他的任何人生经历，甚至不知道亚伯·洛克特是他的艺名还是真名。她和亚伯是在一场佐伊带她去看的演唱会上相识的。她喜欢他，是因为他是个谦和有礼、客气得过了头的情人（"莎蒂，我可以把手放在你胸上吗？"），也因为他从不玩游戏——电子游戏也好，人生游戏也罢——以及他不介意开车去威尼斯海滩。

亚伯的房子收拾得很整洁，弥漫着檀香味，他有大约一千张黑胶唱片，整整齐齐地放在刷了白油漆的宜家置物架上。亚伯的收藏品中有不少密纹唱片，但他真正热衷的是每分钟四十五转的单曲唱片。他喜欢唱片的B面，对A面和B面的渊源了如指掌，而莎蒂对此一无所知。亚伯解释说，起初唱片公司会把热门曲目放在A面，把不那么流行的曲目放在 B 面，后来有些唱片公司开始把四十五转单曲唱片称为双 A 面唱片，以避免乐队内部的冲突。据亚伯说，约翰·列侬曾跟保罗·麦卡特尼打得不可开交，只为了争论哪首歌算是 A 面，麦卡特尼的《你好，再见》（A）和列侬的《我是海象》（B）就是一个例子。

"然而根本没有所谓的双 A 面。A 面依然是 A 面，"亚伯说，"无论诡计多端的唱片公司怎么包装都不会改变。"

亚伯播放了自己最喜欢的单曲唱片之一，海滩男孩的《只有上帝知道》，也就是《那样岂不是很好》的 B 面。亚伯尤其乐见 B 面歌曲比 A 面歌曲更出名的情况。

"谁能相信呢？"亚伯说，"谁会觉得《那样岂不是很好》会比《只有上帝知道》更好？"

"我倒是能理解。《那样岂不是很好》显然更欢快，"莎蒂说，"听《只有上帝知道》的时候我有点儿想死。"

"我最喜欢的就是这种音乐，"亚伯说，"我把它叫作下午音乐。不能听得太早，不然这一天就荒废了，"亚伯伸手搂住了莎蒂，"而你是个下午女人，性感的莎蒂。像你这样的人，这辈子不能遇见得太早，不然就再也无法喜欢上其他人了。"

"我敢打赌你以前对别人说过一样的话。"莎蒂说。

几个月后，亚伯踏上了巡演之路，这段恋情就此告终。莎蒂不后悔自己曾与他约会，也不为这段恋情的终结感到遗憾。她觉得从某种角度来说，她终于理解了马克斯（不过他现在已经跟佐伊开始了真正稳定的恋情）。长期恋情的情感体验或许更丰富，但与有趣的人短暂、简单地相遇也是很愉快的经历。不被你认识的、爱过的每一个人消耗，这样才能赋予这段时光价值。

她在办公室向马克斯表达了这样的看法，他哈哈大笑。"恐怕我给你留下了错误的印象，莎蒂，"他说道，"我反而很喜欢被消耗。"

莎蒂久久地望着马克斯。他们共事已经有五年时间了，但有时候莎蒂觉得自己对他的认识都是错误的。"佐伊在消耗你吗？"莎蒂很喜欢佐伊。在剑桥时她们的关系并不亲近，但来到洛杉矶之后，她们立刻成了最好的朋友，只有二十多岁的人才会这样交往。

"我吞噬爱情，也被爱情吞噬。"马克斯说。

"经历过多夫以后，我觉得我被吞噬够了。"莎蒂说。

"我明白你为什么会这样说，但我依然认为你不应该就此放弃吞噬爱情。"马克斯说着，低吼着凑过来作势要咬她，然后在她面颊上亲了一口。

4A

罗拉·马尔多纳多来到比萨店，把她的电话号码留给了萨姆。"李先生，我不确定您还记不记得我，"她对东炫说，"我和萨姆是高中同学。我听说他回来了。如果他愿意的话，请让他给我打个电话。"

东炫把纸条转交给萨姆。"你应该给这姑娘打个电话，"东炫说，"长得漂亮，人也有礼貌。"

"最近工作忙疯了。"萨姆说。

"打个电话你外婆会开心的，"东炫说，"她担心你除了工作，别的什么都顾不上。"

"不是这样。"萨姆说。

"我也会很开心的，"东炫说，"你难道不想哄我这个老头子开心吗？"

"好吧，老头子。我争取给她打个电话。"

大约一个月后，萨姆给罗拉打了个电话。他和他的团队即将进入枫叶镇的纠错阶段，工作日程上有了一段短暂的间歇。

"啊马苏尔！"罗拉跟他打招呼，"你拖的时间真够长的。我们今晚干什么去？"

他们相约去弧光电影院看《黑客帝国》。这部电影罗拉已经看过三遍了，但萨姆还没看过。

高中阶段的所有课程罗拉都和萨姆在同一个班，毕业那年他们曾短暂地约会过一段时间（参加毕业舞会总要有个伴儿才行），上大学后渐渐断了联系（罗拉在加利福尼亚大学洛杉矶分校学习计算机工程）。她聪明、风趣、坚韧、强势，还有一点儿刻薄，不过萨姆最喜欢罗拉的还是她的聪明劲儿。她的头脑虽然不像莎蒂那样**出众**，但也很聪明。

萨姆的第一次性经历就是跟罗拉一起，尽管这对他来说并没有什么特殊意义。那是 9 月里酷热难耐的一天，他们在学习微分方程。家里停电了，萨姆外祖父母家的房子变成了棕榈泉，后来他们热得脱掉了衣服。"我们真的要这么做吗，马苏尔？"她说。萨姆心想，**怕什么？**那段时间他的脚不算太疼。他并不爱罗拉，但他确实很喜欢她，跟她在一起他觉得很自在。

"这不是你的第一次吧？"他问。当时罗拉脖子上戴着一条有十字架吊坠的项链，他知道她们家是信天主教的。萨姆自己不太看重这件事，所以希望这对罗拉来说也没有太重大的意义。

"不是，"她说，"不用为这个担心。"

他们完成了一次中规中矩、平平无奇的性行为，用的安全套是一位表哥半开玩笑地送给萨姆的。结束之后，萨姆的脚火辣辣地疼。

"这是你的第一次吗？"罗拉问。

"不是。"萨姆撒了个谎。他不想赋予罗拉这样的特权，让她知道是她破除了自己的处子之身。

算上罗拉在内，萨姆这辈子有过四位床伴，而他跟其中任何一位的性经历都不甚愉悦。他跟一个男孩和三个女孩上过床。尽管没有任何人粗鲁地对待过他，但性行为给他带来的快感远不能与自慰相比。他不喜欢在别人面前赤身裸体，也不喜欢伴随性行为而来的混乱——体液、声响、气息。他担心自己的身体靠不住。他无法想象与自己爱的人发生关系是什么样，比如莎蒂或者马克斯。曾经做过他一段时间恋人的那个男孩把这种心理归因于萨姆的脚，是它使得萨姆缺乏自尊心。但萨姆觉得这样的总结有些片面，就算他的身体完全健全灵活，他依然不确定自己会喜欢性行为。不过那个男孩说的话确实有一定道理。萨姆不相信自己的身体能够体会到除了疼痛以外的其他感觉，因此他对快感的渴望也不像其他人那样强烈。身体毫无感觉是萨姆最快乐的时候，不用分神去想它——忘记肉体的存在时他才是最快乐的。

自高中以后，罗拉没有太大的改变，发型除外，现在她留着淡绿色的波波头。她长着棕色的大眼睛，身材娇小，凹凸有致，面容坚毅。她穿着一件印有虞美人图案的红白相间连衣裙和一双鞋底有凹凸纹路的玛丽珍鞋，身上散发出跟从前一样的开架洗发水的橙子香气，从萨姆认识她起，她就在用同样的洗发水。她只涂了洋红色的口红，在萨姆看来这仿佛是某种警示——在自然界里，红色难道不是危险的标志吗？

"你觉得怎么样？"电影结束后罗拉问他。

"有点儿像《攻壳机动队》，"萨姆说，"那部动画电影，你知道吗？有点儿模仿它的意思。"

"我没看过。"罗拉说。

"这样啊，既然你喜欢《黑客帝国》，那你应该看看。"萨姆说。

他们决定开车去好莱坞的一家光盘租赁店租《攻壳机动队》，然后回萨姆家看。除了他的外公外婆以及马克斯来过一次以外，他从没带任何人回过家。

"马苏尔，你的房子是怎么回事？"

"怎么了？"

"倒也没什么，只是这里看上去好像住着一个连环杀手，"罗拉说，

"或者是受到证人保护的人，住在这里的人好像随时准备离开。你的墙上什么都没有，还睡在一张放在地上的床垫上。你是个事业有成的成年人，居然**打地铺**。你的行李有一半还装在箱子里。"

"是啊，"萨姆说，"我一直在忙。"

"你应该买点儿，比方说海报，或者绿植，或者别的什么东西。像你真的住在这里一样，不行吗？"

萨姆把 DVD 放进机器。罗拉脱掉鞋子依偎在萨姆怀里，他由着她这样做。无论白天多么炎热，入夜后的洛杉矶总是很冷。

与罗拉依偎在一起很舒服。她温热的身体贴着他温热的身体。尽管萨姆不愿意承认，但是自从来到洛杉矶，他一直有种深深的孤独感。

手术之后，他不想跟其他人在一起。他只想与疼痛独处。几个月的时间过去，他渐渐觉得好些了，不禁开始琢磨莎蒂到哪儿去了。起初他以为莎蒂这样是为了尊重他的隐私，但随着时间的流逝，他感到他们之间的关系有些不对劲。她没有去医院看望他，也没来过他的新家。他琢磨着莎蒂是不是嫌弃他截了肢，但这似乎不像莎蒂的为人。

除了与工作有关的事情，她从不与他说话，即使在工作时，他们也处于两个截然不同的——字面意义上——世界。他们带领着二十个人的团队创作《双面人生》，有时一连好多天都不需要跟彼此说话。他们的公司在成长，因此他猜测这种情况的出现无可避免，但有时候他依然渴望肯尼迪街上那间公寓里的亲密感。

他对莎蒂的思念甚至超过了他不肯与她说话的那些年，因为每一天，莎蒂都在他面前。那个人长得像莎蒂，讲话像莎蒂，却不知怎么不再是从前的莎蒂。有些东西不太对劲，但他决定等他们把游戏制作完成后再一探究竟。

罗拉和萨姆看完了《攻壳机动队》。"没错，"她总结道，"确实跟

《黑客帝国》很像，但我还是更喜欢《黑客帝国》，"罗拉把膝盖屈向身前，转头望着萨姆，"希望我这么说不会太像追星女孩，我特别喜欢《一五漂流记》系列。它太棒了。我到处跟人说我是萨姆·马苏尔毕业舞会上的舞伴。"

"你过奖了。"萨姆说。

"我不是在恭维你，这是实话。"

"那不是我一个人的游戏，"萨姆说，"是跟我的搭档合作完成的。"

"哦对，没错。那个洛杉矶小姐，对吧？"

"正是。"

"我记得她上高中的时候拿到了我们这个赛区的莱比锡家族奖学金，是不是？我跟她竞争来着，但最后是她赢了。我敢说她根本不需要那五千美金。她很聪明，但是说实话，她太鼻孔朝天了。"

"她怎么得罪你了？"

"没怎么，或许她只是看上去冷冰冰的吧。好多年前的事了。当我没说过好了。"

"莎蒂的性格确实有点儿冷，"萨姆不情愿地承认道，"她很内向。"

"不过我记得她头发保养得很好，"罗拉说，"贝弗利山庄做的那种有光泽的造型，城西那些犹太女孩都做那样的造型。"

萨姆不确定这样的评价算不算歧视犹太人。"我觉得她的头发天生就是那样的。"萨姆说。

"没有人的头发能天生长成那样。"罗拉说。她探过身吻了他，萨姆也回应着她，她把手伸到他两腿之间，手指圈住了构成他（以及每个人的）阴茎的那条圆柱状海绵体。他感觉到海绵体接收到大脑下意识发出的神经信号，开始充血，他感受到阴茎的约束衣——海绵体白膜——束缚了其中的血液。他闪身躲开了。

"怎么回事，马苏尔？"罗拉说，"我们以前做过的。你没有女朋友，不是吗？"

"这种事对我来说有点儿复杂，"萨姆坐起身，"你还记得我的脚吗？"

罗拉翻了个白眼。"我们已经上过床了，萨姆。"

"几个月前我终于决定把它截掉了，复健的过程非常痛苦，而且依我看，我本来也不是那种擅长处理亲密关系的人。"

"当然，"罗拉说，"我明白，现在疼吗？程度从一到十。"

"大概是六吧，如果我动的话，可能是七？"

"这可不妙，"罗拉说着点点头，"没关系。我们可以下次再上床。"

他们又看了一遍《攻壳机动队》。电影快结束时，罗拉对他说："能让我看看吗？"

"我的阴茎？"萨姆忍不住笑起来。

"不是，你截肢后的腿。"罗拉耸耸肩，"或许会对你有帮助。再说，我见过它以前的样子，所以能给你提供对比意见。"

不知为什么，萨姆觉得这个论点很有说服力。他脱掉鞋子，然后脱掉裤子，又摘下假肢以及套在残肢上的两层袜子。

罗拉以品评的眼光端详着他的残肢，然后再次耸了耸肩，说："没那么糟糕。以前它看起来很可能更糟。现在它至少像有个了断的样子。"她伸出一只温热的手盖在残肢上，那感觉与萨姆自己或者医生的触碰截然不同。她用食指拂过伤疤，粉红色的伤疤像一张紧紧闭合的嘴巴，一阵怡人又痛苦的电流顺着他的脊柱上下蔓延开来。罗拉俯身吻了伤口一下，嘴唇留下红色的印记。萨姆想叫她停下来，但他其实已经有些恍惚，而且这一切随即就结束了。罗拉用手捏了一下残肢，坐起身来。"你会没事的，马苏尔。我敢保证。"

萨姆有种落泪的冲动，然而他却笑出了声。

4B

《双面人生》制作完成是在莎蒂二十五岁生日前一个星期。马克斯在办公室举办了一场聚会，庆祝这两件事。这款游戏的制作花了二十二个月，跟《一五漂流记》一样，它将在圣诞季上市。

"今晚会是难忘的一夜，"佐伊说，"我想跟我最好的朋友们一起庆祝。"

眼下莎蒂身上什么责任都没有背负，她放下了对自己的压抑，尽情享受完成《双面人生》后的成就感。她觉得自己从没做过比这更好的游戏。《双面人生》与《一五漂流记》不同，她觉得自己真正打破了界限，无论是技术上的还是视角上的。如果做不到这一点，设计游戏还有什么意义呢？她觉得自己达到了一种状态，那就是她的雄心与能力终于齐平了。跟每次完成一部游戏一样，她筋疲力尽，但从未像这次这样对自己付出的努力感到如此满足。她觉得自己对参加聚会的每一个人都充满了爱。她爱马克斯，他的存在如此沉着而富有智慧，贯穿工作的每个阶段。她爱佐伊，她为游戏创作了感人至深又荡气回肠的配乐。她爱整个设计与编程团队。她爱加利福尼亚。她原谅了多夫，也不再那样怨恨萨姆。

萨姆的工作成果远超她的预期。构思这个游戏时，她把枫叶镇的故事线想象成一个简单的框架，以它的简洁来凸显游戏的主要部分雾幻泽国的吸引力。而萨姆的作品出乎她的意料。他负责的部分很有深度，莎蒂第一次把他设计的部分跟自己的部分合起来试玩时，忍不住热泪盈眶。玩游戏时，她渐渐意识到雾幻泽国的奇幻世界之所以能拨动人的心弦，正是因为有枫叶镇的存在。制作游戏的最后几个月那样忙乱，转瞬即逝，莎蒂甚至没机会告诉萨姆她有多么欣赏他的作品。

她决定今晚找他单独谈一谈。

　　尽管莎蒂依旧对萨姆心有怨恨，但在制作《双面人生》的过程中，他们之间的争执比做任何一部《一五漂流记》时都更少。每当产生分歧，萨姆总是很快就做出让步，莎蒂由此推断萨姆对这部游戏心不在焉。他有时甚至懒得到办公室来，也懒得与她争执。直到莎蒂看到他为枫叶镇所做的一切时，她才意识到萨姆做出的让步比想象中更大。不知为什么，这一次，萨姆以一种前所未有的方式屈服于莎蒂的批评意见。他们曾经为了一个场景而短暂地争执过。那是枫叶镇的倒数第二个场景，在那个场景中，艾丽斯·马的病情越发恶化，她发现雾幻泽国只不过是自己玩的一个游戏。起初，萨姆提出如果雾幻泽国不是游戏，而是艾丽斯·马正在撰写的书或者故事，效果会更好。他觉得游戏这个设定太自我、太自作聪明，如果雾幻泽国是个游戏，这会在玩家心中激发一种荒诞的不和谐感，这样的安排毫无存在的必要。但莎蒂坚持己见，萨姆做出了让步，重新设计了倒数第二个场景。于是当人们终于看到艾丽斯在笔记本电脑上玩雾幻泽国时（这是雾幻泽国第一次出现在屏幕中的屏幕上），她输掉了游戏。她以自己的化身"无畏女孩罗丝"的身份死在了战斗中。重新开启雾幻泽国的提示出现在屏幕上：**圣骑士，准备好迎接新的明天了吗？**艾丽斯返回保存点，第二次玩，又死了。重新开启雾幻泽国的提示再次出现：**圣骑士，准备好迎接新的明天了吗？**艾丽斯再次返回保存点，再次尝试。这一次她获胜了，由此引出游戏的最后一幕。让艾丽斯在游戏内部的游戏中死掉两次，才能真正获胜，这是萨姆的主意。这是对枫叶镇开篇场景的呼应——要想前进就必须先放弃。莎蒂认为这非常巧妙。

　　再过几个星期，她就会踏上推广《双面人生》的旅途。萨姆交了新女朋友——他高中时认识的女生，他还养了条狗，他说最近不想出差。

这一次将由莎蒂带头接受采访，参加展会。她想在出发前跟萨姆和好。

莎蒂还在寻找萨姆，佐伊忽然叫莎蒂和马克斯到屋顶去看9月底的星空，她向他们保证，那些星星"非常壮观，能够揭示真相"。

在屋顶看到的夜空依旧那样遥远，但星星澄澈纯净。佐伊抬手指着天空。"那个是摩羯座，"佐伊说，"那个是印第安座。那个是天鹅座。"

"你是怎么分清的？"莎蒂问，"在我看来星座长得跟传说中完全不一样。"

"说实话，我也不知道哪个是哪个。我只知道9月应该有哪些星座而已。"佐伊坦陈道。

"看那里！"马克斯右手指向天空，左手臂搂住了佐伊的肩膀，"是蓝精灵座！从它蓝色的光晕就能辨认出来。"

"那个是甘道夫座，"莎蒂也加入其中，"那三颗星星代表他的巫师帽。"

"还有弗罗多座和比尔博座。"马克斯说。

"还有看起来像指环的斯米戈尔座。"莎蒂说。

"斯米戈尔的魔戒座。"

"你们这样就过分了啊。"佐伊嘴上这样说，脸上却笑盈盈的。

"不会的，这个游戏非常有意思。那是柯本[1]座。柯本座的十一颗星星共同构成了他毛茸茸的奶奶式毛衣。"马克斯说。

"还有那个是大金刚星。"莎蒂说。

"夜空中的领带多么飘逸，我们能看见这番景象真是太幸运了！"马克斯说，"不过确切地说，它应该叫大金刚座。"

---

[1] 指科特·柯本（Kurt Cobain，1967—1994），美国传奇油渍摇滚乐队 Nirvana 的灵魂人物。

"确实是叫大金刚座。我总是搞错。"莎蒂说。

"其实我不想给你挑错的。"马克斯说。

"不，我犯了错误你就及时指出，这很好。"莎蒂说。

佐伊忽然毫无预兆地吻了莎蒂。"这样可以吗？"她问。佐伊的手指穿过莎蒂的头发。

莎蒂望着马克斯。"你不反对吧？"

马克斯摇摇头，佐伊又说："我们不相信所谓的'所有权'。"佐伊再次吻了莎蒂。"你的嘴唇真软。马克斯，你一定要感受下莎蒂的嘴唇。"

马克斯摇摇头。"我看着就好。"他说着，狡黠地一笑。

"这个世界上我最喜欢的两个人，"佐伊说，"此时此刻，我实在太爱你们两个了。"

佐伊把马克斯拉到自己身边，搂着两个朋友的头，像摆弄玩偶那样把他们两个往一起推，让两个玩偶彼此亲吻。这个吻持续了七秒钟，但在莎蒂看来，时间似乎比那更长。马克斯的嘴唇带着薄荷味和他刚刚喝的有果香的小麦啤酒味，还有他自己的气息。莎蒂以为跟马克斯接吻会很怪异，然而实际上这种感觉非常自然，仿佛他们经常接吻。莎蒂最先抽身出来，马克斯笑容温和，一如往常，修长优雅的手指掩住了自己的嘴。

"奇怪吗？"马克斯说。

"很奇怪，"莎蒂说，"但我们都不太清醒了，所以这不算数。"（马克斯没有。）莎蒂又说："我觉得自己好像在跟亲兄弟接吻。"（莎蒂没有兄弟，只有艾丽斯一个姐姐，而且这感觉完全不像在跟兄弟接吻。）

"等到明天早上我们就都不会记得了。"马克斯说。（他们都还会记得。）马克斯扬起眉毛，然后叹了口气，无可奈何地说："我爱你，莎蒂。"

"我也爱你。"莎蒂说。她转过头望着佐伊,说:"我们也爱你,佐伊。"

"你们俩啊,我现在真是太爱你们了,"佐伊说着伸出双臂搂住了他们两个,"我一直想知道那会是怎样的情景,现在我知道了。"她暗自点点头。她的眼睛那样大,那样湿润,接着,佐伊哭了起来。

"不,佐伊!"莎蒂说着抱住了佐伊,"今晚不该哭的。"她说道。

"这是喜悦的泪水。"佐伊说。

5A

尽管在 2000 年，专业人士的评论并不能彻底决定一款游戏的命运，但《双面人生》获得的评价普遍分布在"感受复杂"和"差劲"之间：

"如果你对梅泽 / 格林组合即将发行的新游戏翘首以待，那么我们要先澄清一点：《双面人生》不是一款为欢快的《一五漂流记》系列粉丝设计的游戏。"

"雾幻泽国的视觉效果是我在游戏中见过的最美的，但不巧的是它与令人感伤的枫叶镇同属一部游戏。"

"在玩的过程中，尽管有些方面确实很愉快，但这个游戏实际上只要一半的长度就够了。"

"《双面人生》体现出重大的身份认同危机。"

"《一五漂流记》的粉丝就不用玩了。"

"……这部游戏有点儿精神分裂，好像是两个截然不同的人设计的，玩起来也缺乏满足感。"

"雾幻泽国的天气是这款游戏最棒的特点。"

"这个游戏的结局太自作聪明了。"

"我们都同意电子游戏需要更多的女性主角，但我既不喜欢艾丽斯·马，也不喜欢无畏少女罗丝。"

"《双面人生》跟《一五漂流记》简直是天壤之别，叫人难以相信这两款游戏居然是同一对设计师制作的。也许《一五漂流记》更像是梅泽的作品，《双面人生》则是格林的？团队中向来更喜欢公开露面的梅泽这一次不知由于什么原因，在游戏推广过程中缺席了，莎蒂·格林显然占据了更靠前、更中心的位置。也许是梅泽知道自己手上这个游戏不会大卖？"

"《双面人生》以为自己会震撼人心，实际上，它只会让人感到轻微头疼。"

"我猜在《双面人生》的结尾我应该感受到心灵的触动，但我唯一感受到的就是想把手柄扔到房间另一头的冲动。"

"《双面人生》在技术上有太多的优点。雾幻泽国部分的图像令人赞叹，佐伊·卡多根的配乐和绝佳音效摄人心魄，设计理念十分巧妙。既然如此，我为什么还会这么讨厌它呢？因为它虚伪、乏味、不好玩。祝你下次好运，不公平游戏。"

发行的第一个星期，《双面人生》的销量大约是《一五漂流记》第一个星期销量的五分之一。马克斯依然保持着乐观。"这个游戏很棒，也很特别，"马克斯走进莎蒂的办公室说道，"也许它只是需要更长的时间才能遇见合适的受众？"

"大家都讨厌它。"莎蒂说。

"大家不讨厌它，只是不理解它而已。玩家以为自己会看见又一部《一五漂流记》，营销推广也不够好，没有告诉大家这部游戏跟《一五漂流记》不一样，"马克斯说，"但我没有放弃。我们要买更多的广告位，要送游戏给更多的玩家和评论家试玩。零售商对这款游戏和你们两个依然充满期待。一切都还没有结束。"

"他们就是讨厌它，"莎蒂说着把头枕在办公桌上，"我头疼。"

马克斯俯身抬起莎蒂的下巴。"莎蒂，一切都还没有结束。相信我。"

她并不相信。"可能是偏头痛犯了。我想回家休息。"

"好啊，下午好好在家休息。其实我很想陪你的，可是我约了小伙子们一起吃午饭。"马克斯说。所谓的"小伙子们"指的是安东尼奥·鲁伊斯，绰号"安特"，以及西蒙·弗里曼。莎蒂和萨姆制作《双面人生》的时候，马克斯开始着手拓宽不公平游戏的制作范畴。他招募的第一个设计团队就是西蒙·弗里曼和安东尼奥·鲁伊斯，两个人都是加州艺术学院的大三学生。小伙子们——马克斯这样叫他们——正在设计一款日式风格的角色扮演游戏，灵感来源于他们最喜欢的《女神异闻录》。他们的游戏设定在一所高中里，每个角色都可以通过一系列复杂的虫洞召唤出自己的分身，这是个半恋爱半科幻的游戏，暂名《恋爱分身》。"你要一起来吗？萨姆说他尽量也参加。"

"不来了。"莎蒂说。她从书架上取下《死海》的光盘。《死海》是最能给她带来慰藉的游戏，她决定先回公寓杀几轮僵尸再说。

莎蒂离开办公室，步行回到芭蕾小丑大楼，现在看来芭蕾小丑那只永远踢不起来的脚仿佛是在嘲笑她。她拉上窗帘，衣服和鞋子都没脱就爬上了床。她觉得既羞耻又愚蠢，自己浑身写满了失败，人们能在她身上闻到失败的气息，看见失败的字样。这次失败仿佛大火之后一层细密的灰烬，然而这灰烬并不只落在她皮肤上，也充斥着她的鼻腔、口腔和肺，深入她身体的每个分子，逐渐成为她的一部分。她永远也无法摆脱它。

多夫给她打来电话，她听任电话转到了语音留言："最讨人厌的就是评论家，"多夫说，"那个游戏根本就是才华横溢。'梦境'打造的氛围效果太他妈了不起了。希望你一切都好。给我回个电话。"莎蒂听完留言，按下了删除键。

萨姆给她打来电话，她也听任电话转到了语音留言："莎蒂，接电话。我们得谈一谈。这不仅跟你一个人有关。"

删除。

莎蒂睡着了。大约十五分钟后，有人敲响了她公寓的房门。她隐约听见了萨姆的声音。

"莎蒂，让我进去。我们得谈一谈。"萨姆说。

莎蒂没回答。

"莎蒂，别这样，这太幼稚了。你有话可以跟我说。他们讨厌的是**我做的部分，不是你做的部分**。"

莎蒂依然没有回答。

"莎蒂，求你了。这太荒唐了。你打算拖到什么时候？"

莎蒂从床上爬起来。她猛地打开大门，萨姆走进了房间。

5B

"想说什么就说吧。"莎蒂说。

萨姆在莎蒂的沙发上坐下来。"我很喜欢你的公寓大楼。我喜欢那个奇奇怪怪的小丑。"

"你就不能让我静一静吗？我跟马克斯说了明天会回去工作的。"

"我们的步子迈得太大了，"萨姆说，"我们想投出个全垒打，可是大家不喜欢。但我不在乎。**我喜欢我们的作品。**"

"你说得轻巧，"莎蒂说，"所有人都以为这是我的游戏，你只是在支持我犯傻。他们觉得**你的**游戏，《一五漂流记》，才是好游戏，**我的**

239

游戏是烂游戏。"

"这么说不对。"

"也许你确实认为《双面人生》不会畅销，就像那条评论说的。所以你才让我出去做推广。如果你觉得它是个好游戏，你就会抢到前面去做中心焦点了，不是吗？"

萨姆望着莎蒂。"等一下。你在说什么？"

她直视着他的眼睛。"如果你觉得这个游戏会畅销，你就会包揽所有的功绩，"她顿了顿，"像每次那样。"

萨姆对她的作品和自己的作品都充满了自豪感。他之所以留在家里，是因为他的脚情况不稳定，出门在外，疼痛发作起来难以控制。萨姆张嘴想要辩解，但很快就改了主意。他走进厨房来到莎蒂的冰箱前给自己倒了杯水。

"就当在自己家一样，"莎蒂高声说，语气里带着讽刺和委屈，"我的就是你的。除了谁都不喜欢的那些东西。"

"拜托，莎蒂，是你主动想推广《双面人生》的。"

"我并不想。我只是愿意做，因为你不想。而且这没那么容易，我不是萨姆·梅泽，陌生人不会一见面就喜欢上我。"

"我来捋一捋，你做推广就是工作需要，我做推广就是在度假？"

"对，我认为这对你来说更容易。"

"是对我来说更容易，还是应该说我更擅长？也许我就是擅长做这件事，而你不擅长。"萨姆说。

"你是想说游戏之所以卖得不好，是因为我不擅长做推广？"莎蒂说。

"不是，当然不是。我是想让你明白，我当初推广《一五漂流记》也是在工作。别再找碴吵架了。而且我必须得澄清一下，我为枫叶镇使出了浑身解数。我从来没有为哪部游戏这样全身心投入过。"

"萨姆，你不可能全身心投入。你根本不在办公室！"

"我累得半死，"萨姆说，"而且我这一年过得很艰难，你根本不闻不问。**你到底是怎么了？**"

"什么意思？"

"好了，莎蒂。这里只有我们两个，没有外人。我想知道你到底是怎么了。自从搬回加利福尼亚，你一直对我有意见。"

莎蒂没说话。她摇了摇头。"没有。"

"那你就是毫无理由地变成了一个贱人？"

"你放屁，萨姆。"

"有话直说，"萨姆说，"不知道原因我心里反而更难受。"

"我才不在乎你难不难受呢。"莎蒂说。

"这太像是你会干出来的事了，"萨姆说，"坐在那儿生闷气，不告诉别人问题到底出在哪里。"

"明明是你才会这么干。"莎蒂说。

萨姆把手往莎蒂的茶几上一拍。"到底是怎么回事？莎蒂，这不公平。我根本不知道我哪里做错了，而你明显觉得我犯了错。"

"你自己心里没数？"

"没数。"萨姆说。

她从包里拿出《死海》的光盘朝萨姆扔了过去。

"这是什么？"萨姆问。

"你倒是说说看。"

他看了一眼光盘。"是多夫的游戏。怎么了？"

莎蒂直视着他的眼睛。"你知道多夫曾经是我的男朋友，就是因为这样你才想让我去找他，而且装出一副不知情的样子。"

241

"我知情又怎么了？尤利西斯引擎用在《一五漂流记》里再适合不过。莎蒂，这太荒唐了。"

"这话你已经说过了。"

"可是这确实很**荒唐**。"

"少说我荒唐。我把你当朋友，可你——"

"莎蒂，我就是你的朋友，你也是我最好的朋友，或者说我曾经是你最好的朋友，直到两年前你决定不再把我当朋友为止。"

"我把你当朋友，可你却对我撒谎，暗中操控我。"

"这不是事实。"

"不是吗？你让所有人都以为《一五漂流记》是你一个人创作的。"

"这不是事实。我控制不了他们怎么写报道。我对所有人都说你是我的搭档，对所有人都说你才华横溢。"

"你劝我们跟奥珀斯签约，就因为那样对**你**有利。"

"你明知道我们为什么会跟奥珀斯签约，其中的原因我们已经谈过了。"

"被困在办公室里做续作的人是**我**。我被困在办公室，你却出去四处参加加冕典礼。"

"不是这样的。"

"但你对我做的最过分的事情还是叫我去找多夫要尤利西斯引擎。"

"我没叫你去找他。"

"我知道我能做出那个引擎来，只要多给我一点时间就可以。要不是你逼着我去找多夫，我也不会跟他再纠缠三年。你知不知道他对我的控制欲有多强，要离开他有多难。"

"你跟他复合不是我的错。你不能把他的所作所为和你的行为都怪在我头上。你不能把一切都赖在我头上，可是看样子你就打算这么做。"

"承认吧，萨姆，"莎蒂说，"你就是想要尤利西斯引擎，你根本不在乎我。"

"全世界我最在乎的人就是你，"萨姆说，"但要是你问我后不后悔让你去要尤利西斯，后不后悔我们都赚到了钱，现在想做什么游戏就可以做什么游戏，甚至连《双面人生》这样构思不周全、自以为是的游戏都可以做，我的回答是不后悔。如果是尤利西斯指引我们走到这一步的，那么下一次我还会告诉你去找多夫要尤利西斯。"

"你觉得《双面人生》构思不周全、自以为是？"

"我觉得它显然永远**不可能**与《一五漂流记》相提并论，但既然你想做这个游戏，那么我就支持你。"

"你是说这是我的错？"

"不是，我只是想指出，也许在这个游戏中，你的构思比我的构思占的比例更大。"

"《一五漂流记》也是我的构思。它们**全都是**我的构思。"

"你能这样想很好，如果这么想更便于你把我看成坏人，那你就这么想吧。但如果不是我督促你制作《一五漂流记》，你现在会是怎样的处境？你会是艺电公司上百个程序员中的一个，做着《麦登橄榄球》那样的游戏，这还算是幸运的。我们这个行业里没有多少女性，这你也知道，你也许会给多夫打工，说不定他现在还把你铐在办公桌边呢。"

莎蒂瞪大了眼睛。她从没对萨姆说起过手铐的事情。"你怎么会知道这个？"

"天啊，莎蒂，这还不够明显吗？这又不是什么国家机密。你的手腕肿了差不多两年。我和马克斯以前——"

"你就是个彻头彻尾的混蛋。我真恨你。"

萨姆意识到自己说的话过分了。"莎蒂，我不该说最后那句话的。求你了。还记得你在麻省理工那间旧公寓里说的话吗？你说我们永远要原谅彼此，无论我们做了什么，说了什么。"

　　"我不知道自己当时答应了什么，"莎蒂说，"我那时年纪还小，也很傻。"

　　"你从来不傻。"

　　莎蒂摇摇头。"你有没有想过那时我为什么会抑郁？"

　　"我……我以为你是因为跟男朋友分手了。我记得是你的室友说的。我甚至不知道你的男朋友是多夫。"

　　"当时，"她说，"当时你不知道。但是没错，就是多夫。但那不是我抑郁的原因，"她摇摇头，把头埋在膝盖之间，头发遮住了她，"人人都以为《一五漂流记》是你的故事，但它其实与我有关。"

　　"什么意思？"

　　"《一五漂流记》讲的是一个迷失在海上的男孩的故事，但它同时也讲述了一个失去孩子的母亲的故事。我从来没有过孩子，但我也许本该有的……"她转过脸去。她从没对任何人说起过堕胎的事情，没对多夫说起过，没对艾丽斯说起过，没对弗蕾达说起过，即便是现在，要对萨姆说出那个词依然无比艰难。

　　有时候，她觉得这件事仿佛从未发生过。1月里白雪皑皑的一天，她坐地铁去了一家位于后湾的诊所。他们叫她带上一位朋友一同前往，但莎蒂是独自去的。整个过程花了大约一个小时，手术本身花了十分钟。护士提醒她可能会觉得疼，但她毫无感觉。（事后她流的血甚至还没有平常的月经多。）她乘地铁回到家，那天晚上她出门去跟室友喝酒。她喝了一杯白俄罗斯、一杯自由古巴和一杯七七鸡尾酒，都是女大学生爱喝的那种甜腻腻的酒。然后她回到公寓，倒在床上昏睡了过去。起初室友以为她只是宿醉，但莎蒂在床上躺了一个星期以后，室友终于忍不住发问："你怎么了？"

"我跟多夫分手了。"莎蒂撒谎道。

"分得好。"

萨姆出现在她房间里，找她聊《答案》的时候，莎蒂已经在床上躺了十一天。

"我太羞愧了，"莎蒂说，"也许就是因为这个，我才会由着他那样对待我。"

"莎蒂，"萨姆的声音里充满了对她的柔情与关爱，"莎蒂，你怎么不告诉我呢？"

"因为我们从不对彼此说**真心话**。我们打游戏，谈论游戏，谈论制作游戏，但我们根本就不了解彼此。"

萨姆想告诉她那是胡扯，没有人像他们一样分享过彼此的人生，如果连**她**都不了解他，那世上就没有任何人了解他了，他甚至根本不存在。然而就在这时，萨姆的幻肢痛发作了。他已经有几个月没有发作过，他不希望疼痛在这个节骨眼儿上、在莎蒂家里发作。他不想在她对他充满仇恨的时候表现得颓废、脆弱。他已经熟悉了疼痛发作前的征兆：下颌和额头突然发紧，一切气味都变得过于鲜明（海水、莎蒂的护手霜、室外某个垃圾桶里腐烂的水果），喉咙里有胆汁味，脊椎通电似的搏动，缺失的肢体在跳痛、酸楚、搏动。他打开背包取出一支烟点燃，深吸了一口。

莎蒂望着他，神情突然显出了困惑，仿佛她刚刚看见一只动物做了某件出人意料的事，类似一头大象在画画，一只猪在用计算器。

"我在这里吸烟你不会介意吧？"萨姆说。

"随你的便。"莎蒂说着起身拉开了棉纱窗帘，推开窗户。西沉的太阳照在芭蕾小丑身上。

　　莎蒂凑近他，手心向上伸过去接他的烟卷。萨姆望着她伸出的那只手，他对它的了解不亚于自己的手——构成她掌心纹路的精准线条纹理、细瘦的手指、泛着淡紫色的指节处的血管、她特有的橄榄调奶油肤色、泛着粉红色的娇嫩手腕、手腕上结的一道茧想必是多夫的"杰作"、手腕上的白色K金手链，萨姆知道那是她十二岁生日时弗蕾达送给她的礼物。她怎么会如此天真，以为萨姆不知道手铐的事？他花了多少个小时坐在她身边，跟她打游戏、制作游戏，盯着她的手，看着她的手指在键盘上飞舞，按游戏手柄。我怎么会不了解你，萨姆心想，我仅凭记忆就能画出这只手，画出你的手的正反两面，我怎么会不了解你。

　　"萨姆？"她说。

　　他递过了烟卷。

> Ц <

转　型

1

人人都明白《恋爱分身》这个名字很糟，但没人知道除此以外还能管它叫什么。这个暂定名已经用了太长时间，仅凭重复次数足够多、大家足够熟悉，它就已经快要由烂变好了。实际上，这个名字一点儿也不好。萨姆曾对马克斯说："要是我们希望只有十二个人玩这款游戏，那《恋爱分身》这名字正合适。"但不公平游戏承担不起这样的销量。《双面人生》平淡的销量过后，《恋爱分身》必须赚到钱才行。

唯一不认为《恋爱分身》这个名字糟糕的人是西蒙·弗里曼，也就是想出这个名字的人。西蒙中学时学过德语，并且对一切与卡夫卡有关的东西抱有一种青少年特有的沉迷。"我不觉得这个名字不好，"西蒙说，萨姆断定这个名字很糟糕让他觉得有些委屈，"哪里不好了？"

"没人知道什么是 doppelgänger[1]。"萨姆说。

"好多人都知道什么是 doppelgänger！"西蒙为自己的标题辩护道。

"也许是知道 doppelgänger 的人不够多。"马克斯替萨姆打圆场。

莎蒂觉得要是有人再说一遍 doppelgänger，她很可能就要疯了。

"小孩子哪怕只知道一个德语单词，那也应该是 doppelgänger。"西蒙说。

---

[1] 德语，意为"分身"。

"你说的是什么样的孩子？"萨姆说，"参加过大学英语先修课的孩子吗？"

"好吧，那……他们可以学啊，"西蒙说，"我们可以把定义写在封面上，加个脚注……"

"加个脚注？你在开玩笑吗？你知道什么东西最能表达准备开始欢乐的游戏时光吗？当然是带脚注的封面！"萨姆说。

"你就是个混蛋。"

"喂，西蒙。冷静点儿。"安特说。

"他是哈佛毕业的，不该装出一副下里巴人的样子。"西蒙转而对萨姆说，"你这是罔顾事实。没那么清晰易懂的游戏名字有的是，《合金装备索利德》《幻想水浒传》《古惑狼》《冥界狂想曲》《最终幻想》。这些名字都传开了，因为它们听起来很酷。"

"问题是《恋爱分身》听起来并不酷。"萨姆说。

"这整个游戏就是关于分身之间的恋爱故事，我们应该取个能够反映这一要点的名字，"西蒙说，"而且大家确实知道什么是doppelgänger。"

"说实话，我觉得大多数人都不知道。"萨姆说。

"好吧，或许不知道这个词的人本就不是我们的目标玩家。"安特说。他为搭档的辩护完全搞错了重点。

"不对，我们想让所有人都来买这部游戏，"萨姆说，"西蒙，安特，听我说，我们非常喜欢这部游戏。这是你们的作品，我们百分之百地信任你们的艺术才华，但我们想让这款游戏能卖出上百万份。你们真的想仅凭蒙大拿州的孩子知道 doppelgänger 是什么意思这一毫无根据的推测，拿这款游戏的发展前景去冒险吗？"

莎蒂觉得萨姆的语气跟多夫告诉他们一五必须是个男孩子的时候

一模一样。她不禁有些同情西蒙和安特。

小伙子们向她求助。"莎蒂,"安特说,"你怎么看?"

莎蒂知道跟萨姆比起来他们更信赖她,而她也很想支持他们。"我认为,"她说,"美国人不喜欢变音符。抱歉,伙计们。"

西蒙和安特彼此交换了一个眼神。"她说得对。"安特说。

"好吧,"西蒙说,"那我们该管它叫什么呢?"

萨姆召集全公司的人聚在一起头脑风暴,为这个游戏取新名字。他推出了那块久经历练的白板,它跟着他们从剑桥一路来到洛杉矶。用到这个时候,白板已经不再是白色的,永久性的斑驳印记见证了不公平游戏过去五年的发展。马克斯对萨姆说:"我们买得起新白板,这你是知道的吧?"

但萨姆坚决反对扔掉这块白板,他觉得它有着护身符般的力量。"侧边写着'归哈佛大学科学中心所有'的白板可不是随便就能买到。"

"好吧,有道理,"马克斯说,"这样反而更好,这样它就不再是你道德败坏的见证了。"

"好了,"萨姆对凑在一起的不公平游戏的员工们说,"想不出新名字,谁都不许走。任何名字都可以提,不嫌傻。"他挥挥手里的可擦马克笔,仿佛那是一把剑,然后开始在白板上写下大家的建议。

双重恋爱

恋爱陌生人

恋爱陌生人高中

高中双重恋爱

分身

分身爱上我

双重高中

情侣高中

虫洞恋爱故事

虫洞高中

我与分身恋爱了

分身恋爱故事

恋爱隧道

风流恋爱隧道

暗黑风流恋爱隧道

暗黑风流高中恋爱隧道

性感高中

风流性感高中

风流疯狂性感高中

除此以外还有大约两百个大同小异的标题。

"这些名字烂透了,"讨论了大约两个小时以后,萨姆说道,"如果是部色情片或者是有关恋童癖的地下德语小说,叫这些名字倒是很合适,但是一款男女老少咸宜的电子游戏叫这种名字真是糟糕透了。"

那天晚上跟佐伊做爱的时候,马克斯还在思考《恋爱分身》的标题,这让他回想起自己在东京国际学校上高中的那些年。马克斯是国际象棋队的队长,他曾经带队到城市另一头与另一所高中的国际象棋队打比赛。(马克斯的母校在东京排名第二,另一队排名第一。)来到对方棋队所在的高中后,他们发现那所高中的教学楼几乎与自己的学校一模一样,只是方向恰好相反,想必两所高中是在同一时期根据对称的建筑图纸建造的。队员笑称也许他们能在这座教学楼里找到对应的自己和老师。对方棋队的队长颇为正式地向马克斯做了自我介绍：
"渡边队长，我是你的对应镜像。"他依然清楚地记得那个男孩用片假
名说出"镜像"这个英文外来词时的发音。

那晚余下的做爱时间里，马克斯几乎难以集中精力。他不想忘记
"镜像"这个词，但又不好意思打断与佐伊的亲密，把这个词写下来。
佐伊觉察到了马克斯的心思在别处。"你跑到哪儿去了？"她问。

《镜像高中》在 2001 年 2 月的第二个星期发行，刚一上市便立刻
成为不公平游戏的畅销产品。发行三个星期后，《镜像高中》，忠实粉
丝叫它CPH[1]，销量已远远超过了《双面人生》，马克斯当即安排小伙子
们着手开发续作。西蒙和安特两人与莎蒂不同，他们乐意做续作，而
且不认为续作是对创意的背叛。他们说在他们的设想中《镜像高中》本
来就有四部，高中的每个年级各一部。

发行十个星期后，《镜像高中》已是全美最畅销的电脑游戏。适用
于 PlayStation 和 Xbox 主机平台的版本已经投入制作，他们同时还在
讨论把这个游戏引入任天堂平台。

到了这一年的年底，《镜像高中》的销量已经超越了第一部《一五
漂流记》。

《双面人生》原先的制作团队被转去做《镜像高中 2》。在租到新的
办公场所以前，莎蒂把自己的办公室让给了西蒙和安特，自己则挪到
走廊另一头，跟马克斯共用一间办公室。马克斯需要私人空间时莎蒂
就用萨姆的办公室，或者干脆走回位于芭蕾小丑大楼的公寓。莎蒂并
不介意自己失去了办公室。她和萨姆还没确定下一部游戏的创意，眼
下她的工作本来就不多。他们偶尔交换几个设计理念，但似乎还没想

---

[1] 即《镜像高中》英文名 Counterpart High 的缩写。

出能够激发他们投入工作的创意。萨姆偶尔会提起制作《一五漂流记Ⅲ》的想法，但莎蒂觉得这是退败的表现。五年来，这是他们第一次没有积极投入工作的一段时间。

　　莎蒂不是小肚鸡肠的人，她并不怨恨《镜像高中》的畅销。她为她的搭档马克斯感到激动，也佩服他慧眼识人的本领。她很庆幸尽管《双面人生》的销量令人失落，但她的公司在2001依然会有大笔的盈利。她感到的或许是"苍老"。她才二十五岁，此前她总是会议室里最年轻的那个人，这种情况赋予了她别样的掌控力。西蒙和安特只比她小几岁，可他们与莎蒂和萨姆仿佛不是同一代人。他们没有经历过她的那些难题。他们喜欢做续作！他们不执着于开发属于自己的引擎，也不在意哪个成就被归到谁名下，哪个点子是谁想出来的。他们还穿着尿不湿的时候就开始打游戏了。他们的出现加上《双面人生》的失败让莎蒂觉得自己无比苍老，与时代脱了节。

　　虽然莎蒂并不这么认为，但《镜像高中》其实也是属于她的成就。这个游戏的一部分架构用的正是她的引擎，《镜像高中：二年级》则会采用梦境引擎的改进版本。莎蒂创造的技术比她用之制作的游戏价值更大。马克斯抱着用梦境引擎做《镜像高中》的想法找到她，莎蒂同意了。她喜欢这个游戏的设定，也喜欢西蒙和安特。她怎么可能不喜欢他们呢？他们让她想起了自己和萨姆。不过这两个小伙子与她和萨姆的区别在于他们同时也是情侣。她看着他们并肩工作，总会有一种……难以描述的感受，是对某些过去从未发生过的事的怀念，还是对他们之间亲密感的妒羡？她幻想着假如萨姆是她的爱人会是怎样的情景。她不是从没这样想过。可是萨姆永远那样谨慎戒备——他是个男孩，但同时也是一座没有门窗的高塔。莎蒂从未找到过他这座塔的入口。除了脸颊和额头，她从没亲吻过他。过去的十四年里，她故意触碰他的次数屈指可数，甚至就连这儿次萨姆看起来也很不自在。到最后，莎蒂决定她更愿意做萨姆在创作方面的搭档，而不是恋人。能够与你恋爱的人有很多，可平心而论，能在创意方面触及你心灵的人却少之又少。尽管如此，看到西蒙和安特共处时，她依然觉得他们之间的关系比她和萨姆的关系所面临的风险更大，不过或许也更令人满足。

有时，一天的工作结束后她看见他们返回位于西好莱坞的公寓，看见安特帮西蒙提着包，或者向他流露出其他一些细微的温情，她不禁想到，**有人与自己分享生活与工作的感觉一定很美好**。《双面人生》发行后的几个月里，她感到无比孤独。但她也知道，西蒙与安特的情况与她不同：他们两个都是男性。如果莎蒂和萨姆是情侣，莎蒂肯定会被视作萨姆的帮手，而无法凭借自身能力成为设计师。即便是现在，也有许多人是这样看待她的。

由于制作《镜像高中》使用的是她的引擎，莎蒂密切参与了这款游戏的制作，她知道这两个男孩视她为导师。她喜欢指导他们，以这种方式慷慨待人对她来说是一种全新的体验。为了一件不属于自己的作品投入精力，这种感觉很奇妙。她觉得自己对多夫有了全新的理解，她明白了他是多么乐于与他们分享自己的知识和时间，抛开其他方面不谈，他确实是一位好老师。《双面人生》落败的时候，整个世界变得无比寂静，而多夫是少数几个给她打去电话的人，她欠多夫一通回电。马克斯正在通电话，于是她去了萨姆的办公室。

"天才少女！我看见是加利福尼亚的区号就盼着是你打来的。"

多夫告诉她自己正在忙的事情——一款新游戏，以及为硅谷的一家人工智能公司做顾问。他问她工作情况如何，莎蒂提到自己在协助西蒙和安特制作游戏，以及《镜像高中》的畅销程度。"这是马克斯的功劳，"莎蒂说，"还有一部分是萨姆的功劳。他们都希望搬来加利福尼亚是一个突破口，能为更多的设计师制作游戏。也许他们比我更早就意识到了《双面人生》会失败。目前我们有七款游戏，有些还在制作，有些已经进入了后期制作。"

"其中好多都用了你的引擎，对不对？"

"有一些用了，"莎蒂说，"它至少还能派上这点儿用处。"莎蒂停顿了一下又说道："《一五漂流记》火起来的时候，你有没有嫉妒过？"

"没有。"多夫说。

"一丁点儿都没有吗？"

"我把你看作我自己的延续，"多夫说，"我这个人自负得不得了。你的成就也是我的成就。你大概会觉得我是个魔鬼。"

"你确实是个很垃圾的男朋友……"

"谢谢。这是实话。"

"但你是个优秀的老师。我今天正好想到了这一点。在你出现以前，从来没人把我当回事。"

"我只是想跟你上床而已。"

"别这么说！"

"这反正也不是实话。你的才华非同凡响，丫头。这你是知道的。"

莎蒂停顿了一下。她看了看萨姆的书架，简直是一五发展史和周边产品的陈列馆：一五的帽子、书籍、漫画书、涂色书、T恤、摆件、纸衣换装小人、毛绒玩具、盘子、电饭锅、糖果罐、角色扮演服装、游戏机、桌游、摇头玩偶、床单、沙滩毛巾、购物袋、泡泡浴球、茶壶、书立等等。世上没有任何一种商品不适合打上可爱的一五标签。"有件事我想听听你的建议。"莎蒂说。

"没问题。"

"怎么才能从失败中走出来？"

"我猜你想问的是怎样从**广为人知的**失败里走出来，因为私人生活中人人都会失败。比方说，我跟你的关系就搞砸了，但是没人在网上发评论写这件事，除非是你要写。我跟妻儿的关系也搞砸了。每一天，在工作中我都会经历失败，但我会不断地思考改进遇到的问题，直到不再失败为止。不过广为人知的失败确实是另一码事。"

"那我该怎么办呢？"她问。

"你应该重新投入工作，好好利用这次失败给你带来的这段沉寂。你要提醒自己，现在没人会注意你，因此这正是你坐在电脑前制作新游戏的大好时机。再试一次，这次要失败得好一些。"

"我不知道自己能不能设计出比《双面人生》更好的游戏，"莎蒂说，"再次把自己放到那么脆弱的位置上，我不知道能不能承受得住。"

"你能设计出来，也能承受得住。我对你有信心。而且你并没有失败，莎蒂。你的游戏失败了，没错，但你刚刚亲口告诉我你的公司发展得很好。而这家公司发展的基础建立在你的技术、你良好的判断力、你的劳动之上。你要坦然接受这一点。"

莎蒂拿起一个一五发泄玩偶用力地捏着，一五陷进了她的掌心。

"最近在约会吗？"多夫轻快地问，"搞乐队的那个名字奇奇怪怪的家伙呢？"

"多夫，那都是几百万年前的事了，"莎蒂说，"我已经好几年没跟亚伯·洛克特说过话了。"

"亚伯·**洛克特**，真难听。还有什么新鲜事呢？你不能只做游戏不休息啊。"

她究竟做了什么呢？为不属于她的游戏劳作；改进梦境引擎；没完没了的办公会议，讨论的尽是她毫不在意的事情；玩《侠盗猎车手》《半衰期》《马力欧卡丁车》《最终幻想》；读《哈利·波特》系列或者其他奥普拉告诉她妈妈值得买的书；下午偷偷溜出办公室去跟外婆看电影，弗蕾达喜欢看讲述"可怜的非犹太金发女生"意外经历的爱情喜剧；考虑自己应该养哪个品种的狗，却从未真正采取行动；上谷歌搜索与她的游戏同期发售的前竞争对手公司和游戏；上网浏览对她的游戏的评论（并坚持说她没有）。总的来说是在着了魔似的舔舐自己的伤口。这个说法真有意思，她心想。舔伤口只会让伤口变得更糟，不是吗？嘴里都是细菌。但莎蒂知道，品味惨败的滋味很容易让人上瘾。"我姐姐要结婚了。"莎蒂说。她松开手，一五发泄球恢复了原状。

艾丽斯·格林医生正处于心脏病学住院医师培训的最后一年，她即将与另一位医生结婚，巧的是对方恰好是位儿科肿瘤学家。她请莎蒂做自己的首席伴娘，这使得两人需要经常见面，最近她们彼此相伴的时间甚至比童年时代还多。策划婚礼的种种庸常琐事让莎蒂感到无聊，但她很庆幸有这些事情转移注意力，也很喜欢与艾丽斯在一起。

上个星期，姐妹俩来到贝弗利山庄的文具店，在《牛津英语词典》那么厚的纸样文件夹里挑选白色的请柬纸。

"怎么会有这么多种白色。"艾丽斯说。

"不过这种白色的请柬是最好的。"莎蒂说。

"这个跟其他无数种白色请柬很不同。我该怎么选啊？"

艾丽斯和莎蒂最终选定了一种白色的请柬，然后作为奖励，她们去了弗蕾达最喜欢的意大利餐厅吃午饭。

"哦！我想告诉你来着，"艾丽斯说，"我玩了你的游戏！"

"真没想到。你怎么会有时间玩这个？"

"这可是我妹妹做的游戏，我无论如何也得找时间玩一玩，"艾丽斯停顿了一下又说道，"听说这个游戏主题的时候，我不确定自己会不会喜欢它。但这个游戏太棒了，莎蒂。你给主角取了我的名字，我很荣幸。我最喜欢的是枫叶镇的部分。直到玩了这个游戏，我才知道你对我当时的经历认识有多么深刻。我一直以为你只会怨我，因为你没去成太空夏令营，而且爸爸妈妈有差不多两年时间没怎么留意你。"

"我必须得澄清一下，我**确实**是怨你的。而且太空夏令营也是我永远的遗憾。不过艾丽斯，枫叶镇完全是萨姆的作品，"莎蒂坦陈，"我几乎完全没参与枫叶镇的部分。"

"不可能。"

"是真的，是萨姆做的。他做了枫叶镇，我做了雾幻泽国。"

"那是谁决定给主角起名艾丽斯的？"

"说实话，我也不记得了，但我猜是萨姆。"

"这整个游戏我都很喜欢，"艾丽斯说，"真的。"

"谢谢你。"

"我太为你自豪了，"艾丽斯说着，从桌子对面伸手握住了莎蒂的手，"艾丽斯·马梦见自己葬礼的那个场景，墓地里的一块墓碑上写着'她死于痢疾'。那肯定是你为我设计的，这是我们之间的玩笑话。"

莎蒂摇摇头。"不是我。那也是萨姆做的。跟你说实话吧，他也知道这个玩笑。"

"既然如此，那你就把我的赞扬转达给萨姆吧。"艾丽斯一边结账一边说道。尽管莎蒂赚钱更多，但艾丽斯总是坚持付钱。"也许我应该邀请他来参加婚礼？"

艾丽斯不是唯一偏爱枫叶镇而对雾幻泽国缺乏兴趣的人。马克斯一直密切关注着所有有关不公平游戏作品的在线讨论，他发现在一些讨论组里，玩家们避开雾幻泽国部分，只玩枫叶镇部分。他们自称枫叶镇人。尽管评论家们普遍更喜欢雾幻泽国，但普通玩家更乐于接受萨姆的作品。马克斯从未把这些事告诉莎蒂，当然，莎蒂早就知道。

2

订票去东京的时候，马克斯本打算跟佐伊同去，但出发前两个星期，佐伊忽然获得了一笔去意大利进修歌剧的研究基金。她说她原本不是这笔基金的首选申请人，因此收到消息时她几乎已经没时间安顿自己在加利福尼亚的生活了。这笔研究基金也打乱了他们的东京旅行计划。

他们的房子离机场只有二十分钟车程，马克斯送她去机场的出门时间略早。开到半路时开始堵车，车流完全不动了。

"你说我应该下高速路吗？"马克斯问。

"也许堵车会好的，"佐伊说，"我们有的是时间。"

"确实，"马克斯赞同道，"我们有的是时间。"

接下来的五分钟里，他们翻来覆去地对彼此说着这句话。

"我们有的是时间。"

"我们有的是时间。"

说了十分钟以后，他们意识到自己在不断地重复这句话，于是开起了玩笑。

"我们的时间有的是。"

"有的是。我甚至不知道该用这无穷无尽的时间来做什么。"

"你的时间太多了，甚至能像有些人那样在机场做个按摩。"

"我会欣赏机场展出的艺术品。"

"说不定你还有时间去另一座航站楼转转。"

"另一座？我要坐上聚会大巴，把**每座**航站楼都逛一遍。"突然，佐伊哭了起来。

"怎么了？"马克斯说。

"紧张，"她说着摆摆手，"我猜是出远门让我压力很大。"

马克斯紧紧握住她的手。

"我要下高速路了，"他说，"我们可以在离洛杉矶国际机场更近的入口重新上来。"马克斯换了车道。

"我觉得我们应该留在原地，"佐伊说，"普通公路说不定会堵得更厉害，何况我们已经快到了，不会再堵很长时间的。而且大家不是都说换车道没有用吗？无论你换不换车道，最后花的时间都一样长。"

"我不是要换车道，"他说，"我是要改变我们的路线。就算选错了，我们依然有的是时间。"马克斯再次换了一条车道，"没等你反应过来，你已经在一号航站楼里做足部美甲了。"

"我要吃着撒了糖粉的扭结面包在星巴克排队点饮料。"

"你要买充气枕头和雪景球。"

"我觉得我们应该分手。"佐伊说。

这句话一出口，马克斯忽然意识到，过去几个月弥漫在他们之间的那种别扭的感觉有了了结。自从《双面人生》上市后，他们因为种种琐事有过一连串的争执。佐伊责备他花在办公室的时间太多，以前她从不在乎这个。她责备他爱萨姆胜过了爱她。（她没有提到莎蒂。）她大吵大嚷，说他小资，说他过于在意丹麦家具和红酒评分。（马克斯确实为选购餐桌花了不少时间，但他觉得有关红酒的说法实在不公平，他明明更喜欢喝啤酒。）突然间，佐伊似乎烦透了加利福尼亚，她抱怨花粉过敏、人太蠢、剧院太差。后来这些争吵戛然而止，终止与开始同样突然。一个月后，她把申请研究基金的事告诉了他。这个机会太宝贵了，不能错过。

"你不爱我。"她说。

"佐伊，我当然爱你。"

"但是你爱我爱得**不够多**。"她说。

"什么是够多？"马克斯问。

"够多就是……也许这么说很自私，但我不希望我给予别人的爱比我获得的爱更多。而且我也不希望跟我在一起的那个人对别人的爱超过他对我的爱。"

"你说话怎么像猜谜一样？有话就直说。如果有什么事情是你知道而我不知道的，我也想知道是怎么回事。再说我喜欢我们的生活，佐伊。你为什么想把一切都毁掉呢？"

"其实，"她说着用袖子擦了擦眼睛，然后仰起头，似乎下定了决心，"其实这应该怪我。我们不要把事情搞得很难看，"她说，"我们有过美好的回忆，不是吗？我去意大利，在这个时候分开很自然，到了这段分别结束的时候，如果我们发现这次分开是永久性的，那就……"

那段路最后花了平常四倍的时间，但佐伊还是赶上了飞机。这是马克斯第一次**真正**被人提出分手。他知道自己理应悲伤至极，然而他感受到的只有解脱。不知不觉间，这段恋情已经成了他经历过的最长的一段。他没有理由提出分手。回到他们共同的家，看见佐伊赤裸着身子，弹奏着新学的乐器，他从不会感到厌倦。何必仅仅为了某种模糊的预感——自己对其他人的爱也许比对佐伊的爱更深——就去终结好端端的一段恋情呢？佐伊明明这么棒！这是马克斯人生中一个特别的瞬间。他不再是那个想要尝遍自助餐台上每一道菜肴的男孩，他认为从未考虑过与佐伊分手正是自己变得成熟的体现。然而对从前那个浪荡的自己的鄙夷使他没能意识到一个人留下来也是需要原因的。

倘若去日本只是为了看望家人，马克斯也许会取消这次旅行，但他也安排了生意会谈。马克斯首先问萨姆想不想跟他一起去日本。萨姆说他不想出远门。自从搬到加利福尼亚，这就成了萨姆的标准答案。萨姆拒绝后，他又去问莎蒂。莎蒂本来也想拒绝的，但她转念一想，**为什么不去呢？** 她和萨姆的新游戏毫无进展，而且她从没去过日本。这次会面讨论的主题是不公平游戏与森上出版的合作，关于将广受欢迎的《幽灵学园》系列动画改编成游戏的事，马克斯认为让创作团队的部分成员参加会议大有裨益。森上对与美国公司合作很有兴趣，由于有《一五漂流记》在前，他们对不公平游戏也有好感，在他们看来，这部游戏巧妙地融合了东西方的特点。

到达东京后，马克斯和莎蒂都需要倒时差。他们只睡了两三个小时便分别醒来，开始工作——对他们来说这通常意味着打游戏——以此打发黎明前的时间。

西蒙和安特送给莎蒂的节日礼物是一部 Game Boy 便携游戏掌机，直到这次来东京，她才有机会用它。莎蒂用它玩的第一个游戏是《牧场物语》。《牧场物语》是一款农场类角色扮演游戏，玩家是一名农夫，任务就是种植庄稼、娶妻、与邻居们交朋友。这是早期甚至可能是第一部以农场为主题的电子游戏。简洁的游戏设置让莎蒂想起了她和艾丽斯喜爱的《俄勒冈之路》。这款游戏温和、平静，与《死海》那样的游戏截然相反——在这个受到保护的世界中，没有任何坏事会发生在你身上。

在走廊另一头，宾馆的同一层，马克斯在用笔记本电脑打《无尽的任务》。这是一款大型多人在线角色扮演类游戏，通常用超长的缩写MMORPG[1]指代。《无尽的任务》与《龙与地下城》不无相似，而且跟《龙与地下城》一样，这款游戏的重点也在于构建角色。马克斯不知花了多少时间来改进自己在游戏中的形象——一个名叫"超级巨兽"的半精灵血统吟游诗人。尽管马克斯玩这款游戏的初衷并不是怀旧，但它还是让马克斯想起了自己与萨姆玩《龙与地下城》的经历。马克斯之所以对《无尽的任务》感兴趣，是因为这是第一款运用了3D游戏引擎的大型多人在线角色扮演游戏，他希望《镜像高中》的下一次迭代也能够添加在线元素。

大约五点钟（还没到吃早饭的时间），莎蒂敲响了马克斯的房门。他在四点四十五群发了一封关于《镜像高中2》的邮件，因此她知道他已经醒了。"你玩过《牧场物语》吗？它跟我们在做的游戏不太一样，但我一开始玩就停不下来了。"

马克斯和莎蒂交换了设备。"那我就把超级巨兽托付给你了。"马克斯说。莎蒂在马克斯的床边坐下，他们愉快地玩了一两个小时，直到早餐时间。早上六点钟，整座城市还在沉睡，唯一的声音是他们的肚子偶尔发出的咕咕声。

吃早餐时，他们在盘子里堆满食物，来到餐厅一个安静的角落吃饭。

他们讨论了如果森上为《幽灵学园》报价，莎蒂和萨姆想不想制作这个游戏。"也许吧？"莎蒂说，"不过让西蒙和安特来做会不会更好？他们更擅长高中的设定。"

"这个嘛，"马克斯委婉地说，"西蒙和安特很忙。"

---

[1] 即 Massively Multiplayer Online Role-Playing Game 的缩写。

莎蒂苦笑一声。"萨姆还不知道我们已经是二线选手了。"

"才不是呢。"马克斯说。

他们谈到了佐伊。

"你伤心吗？"莎蒂问。

"没你想象的那么伤心。"马克斯说。

"我非常伤心，"莎蒂说，"她是我在洛杉矶最好的朋友。"

他们谈到了《双面人生》。

"你伤心吗？"马克斯说。

"我也想说'没你想象的那么伤心'，我也想像你一样满不在乎，"莎蒂耸耸肩，"我非常伤心，但更多的是羞愧，是我拉着你和萨姆，还有其他所有人走上了制作这款游戏的道路。而我是真心相信，相信它会成功。我现在的心情跟建造泰坦尼克号的那个人差不多。"

"你才不是造船工程师小托马斯·安德鲁斯。"

"我**就是**造船工程师小托马斯·安德鲁斯。"

莎蒂和马克斯都笑了。

"《双面人生》和泰坦尼克号可不一样，"马克斯说，"没有人会因为玩《双面人生》而死。"

"只有我的灵魂，它死了一点儿，"莎蒂说，"也许这件事最糟糕的部分在于我不再相信自己了。我不再确定我的直觉是否正确。"

马克斯从桌子对面伸手过来握住了她的手。"莎蒂，我向你保证，你的直觉是正确的。"

东京之旅的第二天晚上，他们跟马克斯的父亲去了能剧场。看能剧是渡边先生的主意——日本人经常以这种方式接待来自外国的贵客。剧场配发了纸质版的英文剧本，可是演出还没开始莎蒂就把它搞丢了，整场演出中她一直很茫然。她既不了解能剧的戏剧传统也听不懂日语，马克斯偶尔会凑到她耳边说几句富有诗意却令人摸不着头脑的解释："这名渔夫的灵魂之所以被杀死，是因为他在不该捕鱼的河里捕了鱼。"或者："鼓不出声，园丁就要自杀了。"

决定放弃理解剧的内容以后，她索性根据马克斯的解说开始安心欣赏能剧本身。剧场里很暖和，弥漫着木漆和熏香的气味，周围的气氛仿佛是一场梦。莎蒂本就饱受时差困扰，加上开了一整天的会格外疲惫，强打精神才能撑着不睡。她觉得眼睛渐渐快要合上，但又不想被看作粗鲁无礼的白人，于是坚定地强迫自己保持清醒。

表演结束后，他们跟马克斯的父亲去附近的一家天妇罗餐厅吃晚饭。多年前，他们在马克斯表演完《第十二夜》后共进了晚餐，此后莎蒂便没再跟渡边先生见过面。

渡边先生和莎蒂交换了礼物。她送给他的是一对带有一五形象的雕花木头筷子，是日本经销商为了庆祝第二部《一五漂流记》在日本发行而定制的。

他的回礼是一条印有葛饰应为画作《夜樱美人图》的丝巾。画作的前景是一位女子在字板上作诗，点题的樱花则在后景中，且大多都隐没在幽暗的阴影之中。尽管标题提到了樱花，但它并非画作的主题，这幅画要表现的是创作的过程——创作时的孤独感以及艺术家，特别是女性艺术家时常受到的忽视。画中女子拿的字板看上去是空白的。"我知道葛饰北斋是你的灵感来源之一，"渡边先生说道，"这幅画的作者是北斋的女儿。她留存于世的作品寥寥，但我认为她的水平甚至在她父亲之上。"

"谢谢。"莎蒂说。

分别时渡边先生向莎蒂深鞠一躬。"谢谢你，莎蒂。如果不是有了你和萨姆，马克斯可能就成为演员了。"

"马克斯是个优秀的演员。"莎蒂为马克斯辩解道。

"他还是更擅长现在的工作。"渡边先生坚持道。

莎蒂和马克斯乘出租车返回宾馆。"你父亲那样说，你难过吗？"她问他。

"不难过，"马克斯说，"我喜欢在学生时代做演员。当时我全身心投入其中，而现在我不会的。我猜假如成为专业演员，我对这个行业的喜爱迟早会渐渐磨灭。我们不能一辈子做同样的事情，这并不是伤心事，反而是件让人开心的事。"

"你是说我将来也会放弃制作游戏？"

"不，"马克斯说，"你跑不了的。你要永远做这一行。"

东京之旅的第三天早上，开会前，马克斯带莎蒂去了根津神社。根津神社里有一条鸟居构成的红色走廊，到访者可以在其中穿行。莎蒂问他穿过这些门有什么特殊的含义，马克斯说在神道教的传统中，鸟居是联通俗世与神域的一扇门。但马克斯不信神道教，所以他也不是很清楚。"我十几岁的时候，每当遇到无法解决的难题，我总是会到这里来。"

"你能遇到什么难题？"莎蒂说。

"哦，无非是常见的那些烦恼，觉得没人理解我，我不够日本，可我也没有别的身份。"

"可怜的马克斯。"

"别走得太快，"马克斯提醒她，"很慢很慢地走过去，效果才是最好的。"

莎蒂来到鸟居下，一个接一个地从下面走过。起初她什么都没感觉到，但她坚持向前走，渐渐感到心中变得豁达起来，有了一种全新的、开阔的感受。她忽然明白了这些门的意义：它象征着你离开一个地点，前往下一个地点。

她又走过了一扇门。

莎蒂忽然想起她曾以为有了《一五漂流记》，自己就永远不会再失败。她以为自己已经抵达了目的地，但生活永远处在通往目的地的路上，永远有下一扇门要穿过。（当然，直到不再有下一扇门为止。）

她又走过了一扇门。

究竟什么才是门？

一扇门，她心想，是个通道，是通往另一个世界的可能，穿过一扇门，是重新认识自己、成为更好的自己的一种可能。

走到鸟居通道的最后一扇门时，她觉得心中有了定论。《双面人生》失败了，但这并不是结局。长长的鸟居通道中间有一连串空当，这部游戏只是其中的一个空当。

马克斯等待着她，笑意盈盈。他站在通道中间，微微张开双臂。有马克斯在前方迎接，这感觉多么美好。他真是个完美的旅伴。

"谢谢你。"她说着向他低头鞠躬。

东京之旅的第五天晚上，他们跟马克斯的母亲在她的公寓共进晚餐。马克斯的父母没有离婚，但他们分居了。马克斯的母亲是纺织品设计师，也是教师。她穿的服装风格别致，没有明确的形状，图案鲜明大胆，头发剪成利落的波波头。那天晚上她穿着一条绿色的波点棉布连衣裙，跟她身后的窗帘图案完全一致。

渡边太太搞错了莎蒂的身份。她以为莎蒂就是马克斯相恋多年的女朋友，以为马克斯和莎蒂即将谈婚论嫁。"不是，妈，这是莎蒂，不是佐伊。莎蒂是我的生意伙伴。"

马克斯的母亲久久地望着莎蒂，然后说："你确定吗？"

马克斯说："妈，我太笨了，配不上莎蒂。"

"确实，"莎蒂说，"马克斯虽然脸蛋儿漂亮，但是很肤浅。"

她在桌子底下捏了捏他的手。

可渡边太太不肯轻言放弃："你有男朋友吗，莎蒂？"

"没有，"莎蒂坦陈，"目前没有。"

"马克斯，你应该约莎蒂出去。不要错过这个机会。"

"妈，在美国，"马克斯说，"跟同事谈恋爱会让人看不起的。"

"我就是美国人，这我知道，"渡边太太说，"但是莎蒂是公司的老板，不是吗？只要她说可以就可以。你们两个很般配。"

"渡边太太，"莎蒂转移了话题，"马克斯说您教授纺织品设计。我很想了解这方面的知识。"

渡边太太喜欢手工绘制图样、绗缝、整理纺织好的布料，但她也担心这些技术变成一门即将消亡的艺术。"电脑把一切都变得太简单了，"她说着叹了口气，"人们在屏幕上很快就能做完设计，然后在某个遥远国家的仓库里用巨大的工业印刷机印制出来，在整个制作过程中，设计师没摸过一块布料，双手更不会被染料弄脏。计算机非常适合用来做试验，但对深层次的思考有害无益。"

"妈，你知道我和莎蒂都是从事计算机行业的，对吧？"

"一件好的纺织品，比如威廉·莫里斯的《草莓小偷》，同时也是一件艺术品。但艺术品的创造要花费很长时间，这不仅仅涉及单纯的设计。你必须对布料有着深刻的理解，知道它能承载什么。你必须了解染制的过程，如何染出特定的颜色，怎样才能让色彩历久弥新。只要犯一个错误，很可能就要重新开始。"

"我不清楚什么是《草莓小偷》。"莎蒂说。

"稍等。"渡边太太说。她走进卧室拿了一只小凳子回来，凳子上的软垫正是用《草莓小偷》的复制品做成的。布料的图案是花园里的鸟儿和草莓，尽管莎蒂不知道这块布料的名字，但她立刻认出了它。

"这是威廉·莫里斯的花园，这里是他的草莓，这里是他认识的鸟儿。在他以前，从来没有设计师把红色和黄色运用在靛蓝拔染技术中。他一定经历了无数次尝试才制作出正确的颜色。这块布料不仅仅是一块布料，更代表着失败与坚持，象征着手艺人的原则，是艺术家的毕生写照。"

莎蒂伸手抚摸着厚实的棉布。

回到宾馆，第二天凌晨，马克斯敲响了她的房门。"我有个想法。"他说。

莎蒂下意识地盼望着他的想法是要跟她上床，这个念头连她自己都觉得吃惊。但马克斯的想法是有关工作的。

"我做了个梦，梦见了我母亲给我们看的那张威廉·莫里斯设计的纹样。其实这算是个噩梦。"马克斯讲起了他的梦。在梦里，马克斯依然在母亲的公寓，母亲叫他把凳子取来，然而当他拿到凳子时，草莓小偷的图样变成了枫叶镇的画风。他走出卧室来到客厅，他母亲身上穿的裙子的图案也变成了枫叶镇风格的草莓小偷图样。这时马克斯发现整间公寓都被数字化，变成了枫叶镇的风格。他的母亲变成了枫叶镇里一个可爱的小仙子。一个对话气泡出现在她头顶：**欢迎询问关于我的纺织品的问题**。他关掉那个对话气泡，新的对话气泡又出现了：**你知道吗，威廉莫里斯尝试了一百次才完成了染制过程的改进，做出了他最著名的纺织作品《草莓小偷》**。

"这是真的吗？"莎蒂问，"我不记得你母亲说过这句话。"

"我也不知道，"马克斯说，"对话气泡里是这么说的。"

马克斯继续描述他的梦："我走进厨房想喘口气，向窗外一看，厨房的窗户外面有只跟人一样大的乌鸦正在偷草莓。那个场景很美好，我正开心地看着那只鸟，它忽然直视我的眼睛，接着那只鸟的头顶出现了一个对话气泡：**去问问莎蒂，如何把枫叶镇做成一款在线角色扮演游戏。**于是我就听从梦里那只巨鸟的吩咐，到这里来了。"

莎蒂琢磨着如何才能把枫叶镇做成一款在线角色扮演游戏。她明白马克斯想说却没说出口的那句话：切掉雾幻泽国这个肿瘤。搭建枫叶镇的场景是免费的，但维护枫叶镇（服务器、新的任务和关卡）则要靠额外收费的项目——给角色升级、布置场景、扩建角色的住所。如果玩家喜欢，这款游戏就能变成一棵摇钱树。它与《无尽的任务》类似，但没有奇幻的故事情节。它与《牧场物语》类似，但是涵盖的内容更广泛，而且不仅集中在农业方面，它是一座宜居的美国小镇。人们在萨姆创建的美丽、富有怀旧感的小镇中构建自己的角色。莎蒂看得见这个商业策略的优势所在。她知道玩家更喜欢萨姆构建的世界，而不是她的世界。她望着站在门口的马克斯，他显然也清楚这一点。"没什么，只是成堆的工作罢了。"莎蒂说。

接下来的几个小时他们展开头脑风暴，为改造枫叶镇想主意。大约凌晨四点，他们给远在加利福尼亚的萨姆打了个电话，马克斯向他解释了他们的讨论。

长长的停顿，然后萨姆说："我非常喜欢这个想法，可是莎蒂，你对此没意见吗？"

"没意见，"莎蒂说，"对于购买了初版游戏的人来说雾幻泽国依然存在，但我认为这是个把枫叶镇推向更广泛受众的好机会。就算行不通，我们损失的也只不过是许多时间和金钱而已。"

萨姆忍不住哈哈大笑。"那我们就这么办。"他说。

他们又跟萨姆聊了一会儿，然后挂断了电话。下楼吃早饭依然太早。"我饿得要命。"莎蒂说。

马克斯带她去了一家离宾馆不远的通宵营业的便利店。他们买了鸡蛋沙拉、炸鸡、草莓奶油三明治、豆皮寿司和两升皇家奶茶。"我最喜欢这些东西了。"马克斯说。他们把三明治带回马克斯的房间，在床上铺开一张浴巾，把便利店买回来的盛宴摊放在上面。

初升的太阳悬在东京上空。

"这是我吃过最好吃的鸡蛋沙拉。"莎蒂说。

"你真好哄。"马克斯说着，伸手擦掉了她嘴角的一点鸡蛋沙拉。

东京之旅的第七天晚上，马克斯跟高中时代的两个老朋友去了居酒屋。绿子有一半日本血统，斯万是纯日本人，但在英国出生。按从前的惯例，他们点了许多炸物小菜、烤鸡串，还有热清酒。那家居酒屋很不起眼，依然是他们高中经常光顾时的那副样子，唯一不同的是如今的经营者是从前店主的儿子。

马克斯问莎蒂要不要与他同去。她通常不会参加这种老朋友的聚会，不过自从有了重建枫叶镇的想法以后，她觉得自己精神放松了下来，也想庆祝一下。

来到居酒屋后，莎蒂很快便意识到这两位朋友跟马克斯的母亲一样，也以为莎蒂是马克斯交往已久的女朋友佐伊。

"不是的，"莎蒂急忙说，"不好意思。我们只是同事。"

"可恶，"绿子说，"我们还以为终于能见到那个能让马克斯定下心来的女生了。"

"马克斯高中时是什么样？"莎蒂问。

"这个嘛，既然你不是他的女朋友，那我们就可以对你直言不讳了，"斯万说，"所有人都与马克斯约会。"

"马克斯也与所有人约会。"绿子说着哈哈大笑。莎蒂听得出这是一句由来已久的玩笑话。

"如果他是女生，"绿子说，"大家准会说他是个荡妇，但他只是个风流少年。"

"他大学时也一样，"莎蒂说，"对我来说算不上新闻。你们跟他约会过吗？"

"他带我参加过学校的舞会，"绿子说，"他是个绝佳的同伴，不过我们是以朋友身份去的。"

"这正是马克斯的可贵之处，"斯万说，"他是个非常值得交往的朋友，这也是为什么从来没人怨恨他。"

"你跟他约会过吗？"绿子问莎蒂。

"天啊，没有。他是我朋友的朋友。"莎蒂说。

"她以前不太喜欢我，"马克斯说，"也许现在还是不太喜欢我。"

"怎么会有人不喜欢马克斯？"斯万说。

"他做了什么错事？"绿子问。

"说来话长，"莎蒂说，"他说我们暑假里可以用他的公寓，结果中途他却搬回来住了。"

"你就是因为这个才不喜欢找的？我觉得我后来已经做出弥补了啊。"马克斯说。

"还有，直到我们跟你爸爸一起吃晚饭，我才知道你要当《一五漂流记》的制作人。萨姆从没告诉过我。"

"萨姆这个人啊，"马克斯说着摇摇头，他举起手里的清酒，"敬萨姆！干杯！”

“敬萨姆！干杯！”莎蒂、绿子和斯万重复道。

“萨姆是谁？”绿子笑着问。

他们喝了几轮清酒，酒劲不足以让莎蒂醉倒，却足以让她的内心感到温暖而愉悦。

绿子出门去抽烟，莎蒂跟她同去。“你知道吗，我曾经爱他爱得不得了。”绿子说。

莎蒂不知道该说些什么，只是点了点头。

“永远永远永远不要跟马克斯上床。无论如何都不要那么做，”绿子提醒她，“在某个时候他会望着你，你看见他头发的样子，会觉得他人畜无害。你会想，他真帅。我应该跟他上床。”

“我认识他六年了，”莎蒂说，“依我看这种事是不会发生的。”

啊，但莎蒂·格林是个游戏玩家！在游戏里，如果一块告示牌提醒你不要打开某扇门，你一定会打开那扇门的。毕竟，如果结局不理想，你总是可以返回保存点重新开始。

莎蒂和马克斯乘出租车回到了宾馆，他们坐电梯来到了自己房间所在的二十层。送莎蒂回房间的路上，马克斯说到二十在日本是个特殊的数字，一个人年满二十岁（不是十八岁，也不是二十一岁）便会被看作成年人。“人们把这个年纪叫作 hatachi。”

“我认识你的时候就是二十岁。”莎蒂说。

“确实。”马克斯说。

他们站在她房门外，马克斯转身正要回自己的房间去。“马克斯？”她说，“我现在并不打算开始一场恋爱。”

“是的，我也不想。”马克斯说。

“但我认为我们应该一起睡，”她说，“我们在另一个国家，在我看来，出门在外时上过的床不算数。"

马克斯抬起一边眉毛，走回她的门前。

莎蒂时常琢磨，性行为和电子游戏有许多共通之处。二者都需要达成某些特定的目标，也都有不应该打破的规定。二者都涉及一连串动作的正确组合——按动按钮、摇动手柄、按下按键、输入指令——这些组合决定了这件事最终是否行得通。知道自己在游戏中操作正确令人心满意足，抵达下一关时也会如释重负。在床上配合融洽，就是在床上游戏中配合融洽。

莎蒂对于第一次跟马克斯上床的记忆并不多，但她清晰地记得自己在事后感受到了怎样深刻的自在与轻松。他的身体自然而然地与她相契合，他的气味若有似无，是香皂和干净的皮肤的气味。他们之间的陪伴空间刚刚好。他的身体仿佛在说：**我与你同在，但我认同我们是两个独立的个体。**但是到最后，她并不能确定应该把这些感受归因于马克斯本人，还是归因于她喝下的清酒、吃下的烤鸡串，还是归因于宾馆洁净的白床单，归因于她现在离家八千八百千米。

有片刻的工夫，她闭上眼睛，想象着自己回到根津神社红色的鸟居之下。

一扇门接着一扇门接着一扇门。

在所有门的尽头，是马克斯。他身穿白色亚麻衬衫，卡其裤的裤脚稍稍挽起，头戴一顶佐伊在玫瑰碗跳蚤市场给他买的傻乎乎的软呢帽。他摘下帽子，向她致意。

她转身侧躺，对身边的马克斯微微一笑，说道："我爱这座城市。"

"也许将来我们可以在这里生活？"他说。

第二天他们飞回家，跟洛杉矶的许多上班族一样，他们在行李转盘边道了别。等行李常会让人等到绝望，怀疑行李永远都不会来，可鸣笛后不久马克斯的包就来了。他问莎蒂需不需要陪她一起等，但这不过是客套而已。马克斯要去圣费尔南多山谷跟一家游戏公司开会。莎蒂则要回威尼斯海滩，他们要去的方向相反。算上过海关和坐大巴去长期停车场的时间，马克斯勉强能赶上圣费尔南多山谷的会议。莎蒂叫他先走。他在她面颊吻了一下。**朋友**，他说。**永远都是**，她说。半小时后，莎蒂的行李箱倒数第二个出现在传送带上，除了一对日本老夫妇，其他人都走了，那对老夫妇的淡蓝色硬壳行李箱是最后一个。

莎蒂拖着大行李箱过海关。他们问她有没有要申报的物品，她把报关单上写的物品重复了一遍：一条送给弗蕾达的丝巾、一条送给艾丽斯的项链，还有送给她父母的糖果。她总觉得海关工作人员是想抓住她说谎的把柄。

"你是做什么工作的？"海关工作人员问她。

"我是做电子游戏的。"她说。

"我很喜欢玩电子游戏，"那名工作人员说，"说不定我玩过你做的游戏？"

"《一五漂流记》。"莎蒂说。

"没有，从来没听说过。我通常喜欢赛车类游戏，比如《极品飞车》《侠盗猎车手》，或者《马力欧卡丁车》。你是怎么进入游戏制作这一行的？"

莎蒂最讨厌回答这个问题，特别是当对方说自己没听说过《一五漂流记》之后。"怎么说呢，我中学时学了计算机编程，SAT 数学考试考了满分八百分，拿到了西屋奖学金和莱比锡奖学金。后来我去了麻省理工学计算机科学，顺便说一句，那里的竞争非常激烈，即使像我这样卑微的女性申请人也不例外。在麻省理工我又学习了四五种编程语言，还修了心理学，研究重点是游戏技巧与劝导式设计，还修了英语文学，包括叙事结构、经典文学，以及互动叙事的发展史，结识了一名优秀的导师，把他变成了我的男朋友，悔不当初，当时的我还太年轻。后来我休学了一段时间制作游戏，是因为我那个亦敌亦友的死党劝我这么做。后来这个游戏就是那款你从没听说过的游戏，不过话说回来，它售出了大约二百五十万份，这只是美国的销量，所以说……"可是，她并没有这样说。她只是说："我很喜欢玩游戏，所以我就想试试看制作游戏。"

"那好吧，祝你好运。"海关工作人员说。

"谢谢，"她说，"也祝你好运。"

莎蒂拖着行李箱走出机场，来到出租车停靠站点，她正要上车，忽然看见了马克斯。

"你怎么还在这里？"她问。

"这个嘛，说来有趣，"他说道，"我去了长期停车场，正要开车离开，忽然决定掉头开回来，然后就来了短期停车场。"

"所以呢，你回来干什么？"

他伸手接过她的大旅行箱，拉着箱子向停车场走去。"我想也许你需要搭车回家。"

3

"莎蒂！马克斯！快过来！还有十分钟就开始了！"萨姆高声说。

马克斯走进了完工不久的枫叶世界服务器机房，手上端着一托盘的香槟酒杯。

"莎蒂哪儿去了？"萨姆问。

"她应该就在附近，"马克斯说，"我打她手机试试。"之前，他并不确定这个场合是否应该开香槟，但后来他想，去他的，为了让枫叶世界上线，所有人都忙得半死，无论外界反响如何，他们都理应庆祝一番。

不公平游戏为这个改编游戏取名《双面人生之亲临枫叶世界》，简称《枫叶世界》。尽管他们可以借用枫叶镇的许多图像、环境、配音和人物设计，但把这款游戏转化成大型多人在线角色扮演游戏的工作量依然比莎蒂预期的更大。莎蒂这样比喻这个工程：这就好比你通过激烈竞价买下了心仪的房子，然后用船把这幢房子运到了另一个国家，等你把房子运到那个国家以后，你又发现自己实际上喜欢的只是用来盖房子的那些材料，而不是房子本身，于是你仔细地一点点拆掉了旧房子，重建了一幢全新的房子。

整个团队春夏两季都在辛勤工作，为游戏上线做准备，从创建游戏中的货币系统到在现实世界中实现游戏的货币化，再到租用更大的办公地点以安置新添的员工。新添的员工（初期有十个人，如果游戏发展得好，还要再增加人手）负责编写新的支线任务、关卡和挑战，调试游戏世界，确保它能二十四小时无休地顺利运行。在网上打出的广告用的是与艾丽斯婚礼请柬相同的手写字体："诗人们、梦想家们、世界的创造者们，请注意！2001 年 10 月 11 日午夜，不公平游戏诚挚邀请您亲临枫叶世界。"新近雇用的推广部经理联系了每一位枫叶镇人，邀请他们成为最早加入枫叶世界的社区成员，他们还设计了一份凸版印刷的纸质版邀请函，寄到每位枫叶镇人家中。现在唯一剩下的就是按下开关了。

距离游戏上线还有一个月整的时候，恐怖分子驾驶飞机撞向了摩天大楼和其他一些建筑物，事件发生后不公平游戏讨论过现在是不是发行《枫叶世界》的最佳时机。他们不确定这样做会不会显得很没良心，也不确定在这样一个历史性的时间点人们究竟有没有心思去玩《枫叶世界》这样一款游戏。整个世界似乎陷入了混乱，人们各自为营，而他们的游戏是那样温柔。讨论到最后，他们认定做一件事从来没有所谓的正确时机，于是《枫叶世界》如期发布。

莎蒂抱着一箱香槟走进了房间。她把酒瓶放在桌子上，来到马克斯、萨姆和《枫叶世界》团队的其他成员中间，大家都聚集在崭新的服务器旁边。

IT 工程师凑到萨姆耳边说："梅泽，如果要在午夜准时上线，而不是在午夜**过后五分钟**上线，我们必须得在午夜之前就接通网络。"

"有道理。大家注意，还有五分钟！"萨姆高声说。

"糟糕，"莎蒂说，"我忘了拿开瓶器。"她说着向楼上跑去。

"莎蒂！"片刻之后，马克斯在她身后高声说道，"香槟不用开瓶器的！"

但莎蒂没听见他说话。马克斯上楼去叫莎蒂回来，西蒙和安特正好下楼来。萨姆跟他们握了手。"小伙子们，你们能来真是太好了。"

"我们是不会错过上线的。"西蒙说。

"《枫叶世界》看起来棒极了，"安特说，"莎蒂昨天给我们看了一点。我们两个都会注册，还要号召《镜像高中》的玩家团体也加入其中。"

"我们必须得走了，"IT 工程师对萨姆说，"如果你看重准时上线的话，我们实在不能等了。"

萨姆听说过太多由于游戏没有按照承诺准时上线而导致惨败的恐怖故事。《枫叶世界》是他的全部心血，因此它必须准时上线。

"这个光荣的任务就交给你了！"IT 工程师说。

萨姆伸手打开了开关。"我觉得自己仿佛是上帝，"他开玩笑道，"要有光！"

疲惫的程序员们爆发出欢呼声。萨姆感谢大家为之付出的努力，安特打开了香槟酒瓶。这时萨姆忽然发现莎蒂和马克斯还没回来。

共同制作《枫叶世界》的几个月里，萨姆觉得他和莎蒂之间的关系十分融洽。虽然不像过去那样亲密无间，但也不再抱有对立情绪了。尽管开启服务器只是走个过场，但马克斯和莎蒂错过了这一刻还是令他心里不大舒服。

《枫叶世界》的团队成员陆续安静下来，回到办公桌前处理工作，调试这款刚刚问世的游戏。萨姆转身向楼梯走去，看见莎蒂和马克斯站在顶楼的楼梯房。莎蒂似乎正伸手拂去一根落在马克斯脸上的睫毛，马克斯望着她，开怀地笑着。莎蒂的举动并不算格外亲密。萨姆并没有撞见他们做爱、接吻或者衣冠不整的情景。然而莎蒂举手投足之间流露出的柔情，让萨姆不得不立刻坐在楼梯上才能稳住自己。他感到自己的脚在遥远的地方跳痛，而他已经有一年多没有感觉到这种疼痛了。

莎蒂和马克斯恋爱了。

她曾说过萨姆并不了解她，但以他对她的了解，足以辨认出她爱上一个人时的神情。她的目光变得更加柔和，神情不再透出机警与不安。她的手自然地伸向马克斯的面颊，仿佛那张脸本就属于她。她身体微微向他倾斜，体态松弛而柔和，面颊红润。她一向很可爱，坠入爱河的她更美了。以萨姆对她的了解足以明白：他们恋爱已经有一段时间了。

"萨姆森，"马克斯高声对楼下的他说，"我们错过了上线吗？"他精神状态很好。他们两个都是。

"香槟不需要开瓶器。"莎蒂哈哈笑着说。

萨姆可以与他们当场对质，也可以等着他们以后通知自己。但他何必等着别人来告诉自己呢？只是为了再次确认他看得清清楚楚的一件事吗？如果这段恋情并不严肃，他们早就会告诉他了。"我在考虑约莎蒂出去，"马克斯会如是说，"你觉得怎么样？"抑或莎蒂会说："说来有趣，我最近在跟马克斯约会，不知将来会怎样。"他们的守口如瓶让他明白，这桩恋情的认真程度不可小觑。

他看得见莎蒂和马克斯的整个未来。莎蒂很可能会嫁给马克斯，婚礼会在加利福尼亚北部举办，在滨海卡梅尔或者蒙特雷。婚礼上，莎蒂的奶奶会向萨姆投来同情的目光，因为她对他向来十分亲切，也因为她知道萨姆会为之心碎。弗蕾达会用自己柔软而苍老的手握住萨姆的手，轻轻地拍几下，说句"人生还长"，或者其他老妇人常说的那种于事无补的箴言。莎蒂和马克斯也许会在劳雷尔峡谷或者帕利塞德之类的地方买幢房子。他们会养一只狗，一只四肢修长的混种大狗，如果不是这样的狗，就是一只名叫塞尔达或者萝塞拉的波索犬。他们会举办大型晚餐会。他们的房子会成为那种人人都想去参加聚会的地方，因为莎蒂和马克斯很有品位。他们两个都很棒。再往后，他们会有孩子，而萨姆会成为悲哀的单身汉萨姆叔叔，孩子们过生日和节日时会盼着收到他的礼物。每一天，他都要看着他们一同来到公司，再一同离开，他想象着他们开着车，开着玩笑，说着那些只有与你共享生活的人才会懂得的事情。最终，莎蒂会渐渐与他成为陌路人。这对萨姆来说会是一场灾难，一场悲剧。他会明白倘若他不是这个样子，不是满心恐惧、懦弱狭隘、缺乏安全感、面对性慌乱无措、内心破碎，莎蒂也许就会成为他的恋人。这是毫无疑问的。他会从桌子对面探过身吻她，她会带他去一个柔软的地方，然后他们会做爱。也许性爱本身并无非凡之处，但那不重要，因为他们之间的另一层交流比性行为更加细致入微。因为他爱莎蒂，在他对自己的认知当中，这是仅有的几件持续不变的事情之一。他生命中最幸福的时刻往往是在她身边的时候，或玩耍，或共事。她怎么会没有同样的感受呢？世上不会有第二个莎蒂，现在的这一个也即将弃他而去。这不是她的错。他有那么多年的时间解开答案，却把时间都浪费在了与她一起制作游戏上。他有那么多年的时间去完成自己这张拼图，现在旧拼图却即将被一张新拼图取代：*我在这个世界里最爱的人爱上了别人，我该如何走下去？谁能告诉我答案？* 他心想，*这样我就不必把这个毫无胜算的游戏玩到底了。*

"其实你们也没错过什么。"萨姆说。他微微一笑，却无法鼓起勇气望向他们当中的任何一个人。

他走上楼梯，从他们身边走过。

"你要去哪儿？"马克斯问。

"我一会儿就回来。"萨姆说。

起初，他想回办公室理一理头绪，但后来他断定以这种方式把自己与莎蒂分隔开来还不够。他决定开车出去。上车以后，他发现自己下意识地在往东开，往家的方向开，那是他的外祖父母和他名叫星期二的狗——去年夏天他收养了一只流浪狗——所在的地方。

交通顺畅的情况下，从不公平游戏开车到回声公园需要大约四十分钟，而交通很少有顺畅的时候。他第一次尝试开车去公司时，半路上恐慌发作，他的假肢感受不到脚下的刹车了。他不得不驶下高速路，在路边停下来。他踩刹车时过于用力，残肢猛地撞上假肢，腿上留下了严重的淤青。去往不公平游戏的剩余路程他开的是地面道路，第一天回公司上班他就迟到了半小时，之后，他便足足一个月没再回去过。

他换了一名心理治疗师帮他克服驾驶焦虑的问题。萨姆讨厌心理治疗，但因为需要外出，他不得不接受治疗。治疗师说，克服驾驶恐惧症最容易的办法就是继续开车。于是萨姆开始在夜里下班后开车穿越整个洛杉矶，开车时，他总会想起自己的母亲。

他想起安娜曾经说过的秘密公路，从东到西，从北到南，他开始寻找这些公路。反正他也没别的事做，如果找到公路，他就可以减少通勤时间。他大声播放着能让自己想起安娜的经典摇滚乐，滚石乐队、甲壳虫乐队、鲍伊、迪伦，穿梭在洛杉矶的城区与丘陵之间，搜寻那些可能变成秘密公路的死胡同。

某天，一只郊狼冲到他车前。这是萨姆回洛杉矶后的第二个夏至日，郊狼随处可见。他有时看见它们在前院晒太阳，懒散地吃着释迦果树和枇杷树掉落的果实。他经常看见它们迈着大步轻快地走在银湖区和回声公园的街道上，有时两两一对，有时拖家带口，在日落大道的素食餐厅门外的垃圾桶里翻找，在格里斐斯公园泰然自若地散步，给幼崽喂奶。郊狼给他一种精明强干的印象，看上去与人类有几分莫名的相似，仿佛一群动画师为它们人赋予了人类的外貌特征。它们凌乱的毛发富有艺术感，发型仿佛在独立电影中扮演瘾君子的年轻俊美的男演员。郊狼甚至比萨姆遇见的大多数人更像人类，比当时的萨姆自身的感受更像人。它们每时每刻的存在给城市增添了一丝野性与危险，仿佛并不是生活在城市当中。

萨姆猛地踩下刹车，那头郊狼停下了脚步，但是没有动。萨姆打开车窗。"走吧！"他高声说。郊狼依然没有动，于是萨姆下了车。那头郊狼并不是郊狼，又或者，它确实是一头郊狼。萨姆依然不清楚郊狼与狗的区别。总之它还很年幼，比幼崽大不了多少。它乱糟糟的毛发带有郊狼的气质，然而肌肉发达的身形又像是比特犬。它的后腿在流血，萨姆不禁担心是自己的车碰伤了它。那头郊狼或狗看上去很害怕。"如果我把你抱起来，"萨姆语气柔和地说，"你会咬我吗？"

郊狼或狗茫然地望着他，眼神充满恐惧，瑟瑟发抖。萨姆脱下身上的格子衬衫，把小狗抱起来放在汽车的后排座上，载着它来到了一家有急诊的兽医诊所。

这条狗的腿受了伤，需要缝几针，很可能还要打几个星期的石膏，但它很坚强，它会康复的。

萨姆问起医生这条狗会不会是郊狼，医生翻了个白眼。这只是条狗而已，是混种犬，没错，不过它很可能是德国牧羊犬、柴犬和格力犬的混种。从肘部就能看出来，她说。郊狼的肘部位置比狗更高。她在电脑上打开一张图片，上面是一只郊狼、一只狼，还有一条普通的家犬。"你瞧，"她说，"是不是很明显？"萨姆丝毫不觉得明显。他什么也没看出来。"没错，很明显。"萨姆说。

萨姆支付了看兽医的费用，带着受伤的小狗回了家。

他在撞到小狗的好莱坞东部丘陵地区张贴了带有它照片的传单，没人联系他，他不禁有些庆幸。他意识到自己喜欢养狗。狗把他的注意力从身体的不适转移开了。萨姆此前从未独居过，他感到很孤单，但出人意料的是疼痛让他不愿与其他人为伴。他给狗取名红宝石星期二——这是他撞到它时车里正在播放的歌曲——后来叫它星期二。

星期二受伤的腿痊愈后，便不怎么睡觉了。萨姆也失眠，因此他不确定它是否只是为了陪他。它在萨姆的一居室平房里来回踱步，神色忧愁，偶尔仰头长嗥。萨姆带它去看过医生，兽医给它开了犬用氟西汀，建议他们散步的时间更长一些。他们照做了。他们离开自家附近熟悉的景致，往山上走，登上银湖区东部绵延起伏、没有步道的丘陵。有时他们会遇见郊狼。郊狼跟星期二相处得似乎很融洽，不过萨姆并不确定这是不是自己的想象。

星期二经常被误认成郊狼。出门散步时，路人经常会停下车问他为什么要遛一头郊狼。萨姆则会告诉对方它不是郊狼，只是狗而已。有时对方会嘲笑他，有时会与他争论，有时他们会坚称自己知道星期二究竟是什么，仿佛是想要个花招骗过萨姆，让他承认自己撒了谎，星期二确实是头郊狼。有时候对方会生气，仿佛星期二和萨姆是在故意戏弄他们。从星期二的角度来说，它似乎并不知道自己是这么多争论的起因。"人啊……"萨姆会摇摇头，对星期二这样说一句。在它的沉默中，萨姆感受到了赞同。

他们先上山，再下山，最后离开山区，走上银湖大道开设有高端商店和咖啡馆的那一小段路。然后他们会向北走，朝水库的方向走去，中途在遛狗公园稍做停留。

有一次，星期二跟一只秋田犬和一只标准贵宾犬玩了起来。三只狗轮流彼此追逐，互动的过程之复杂令人眼花缭乱。

秋田犬正在闻星期二的屁股，一个女人忽然大声喊道："有头郊狼在遛狗公园攻击别的狗！大家注意！保护好自己的狗！**快！**"

那天遛狗公园里有二十五到三十只狗，萨姆并没看见郊狼，但这并不代表郊狼不在。他唤回星期二，给它戴上了项圈。这时正轮到星期二反过来闻那只秋田犬的屁股，因此它回来的时候有些不情愿。他们走到遛狗公园的入口时，那个提醒大家注意郊狼袭击的女人看了看星期二，又看看萨姆，然后有些尴尬地大笑起来，说道："天啊，那**真的**是你的狗吗？"

她的笑声在萨姆听来很刺耳，她用到"真的"这个词也让他心烦。"对。"他说。

"我以为它是头郊狼，"那女人的犬绳拴的是个颜色发灰的小玩意儿，吠个不停，可能是只比熊，"我以为这玩意儿在**攻击**其他的狗。"

萨姆告诉她星期二是女孩子，它只是在跟其他的狗玩耍。

"好吧，从我所在的地方看起来不太一样。它看上去像是在发动凶猛的攻击。"她拍拍星期二的头，"乖孩子。"说话的语气仿佛是教皇在祈福，"郊狼和狗的区别到底在哪儿啊？"

萨姆嘟哝了几句有关腿部关节的话。

"好吧，如今这世道小心一点儿总没有坏处。"她说自己的狗上个星期遭到了郊狼的袭击。她描述了狗如何哀叫，郊狼如何唾沫横飞，自己如何绝望地丢出一块瑜伽砖。萨姆应和了几声表示赞同。"我得走了。"他说。

"哦，当然了。抱歉我搞错了。"

她把自己的错误归结于宽泛的混淆，这令萨姆有些心烦，但是他不打算在遛狗公园跟人吵架。那女人望着他，等待着萨姆也向她道歉，但萨姆没心情这样做。那女人继续说道："既然你不确定这个动物究竟是什么，那还是保险起见，掌握的信息越全面越好，不是吗？它有可能，比方说，有一半的郊狼血统，不是吗？"

萨姆的心剧烈地怦怦跳。星期二的失眠加上他自己的脚痛，导致萨姆那个星期没怎么睡觉，他感到一阵与经历不相符的愤怒席卷全身，文明世界的假象开始瓦解。"或许倒是你应该睁大眼睛，先看清楚是什么东西再满嘴跑火车。"

"嘿，去你的！我是在保护这里的人和狗，以及孩子不受伤！你根本就不该把长得像郊狼的狗带到遛狗公园来，混蛋！"

"你才是混蛋。你是个没见识的混蛋。"他说着对那女人比了个中指。星期二和萨姆往家里走去，萨姆满心气馁，头脑中回荡着一句无甚用途的反驳：非要它在脖子上挂个"**我不是郊狼**"的牌子你才满意吗？这样你才觉得方便是吗？不过这种做法需要那女人去读牌子才行，而那个女人看上去并没有阅读的习惯。他打定了主意，洛杉矶是个愚蠢得无可救药的城市，他忽然对马萨诸塞的一切充满了强烈得不合理的向往。

他步行往家走，忽然意识到两件事：一是在这整个过程中，他没有感受到任何疼痛；二是而且那个对他大喊大叫的女人根本没注意也不知道他身体有残疾，他已经好几年没遇见过这样的情况了。他觉得自己已经做好准备回去工作了。

萨姆把这件事讲给莎蒂听的时候，她只是笑笑，似乎并没听进去。萨姆把这件事讲成了一件趣事，省略了他对公园里那个女人的部分敌意。然而在讲故事的同时，他感觉自己仿佛回到了遛狗公园，他感觉到加利福尼亚干燥的热气，感觉到心脏在剧烈地跳动。他本打算当作趣事来讲的事情变得不再有趣。无论什么人，只要认真看过星期二一眼，都不会认为它是头郊狼。然而那个女人并没认真看，这种不公平击中了他。只要表面善良就可以用如此笼统的方式看待世界，这种行为怎么能是可以接受的呢？

莎蒂的笑声让萨姆有些扫兴。他问她究竟哪里好笑，莎蒂有片刻的困惑——他难道不是希望她发笑吗？——接着她有些不耐烦地说："你知道这个故事其实是关于你自己的，对吧？就是因为这个你才会在遛狗公园差点情绪失控。你就是星期二。你就是那只独一无二、没人知道该如何归类的狗。"那次大吵刚过去不久，他们之间的关系还不太缓和。

萨姆说她这样说是在过度简化这件事，她的解读对他本人和狗来说都是一种冒犯。"这是关于星期二的故事，"他坚持道，"也许这也是个关于洛杉矶的故事，或者是关于去银湖区遛狗公园的人的故事。但主要还是个关于星期二的故事。"

"表面上，"她说，"也许是。"

每当知道自己会很晚才回家，萨姆总会把星期二交给外公外婆照顾。他来到他们家时是凌晨一点，但萨姆知道东炫肯定刚从比萨店回家不久。他自己开门进了屋，星期二跟他打了招呼，它那样柔软而温暖，东炫跟在它身后出现，身上还带着大蒜、胡椒番茄酱、橄榄油和面团的气味。

"我以为你要出去一整夜呢。"东炫说。

"结束了，"萨姆说，"现在没有需要我做的事情了。如果有事他们会给我打电话的。"

"你还好吗？"东炫问。

"不算太好。"萨姆说。

"你想跟我说说吗？"东炫慈祥而苍老的脸望着他，令他难以承受。

"不想。"萨姆说着,把星期二抱到膝头。他忽然意识到自己在哭,狗在舔他脸上的盐。

"出什么事了?"东炫问。

"我爱莎蒂·格林。"萨姆无奈地说。这样说显得很幼稚,但这是事实。

"我知道,"东炫说,"她也爱你。"

"不,她爱上了别人。"

"也许不会很长久的。"

"那个人是马克斯,而且我觉得他们是认真的,我不知道该怎么办。一年前莎蒂和我吵过一架,但我总以为我们迟早会和好如初。"

东炫伸出因常年抛面团锻炼得强健有力的手臂搂住了萨姆。"你还会遇见其他值得爱的人的。"

"拜托你不要说天涯何处无芳草。"

"我没打算这么说,不过既然你提到了,确实是这样。罗拉呢?"

"她很好,但她不是莎蒂。除了莎蒂,我觉得世界上没有人了解我。"

"也许你应该给其他人一个了解你的机会。"

"也许吧。"

"萨姆,你知不知道,你外婆和我刚开餐馆的时候,这是一家韩餐店?"

萨姆摇摇头。

"但是K城的韩餐店太多了,于是我们不得不琢磨别的点子。就是因为这个,我们才决定做比萨。当时在K城这一带没有任何比萨店。起初怪惊人的,因为我们对比萨一无所知,但我们下定决心去学习做比萨。我们别无选择。我们有孩子们要养,还有许多账单要付。

"你表哥阿尔伯特告诉我，在商业里人们把这个叫转型。但其实人生也充满了转型。最成功的人往往也是最善于改变自身思维模式的人。也许你永远不会与莎蒂谈恋爱，但你们余生都将是朋友，如果你从这个角度来看，这跟恋爱同样可贵，甚至比恋爱更加可贵。"

"我明白什么是转型，"萨姆说，"但我认为它用在这里其实不太恰当。"他温和地笑笑，东炫总是拿阿尔伯特在商学院学的课程来逗他。

尽管如此，东炫这个不太恰当的比喻还是让他心中略感宽慰。萨姆看见马克斯给他的电话留言——公司需要他，《枫叶世界》团队遇到了问题。萨姆在东炫面颊上亲了一口，带着星期二上了车，向阿伯特·金尼大道驶去。

车子开到菲律宾城附近，在距离兰伯特大道的高速路入口还有大约一百六十米的地方，萨姆忽然发现了一条奇怪的支路。凌晨两点半特有的天光使他注意到了它——一条宽阔、平坦的土路，被一棵没开花的蓝花楹树遮蔽了一部分。他越开越近，发现那条路上没有路名指示牌，却竖着一块淡绿色的六边形指示牌，上面唯一的标识是三个圆点构成的三角形：∴。

在数学证明中，这个标识代表着"所以"，但萨姆不知道它出现在路牌上意味着什么。他从没见过这样的指示牌。他停车向那条路张望，看不见清晰的尽头。这条路似乎并不通往任何地方。抑或这条路确实通往某个地方。他可能会意外死亡，也可能来到贝弗利山庄。（不过事情也许没那么两极化，不是吗？每当萨姆开上一条没有名字的路，大多数情况下都是个 U 形转弯，最后回到他出发的地方。）"我们要不要试试？"萨姆问星期二。小狗在后排座位上打着鼾，没有发表意见。萨姆拨亮了转向灯。

> UI <

婚　姻

1

新访客来到枫叶镇时，见到的第一个人就是萨姆的化身梅泽镇长。他的着装风格很像油渍摇滚时代的摇滚明星——破烂的牛仔裤、红色格子衬衫、马丁靴——意在让人联想起那些开诚布公又平易质朴的经典形象，比如吉明尼蟋蟀[1]、安迪·格里菲斯[2]、伍迪·格思里[3]。萨姆已经不再用手杖了，但他为梅泽镇长设计了手杖——一根弯弯曲曲的木棍——而且梅泽镇长的步态也带有萨姆那种轻微跛脚的感觉。萨姆的化身戴着跟他本人一样的眼镜（粗粗的黑边框），留着胡须（八字胡）。没人记得究竟是梅泽镇长还是萨姆本人先留的胡子。

"欢迎你，朋友，我是梅泽镇长，"萨姆的化身自我介绍道，"你一定是新来的吧？我们这里和其他城镇一样，也有着自己的烦恼，不过一旦你了解了枫叶镇，就会发现它其实是座美好的小城。我一辈子都住在这里，所以对此最清楚了。搬家是件苦差事，这里有五千枫叶币，你先拿着用。我建议你四处逛逛，这个季节，魔法山谷的植物非常美。

---

[1] Jiming Cricket，首次出现在《木偶奇遇记》中，是一只智慧风趣的小蟋蟀，帮助匹诺曹成为真正"勇敢、诚实和无私"的小孩。后来也出现在迪士尼的其他卡通节目中。

[2] Andy Griffith（1926—2012），美国演员，凭借电视喜剧《安迪·格里菲斯秀》中的安迪警长一角为人熟知。

[3] Woody Guthrie（1912—1967），美国新民谣代表人物。1930年代，他常在工会会场、流动工人营地表演，深刻影响了包括鲍勃·迪伦在内的一代音乐人。

目前我们的商业区规模还很小，不过在那里你会找到你需要的一切物品。我非常喜欢这里的手工奶酪。散步的时候顺便跟你的新邻居打声招呼吧！现在正是松露季，记得留意哟！如果你能找到极其稀有的彩虹松露，肯定能卖出好价钱。这里的人都非常友善。如果你遇到任何麻烦，随时来找我。你可以在枫叶镇市政厅找到我。"

到了2009年，在《广告周刊》发布的新千禧年最具辨识度品牌形象排名中，梅泽镇长位列第七（位于舒达羊和可口可乐的北极熊之间）。周刊对梅泽镇长的描述是这样的："我们一度讨论过究竟要不要把梅泽镇长放进这个排名列表。他是游戏人物与品牌形象的融合体，这个文艺小镇（波特兰？银湖区？公园坡？枫叶镇究竟在哪儿啊？）的文艺青年镇长最终还是进入了这个列表，因为已经有大约一百万件Etsy[1]商品上出现了他的形象，而且他不正是人人都想要的那种镇长吗？禁止持有枪支，推行社会主义，通过游戏机制鼓励环保行为（砍掉太多枫树而不补种，你看看会有什么后果），同性婚姻在M镇[2]合法化的时间比美国早得多。《枫叶世界》很可能是第一款连你妈妈也爱玩的大型多人在线角色扮演游戏，这很大程度上归功于梅泽镇长的形象。他友善、时髦，知道枫叶镇哪里能买到最好的陶器，也知道如何让你客厅里的琴叶榕苗壮成长。诚然，他跟其他人一样也在收集你的数据，但他是好人那一伙的，不是吗？无论你对他是爱还是恨，很少有别的角色或品牌形象能比梅泽镇长更紧密地与美国人的乌托邦愿景联系在一起。"

不过这是后话了。

---

[1] 美国的一家电商平台，以手工艺成品买卖为主要特色。

[2] 即枫叶镇（Mapletown）的简称。

发行两个月后，已经有二十五万人在《枫叶世界》创建了账号，服务器隔三岔五就会超载。每当网站陷入瘫痪，屏幕上就会出现萨姆的化身：**看来枫叶镇的天气不太好。带上雨伞，我们马上就回来。**没过多久，粉丝们制作的一张写着"当梅泽镇长告诉你枫叶镇的天气不好时……"的图片在网上广为流传，人们把它当作表情包来表达烦闷失望的心情。

萨姆、莎蒂和马克斯曾经探讨过现在是不是发行《枫叶世界》这样"温柔"游戏的正确时机。事实证明，在 2001 年暮秋，《枫叶世界》正是人们迫切渴求的那种东西——一个比现实世界更治理有序、更友善、更易于理解的虚拟世界。

《枫叶世界》发行十周年纪念日前后，萨姆做了一场 TED 演讲，标题是《在虚拟世界中构建乌托邦的可能》。

"尽管在 2005 年 12 月 4 日不公平游戏发生了许多事，尽管有相反的证据存在，但躲在化身的面具后并不会必然导致我们去展露内心最坏的一面。有件事是我深信不疑的，"他总结道，"那就是虚拟世界可以比现实世界更美好。虚拟世界可以更有道德感、更公平、更进步、更有同情心、更包容。既然它们可以实现，我们何不就让它们实现呢？"

2

2002 年新年过后不久，多夫给莎蒂打了个电话，通报了两条新闻：
1.拖延了这么久，他终于离婚了；2.他将在蒂伯龙跟他曾经教过的一个学生结婚，那个年轻女孩也是读麻省理工，比莎蒂晚几届入学。

"不知道你愿不愿意来，但我还是想邀请你、萨米和马克斯参加婚礼，"多夫说，"我不想没跟你打招呼就直接把请柬寄来。你的到来对我来说意义重大。"

去往蒂伯龙的车程大约要九个小时，萨姆、莎蒂和马克斯轮流开车。车里的气氛轻松欢快，既是因为《枫叶世界》大获成功，也因为莎蒂和马克斯恋爱了，但他们依然瞒着萨姆。

"他告诉你他离婚了的时候，你生气吗？"萨姆问。

"生气？"莎蒂说，"我吓死了，我还以为他是来找我复合的。"

"他真是个烂人。"坐在后排的马克斯说着，伸手到副驾位置捏了捏莎蒂的手。

"嘿，"萨姆说，"你们两个在交往，是吧？"这话说得轻描淡写，仿佛萨姆对他们的回答并不在意，像在问：**嘿，我们要不要停车吃点东西？**或者**嘿，你们介不介意我打开收音机？**当时是他在开车，去往蒂伯龙的路程他们已经开了大约一半，此刻正在高高的太平洋海岸公路上，在圣西米恩以南八千米的地方。

296

马克斯和莎蒂在办公室一向很谨慎，他们没想到萨姆已经知情。莎蒂想把这件事告诉萨姆已经有好几个月了，但马克斯一直不同意。"这件事对他的打击会比你想象的更大。"马克斯如是说。

"我不认为他有那么在意。萨姆和我从没有过约会、恋爱或者类似的事情。而且依我看，最近这段时间我们的关系与其说是朋友，不如说更像是同事。要论朋友，你和他的关系比我和他的关系更好，"莎蒂说，"相信我，撒谎是更糟糕的行为。"

"我们没有撒谎。我们只是还没告诉他而已。"马克斯说。

"既然如此，那我们告诉他就行了。"

"也许我们应该像多夫一样，直接给他送婚礼请柬。"马克斯说。

"多夫可是提前通知过我了，"莎蒂笑着说，"而且我们是不会结婚的。"

"为什么不结婚？"

"也许我并不相信婚姻。"莎蒂说。

"没什么相信不相信，莎蒂。这不是上帝、圣诞老人或者李·哈维·奥斯瓦尔德[1]有没有同伙之类的问题，这只是个市政仪式，领一张纸。只是跟你的朋友们办场聚会——"

"你都不肯告诉我们的朋友。"

"只是没告诉萨姆而已。"

"还有所有认识萨姆的人。这几乎是我们认识的所有人了。你宁愿跟我结婚都不想告诉萨姆？我没理解错吧？"

"我觉得这两件事并不完全相关。"马克斯说。

每隔几个月，他们就会准时展开这样衔尾蛇似的对话，但迟迟不

---

[1] Lee Harvey Oswald（1939—1963），被认为是肯尼迪遇刺案的主凶。

采取行动。莎蒂觉得这种处理方式不像马克斯的性格——他这个人的心思向来是透明的。他是个诚实的人，喜欢什么就全心全意地喜欢，从不遮遮掩掩。最后，她把马克斯的这种不作为归因于他对萨姆感人甚至可谓天真的忠诚。她对萨姆也曾抱有这种心态，但那是她看清萨姆的真实为人之前的事情了。

多夫结婚时，他们交往将满一年。马克斯依然留着他曾和佐伊同住的那幢房子，但实际上他已经搬进了芭蕾小丑大楼。莎蒂和马克斯甚至在考虑一起买房子。

"就算你们真的在交往也不要紧，"萨姆说，"如果你们担心的是我，我不会丧失理智的。我不会开着这辆车驶下公路，一头扎进太平洋的，"他说着半开玩笑地轻轻一转方向，"但我还是希望知情。我是说，这很明显，我太了解你们了，所以这很明显。你们迟迟不告诉我，说实话，这有点儿失礼。"

"我们确实在交往。"莎蒂说。

"我爱她。"马克斯补充道。"我爱你。"他对莎蒂说。

"我也爱你。"莎蒂说。

萨姆点点头。"很好，跟我想的一样。祝贺你们。你们想不想去看看赫斯特城堡？我们马上就要路过那里了，我从来没去过那里。"

赫斯特城堡之旅全程萨姆一言不发。在加利福尼亚，到处都是造型奇特、富丽堂皇的建筑，而赫斯特城堡又是这其中最奇特、最富丽堂皇的。莎蒂已经学会了不让萨姆的情绪影响自己，不要与他过多地共情，尽管如此，她依然能够感受到他的烦躁。

游览结束后，莎蒂告诉马克斯她想和萨姆单独谈谈，于是他们来到了面向太平洋的半月形露台上。此时正是下午两点，阳光映在水面上令人目眩。虽然戴着太阳镜，莎蒂依然很难看清萨姆。

"我九岁的时候觉得这个地方美丽极了，但现在看见它，只觉得滑稽荒唐。"莎蒂说，其实只是为了打破沉默。

"为什么？赫斯特有这个财力，就按照自己的喜好建造了这个世界。这里有斑马，有游泳池，有簕杜鹃，有野餐空地，而且没人会为此送命。这跟我们在做的事情又有什么区别呢？"

"你还好吗？"她问。

"我为什么会不好？"萨姆说。

"我也不知道。"她说。

"也许我曾经爱过你，"萨姆说，"而且我永远会用我自己的方式关心你，但我们在一起不合适。好多年前我就明白这一点了。"

"是的。"她赞同道。

"假如你我有交往的打算，我们之中肯定早就有人行动了，不是吗？"

"是的。"

"可是与你密切合作的两个人共同保守着这样一个秘密，这种感觉很奇怪，"萨姆说，"你们想当然地认为我会如此在乎这件事，这种想法有些自大。"

"我觉得，"莎蒂说，"马克斯是害怕你往不好的方面想。而且最初我们也不确定这段感情严不严肃，如果不严肃的话，我们不想因为这个惹你心烦。"

"但是现在你们确定是*严肃的*了？"

"你用'严肃'这个词，搞得好像这是种疾病一样。"

"是你先说的'严肃'。"

"那就是因为你的语气。"

"但是现在你们确定是严肃的了？"萨姆又问了一遍。

"是，现在我们确定了。"

莎蒂端详着萨姆。他们站在露台的这段时间里，太阳的角度有所改变，她终于能看清他了。萨姆二十七岁，蓄起了唇髭，每当莎蒂回想起医院里的那个小男孩，她总忍不住会为他心软。讨厌一个成年男人很容易，但讨厌那个存在于成年男人的表象之下的小男孩则要困难得多。谈话时他的语气冷漠而疏离，眉头微蹙，嘴巴坚定地抿着，仿佛有人叫他喝下一剂苦药，而他打定了主意决不叫苦。他的表情让莎蒂想起有一次他刚刚做完手术，没意识到莎蒂已经走进了病房，他显然忍受着巨大的痛苦——眼睛眨也不眨，嘴巴微张着，呼吸急促而轻浅，样子带着几分野性。有片刻，莎蒂没能认出自己的朋友。她熟悉的那张脸，她以为是萨姆的那张面孔不见了。然而当萨姆看见她，便露出微笑，又变回了萨姆，仿佛戴上了一张面具。"你来了！"他说。

"我得承认，"萨姆说，"他对你有意思我一点儿都不惊讶。他早就对你有意思。第一个夏天，我们做《一五漂流记》的时候，他就问过我。我告诉他，你永远不会喜欢他那样的人。所以，若要说我对这件事有什么反应的话，我只是觉得吃惊，我居然猜错了。"

"我为什么不会喜欢他那样的人？"她知道自己不该问这个问题。

"因为他很无聊，"萨姆说着耸耸肩膀，仿佛马克斯很无聊是个不争的事实，"就是由于这个原因，他才会不断地跟不同的人约会。跟人相处时间长了，他就会觉得无聊，但其实原因不在于别人，而是因为**他**很无聊。"

"你真是个彻头彻尾的混蛋，"莎蒂说，"马克斯很爱你。你就不能对他善良一点吗？"

"陈述事实不算刻薄。"

"这不是事实。而且有时候陈述事实也是刻薄的行为。"

"我们在哈佛上希腊文明中的英雄观这门课时，你知道他最喜欢《伊利亚特》的哪部分吗？"

"我们没聊过这些事。"莎蒂压制着心中越来越强的烦躁感说道。

"是结尾，那一段无聊透顶。'就这样巴拉巴拉巴拉……他们埋葬了赫克托耳巴拉巴拉巴拉……驯马者巴拉巴拉巴拉……'赫克托耳无聊透顶，他跟阿喀琉斯不同。马克斯跟赫克托耳一样无聊，所以他特别吃这套。"

马克斯来到露台。"大家在聊什么呢？"

"《伊利亚特》的结尾。"

"那部分最棒了。"马克斯说。

"那部分为什么最棒？"莎蒂问。

"因为它堪称完美，"马克斯说，"'驯马者'是一种高尚的职业。这段话意味着一个人不需要成为神或者国王才能死得有价值。"

"赫克托耳就是我们。"莎蒂说。

"赫克托耳就是我们。"马克斯应和道。

"赫克托耳就是**马克斯**，"萨姆说，"无聊，"他清了清嗓子，"我们应该把'驯马者'印在马克斯的名片上。"

他们决定当晚在圣西米恩附近过夜，明天早上再开完剩下的路途。他们在找到的第一家宾馆办了入住，里面设施老旧，而且没有空调。加利福尼亚中部海岸的夜晚，天气出人意料地温热，尽管敞着窗户，房间里依旧不通风，弥漫着陈旧的气味。

第二天早上，萨姆下楼上了车，他把黑色的卷发推成了平头。"怎么回事？"马克斯拍了拍萨姆刚剃过的脑袋问道。

"我太热了。"萨姆说。

"这样挺好看的，"马克斯说，"是不是？"

莎蒂知道这样的举动是为了向她传递某种信号，但她实在懒得解读萨姆的心思。她觉得他的想法太以自我为中心，而且很不大度，但萨姆难道不是永远在搞名堂吗？他难道不是永远在画迷宫，等着她去解谜吗？跟他相处太累了。"确实好看，"莎蒂说，"我们该出发了。"

"这不是为了美观才做出的选择，"萨姆说，神色几乎有些难为情，"我是真的太热了。"

"没错，"莎蒂说，"我们的房间也很热，但我们今早睡醒时的发型还跟昨天一样。"

莎蒂觉得萨姆所做的一切选择都是建立在美观的基础之上。他们搬到加利福尼亚后不久，他就把自己的真名从萨姆森·马苏尔改成了萨姆·梅泽。他给她的解释是：对马苏尔这个名字，他本来就没多少认同感，而且梅泽听起来更像一位世界建造大师。去年，他开始让大家只叫他梅泽，就像歌星麦当娜和王子[1]那样。"私下里你还是可以叫我萨姆，"萨姆对莎蒂说，"但是在公开场合，我更喜欢用梅泽这个名字。从今往后这就是我的名字了。"

梅泽大力推进《枫叶世界》的推广活动。他很享受在人前表现的感觉，他喜欢在大群全神贯注的粉丝面前滔滔不绝，大谈游戏的进展。他已经不再受慢性疼痛的折磨，因此做起事来比推广《一五漂流记》时更加得心应手。不过，随着推广活动越排越多，萨姆的外表也渐渐偏离了梅泽镇长的样子。他喜欢上了牛仔连体衣，衣服上缝着带"梅泽"字样刺绣的补丁，里面配一件白色背心打底。他经常戴一顶军绿色的圆形平顶软帽。过去多年里，他一直努力掩饰自己的残疾，但如今他拍照绝不能少了手杖。他用那根手杖指东西、拦住人群、必要时做些

[1] 指美国歌手 Prince Rogers Nelson（1958—2016），艺名"王子"，1980 年代美国流行乐坛代表人物。

大幅度的动作。他最近戴上了牙套，还开始戴隐形眼镜。他有生以来第一次开始做力量训练，练出了肌肉，身材像个摔跤手。他在右上臂文了엄마[1]，旁边是头戴粉色蝴蝶结的吃豆人小姐头像。在游戏玩家心里，萨姆在现实中塑造的梅泽与他在游戏里的化身梅泽镇长一样有辨识度，然而 2002 年前后的梅泽与 1997 年前后的萨姆已没有半点相似之处。

如今就连他的发型也变了。莎蒂开车，马克斯在副驾位置睡着了，萨姆坐在后排。她短暂地瞥了一眼后视镜里的萨姆。第一次见到萨姆的时候，她曾想象，如果要为他画像，要用到许多的圆圈，他的眼镜、他的脸、他的头发。莎蒂不得不承认，她很舍不得他的卷发。有片刻的工夫，萨姆撞上了她的目光，然后他移开了目光，紧接着戴上了那顶平顶软帽。

莎蒂和马克斯的恋情公开后，莎蒂与萨姆的工作关系进一步恶化。也许这本是意料之中的事。冲突的焦点跟从前一样，只是他们对彼此的态度越发不客气了。

莎蒂对《枫叶世界》的制作和推广都缺乏兴趣。她无意成为不公平游戏的"脸面"，因此乐于将这方面的职责让给萨姆。她真正想做的事情是动手制作一款新游戏，一款能够把《双面人生》《枫叶世界》和《一五漂流记》都抛到后视镜深处的游戏。

从萨姆的角度来说，他很享受建设《枫叶世界》的过程，他想再制作一部《一五漂流记》。"莎蒂，现在有这么多人的目光聚集在我们身上。你想象一下，如果我们对这些资源加以利用，会产生怎样的效果。

---

[1] 韩语，意为"妈妈"。

303

现在正是推出全新《一五漂流记》的好时机。"

"四十岁之前我都不想再做《一五漂流记》了，萨姆。我跟你不一样，一遍遍重复做同样的东西不能给我带来快乐。"

"你为什么总想把我们已经取得的成就弃之不顾呢？为什么只有**新的东西**才能激起你的兴趣呢？这简直可以称为病态。"

"你为什么这么害怕尝试新东西，只想重复已经做过的事呢？"

如此循环往复。

莎蒂想做的游戏叫《宫廷娱乐掌事官》。游戏背景模拟的是伊丽莎白时代的伦敦戏剧界，主旨是要解开克里斯托弗·马洛[1]的谋杀之谜。马克斯曾经说起从来没人做过有关戏剧的好游戏，莎蒂的灵感就来自他这句话。

自莎蒂第一次阐述《宫廷娱乐掌事官》的设计理念之后，萨姆就对此极为憎恶。他觉得这款游戏太做作，不可能受到大众的喜爱。

尽管如此，莎蒂依然坚持他们要做的下一款游戏应该是《宫廷娱乐掌事官》。

"你不会是认真的吧，莎蒂。人们讨厌莎士比亚，讨厌历史，而且你设计的环境也太灰暗了。你究竟想用这个游戏来证明什么啊？"

"我不想一辈子只做《枫叶世界》那种泡泡糖似的游戏。"

"《枫叶世界》根本不像泡泡糖。你反思过《双面人生》的经验之后，好像决定要把其中最糟糕的部分再来一遍，"萨姆说，"这不合理。"

"你这么说太过分了，"莎蒂说，"而且我想问问你，难道我们设计游戏的唯一目标就是尽可能去迎合最多受众的喜好吗？这就是我们做

---

[1] Christopher Marlowe（1564—1593），英国剧作家、诗人及翻译家，以创作无韵诗和悲剧而闻名，有学者认为他在世时的名气超过了莎士比亚。马洛于1593年5月30日被人刺死，人们对他的死因有多种不同推测。

某件事的唯一动力吗？"

"如果我们要花几百万美金去做这件事，而且还要花费我们有限人生中宝贵的时间，那么就是这样。"

"萨姆，不是每款游戏都要像《枫叶世界》一样。不是每款游戏都要被所有人喜欢。"

"跟你争论这件事太累了。"

"跟你打交道太累了。"

"你太自命不凡了，莎蒂。"

"你就是个趋炎附势的混蛋。"

吵到这个时候，所有在二楼工作的人都能听见他们的对话了。

"如果你非要做这个不可，"萨姆说，"那你就自己做吧。"

"正好。那我就自己做。我正**盼**着你这么说呢。"

"你**不能**自己做！作为制作人，我必须签字同意才行。"萨姆说。成立不公平游戏时，萨姆、莎蒂和马克斯曾经约定，制作每一款游戏都必须经过他们当中至少两个人的批准。"你不能单方面决定做这个游戏。"

"马克斯会支持我的。"

"是啊，他肯定会支持你的。"

"萨姆，他支持我是因为这会是一款很好的游戏。"

"他支持你是因为他事事都跟你站在一边。因为他在跟你上床。"

"你出去。"

"我不走。"萨姆说。

莎蒂动手把萨姆往门外推。

"出去！"

"我不，我们去问问驯马者，"萨姆说，"彻底解决这件事。"

莎蒂推开萨姆走出了办公室，他们来到马克斯的办公室。

"我猜她已经把想法告诉过你了，"萨姆说，"《宫廷娱乐掌屎官》。"

"去你的。"莎蒂说。

"是的。"马克斯说。

"那好，我觉得这个主意烂透了，"萨姆说，"这就是个花费几百万美金做出来的翻版《艾米莉大爆破》。"

"这不是别人而是我想出来的创意，"莎蒂说，"所以你最好放尊重点儿。"

"我拒绝跟她合作这款游戏。我认为根本不该做，"萨姆对马克斯说，"我们花在这款游戏上的每一分钱都会打水漂。但现在我和她是平局，所以……虽然你不是最客观的人选，但还是由你来决定。"

"我认为这个想法很好。"马克斯说。

"真叫人意想不到啊。"萨姆说。

萨姆走出马克斯的办公室，回到自己的办公室，摔上了房门。

"就这么决定了，"莎蒂满脸通红，说道，"既然你同意，那我要做的下一部游戏就是《宫廷娱乐掌事官》，而且我不会跟萨姆合作，"莎蒂说着摇摇头，"我实在受够他了。"

她也离开了马克斯的办公室，回到自己的办公室。

马克斯犹豫片刻，不确定应该去找他们中的哪一个。他最终出门右转来到了萨姆的办公室，敲了敲门。

"你想跟我谈一谈吗？"马克斯问。

"你被女人蒙了心，"萨姆说，"早在 1996 年我就跟你说过，不要跟莎蒂约会，原因就是这个。这样会打破权力平衡，或者别的什么。"

"我不会跟你争论这种低级趣味的话题，"马克斯说，"萨姆，你现在这种行为很幼稚，而且不尊重人。不公平游戏也有我的一份，如果我认为这种做法不值得，我是不会赞成的。自从莎蒂第一次说起《宫廷娱乐掌事官》，我就对这个游戏很感兴趣。伊丽莎白时代的戏剧界、克里斯托弗·马洛遇害之谜，我认为这些细节很有吸引力，以它们为出发点能够打造出一个精彩的游戏世界。哪怕是两个参加游戏创作比赛的高中生拿着这款游戏的试玩版找到我，我也会心动的。而且说实话，我一直想做一款有关戏剧的游戏。"

萨姆摇摇头，叹了口气。"马克斯，你以为我不了解莎蒂吗？《宫廷娱乐掌事官》是她所有最糟糕直觉的集合。我对她说这款游戏就像是《艾米莉大爆破》，但是说实话，它其实更像《答案》。"

"你我都非常喜欢《答案》啊。"马克斯说。

"作为大学生的作品，《答案》确实非常棒。如果你的目的是挑衅同班同学，而且制作这个游戏不需要花钱，那么《答案》确实非常棒。"

马克斯思考着他说的话。"我不认为这个游戏像《答案》。"

"莎蒂想设计一款**阴暗而博学**的游戏，她认为只有这样人们才会认真对待她。她真正想打动的是多夫那样的人。她想说服那些给《双面人生》差评的人。而阴暗的那一面并不是莎蒂个性中最美好的部分。"

"这我倒不确定，萨姆。从职业角度来说，我认为她性格的每一方面都值得探究。而且我相信这款游戏真的很棒。如果你看到莎蒂第一次描述这款游戏时的样子，你也会理解的。她激动极了。"

萨姆望着马克斯，有片刻工夫，他对马克斯充满了鄙夷：**你明明可以跟任何人在一起，为什么偏偏要选莎蒂·格林？**

萨姆想象得出他们在床上、在芭蕾小丑大楼的公寓里的情景。莎蒂醒来，转身望着马克斯，然后说，我有一个想法。接着她向马克斯讲述了自己对《宫廷娱乐掌事官》的设想。她的手在空中上下翻飞，她激动时总是这样，说话像连珠炮。她下了床在房间里来回踱步，因为想到一个好主意时，她无法静止不动。萨姆已经不记得是从什么时候开始他不再是第一个得知莎蒂新想法的人。

"马克斯，你知道吗？没关系的，"萨姆说，"我才不在乎她想做什么呢。"

那天晚上，在莎蒂公寓的床上，马克斯问莎蒂她是否确定要在不跟萨姆合作的情况下制作《宫廷娱乐掌事官》。

"你是想说你觉得我没有这个能力吗？"莎蒂立刻做好了与他吵一架的准备，说道。

"不，当然不是。"马克斯说。

"早在我们开始合作以前，我已经在独立制作游戏了。"

"这我知道，"马克斯说，"我只是觉得，"他斟酌着接下来要说的字句"你们两个一起创作的游戏有种不一样的气质。"

"我们已经很少说话了，"莎蒂说，"即使偶尔说话，话题也没什么创意，这一点你和不公平游戏的其他人都看得清清楚楚，而且我俩的关系变差已经有一段时间了。我不知道我们要怎么继续合作下去。他对《宫廷娱乐掌事官》的创意深恶痛绝，而我非常喜欢，如果非要合作，我真心觉得我们会打得你死我活。我不认为我俩会永远分开，但需要分开一段时间才能重新喜欢上对方。

"而且也许有一部分原因在我，不在他身上。我**真的**想独立做些东西，完全属于我自己的东西，无论是好是坏，都没人会归到萨姆身上的东西。"

"我明白，而且也支持你。《宫廷娱乐掌事官》由莎蒂·格林创作，请大家记住！但有件事我很好奇，我一直不明白你和萨姆之间发生了什么。过去你们俩的关系那么好，佐伊曾经跟我说，如果我想劝你做一件事，只要告诉你这样做是为了萨姆好就够了，反过来也一样。"

"不是某一件事，"莎蒂说，"有很长一段时间，我也以为是因为一件事……但其实是所有事情加起来造成的。"

"可是究竟有没有这样一件事呢？"马克斯问。

"这件事听起来可能很不理智。我告诉萨姆的时候，他就是这么觉得的。你记不记得我去找多夫要尤利西斯引擎？萨姆说他不知道多夫是我的老师兼情人，但我发现其实他对这两件事都是知情的。"

"怎么回事？"

"你们两个玩的那张光盘上有多夫的签名。"

莎蒂走到桌边，取出那张光盘给马克斯看。马克斯读了上面写的话。"天啊，多夫真够烂的。"他说。

"我知道。"

"我还是不明白。萨姆知道这件事又有什么关系呢？"

"这么说吧，这意味着他更在乎《一五漂流记》的制作，而不是我的身心健康。在过去的许多年里，我跟他相反——我热爱我们的游戏，但我更在乎他。对我来说，这次背叛成了一种象征，它代表着其他许多事件，在那些情况下萨姆也选择了游戏和他自己的利益，而忽略了其他因素。"

"可他毕竟是萨姆，"马克斯说，"你们两个本质上没什么区别。你们都是工作狂。"

"我跟他不一样。我搬到加利福尼亚是为了他。尽管还有其他原因，但你和我搬到加利福尼亚来，根本原因是为了他。"

"我没有翻旧账的意思，但是萨姆认为他搬到加利福尼亚来，一部分原因是为了你。他为你担心，担心你和多夫之间的关系……"

"我们从来没谈过这些，"莎蒂说，"而且我不相信这是真的。"

"但他跟我谈过，"马克斯说，"经常谈。"

莎蒂摇摇头。

"还有一件事，莎蒂，现在说这个其实已经没什么用了，但我不确定萨姆是否真的见过那张《死海》的光盘。我清楚地记得那天下午的事。你在卧室睡觉，萨姆在翻看我们拥有的所有游戏，为《一五漂流记》的视觉设计找参考。他翻看他那堆游戏，于是我就去你的书架上拿你的游戏来看。我很确定起身把那张光盘放进光驱的人是我，因为我总是担心萨姆的脚，我起身再坐下要比他方便得多。我没仔细看那张光盘，萨姆也没时间看它。"

马克斯固然希望这是真的，但莎蒂知道他其实记错了。

"我知道不是只有这件事……"马克斯继续说道。

"确实不是。还有《一五漂流记Ⅱ》，还有萨姆经常抢占功劳，又或者像我之前说的那样，这甚至跟萨姆没有关系，我只是想自己做些东西，不想再跟他商量了。我才二十六岁，马克斯，我不希望这辈子做的每一件小事都要跟他合作。"

电话铃响了，马克斯接起电话，是房地产经纪人打来的。莎蒂在芭蕾小丑大楼的租约即将到期，他们参与了威尼斯海滩一栋房子的报价。那是一栋饱经风霜的灰紫色二层小楼，墙面贴着护墙板，在阿伯特·金尼大道以东。房子跟洛杉矶的许多建筑一样，建造于1920年代。楼梯外侧没有围栏，看上去颇为危险，房子有很多落地窗，铺着白色的木地板，客厅的天花板是A字形结构，与教堂有几分相似。（实际上，在诸多非主流教派追寻启蒙与涅槃的路上，其中一个教派在途经加利福尼亚南部时，曾经短暂地占用过这栋房子。）房子的外观虽然破败，却不影响居住，并且散发着一种独特的魅力。前院那株九米多高的簕杜鹃长势喜人，正在慢慢扼死它攀上的那棵棕榈树，屋子四周的围栏有些地方已经倾斜了四十五度，过不了多久屋顶就会需要修缮。售房挂牌上为这栋房子取名"波西米亚之梦"。"波西米亚"意味着"价格虚高，修缮工作有你忙活的"。马克斯跟房地产经纪人聊了几句，然后盖住话筒转向莎蒂。

"她想知道我们的报价还打不打算再提高。"马克斯说。

看房的这段时间里，莎蒂和马克斯已经与几栋房子失之交臂。加利福尼亚的房地产市场活跃、发展迅猛。莎蒂已经习惯了令人失望的结果，她已经不再对看过的房子抱有情感羁绊。"这栋房子确实不错，"莎蒂说，"但我猜还会有其他适合我们的房子。你决定吧。"

"我喜欢这栋房子，"马克斯说，"我有预感，也许这正是属于我们的那栋房子。"

"那就是它了，"莎蒂说，"我们再提高一点价格，看看会有什么结果。"

几天之后，他们的报价通过了。

两个月后，给房子除虫，更换门锁，又签了数不清的文件之后，他们入住了。

"我是不是应该抱你过门槛？"马克斯问。

"我们没结婚，所以依我看，我完全可以自己走进去。"莎蒂说。

她打开门，他们走进了小小的后花园。正值秋日，院子里的三棵果树有两棵正应季，一棵是日本甜柿树，一棵是番石榴树。

"莎蒂，你看见这个了吗？是柿子树！这是我最喜欢的水果！"马克斯说。他从树上摘下一只肥硕的橙黄色大柿子，坐在已经灭杀过白蚁的木制露台上吃了起来，柿子汁顺着他的下巴往下流。"谁能相信我们的运气竟然这么好？"马克斯说，"我们买下一栋房子，院子里的果树碰巧出产我最喜欢的水果。"

萨姆曾说马克斯是他这辈子见过的运气最好的人——无论恋爱、经商、外貌，还是生活方面他都很幸运。然而认识马克斯的时间越长，莎蒂越觉得萨姆并没有真正认清马克斯好运气的本质。马克斯之所以运气好，是因为他把自己经历的一切都看作意外收获。柿子究竟是不是他最喜欢的水果不得而知，也可能是柿子刚刚才成为他最喜欢的水果，因为它们生长在他家的后院。可以确定的是，他以前从没提到过自己爱吃柿子。**天啊**，莎蒂心想，**他真是太招人喜欢了。**"你不洗洗再吃吗？"她问。

　　"这是我们自己的树。除了我黏糊糊的手以外，没有别的东西碰过它。"马克斯说。

　　"鸟不算吗？"

　　"我不怕鸟，莎蒂。不过你也应该尝一个柿子。"马克斯站起身，又摘下两只柿子，一个给自己，一个给她。他走到屋侧的水管旁冲了冲柿子，递给了她。"吃吧，亲爱的。日本甜柿两年才结一次果呢。"

　　莎蒂咬了一口，味道微甜，果肉的口感介于桃子和蜜瓜之间。或许柿子也是她最喜欢的水果？

3

有一次，在枫叶世界之外的那个大型模拟游戏中，旧金山市长通知市政厅可以为同性伴侣颁发结婚证。那是在情人节前的几天，西蒙和安特正为了《镜像高中：三年级》的后期制作忙得不可开交。尽管他们俩都认为这一举措在政治层面可谓是个意义重大的新进步，但他们从没讨论过自身的婚姻问题，即便有结婚的打算，现在也实在无法放下工作不管。第三部《镜像高中》的试玩阶段花费了太长时间，而且因为添加了许多全新的元素，导致游戏格外容易出错。为了确保游戏按时发售，他们经常要一天工作十八个小时。

"可是，你觉得我们应该去吗？"西蒙问。此时是凌晨四点，安特在开车，他们要回公寓洗澡、换衣服，也许还能睡上一两个小时。

"去哪儿？"安特打了个哈欠问。

"去旧金山。"西蒙说。

"去干吗？"

"领证。"西蒙说。

"我压根儿不知道你想结婚。"

"这个嘛，以前我们根本没这个选项，"西蒙说，"既然没得选择，就没什么想不想的。"

"我认为我们应该先把游戏做完，再考虑别的事情。"安特说。

"你说得对。确实，你说得对。"

早上八点，他们已经又堵在返回不公平游戏的路上了。

"我现在有种 Torschlusspanik[1] 的感觉。"西蒙说。现在是他开车，安特在补觉。

"不，"安特连眼睛都没睁，说道，"你不能在我只睡了两个小时的情况下随便跟我说德语。"

"谁知道他们会不会过段时间就不再发结婚证了？"西蒙说，"我们很可能因为忙着创作虫洞奇幻毕业舞会，而在现实世界中错失结婚的机会。"

"我在睡觉呢，西蒙。"

"好的，你睡吧。"

两分钟后，安特睁开一只眼睛说："我真没想到原来你这么保守。这样下去，你接下来就要给院子装白色尖桩篱笆了。"

"如果你说的是圣莫尼卡或者卡尔弗的房子，听起来还挺合适的。我实在受不了开车往返西好莱坞了。"

凌晨三点，安特又开车载着西蒙往家走。

"我还是想去旧金山，"西蒙说道，现在的状况似乎令他有些恼火，"安东尼奥·鲁伊斯，你愿意跟我一起去吗？"

他们六年前在大学一年级的角色动画课上相识。起初安特对西蒙并没有兴趣，他觉得西蒙长得像肌肉发达的灯神，不是他喜欢的类型。西蒙还有一个比他的外表更糟糕的特质，就是有点儿讨人厌。他爱给教授挑毛病，讨厌美国动画，说话时动不动就用很长的德语单词，喜欢引用晦涩的电影，笑声像吹落叶用的鼓风机。

---

[1] 德语，意为"闭门恐慌"，指因机会逐渐消失，害怕未能及时把握，而产生的恐慌或焦虑。

那门课上了大约两个星期，西蒙提交了他做的第一部二十秒小动画。《蚂蚁》的开篇是个讨人厌的小孩，正拿着放大镜对着一只蚂蚁。镜头向蚂蚁拉近，它穿着皮夹克，翻着白眼，一副文艺青年的架势。那只蚂蚁发表了一番尖刻的独白，详细阐述了自己有关存在的终极思考，说完便惊人地被烧成了灰。全班没一个人说这部片子的好话。虽然安特认为这是他看过的最棒的学生作品，但他向来不喜欢公开发表评论。下课后，他来到西蒙身边，说："这片子真不错。"

"谢了，"西蒙答道，"你是知道的吧，那个角色是以你为原型设计的。"

安特翻了个白眼，拉上了皮夹克的拉锁。"我不知道该对此做何反应。"

"当然不是烧成灰的部分，"西蒙说，"是其他部分。一只性感的蚂蚁。"他露齿一笑，显出一个此前没人见过的酒窝。安特心想，**天哪救命，他笑起来也太可爱了吧**。

他们邀请马克斯跟他们同去旧金山，一方面是为了以防万一结婚需要见证人，另一方面则是因为这样马克斯就不能因为他们没做完游戏就请假而生气了。既然马克斯要去，莎蒂也决定一起去——总要有人负责拍照。既然大家都要去，而且这件事在市政和历史方面有着双重意义，于是枫叶镇的镇长决定他也去。

星期二早上他们飞到了旧金山。等他们来到市政厅的时候，队伍已经绕楼一周，而且还在越排越长。尽管天气湿冷，周围却依稀洋溢着音乐节般的气氛——不是科切拉音乐节，而更像是新港爵士音乐节——与交通法庭那种官僚体制带来的令人头晕的紧张感彼此交融。西蒙担心他们会毫无预兆地停止颁发结婚证，接着警察、律师、恐同抗议者会现身搅局。"Torschlusspanik。"西蒙说。

"好吧，"萨姆说，"我上钩了。"

"别理他。"安特说。

"什么是 Torschlusspanik？"萨姆说。

"意思是'闭门恐慌'，"西蒙说，"就是担心时间不够用、怕自己错失机会的那种感觉。字面意思就是大门即将关闭，而你永远无法再进去。"

"这说的就是我，"萨姆说，"我经常有这种感觉。"

雨越下越大，萨姆和莎蒂去买雨伞——他们来自永远阳光灿烂的洛杉矶，谁都没想到要带雨伞。市政厅门前小贩的雨伞已经卖光了，于是他们沿着格罗夫街继续往下走。他们遇见的第二个小贩卖的是些来路不明、二手的或偷来的雨伞。**这毕竟是我们朋友的婚礼，我们肯定要买比这更好的雨伞**，他们对彼此说。又走了大约八百米，他们来到一家体育用品商店，里面出售的是观看高尔夫球赛用的那种巨型雨伞。到这个时候，萨姆和莎蒂身上都湿透了，他们一致认为当初应该选择八百米之前那些来路不明的雨伞。**我们的标准为什么总是这么高呢？**他们彼此打趣。没别的选择，他们只好买了三把巨型雨伞，撑开其中的两把，向市政厅的方向跋涉。

三十秒后，他们意识到撑着两把直径一米五的巨型雨伞没法在人行道上行走。莎蒂叫萨姆收起他那把伞，跟她共用一把，并且伸出胳膊让他挽着。萨姆认为她伸出的手臂代表着他们之间的关系有所改善，他决定告诉莎蒂自己看过了《宫廷娱乐掌事官》的一部分设计。"我很喜欢它低饱和度的色彩方案。不是黑白，但是很有格调。这样的设计很聪明。"

"谢谢，"莎蒂说，"你能这么说真好，毕竟我知道你不喜欢它。"

"我不是不喜欢它，"萨姆说，"再说，我的想法无所谓，不是吗？

无论我说什么你都要做这个游戏。现在你动手做起来了，这很好。"

"这么说，你不认为《宫廷娱乐掌事官》是有史以来最糟糕的创意，不认为它会凭一己之力毁掉我们整个公司？"

萨姆摇摇头，不。

四个小时以后，西蒙和安特成为当天结婚的第二百一十一对情侣。仪式结束后大家都饿得要命，便来到一家离市政厅不远的中式点心店，往肚子里填满了蒸饺。马克斯点了一瓶昂贵的劣等香槟，西蒙决定说几句话来祝酒——他跟萨姆一样喜欢夸夸其谈。"感谢我们的朋友兼同事腾出时间来见证我们的结合，也谢谢你们与我们共同创作了三部《镜像高中》，想必大家都同意，这部游戏本该取名《恋爱分身》的。"

"求同存异！"马克斯高声说道。

"与大家的预料相反的是，"西蒙继续说道，"我最喜欢的德语单词其实不是'doppelgänger'，而是'Zweisamkeit[1]'。"

"这个游戏的备选名字是《合二为一高中》，"安特说，"但我劝他改变了主意。"

"谢谢你。"萨姆压低声音说。

"Zweisamkeit表达的是即使你与其他人共处，依然会感到孤独。"西蒙与丈夫深情对视，说道，"遇见你以前，我时常有这种感觉。跟家人、朋友甚至跟每任男朋友在一起，我都会有这种感觉。这种感觉如此常见，以至于我以为生活本该是这个样子。人要活下去，就要接受自己在本质上是孤独的这个事实，"西蒙的眼睛湿润了，"我知道我很任性，我也知道你对德语单词和结婚没什么兴趣。我只想说，我爱你，谢谢你愿意跟我结婚。"

---

[1] 德语，意为"合二为一"。

安特举起了玻璃杯。"敬 Zweisamkeit。"他说。

等到 8 月份第三部《镜像高中》发售时，西蒙和安特的婚姻已经结束了。加利福尼亚最高法院宣布旧金山市存在越级行为，判定依据当时颁发的结婚证缔结的婚姻关系全部作废。奇怪的是得知这个消息后，安特受到的打击比西蒙更大。西蒙的闭门恐慌并非毫无来由，考虑到他们生活的国家与时代，他并不为自己的合法婚姻遭到废除而惊讶。"很抱歉，这一切都成了弄巧成拙的瞎忙活。"西蒙对安特说。安特决定这天请假。

安特用被子蒙着头。起初，他想联系当地的国会议员，想去萨克拉门托市抗议，想写义愤填膺的公开信和报纸社论，然而到头来他不得不接受现实，他不擅长抗议，不擅长组织，对政治更是兴趣寥寥。

旷工一个星期后，莎蒂开车去看望他。"我原以为结婚不会带来任何不同的感受，"安特对她说，"可不知怎么回事，就是不一样了。现在我觉得自己像是被人戏弄了。"

回到公司，莎蒂把马克斯和萨姆叫到她的办公室。"《枫叶世界》里应该有婚姻。"

"我以为你不相信婚姻，"马克斯说，"为什么要把一套陈旧的习俗强加在无辜的电子世界居民身上呢？"

"对于有些人来说，也许枫叶世界是他们唯一**能够**结婚的地方，"莎蒂说，"再说，如果不能纠正现实世界的不公平，那创建自己的世界还有什么意义呢？"

《枫叶世界》上线三年后，结婚成了枫叶世界的几个新增功能之一。枫叶世界的婚姻与现实世界中的婚姻不无相似，居民们的财产和枫叶币将合并计算。在枫叶世界里，结婚的主体被规定为两个自愿结合的成年人，对于性别未做规定。说实话，在枫叶世界里规定婚姻双方的性别也是种愚蠢的行为，因为这里的居民根本不能按照二元性别划分，甚至不能按照人类特征区分。这里有许多梅泽镇长那样的文艺青年，但也有精灵、半兽人、怪兽、外星人、小仙子、吸血鬼和其他各种各样的超自然、非二元性别生物。

在枫叶镇，10月一个飘着雨的上午，安东尼奥·鲁伊斯和西蒙·弗里曼在枫叶世界特别活动中第二次结了婚。这一次萨姆和莎蒂不需要去买雨伞了，前一天晚上程序员为他们加上了雨伞。

为了让婚礼更加真实，萨姆被任命为牧师，主持完西蒙和安特的婚礼之后，梅泽镇长邀请其他所有想结婚的人逐一上前。到打烊前，他总共为二百一十一对情侣主持了婚礼。

接下来的几个星期里，有五万用户注销了《枫叶世界》的账号，二十万新用户加入了枫叶世界。

紧接着便是恐吓信，死亡威胁——有电子邮件也有纸质信件——主要是寄给萨姆的。一次极其可信的炸弹恐吓使不公平游戏不得不在当天下午全员撤离。多个反平权组织认为《枫叶世界》展现了毫无必要的政治性，开始抵制《枫叶世界》。平权团体则认为萨姆是在利用一件十分严肃的事情为游戏造势，以此作为营销手段，于是也开始抵制《枫叶世界》。几个出名的专栏发表了评论，既有支持梅泽镇长的声音，也有反对的声音。（《新闻周刊》标题："游戏应该政治化吗？梅泽镇长认为应该"。）萨姆参加电视访谈节目时则引用了马歇尔·麦克卢汉的话："一个民族所玩的游戏能够揭示许多与之有关的信息。"

马克斯决定雇用安保人员，接下来的几个星期里，奥尔加——曾经的俄罗斯举重冠军——尽职尽责地跟着萨姆出行。

萨姆坚持给每个给他写信的人回信，就连言语最恶毒的信件他也会回复。有一次莎蒂来到他办公桌前，看见他正在回一封以"亲爱的犹太眯眯眼变态搞基佬"开头的信件。

"这个人在前面加上了'亲爱的'，这很好。"莎蒂说着把那封信扔到了房间的另一头。莎蒂心有愧疚，在游戏中引入婚姻体系是她的主意，然而由于萨姆的形象与《枫叶世界》紧密相连，恶言恶语都冲他而来。

至于萨姆，这些恐吓信反而激发了他的干劲，有了游戏婚姻的经验，他打算利用《枫叶世界》发表更多的政治性声明，但他并不认为这些举措有政治意义，而只是把它们看作明智的管理举措，同时也是绝佳的推广手段。他禁止用户开设枪支商店或出售武器。他支持环保，支持枫叶镇的穆斯林居民建立伊斯兰教文化活动中心。他组织众多游戏玩家抗议伊拉克战争与海上石油钻探。他主持镇民会议，告知居民们枫叶镇和全国正在面临的问题。他每一次做出具有争议性的表态，都会招来新一轮的恐吓信和账户注销，然后枫叶世界的生活会继续，跟在它之外的世界一样。

4

第一次玩过《宫廷娱乐掌事官》之后，萨姆给莎蒂打了个电话，问能不能去找她谈一谈这款游戏。当时正是劳动节周末[1]，他打来电话时莎蒂正在位于汉考克公园的奶奶家里。既然已经穿越了一半的城区，莎蒂提议索性自己开车去他家。

莎蒂开车驶过日落大道，经过快乐大脚与悲伤大脚的招牌（对着她的是快乐大脚，但是即将转到悲伤大脚的那一面），然后拐到萨姆家所在的那条街。他依然住在刚回洛杉矶时租的那间平房里。

"怎么了？"她说，"说吧。"

"这么说吧，我非常不满的一点是，"他顿了顿，"你居然不带我，独自做了这个游戏，"萨姆摇摇头，"这太棒了，莎蒂。这就是艺术。这是你做过的最棒的游戏。"

"我没想到你会这么说。"莎蒂说着。她觉得自己忍不住脸红了。她没想到自己依然如此在意萨姆的看法。

"为什么？"

"因为我以为你只看得上你亲自做的东西。"莎蒂说。

---

[1] 美国的劳动节是 9 月的第一个星期一，与周末共同组成三天假期，有别于大多数国家所庆祝的五一国际劳动节。

在不公平游戏，所有人，包括莎蒂在内，都很担心他们应该如何向市场推广《宫廷娱乐掌事官》，这款游戏的设计精彩绝伦，然而博学得过了头。在《宫廷娱乐掌事官》中，玩家需要从多个不同人物的视角来玩游戏，所有人物都与克里斯托弗·马洛的死亡有着某种联系：马洛的情人、一名与他竞争的剧作家、在21世纪探究克里斯托弗·马洛之死的一名莎士比亚研究者、克里斯托弗·马洛本人，以及最后的宫廷娱乐掌事官——受命于英国女王掌管娱乐事务（以及审查制度）的官员。《宫廷娱乐掌事官》既是一部互动悬疑戏剧，也是一个动作冒险游戏。莎蒂巨细无遗地重建了伊丽莎白时代的英国，除了围绕着谋杀展开的疑团外，游戏中还有很多与性别有关的内容。

他们最终决定，推销这部游戏的唯一办法就是坦诚地说明这是一部怎样的游戏。新闻稿如是写道："《镜像高中》的出品公司与富有远见的游戏设计师、《一五漂流记》和《枫叶世界》的创造者莎蒂·格林，联手为你奉上一场突破性的全新探险。《宫廷娱乐掌事官》不同于任何你玩过的游戏。悬疑、爱情故事、悲剧，这款游戏专为视电子游戏为艺术的玩家打造。"

不巧的是，由于通稿中提到了不公平游戏、《一五漂流记》和《枫叶世界》，游戏记者们又一次把《宫廷娱乐掌事官》当成了萨姆的作品。开始为《宫廷娱乐掌事官》做推广之后不久，他们便意识到了一件显而易见的事：如果萨姆加入推广，这部游戏能获得的机会将多得多。有梅泽镇长的人物形象和游戏婚姻的事情在前，萨姆的名气比莎蒂大得多。从某些方面来说，《宫廷娱乐掌事官》也确实是他的游戏——是他的公司推出了这款游戏，游戏上署有他的名字，莎蒂也是他的合作伙伴。市场部首先与马克斯讨论了让莎蒂和萨姆共同做推广的想法，马克斯说他不确定，也许他们俩都不会同意的。萨姆则说只要对《宫廷娱乐掌事官》有益，他很乐意这么做。

马克斯对莎蒂说起这件事的时候，她的反对态度更坚决。"说这种话显得我很不善良，很小肚鸡肠，但我真的不希望人们认为这是他的游戏。"莎蒂说。

"他们不会的，"马克斯说，"我向你保证，他们不会的。萨姆会格外注意告诉大家，他只是制作人，这个游戏是你的作品。"

11月，萨姆和莎蒂在全国飞来飞去，参加各种各样的展会，向多家游戏零售商推介《宫廷娱乐掌事官》。萨姆信守诺言，尽管记者们依然更想跟他交谈，而不是莎蒂，但他从不争抢功劳。"这个问题是提给梅泽的，"某个记者说，"游戏应该政治化吗？"更令人恼火的是至少有百分之二十五的人想当然地认为萨姆和莎蒂是情侣。每当他们告诉记者他们不是情侣时，总有人显得有些吃惊。一个男人，一个**身处游戏行业的男人**，为什么要跟一个不是他妻子，甚至不跟他上床的女人合作？但莎蒂对此应对自如。真正重要的是作品，她不断提醒自己。真正流传于世的是作品本身，但只有先让人们知道这部作品的存在，它才有可能流传于世。

出差四天后，莎蒂患上了胃肠感冒。她早上吐了一次，午饭后吐了一次，晚饭后又吐了一次，不过她说自己没什么其他不良感觉，而且这也没有对她推销游戏造成影响。她怀疑是在拉斯维加斯吃的那顿自助餐里的牡蛎在作祟。"看来在内陆城市的自助餐厅吃牡蛎不是个好主意。"她对萨姆说。

两天后，他们从达拉斯-沃思堡国际机场开车驶往得克萨斯州的葡萄藤市，莎蒂忽然叫萨姆靠边停车：她又要吐。

莎蒂在一棵新近种下的紫薇树下吐了一场，然后告诉萨姆她想开车，因为她觉得这样会对晕车有帮助。"你开得太慢了。"她说。

"莎蒂，"萨姆说，"你有没有考虑过怀孕的可能性？如果我没数错的话，过去三天里你已经吐了七次。这不可能还是因为牡蛎吧？"

　　"不是，以前是因为牡蛎，但现在绝对是因为晕车，"她坚持道，"而且这不可能是晨吐，因为我整天都在吐。"

　　去宾馆的路上，她看见一家药店。"我去买点运动饮料和治晕车的药，去去就回。"她说。她同时还买了一支验孕棒。

　　那是家既充满魅力又令人头疼的住宿加早餐酒店，共有七间客房，每一间都以得克萨斯州历史上的著名人物命名。旅行社不小心给他们预定了邦妮与克莱德[1]套房，而不是两个分开的房间。"要不要我去找找其他宾馆？"萨姆低声说。

　　"没事。这毕竟是得克萨斯的套房，"莎蒂说，"得克萨斯的一切不是都大得离谱吗？"

　　然而令人失望的是，这间套房的面积很不"得克萨斯"，一间小卧室、一间摆着两用沙发的小客厅、一间显得十分碍事的小卫生间。"我们在哈佛的第一间宿舍差不多就是这样的。"萨姆说道。

　　到达宾馆后大约半小时，她走进卫生间，随后又拿着盒子和装在杯子里的验孕棒走了出来。"不好意思，"她说，"这挺恶心的，但那个卫生间里实在没有台面放东西。洗手池是立柱式的。这家宾馆很漂亮。我恨不得把所有人杀掉。真抱歉，我绝对是有史以来最叫人反胃的旅伴。"萨姆忍不住哈哈大笑，莎蒂在他身边的沙发上坐下，他们边看电视节目——迪士尼拍的老电影《海角乐园》，讲的是遭遇海难的一家人住在树屋里的故事——边等待着验孕棒显灵。

　　最先发现变化的是萨姆。"两条蓝线是什么意思？"他拿起盒子查

---

[1] 邦妮与克莱德是美国经济大恐慌时期的著名劫匪，两人为情侣关系，其犯罪行径引起媒体与民众的广泛关注，多次被改编为影视剧。

看上面的解释，而莎蒂已经知道了蓝线的含义，走进卫生间又吐了起来——这一次不是因为生理上想吐，而是心理缘故，呕吐这件事有时没那么容易止住。她刷了牙，走出卫生间来到沙发旁，重新在萨姆身边坐了下来。她放在茶几上的手机响了。萨姆看见是马克斯打来的，莎蒂让电话转到了语音留言。"我也想住在树上，"她说，"我们能不能也这样？哪怕只有一小段时间也好。"她把头枕在萨姆肩膀上，虽然她身上依稀散发着胃酸和胆汁的气味，但萨姆既没有动也没有说话。"还有两个小时我们就该去游戏驿站的总部了，"她说，"如果我睡着了你就叫醒我。"

一个月后，12月，他们去纽约参加更多的媒体活动，其中包括《游戏故事》的一场拍摄。这家杂志要为萨姆和莎蒂做一场专访，标题是《宫廷娱乐掌事官：与梅泽和格林一同探访幕后》。为了拍摄，他们答应穿上夸张的伊丽莎白时代服装。莎蒂化妆成伊丽莎白一世女王，萨姆则化妆成威廉·莎士比亚。整个场面极其滑稽，莎蒂和萨姆全程忍不住哈哈大笑。摄影师是个六十多岁的意大利人，他既不了解电子游戏，也不清楚他们两个是谁。

"你们两个结婚了，对吗？"摄影师说。

"她不相信婚姻。"萨姆说。

"确实，我不相信。"莎蒂说。

"等你们有了孩子就不一样了。"摄影师说。

"人们总是这么说。"莎蒂说。

拍摄完成后，莎蒂脱掉服装冲进了卫生间。

萨姆正在脱紧身上衣。公关经理忽然收到了一条短信。"不公平游戏在威尼斯海滩，是吗？"她说，"我朋友说那里的一家科技公司发生了枪击案。你应该让你们的员工躲在室内不要出来。"

"太可怕了。是哪家公司?"萨姆问。尽管他为硅谷海滩的邻居们深感担心,但并不觉得这个消息跟自己有什么关联。不公平游戏是**游戏**公司,不是**科技**公司。

"我知道的只有这些。"公关经理说道。

"我给马克斯打个电话,"萨姆说,"也许他知道是怎么回事。"

萨姆掏出手机,发现过去十五分钟里有好几个马克斯打来的未接电话。他给马克斯回电话,但被直接转到了语音信箱。他拨通了办公室的座机,尽管西海岸现在是早上,却没人接听。

他走进女卫生间,想让莎蒂给马克斯打电话。他能听见她呕吐的声音。他敲了敲隔间的门。"莎蒂?"

"萨姆森,你怎么跑到女卫生间来了?"

莎蒂走出隔间。她已经习惯了呕吐,很快便恢复正常。她正要打趣萨姆跟着自己进了女卫生间,忽然看见了萨姆的脸色。

5

在 2005 年的美国，每人每年平均会发送四百六十条短信。

短信的形式和语言风格更像电报，而不像对话。简洁的文风使这些简短的信息带有一种诗歌般的风格。

莎蒂与马克斯交往的几年中只发过几十条短信。他们没有发短信的必要，他们总是在一起，无论在公司还是在家。

莎蒂打给马克斯的第一通电话被转到语音信箱后，她发了条短信：

你还好吗？

他不久便回复道：

我爱你。一切都好。
只是几个孩子。在谈话。TOH。

莎蒂的手止不住地颤抖。她把手机拿给萨姆看。"TOH 是什么意思？"莎蒂问，"我不知道这个缩写。"

"驯马者。"萨姆说。

UII

非玩家角色

你在飞翔。

你的下方是棋盘般的乡村生活图景。两头娟珊奶牛在薰衣草田里吃草，甩甩尾巴，驱赶着并不存在的苍蝇。一个身穿绉布连衣裙的女人骑着自行车驶过石桥，哼唱着贝多芬《第五钢琴协奏曲》的第二乐章，她经过时，一个头戴平顶软帽的男人跟随着曲调吹起了口哨。在你看不见的地方，蜂巢里的蜜蜂嗡嗡作响。石桥下的山谷里，一个墨色头发的男孩正在喂一匹马吃方糖，马儿的目光透着野性。果园里的苹果树静静等待着秋天的到来。一个头发花白的男人安静地望着两个十几岁的孩子在池塘里游泳。你嗅得到那人流露出的渴望，那气息比薰衣草更加浓烈。你不禁想，**人类想要的东西太多了，幸好我只是一只鸟。**在一片长满草莓的田野里，油亮的浆果与白色的花朵亲密无间地并肩生长。

你从来都无法抵挡草莓的诱惑，于是你向低处飞去。

作为一个长着翅膀的生物，不会飞的生物偶尔会让你解释飞行的原理。你经常做出的回答是：这是经典力学、协调的振翅动作、天气、解剖学合作的结果。不过说实话，飞行时最好不要考虑飞行的原理。你的理念是：把自己交给空气，享受眼前的景致。

你来到目的地。小小的鸟喙衔住了浆果，你正要摘下它，忽然听见了扣动扳机的咔哒声。

"小偷，不许动！"

你感觉到子弹穿透了你中空的鸟类骨骼。

棕褐色的羽毛炸开，仿佛四散的蒲公英种子。血液溅在浆果上，红与红，然而在拥有四色视觉的你看来，那是两种截然不同的红色。

你落在泥土里。几乎无人察觉的一声钝响，腾起一团只有你才看得见的灰尘。

又一声枪响。

又一声枪响。

你的翅膀在扇动。你决定把这看作尝试起飞，而非濒死的抽搐。

几个小时以后，你觉察到有人正握着你的手，这意味着你有手，这意味着你不是一只鸟，这意味着你一定是用了什么药物，比如致幻剂。你从没服用过致幻剂，尽管佐伊一直想跟你一起尝试，并说她认识这方面的最佳指导者。有一瞬间，你感受到几种彼此矛盾的伤感：因为你不会飞，因为你没有跟佐伊一起尝试致幻剂，因为⋯⋯

你快要死了。

不对，这么说不对。你想要表达的是有关存在的痛苦，其来源在于你认识到万物都会死。你不是快要死了，而是一直在死亡的过程中。

重复一遍：你不是快要死了。

你三十一岁。你是商人渡边龙和设计学教授爱兰·李的独生子。你在新泽西州出生。你有两本护照。你在加利福尼亚州威尼斯海滩阿伯特·金尼大道上的不公平游戏工作。你办公桌上的名牌写着：

马克斯·渡边

驯马者

你有过许多条生命。在成为驯马者之前，你曾是击剑手，是高中国际象棋冠军，是一名演员。你是美国人，是日裔，是韩裔，这种种身份使你并不真正属于其中任何一种。你认为自己是世界公民。

此刻你是医院里的公民。一台机器在替你呼吸。有规律的滴滴声说明你还活着。

你没醒，但也没睡着。

你能看见一切，听见一切。

你的记忆很不清晰。严格地说你并没有失忆，但一时回忆不起自己怎么会来到医院，又为什么无法醒来。

你一向为自己的记忆力感到自豪。在办公室，人们总是说："去问马克斯，他肯定知道。"通常情况下你确实都知道。你记得住那些寻常的事物：人们的名字和相貌、生日、歌词、电话号码。你也记得住那些略微不同寻常的事物：整部戏剧、诗歌、扮演某个角色的演员、某个晦涩词汇的含义、小说中的大段节选。你记得别人父母的名字、孩子的名字、宠物的名字。你精准地记得城市的地形、宾馆的楼层平面图、电子游戏的关卡、分手恋人身上的疤痕、自己曾经说错的话、人们穿的衣服。你记得第一次见到莎蒂时她穿的衣服：一条黑色背心裙，里面配一件白色盖袖 T 恤打底，红色法兰绒格子衬衫系在腰间，橡胶厚底的紫红色牛津鞋，透明的袜子上带有玫瑰印花，戴着那年春天所有人都在戴的那种椭圆形黄色小镜片太阳镜，中分长发梳成两根长长的麻花辫。"你就是马克斯吧，"她说着把手伸向你，"我是莎蒂。"

"我已经认识你了，"你答道，"我玩过两部你做的游戏。"

她的目光越过黄色太阳镜的上沿打量着你。"你觉得玩一个人设计的游戏就能了解她？"

"确实。依本人拙见，没有比这更好的方式了。"

"既然如此，你对我都有哪些了解呢？"她问。

"你很聪明。"

"我是萨姆的朋友，这一点是不言自明的。关于你，我也能推测出同样的结论。你通过玩我做的游戏对我究竟有哪些了解呢？"

"你有点儿喜欢搞恶作剧。你的头脑既有趣又特别。"

莎蒂可能翻了个白眼，不过在太阳镜的遮挡下很难看清。"你也设计游戏吗？"

"不，但我打游戏。"

"那我怎么才能了解你呢？"

很久以前，你意识到对于头脑健康的人来说，记忆是一种可以随时开始的游戏，记忆游戏的输赢只有一条判定标准：你这段记忆的形成是源于偶然，还是因为你决意要记住它？

所以说，这一切开始的时候你在哪里呢？

你在跟夏洛特·沃思和亚当·沃思开会。

他们刚搬到洛杉矶来，神情天真，眼睛湛蓝，男的魁梧，女的健美，像美洲拓荒者或者乡村音乐歌手。他们让你想起了萨姆和莎蒂——假如萨姆和莎蒂个子高挑，是一对来自犹他州的前摩门教夫妻的话。

沃思夫妇来推销他们的游戏，暂定名叫作《我们的无尽岁月》。（你曾开玩笑说如果有朝一日你要写一本回忆录，名字就叫《所有标题均为暂定》。）《我们的无尽岁月》是一款关于世界末日的探险类射击游戏。一个女人带着年幼的女儿穿越末日之后的荒漠，并且要在途中抵御人类与怪物的袭击。沃思夫妇称他们设计的怪物为"荒漠吸血鬼"，是吸血鬼和僵尸的结合。女主人公有失忆症，因此六岁的小女儿必须替她

334

记住一切。女孩坚信她的哥哥和父亲都在西海岸，然而一个六岁孩子的记忆真的可信吗？

"失忆症出现在游戏中有点儿老套，"夏洛特带着歉意说道，"但我相信我们能把它做出新意。"

"其实我们是受到了第一部《一五漂流记》的启发，"亚当说，"凭借幼童的记忆和理解力赢得游戏，这个设定太出色了。"

"我们已经等不及跟格林以及梅泽见面了，"夏洛特说，"我们是他们的头号粉丝。"

"她甚至喜欢《双面人生》。"亚当说。

"不要说**甚至**。它是我最喜欢的游戏，"夏洛特说，"雾幻泽国的设定太巧妙了。我还扮成过无畏少女罗丝呢。"

"没人知道她扮的是谁。"亚当说。

"可以说我痴迷于莎蒂·格林的作品。"

"不是梅泽吗？"你不禁被逗笑了，问道。

"他们两个都很优秀，但莎蒂·格林的雾幻泽国和《双面人生》、莎蒂·格林的《答案》才是我想做的那种游戏，"夏洛特说，"我已经等不及玩《宫廷娱乐掌事官》了。"

"《答案》，"你说，"够早期的。看来你是真的喜欢她的作品。"

也许她只是因为有求于你，才会说这样的客套话，但你依然领情。说来令人难以置信，你遇见的人，而且是有求于你的人，其中很多甚至懒得去了解不公平游戏推出过的作品。

你感谢沃思夫妇的来访，告诉他们等莎蒂和萨姆从纽约回来，你就会跟他们讨论《我们的无尽岁月》。你向他们保证最迟下个周末就会给他们消息。你望着夏洛特和亚当，你看得出他们是多么需要你们来合作这款游戏。你看得出他们已经被拒绝过许多次，看得出他们眼神

335

中的渴望。你好奇他们平时的工作，好奇如果没有事业成就的支持，他们的爱情还能维持多长时间。（人们常说事业成就会杀死爱情，然而事业无成杀死爱情的速度也一样快。）你的工作中最棒的部分之一就是有机会告诉一名设计师：**没错，我看得见你的才能，我明白你想要创作什么，我们来合作吧。**虽然这有违职业规程，但你忍不住琢磨是否要当场告诉他们你的公司会同意制作《我们的无尽岁月》。你喜欢这对夫妻，你想玩这个游戏，这毋庸置疑。

你正要送他们去电梯口，忽然听见炸雷般的声响，可能是汽车驶过金属盖板的声音，也可能是一个街区外的破碎球撞上楼体的声音。

那声音很响，但并不见得危险。

那确实是一声巨响，但洛杉矶充满了各种各样无意义的响声和动静，那是它很出名的特点。

你没想到那是一声枪响。

你隐约听见了呼喊声，但你不确定声音来自楼下的大厅还是室外。

你对沃思夫妇笑笑，接着出声笑了起来，为了让大家放松精神，你说："电子游戏这个行业里从不缺少激动人心的事情。"

听到你这个乏味的笑话，沃思夫妇笑了，在那一刻一切都很正常。"我们是不是应该把创作概念图集留下，好让你的合作伙伴们看看？"夏洛特问。

你正要回答，办公室的电话忽然响了，是不公平游戏的接待员戈登。"嗨，马克斯。楼下有人想见梅泽。"

你听得出戈登的语气有些紧张。"出事了吗？"

"我……我不方便说，"戈登说道，"他们说他们要跟梅泽对话。"

"好，稍等，"你对沃思夫妇微微一笑，然后压低声音对着话筒说，"我问几个问题，你只说是或不是就可以。我应该报警吗？"

"是。"戈登说。

"他们有枪吗？"

"是。"

"不只一把枪吗？"

"是。"

"有人受伤吗？"

"不是。"

你听见听筒里传来喊叫声。"把电话给我放下！叫那个变态基佬滚下来。"

"告诉他们梅泽不在，但是不公平游戏的CEO马上就下楼跟他们见面，这跟见梅泽是一样的。"

"好的。"戈登听起来有些不知所措。他把你说的话重复了一遍。

"没事的，戈登。"你说完挂断了电话。

你转过身，沃思夫妇正望着你，等待着你的指示。"我们该怎么做呢？"亚当·沃思问。沃思夫妇跟《我们的无尽岁月》中的主人公一样，为即将到来的末日做好了准备。

你向他解释了当下的形势，叫他打电话报警。亚当·沃思拿起了电话。

你正要离开，安特忽然向你走来。"出什么事了？"

你把已知的信息重复了一遍，安特提出要陪你一起去。"如果让你一个人下去，莎蒂知道了非杀了我不可。"

"楼上还有事情需要你处理。"你说。你告诉安特联系物业，让他们切断大楼的供电，这样电梯就不能使用了。你告诉他堵住楼梯间。你告诉他让所有人保持冷静，不许任何人下楼。你告诉他带员工到屋顶去，然后把门堵住。

337

"可是马克斯，天啊，你真的要下去吗？"

"他们只是想跟负责人谈一谈，也许他们只是对公司不满。我以前也说服过这样的人。"

安特说："我不确定，也许你应该等警察赶到后再说。要是你有个三长两短，莎蒂和萨姆都会杀了我的。"

"我不会有事的，安特。再说让戈登独自留在楼下也不好。无论这些人有什么不满，他们都是冲不公平游戏来的，不应该拿我们的接待员出气。"

安特拥抱了你，你向楼梯走去。"多加小心啊，朋友。"他说。

夏洛特在身后叫你："马克斯，你要不要带件防身的东西？"只有真正的游戏玩家才会提出这样的问题。在进入潜在的战场之前，游戏玩家必定会先查看自己的装备，确认是否有可用的武器。

"什么防身的东西？"你说。你没有武器。你这辈子过得很安逸，从不需要任何形式的防御。也许是这种优越的生活使你有些莽撞。"我只是去谈一谈。我敢肯定，这个人其实只是需要别人倾听他想说的话而已。"

下楼之前，你最后快速地扫了一眼自己的办公室。你觉得自己似乎遗落了什么东西。在游戏中，不合时宜的那件东西往往就是解决问题的关键。你看见了沃思夫妇的文件夹，夏洛特把它放在了你的办公桌上，你草草写下一张便利贴：*S.，跟我说说你的看法。——M.*。

你把文件夹交给助理，跑步下楼，目前你想回忆的事情就这么多，因为莎蒂在你的病房里。

"你是病人的妻子吗？"医生问。

"是。"莎蒂撒谎道。

你觉得这很奇怪，因为莎蒂对婚姻有种固执的判断，换句话说，她不相信婚姻。你不明白她这种态度是从哪里来的。她父母结婚已有三十七年，非常恩爱，她祖父母的婚姻甚至更长久。若说有谁对婚姻有意见，应该是你才对。你父母的不恩爱婚姻持续的时间与莎蒂父母的恩爱婚姻不相上下。你已经不记得上次看见父母共处一室是什么时候。大一学年结束后你回到家，发现他们分别搬进了东京的两套公寓。

"我爸呢？"你问母亲。

你母亲对此似乎觉得无所谓。"他说他想走路上班。"

十多年过去了，他们依然没有离婚，对此你也无法解释。

去年你曾向莎蒂求婚。你征求过她父亲的许可，他同意了。你买了一枚戒指。你单膝跪地。

"我想象不出自己做别人的妻子是什么样子。"她说。

"你不需要做妻子。我来做你的丈夫就好。"你说。

这个说法没能说服她。她对婚姻的抗拒出乎你的意料，你问她原因，她说你们已经有了共同的房产，所以不需要结婚。她说她不想跟自己的生意伙伴结婚。她说婚姻是一套用来压迫女性的陈腐制度。她说她喜欢自己本来的姓氏。

"我也喜欢你的姓氏，"你说，"我非常喜欢你的姓氏。"

然而此刻，莎蒂却在这里告诉医生她是你的妻子。假如你能说话，你要对她说："原来只要陷入昏迷你就会嫁给我。早知道原来这么简单……"

严格地说，你并没有陷入昏迷。

你处于药物作用下的昏迷状态当中。

你无意间听见了医生的话，得知自己身中三枪：大腿、胸腔和肩膀。

最严重的伤势是那颗击中你胸口的子弹造成的，它飞快地穿过了你的肺、肾和胰脏，此刻正留在你肠子里的某个地方，等待着你恢复体力之后取出来。医生说这不是最糟糕的情况，你跟大多数人一样，有两个肺、两个肾脏，遗憾的是只有一个胰脏。枪伤使你的身体进入了休克状态，正是由于这个原因，你现在才会处于昏迷之中。你还年轻，身体健康，或者说曾经身体健康，在不同的日子里，医生曾几次说过你活下来的可能性**比较大，过半，不是没有**。你感到些许宽慰。

莎蒂离开了病房，一名护士走进房间处理挂在你床边的两格式挂袋，排泄物与营养供给在其中互搏。他用海绵细致地为你擦洗身体，尽管经历了这样的遭遇，受到别人的照顾依然让你有种小小的满足感。

你在不公平游戏的大厅里。

一个身穿黑衣的白人男孩拿着一把不大的枪，指着接待员戈登的脑袋，红色的印花头巾遮住了他下半张脸。另一个同样身穿黑衣的白人男孩拿着一把大些的枪，枪口对着你，他脸上是一块黑色的头巾。**"你他妈的是谁？"** 脸上蒙着红色头巾的男孩问道。

你不明白这两个男孩子为什么还没有乘电梯上楼。他们的目的难道不是报复尽可能多的人吗？你不知道戈登——长着一张娃娃脸、待人友善、性格柔弱的戈登——是怎样把他们控制在大厅里的。你还记得万圣节时的戈登，他自己改造的那套皮卡丘的服装真的能够发出电火花。

除了在《毁灭战士》之类的电子游戏中用过的那些枪外，你对枪支没多少了解。甚至在玩《毁灭战士》的时候枪支也不是你的首选武器。你更喜欢电锯或者火箭炮之类带有恐怖秀场戏剧风格的武器。你认出那支小一点的枪是手枪，那支大一点的是突击步枪。

"嗨，我是马克斯·渡边。这是我的公司。"你说着向他们伸出手，以备万一有人想跟你握手。那个男孩似乎被你的举动搞糊涂了。你微微一点头。"我能帮你们做些什么吗？戈登说你们想跟梅泽谈话，但是梅泽不在公司。"

红头巾对你尖叫道："我不信！你他妈的是个骗子！"

"我向你保证，他真的不在，"你说道，"他在纽约推广我们的新游戏。你要不要跟我谈谈，看看我能帮你做些什么？"

"我要去办公室，"红头巾说，"我要亲眼看看那个小基佬在不在。"

"可以，"为了尽可能拖延时间，让楼上的所有人撤离到屋顶，你又说，"我可以带你去，不过你能不能为我行个方便——"

"小子，我他妈是不会给你行方便的。"

"告诉我，你究竟要梅泽做什么，也许我能帮上忙。"

戴黑头巾的那个说话略微有些结巴。"我们不想伤害其他人，"他说，"我们只是想跟梅泽谈话。要是我们想冲进你们的办公室开枪，我们早就上楼了。我们要梅泽下来。"

"我来给他打个电话。"你建议道。你拨通了萨姆的电话，但是萨姆没有接。他一定是在跟莎蒂拍摄。你保持语气冷静，给他留了一条语音留言："我是马克斯。有空给我回个电话。"

你望着那两个年轻人。由于头巾遮脸的缘故，你看不出他们的具体年龄。他们或许跟你同龄，也可能比你年轻，你并不害怕他们，但你害怕他们手里的枪。

"他会给我回电话的，"你语气轻松地说，"我们等梅泽回电话的这段时间，你们能不能放戈登离开？"

"贱人，"红头巾说，"我凭什么要听你的？"

"他不是重要人物，"你说，"他只是个非玩家角色。"他们显然都打游戏，因此你知道他们会明白这个词的含义。

"我看你才是非玩家角色。"红头巾说。

"你不是第一个这么说我的人。"你说。

你在圣西米恩近郊的一家宾馆里。

莎蒂睡着了，于是你下楼来到宾馆的酒吧。萨姆也在。你这位滴酒不沾的朋友正在喝酒。

你问他需不需要人陪，他耸耸肩说："随便你。"你在他身边坐了下来。

"我也不知道这是怎么发生的，"你这话显得很苍白，"依我看，我们两个都不是有意要这样做的。"

"这个故事我一丁点儿都不想听。"他说。他喝醉了，但话语间没有醉意，只是烦躁而刻薄。"你跟莎蒂的关系和我跟莎蒂的关系不一样，所以这根本无所谓。你可以跟任何人上床，"他说，"但你不能随便跟人一起玩游戏。"

"我是跟你们两个一起制作游戏，"你纠正道，"拜托，一五的名字是我取的。一路走来的每一步，我都跟你们两个在一起。你不能说我没有参与。"

"你参与了，确实。但是从本质上说你并不重要。即使你不在，也会有其他人来做。你是个驯马者，是个非玩家角色，马克斯。"

非玩家角色就是游戏中无法由玩家操作的角色。这是人工智能带来的附加物，目的在于给程序化的游戏世界增添真实性。非玩家角色可以是一位好朋友、一台会说话的电脑、一个孩子、一名家长、一个恋人、一个机器人、一名举止粗鲁的队长，甚至是游戏中的反派。然而，萨姆这样说意在羞辱人，他不仅在说你无足轻重，也是说你乏味无趣、墨守成规。然而事实是，不存在没有非玩家角色的电子游戏。

"不存在没有非玩家角色的电子游戏，"你对他说，"若是那样，就只有个自封的主人公在游戏里走来走去，没人跟他说话，也没事可做。"

萨姆又喝了一杯灰雁伏特加，你告诉他喝得够多了。"你又不是我爸。"萨姆说。

酒保望着你，于是你点了一瓶啤酒。

"我真希望从没遇见过你，"萨姆说，"我真希望我们从没做过室友。我真希望自己从没介绍你和莎蒂认识。"萨姆吐字渐渐变得不清晰。

"莎蒂不属于你。"

"她属于，"萨姆说，"她是我的。你明明知道，却还是要追求她。"

"不，人们并不属于彼此。"

"为什么不？"萨姆说，"为什么不？"

"萨姆。"

"你要娶她吗？"萨姆问。他说的是"娶"，听起来却像是"杀"。

"暂时不会。"

"结婚有什么好的？上床有什么好的？生孩子过家家有什么好的？人为什么不能属于跟你一同创作的人？"

"因为人要生活，也要工作，"你说，"这不是一码事。"

"对我来说就是一码事。"

"也许对莎蒂来说不是一码事。"

"也许吧，"萨姆低声说，"我这个人一团糟，马克斯。假如我不是个一团糟的懦夫，也许进莎蒂房间的那个人就是我了。我知道这只能怪我自己。我知道我曾经有的是时间。"萨姆把头枕在红木吧台上抽泣起来。"没有人爱我。"他说。

"我爱你啊，兄弟。你是我最好的朋友。"你付了酒钱，搀扶着萨姆回到他的房间。他走进卫生间，关上了门，你听见他在吐。

你坐在萨姆的床上，打开电视，一部医疗题材的电视剧正在重播。一个男人得了脑肿瘤，如果不接受实验性的脑部手术他就会死，然而到头来正是那场实验性的脑部手术夺走了他的性命。真奇怪啊，你想，人们那么讨厌去看医生，却这样喜欢看医疗剧。

萨姆迟迟没出来，于是你叫他："萨姆？"

他没有回答，于是你走进卫生间，看见他站在镜子前，手里拿着宾馆提供的清洁套装里的小剪子，头发已剪掉了一半。

"我吐在上面了，"他说，"洗不掉，所以我就剪了。现在我想把头发剃光，但我喝得太醉了。"

你没有说话，接过他手里的剪子，帮他剪掉了余下的头发，然后你拿出他的电动刮胡刀，帮他把头发尽可能地剃短。

"现在谁才是非玩家角色啊？"你对他说，"游戏手柄在我手里，任务也由我来完成。"

"你发现你的疯子室友在卫生间里。他因为绝望而无理取闹，剪掉了自己一半的头发。你该怎么办？"萨姆模仿着文字冒险游戏里的语气说道。他张开手指理了理头发。"别把这件事告诉莎蒂。"

"兄弟，依我看她会发现的。"你说着捧起萨姆的脑袋，在他头顶亲了一口。

你在不公平游戏的大厅里。

"你们经常打游戏吗？"你既是为了拖延时间，也是真的好奇。

"打一些。"红头巾说。

"有哪些呢？"你问，"别担心，我只是出于职业兴趣才问的。我想知道人们喜欢玩哪些游戏。"

他们说自己玩《半衰期2》《光环2》《虚拟竞技场》和《使命召唤》。坐在桌子底下的戈登接话道:"怪不得你们喜欢射击类游戏。"

"没人让你说话,肥仔。"红头巾说。

几年前,你参加了一场有关暴力与游戏的座谈会,参会人员当中对这一话题最有发言权的是个穿着灯芯绒夹克、胳膊肘上绣着补丁的男人,他写过一本以此为主题的书。他说,大多数甚至几乎所有玩家都能分得清玩暴力游戏和实施真正的暴力行为的区别,在玩耍时适当发泄有关暴力的想象对儿童的心理健康甚至是有益的。你不是这方面的专家,但是有一点你很清楚:从来没有人被电子游戏中的武器杀死。

你看了一眼手机。距离给萨姆打电话已经过去了五分钟。

你来到戈登办公桌下的小冰箱旁。"你们要不要来瓶斐济水?我们这儿还有些能量棒。"

红头巾摇了摇头,但黑头巾接过了水。他掀起头巾喝水,你看见了他的脸,带着孩子气,一碰就疼的红色痘印,不规则的胡茬。

"所以说,你们对梅泽到底有什么意见啊?"你说,"在我看来,你们并没有玩过我们做的游戏。"

"是《枫叶世界》。"黑头巾说。

"别他妈跟他说这些。"红头巾说。

"为什么不能说?他迟早会知道的,"黑头巾说,"他老婆在枫叶世界跟一个女人结了婚,后来把他甩了,与那个跟她结婚的女人在一起了,于是——"

"去你的,"红头巾对他的搭档说,"这他妈不关他的事。"

"因此你才会怪萨姆。"

"萨姆是谁?"红头巾说。

"梅泽镇长。"

"我怪梅泽，而且我要报仇。"他说话时像翻译蹩脚的电子游戏中的人物。

你转而对黑头巾说："你呢？你为什么要来这里？"

"因为我认为这样不对，"黑头巾说，"玩《枫叶世界》的都是小孩。我没有偏见，但是为什么要把这些同性恋的东西强加在小孩身上？"他说话时望着你，似乎在观察你是否赞同他的看法。你保持着平静的表情。"还有，从幼儿园起我就是他最好的朋友，所以我必须来。"

你点点头。按这两个人说的话，带着两把枪冲进办公室，叫嚣要打死一名游戏设计师似乎是再合理不过的事情。看他们的表现，仿佛这是一次钓鱼旅行，或者拉斯维加斯的周末告别单身派对。你想象着他们出发前选择头巾的情景，讨论着戴头巾是否适合办公室枪击案的气氛。"那么，你们的计划是什么呢？"你说。

"我想杀了梅泽。"红头巾说。

"但是梅泽不在这里。所以，也许你们最好的选择是回家去？"

"滚蛋，"红头巾说着把枪口抵在你面颊上，"拖的时间太长了。我现在就要去办公室看看。"他把枪口换了个地方，抵着你的脊柱，你带他们走上了楼梯。二楼没有声响，似乎状态不错，但是推开防火门时你依然屏住了呼吸。

整个楼层空荡荡，你尽量不让自己流露出松了口气的表情。

"你是不是在跟我撒谎？"红头巾说，"人呢？"

你编了个谎话，说公司今天有集体活动。"你看，萨姆的办公室就在这儿。"

"既然你是重要人物，你怎么不参加公司的集体活动？"红头巾问。

"因为总要有人留下来照看农场。我是个非玩家角色，不是吗？"

346

头巾二人组开始砸萨姆摆在展示架上的东西。到处都是《一五漂流记》的纪念品。"我讨厌这个游戏，"红头巾说，"小男孩穿他妈什么裙子。"

电话响了。红头巾叫你接电话，是警察。他们在楼外，还带来了一名谈判专家。他们想跟红头巾通话。然而在递出电话之前，你捂住听筒对红头巾说："你们应该想想怎么从这件事里脱身。"他长着浅棕色的眼睛，你在他的眼睛里看见了恐惧。"目前没人受伤，这对你非常有利。所以把你的要求提出来，然后继续你本来的生活吧。你今天不可能杀死梅泽的。"

红头巾接过了电话，挂断之后他抽泣起来。他摘下头巾擦眼睛，你这才第一次看见了他的脸，他长得还像个孩子。他的模样跟萨姆把头发剃光的那天晚上很像。他看上去那样脆弱，尽管发生了先前的一切，你依然想帮助他。

"没事的。"你说着伸出手想要拥抱红头巾。这是个错误。他伸出双手把你推搡到墙边。

"别碰我，你个死变态。"

"天哪，乔希。"黑头巾说。

"别他妈说我的名字。"红头巾说。

就在这时——他究竟在想什么呢？——安特下楼来到了办公室。他举着双手。"马克斯，"他大声说，"是我，安特。你没事吧？"

红头巾把枪对准了安特。

"这他妈不是梅泽吗？"红头巾说，"你是不是在骗我？"他转头对你说，"他一直在这儿？"

"他不是梅泽，"你说道，"他是我们的另一名员工。他叫安东尼奥·鲁伊斯。"

347

"我看他就是梅泽。"红头巾坚持道。也许他真的以为安特是萨姆。那天安特很不巧地穿了一件红色格子衬衫，跟萨姆在《枫叶世界》里的形象有几分相似。萨姆和安特长得并不像，他们的共同点只有身材很清瘦，长着黑头发，橄榄色的肤色。他们甚至不是同一个人种。你忽然意识到，在那个拿着枪的男孩眼中，面前的"其他人种"究竟是哪一种族其实并不重要。

抑或他并没有把安特错认成萨姆，也许他只是不喜欢安特的打扮。安特的莫霍克发型和紧身牛仔裤会立即被人看作游戏公司自由派作风的标志。

抑或他只是想对人开枪而已。

你听见红头巾的手指扣动了扳机，你扑上去挡在安特和那把枪之间。"乔希，别开枪。"你说。

为时已晚。红头巾连开五枪，其中一枪打中了安特。你不知道打在了哪里。

三枪打中了你。

在我的
（射击）
头脑中，
（射击）
感觉到
（射击）
一场葬礼
（射击）

最后一颗子弹，红头巾射进了自己的脑袋。

"哦我的天啊，乔希，"黑头巾说，"你这是干什么？你为什么要这样？我们说好只是吓唬他们一下的。"黑头巾跪在地上双手紧握，开始背诵祷告词。

几秒钟后，你失去了知觉。

你的手机响了，是莎蒂。

对了，莎蒂告诉你她怀孕了。你其实想要孩子，但身体是她的，因此你听从她的决定。你们讨论了怀孕带来的障碍，对工作、对生活的影响。你是个游戏制作人，于是你做了一张电子表格，就像你思考接下来打算制作的游戏那样，你列出了优势与劣势、任务分工、可能存在的风险、开销、收益、日期以及交付成果。

你把自己用电脑完成的工作成果拿给她看。"我们设想中的孩子不能叫'工作簿 1.xls'。"她说。她重命名了那个表格，"格林渡边 2006夏季游戏"。

她打印了一份，过了一两天，她说她打算留下这个孩子。"永远没有好时机，但现在也算是好时机，"她说，"《宫廷娱乐掌事官》完成了。整个春季我都可以做资料片，孩子在夏天出生。顺利的话，它应该比你的拓麻歌子成长得更好。"

你和莎蒂开始管这个孩子叫拓麻歌子·渡边·格林。

你在医院里。

走廊尽头传来了圣诞颂歌表演队的歌声，但你听不清是什么歌。他们离你的病房越来越近，你听出那是琼尼·米歇尔那首听得所有人都想死的歌曲，更糟糕的是，被颂歌表演队在医院里一唱，这首歌越发令人压抑了。你不记得这首歌的名字，这让你有些烦躁。你总能想起名字的。

有人用圣诞星星灯带装饰了病房。你想不出那会是谁。跟你关系亲近的都是犹太人，或者佛教徒，或者无神论者，或者不可知论者。

既然现在是圣诞节，那就意味着你已经昏迷了三个星期。

既然现在是圣诞节，那就意味着你没有给沃思夫妇回电话。

既然现在是圣诞节，那就意味着《宫廷娱乐掌事官》已经上市，可以下载了。

既然现在是圣诞节，那就意味着莎蒂即将进入孕中期。

你的母亲和父亲来了。他们极少共处一室，因此你知道自己的状况一定很不乐观。

你想起那首歌的名字叫《河流》。

你母亲坐在床边的扶手椅上。她穿着一条连衣裙，上面的印花是草莓和鸟儿。她正用一根长长的针把五颜六色的纸鹤串成串。你知道她在做什么：这是日本的一种习俗，折一千只纸鹤为人祈福，就能让这个人恢复健康。

尽管看不见，但你感觉到你父亲就坐在地上。他正在折纸鹤，然后交给让你母亲把它们串起来。

这就是婚姻吧。

过了一会儿，你父亲离开了。你母亲继续串着纸鹤，但没有你父亲的帮忙，可供她用的纸鹤越来越少。串纸鹤的速度比折纸鹤快得多。

萨姆来时做了自我介绍。"您一定是马克斯的母亲吧。"

"你可以叫我安娜。"她说。

"我母亲也叫这个名字，"萨姆说，"马克斯从没提起过我们的母亲同名。我以为您叫别的名字。"

你母亲解释道："我的韩语名字叫爱兰。在美国时，大家就叫我安娜。"

"安娜·渡边。"

"渡边是我丈夫的姓。我叫安娜·李。"

"安娜·李也是我母亲的名字。"萨姆说。

"我跟你母亲长得像吗？"

"一点都不像，"萨姆说，"真奇怪，马克斯从没和我说起过这些。"

"也许他觉得这不值一提，"你母亲猜测道，"李这个姓氏非常常见，安娜也一样，"除了布料，你母亲对其他事物都没有太多兴趣，"也许他不知道？"

萨姆走到病床边，端详着你的脸。"不会的，马克斯总是什么都知道。"当你得知萨姆已逝母亲的名字时，你认定这便是命运，从那天起，萨姆就是你的兄弟。若你相信，名字即是命运。

萨姆转身看向你母亲。"您的纸鹤快用完了，"他说，"如果您能教我怎么折，我可以帮您。"你母亲做了示范，萨姆在病房的地上坐下来，也折起了纸鹤。

你还活着。

莎蒂在为你梳头发，她告诉你《宫廷娱乐掌事官》成了美国当下最畅销的游戏。"我觉得其实人们并不喜欢这款游戏，"莎蒂说，"我猜他们只是同情我们而已。"

你想告诉她这是在妄自菲薄，不要这样。没人会出于同情为一款游戏浪掷六十美金的。你的思绪忽然毫无预兆地飘远了。

你还活着。

"安特出院了，"萨姆说，"他会没事的。"

很好，你心想。

"戈登来过，他给你带来了薰衣草。"

你看不见鲜花，但似乎隐约闻到了薰衣草的气味。你内心的阴暗部分有些后悔没有让戈登留在接待区，自己跟其他人一起到屋顶去。

电子游戏不会使人变得暴力，不过也许它会给你一种不真实的错觉，以为自己可以做个英雄。你的思绪再次毫无预兆地飘远了。

还活着。

你醒来时是半夜。有人在你的病房里。你看见了她提香画作女主角般的红色长发。你听见了铅笔在纸上划动的声音。

是佐伊。你不禁琢磨她在创作什么作品。

"这是一部电影的配乐，"她答道，仿佛听见了你未说出口的疑问，"是部没劲的恐怖片，却很难配上合适的音乐。我头脑中有些想法，但不确定效果如何。我想限制乐器的种类，只用打击乐器和铜管乐器，又担心听起来太像高中行进乐队。也许我需要把现有的东西全部抛开重做才行。他们给我的报酬根本没几个钱。还有延期赔付，当然了，我永远也别想拿到。这部电影叫《血气球》，"佐伊翻了个白眼，"《血气球》根本走不到延期那一步，"她对你笑笑，"马克斯，你快好起来吧。我真的无法想象这个世界没有你会是什么样子。我实在受不了在一个没有你的世界里生活，"她捏捏你的手，在你脸颊上亲了一口，"不，我受不了。我不愿忍受那样的生活。我太爱你了，我可爱的好朋友。"

太爱你了。

把过去的恋人变成朋友的秘诀，是永不停止对他们的爱；是明白当恋情告一段落，它还可以转化成另一种情感；是认清爱的本质，它既是常量也是变量。

你就要死了。

几个小时、几天，或者几个星期后，你听见医生以平静得令人发指的语气对你的父母说，你，世界公民马克斯·渡边，就要死了。

你是个游戏达人，换句话说，你认为"游戏结束"只是一种说法。只有当你主动停止玩游戏，游戏才会真正结束。永远还有下一条命。哪怕最惨烈的死亡也不是最终的结局。你也许会喝下毒药、掉进装满强酸的大木桶、被砍头、被枪击中一百次，但只要你点击重新开始，一切都可以重来。下一次你会做对的。下一次你甚至可能获胜。

重新开始的权利是不可以被剥夺的。

你感觉得到自己的身体。黏稠的血液流过你的循环系统，仿佛早高峰时的 10 号洲际公路。你的心脏没有动静。你的大脑在活动。

放慢

速度。

渐渐地，你的大脑在

飞向

高空。

很快，你将不再是你。"你"，跟"我们"一样，是个代词。

你是个驯马者。

三十一岁生日时，萨姆给你做了一块名牌，上面写着：

马克斯·渡边

驯马者

353

看见这块牌子，你哈哈大笑。"严格地说，"你说道，"有些出处把它翻译成'降马者'。"

"但那不是你。"萨姆说。

他第一次这样叫你是在贬低你，但是日积月累，这个名字变成了朋友之间一个友善的玩笑。

于是你接受了。这便是你了。

小时候，你从没想过自己将来会成为电子游戏制作人。你不得不承认，有时候你自己也在琢磨，是不是由于自己性格过于被动才会踏上如今的职业道路。你之所以成为电子游戏制作人，会不会仅仅是因为萨姆和莎蒂想要设计电子游戏，而你当时正好无事可做？你之所以成为电子游戏制作人，会不会仅仅是因为你爱那两个想要设计游戏的人？你的人生中，有多少事情是偶然发生的，有多少是天空中那个巨大的多边形骰子抛掷后的结果？可是话说回来，所有人的人生难道不都是这样吗？到头来，有谁能说是自己选择了现在的人生呢？即使你没有亲自选择成为电子游戏制作人，你依然很擅长这份工作。

你在想《我们的无尽岁月》。你真想玩一玩这个游戏。你猜测着这款游戏可能遇见的问题，你想帮助沃思夫妇解决那些问题。举个例子，他们必须在吸血鬼和僵尸之间做出选择。他们只能选择一种传说中的怪物，否则就要设计一种全新的怪物。或者……

但这些已经不再是你要思考的问题。

萨姆握着你的一只手，莎蒂握着另一只。你的父母也在，但他们站在你的朋友们身后。这很合理，因为萨姆和莎蒂也是你的亲人，跟你的血亲别无二致。在他们身后，一千只纸鹤装点着病房。

"没事的，马克斯，"莎蒂说，"你放心地走吧。"

你的思绪渐渐脱离了肉体，你心想，**我会非常想念马儿的。**

你在一座桃园里。

风和日丽的一天。你的高中同学斯万来了，他的一个熟人在弗雷斯诺市郊的松本家族农场里认养了一棵桃树。斯万的那个熟人说你和你的朋友们可以随便摘那棵树上的桃子吃，不过只能星期六上午去。

"还有人认养桃树？"你问。

"这不是普通的桃子，"斯万对你说，"那些果实太娇嫩，经不起折腾运到果蔬店。自1948年美国针对日裔美国人的囚禁结束后不久，这座农场就归松本家族所有。我的朋友写了一篇小作文，填了各种各样的申请表才获得认养桃树的批准。"

你把这件事告诉了佐伊，她也想去。她邀请了莎蒂，莎蒂又邀请了艾丽斯。你邀请了萨姆，他邀请了他最近在约会的女生罗拉。于是你又邀请了西蒙和安特，因为他们整天忙着做《恋爱分身》，也该偶尔休息一天。早上六点，你们一行人从洛杉矶出发，九点半时来到了弗雷斯诺，这里看上去俨然是另一个世界。

桃子大得惊人，几乎是毛茸茸的。这些桃子没有经历过基因改造，无法承受狼狈的长途运输，不适合摆在果蔬店的货架上。佐伊尝了一个桃子，她说那感觉好像在吃一朵花。她把桃子递给你，你咬了一口，说好像在喝桃子。你把桃子递给萨姆，他咬了一口，说与其说这是一只桃子，不如说它更像一首关于桃子的歌。

接着你的朋友们开始用越发夸张的明喻、暗喻来形容桃子。

"像是找到了耶稣。"

"像是发现你小时候的幻象竟然是真的。"

"像是在吃《超级马力欧》里的蘑菇。"

"像是得过痢疾之后康复。"

"像圣诞节的早上。"

"像光明节的八个晚上。"

"像是在经历高潮。"

"像是在经历多重高潮。"

"像是在看一部绝佳的电影。"

"像是在读一本好书。"

"像是在玩一个好游戏。"

"像是你制作的游戏纠错完毕。"

"像是青春本身的味道。"

"像久病之后康复。"

"像在跑一场马拉松。"

"吃过这个桃子,我这辈子任何其他事情都不用再做了。"

最后一个品尝桃子的人是莎蒂。不知怎么回事,那只桃子残留的部分回到了你手里,你把它高高举起,看到莎蒂正在勤奋地摘桃子。

莎蒂戴着一顶大草帽,她爬上梯子,把一只柳条筐放在梯子顶端。她看上去那样朝气蓬勃,像公共事业振兴署海报上的女孩。她对你微微一笑,露出门牙之间不易被人察觉的缝隙。"可以吗?"她问。

"可以的。"

你在一片草莓田里。

你死了。

屏幕上出现了提示信息:从头开始游戏吗?

好啊,你心想,怕什么?再玩一次,也许你就能赢了。

突然间,你出现了,焕然一新,羽毛整齐,骨头完好无缺,新鲜的血液充满活力。

你比上一次飞得更慢,因为你不想错过那些景致,奶牛、薰衣草、哼唱着贝多芬曲目的女人、远处的蜜蜂、神情悲伤的男人与池塘里的情侣、你登台前的心跳声、蕾丝衣袖拂过你皮肤的感觉、母亲模仿着利物浦口音为你哼唱甲壳虫乐队的歌曲、第一次通关《一五漂流记》、阿伯特·金尼大道上的屋顶、莎蒂与小麦啤酒混合在一起的味道、被你捧在手心的萨姆的圆脑袋、一千只纸鹤、浅黄色的太阳镜、一只完美的桃子。

这个世界啊，你心想。

你飞过那片草莓田，你知道那是个陷阱。

这一次，你继续向前飞去。

> UIII <

我们的
无尽岁月

1

萨姆第一次目睹马克斯的死亡是在 1993 年 10 月。马克斯被选中在黑箱剧场版《麦克白》中出演班柯一角。"所以说，场景是这样的，"马克斯解释道，"我和弗里恩斯在去麦克白家参加晚宴的路上需要下马，但我怀疑到时候其实根本没有马，这毕竟是大学里的剧场。然后我要点燃一支火把，不然凶手怎么看得见我呢？三个凶手向我靠近！他们发起攻击。我死得很悲壮，诅咒一切害死我的人：**啊，阴谋！**等等，等等，"马克斯压低声音说，"我已经看出来了，这导演就是个白痴。台位和动作设计只能靠我自己，不然整体效果会显得非常烂。萨姆，你来扮演凶手，可以吗？我从卫生间走进来，你就突袭我。"马克斯把一本平装版《麦克白》递给萨姆，剧本翻到了第三幕的第三场。

这时萨姆刚刚跟马克斯共同生活了二十三天，他对马克斯的了解还不够多，不适合假装谋杀他，甚至还不适合跟他对台词。他不想被卷进其他人的戏剧、其他人的生活当中。萨姆认为，要想平静而顺利地与陌生人共同生活，首先应该设立明确的界线。在他看来，无论他对室友的了解还是室友对他的了解，都越少越好。

萨姆格外不想让马克斯知道的事情是他有残疾，尽管萨姆自己并不把这看作残疾——其他人才有残疾，他只是"脚有点儿问题"。萨姆把自己的身体看成一个老旧的游戏手柄，只能向东西南北四个方向移动。要想不让人看出残疾，就要避免出现在容易显露残疾的场景当中：不平整的地面、不熟悉的楼梯，以及一切类似嬉闹的活动。萨姆不想答应："我不擅长表演。"

"这不是表演，"马克斯说，"只是假装谋杀。"

"而且我还有好多材料要读，有一道必须在星期三前算出来的题。"

马克斯翻了个白眼。他拿起沙发上的一只靠垫。"这个靠垫就是弗里恩斯。"

"弗里恩斯是谁？"

"我年幼的儿子。他逃走了，"马克斯说着把靠垫往门口一扔，"快逃，弗里恩斯，**逃，逃，逃！**"

"让你谋杀对象的儿子逃走可不是个好主意，"萨姆说，"他的名字叫弗里恩斯，是因为他逃走了吗？[1]"

"我叫班柯，是因为我死在参加宴会的路上吗？这些问题很发人深省，萨姆。"

"我该用什么杀你呢？"

"刀？剑？我记得剧本里没说。他，或者他们，不管莎士比亚究竟是什么人，写得不太清晰，对演员缺乏帮助，'他们发起了袭击'。"

"这样啊，我认为凶器的种类对表演会产生影响。"

"我把选择凶器的任务交给你了。"

"你为什么不反抗呢？你难道不是武士之类的角色吗？"

"因为我没有想到自己会遇袭。这就是你的重要性所在。要攻我不备，"马克斯神秘兮兮地对萨姆笑笑，"**帮帮我吧**。这场戏对我很重要，你懂的，我想让自己看起来酷一点儿。"

---

[1] 英文中，"弗里恩斯（Fleance）"的发音与"逃跑（flee）"相似，下文提到的"班柯（Banquo）"发音与"宴会（banquet）"相似。

"这也是你的最后一个场景，对吗？然后你就死了。"

"不，我的鬼魂会回来，但没有台词，只是在宴会上现身而已，"马克斯说，"我甚至不确定他们会不会让我登场，也许只是留一把空椅子。这取决于我们怎样处理麦克白的视角。"

"班柯是好人吗？"萨姆问，"我对《麦克白》不大了解。"

马克斯耸耸肩。"他是最忠实的朋友，但不是麦克白。他没有'不过是个愚人讲述的故事，充满喧哗与骚动，却没有任何意义'这样的台词。但他有露面的机会。我有名字！我会死去！我有鬼魂！我只是个大一新生，还有的是时间成为主演。遗憾的是我一直想演麦克白，但我猜在毕业前不会再有人排这部剧了。"

接下来的一个小时里，马克斯以各种各样的方式死去。他向后倒在沙发上，他跪倒在地，他双手捂着不同的受伤部位踉踉跄跄地走过客厅——喉咙、前臂、手腕、漂亮的头发。有时他低声呢喃着说出台词，也有一次因为呼喊的声音太大，引来一名学长进屋查看马克斯是不是真的遭遇了谋杀。萨姆发现自己的注意力完全从脚上转移开了。他重复着刺客的台词，他躲在门后用枕头从背后偷袭马克斯，他假装用双手掐住马克斯的脖子。马克斯可能发现了萨姆袭击时重心总是偏向右侧，他没有说起过这件事。

"你演得挺好的。你以前表演过吗？"马克斯问。

"没有。"萨姆说。他本以为自己会就此打住，但此刻他气喘吁吁，因马克斯的夸奖而有些得意，平常的谨慎也放下了，他不禁继续说道："我妈妈曾经是一名专业演员，有时我会跟她对台词。"

"那她现在是做什么工作的？"马克斯问。

"她……这个，她死了。"

"对不起。"

"是很久以前的事了。"萨姆说。提起自己的母亲是一码事，但是对一个你几乎不认识的俊美年轻人讲述她的死亡就是另一码事了……"顺便提一句，"萨姆说，"把活的动物带进剧场通常不是好主意。"

"确实。"

"不仅仅是学校剧院。你之前说——"

"我明白你的意思，萨姆，"马克斯说，"也许下学期你能去试演？"

萨姆摇摇头。

"为什么不去呢？"

"我有点儿问题……也许你已经……"萨姆说，"在这儿。平时没事，但我不喜欢登台表演。我们要不要再过一遍？"

萨姆不确定自己是什么时候跟马克斯成为朋友的，但他猜想，以那天晚上作为他们友谊的开始是十分合理的。

他需要一个数据点作为开始，计算他们友谊的总天数。在确定了排练马克斯之死的那天晚上是开始后，他算出总数是四千八百七十三天左右。数字总能为萨姆带来慰藉，然而这个数字之微小令他内心烦乱，马克斯在他的生命中有怎样的意义？他又算了两遍来确认。没错，就是四千八百七十三天。萨姆难以入眠时总会算这样的数学题。

四千八百七十三，萨姆心想，这是某个富裕的十七岁少年银行存款的数额，是泰坦尼克号乘客数量的两倍，在居民数为这些的小镇上人人都彼此相识，这也是一九九零年通货膨胀后笔记本电脑的售价，是一头未成年大象的体重，比我与母亲相识的天数多大约六个月。

有一次，十五岁时——处在这个年纪的萨姆刚刚学会体察他人的内心世界，但还不能考驾照——他问外婆，他母亲去世后的那段时间她是怎么过来的。外婆要做生意，还要照顾生病的外孙，尽管她极少多愁善感，也从未提及这些事，但想必她的内心也有深深的悲痛需要消解。祖孙俩当时坐在外婆的车里，他们刚参加完在圣迭戈举办的数学竞赛，正行驶在回家的路上。尽管对这次比赛并不在意，但萨姆依然陶醉在喜悦之中，觉得自己比其他所有参赛者都更厉害。

虽然曾经险些在车祸中丧生，但萨姆依然很喜欢搭外婆的车出门。他和外婆最交心的谈话总发生在夜间行车时，虽然风彩和东炫会轮流开车接送他，但他更喜欢坐外婆的车。风彩开车很快，如果是她执掌方向盘花费的时间只要平常的三分之二。

"我们是怎么过来的？"萨姆把风彩问愣住了。"我们早上起床，"她终于说道，"去工作。去医院。回家。上床睡觉。然后再来一遍。"

"可是那一定很艰难吧。"萨姆追问道。

"开头是最难的，但是日子一天天、一月月、一年年地过去，慢慢就好了，没那么难的。"风彩说。

萨姆以为她已经发表完了对这个话题的全部见解，这时她忽然接着说道："有时我会跟安娜说说话，这样也会好受一点。"

"你是说和幽灵说话？"风彩大概是全世界最不相信有鬼魂的人。

"萨姆，别闹了。世上没有鬼。"

"好吧，你会跟她说话。她绝对不是鬼魂。那她会回答吗？"

风彩眯缝起眼睛望着外孙，似乎难以判断他是不是在装傻逗她。"会，在我的头脑里，她会回答。我太了解你母亲了，我可以扮演她，就像扮演我自己的母亲和外婆，还有我小时候最好的朋友——溺死在她表姐家旁边湖里的佑娜。世上没有鬼，但是这里，"她指指自己的头，"这里就像一座鬼屋。"她轻轻地捏捏萨姆的手，稍显生硬地转移了话题："你该学学开车了。"

在夜色的笼罩下，萨姆鼓起勇气向风彩坦言自己其实很害怕独自开车。

2

枪击案过后七十二天，马克斯葬礼后两天，西蒙给萨姆打了个电话。"我知道这段时间很难熬，"他说，那一年所有人跟萨姆的对话都以这句开头，"但我们的公司该怎么安排呢？安特已经好多了，第四部《镜像高中》刚刚进入试玩和纠错阶段就发生了这些事。再不抓紧时间，我们就不可能赶上 8 月发售了……我们还要按原计划 8 月发行吗？大家不清楚自己的工作还能不能保住，而我真的不知道该对他们说什么……我不想说越界的话，但我们得知道自己应该做什么。"

当然，公司的日常运营通常由马克斯负责。萨姆和莎蒂是创意团队！他们要操心的是宏大的计划和壮观的场景！负责付账单、交电费、给植物浇水的是马克斯，负责跟人谈话的也是马克斯。这倒不代表萨姆认为马克斯的职责只有这些。他们的分工通常没有明确规定：马克斯要完成马克斯该做的事，只有这样萨姆和莎蒂才能去做萨姆和莎蒂该做的事。可是，当然，马克斯已经不在了。

萨姆想象着马克斯会对西蒙说什么。"你的电话来得正好，你说的完全正确。我会跟莎蒂谈谈，"萨姆说，"最迟明天晚上给你答复。"

萨姆给莎蒂打去电话，她没接，于是他给她发了短信：**我们的公司该怎么办呢？**五分钟后莎蒂回复了他：**你想怎么办就怎么办。**

他犹豫了一下是否要回敬她一句，因为萨姆真正想做的是在床上躺着，也许那正是莎蒂此刻在做的事情。他真正想做的是找一种厉害的药物，让大脑彻底关闭一年，却又不会杀死他。

令他胆战心惊的心理状态风向标——幻肢痛——又回来了，过去常用的止痛办法全都不管用。疼痛似乎总在他睡得最深的时候发作，这是他愚蠢的人类大脑最脆弱、最容易受梦境影响的时刻。在这些时候，萨姆总是梦到一些不起眼的琐事：他回到肯尼迪街的公寓，想起自己忘了给《一五漂流记》的一部分纠错；或是他开车行驶在405号州际公路上，正要踩刹车，忽然意识到自己少了一只脚。萨姆会浑身是汗地惊醒，不存在的脚阵阵抽痛，惊慌失措，心中充满负罪感。疼痛太过剧烈，以至于他无法继续睡觉。自12月以来，萨姆连续睡觉的时间没超过两个小时。

但他依然与莎蒂不同，还是会接电话、回邮件、跟人交谈。

他给莎蒂写了一条措辞很不客气的短信，正要按下发送，忽然意识到他在一天当中第二次扪心自问：**马克斯会怎么说呢？** 萨姆想到，马克斯会花时间对莎蒂的处境表示同情。莎蒂怀着身孕。她不仅失去了生意上的伙伴，同时也失去了生活中的伴侣。莎蒂与萨姆不同，她对失去亲友以及随之而来的悲痛缺乏处理经验。这件事对莎蒂来说更难接受。萨姆最终得出结论：马克斯会独自把应该做的事情处理妥当。

马克斯出事以来的三个月里，萨姆从未回过阿伯特·金尼大道的办公室，第一次回去时，他决定独自一人。他不想让他的助理、外公、罗拉、西蒙甚至星期二日睹里面可能出现的可怕场景。他唯一希望能同去的人是莎蒂。虽然他告诉了莎蒂自己要去办公室，但也觉得主动要求她陪同过于残忍。莎蒂没有主动提出陪他去。

办公室门外自发形成了一片悼念场地：梅泽镇长和一五的人形玩偶、套在塑料花套里已经枯萎的康乃馨和玫瑰，到处系着表达支持的绸带，经历了风吹雨打的悼念卡片看起来像在外面放了十几年而不是几个星期，还有游戏包装盒、追思用的蜡烛等等。枪击案发生后，现场总会出现这些并无用处的杂物。这一切的目的都在于表达：**我们与你们在一起，我们爱你们，我们谴责这里发生的事情**。面对这些东西，萨姆的内心没有任何感觉，除了一阵转瞬即逝的冲动，他想朝梅泽镇长的脸狠狠踢一脚。他跨过悼念场地，记下笔记：（1）**清理悼念场地**。然后他把钥匙插进了大门。萨姆差点以为自己的钥匙会打不开门锁，但门毫无阻碍地开了。他又记道：（2）**门锁**；（3）**新的安保**。

屋子里比平常微凉，气味有些陈旧，不过萨姆并没有闻到凶杀现场的气味，甚至根本没有特别的气味。萨姆站在大厅，觉得自己仿佛走进了博物馆里一间少有人用的房间。他想象着自己找到了一块样式雅致的铭牌，上面写着：**游戏公司，威尼斯，加利福尼亚，2005 年**。大厅里的小树快死了：（4）**绿植**。

萨姆疲惫而谨慎地穿过大厅，仿佛潜行类游戏中的角色。木头立柱上有一个弹孔：（5）**填补弹孔**。

地面损坏最严重，马克斯中枪的地方留下一片骇人的血痕。马克斯的血渗进了抛光过的混凝土地面。血液残留在地上的时间太长，地面需要重新修整。萨姆用上了各种清洁剂擦洗，一种比一种更强效，清水、稳洁牌清洁剂、含碘清洁剂、彗星牌去污粉、漂白剂。血迹渗得太深，地面必须找专业人士来清洗才行：（6）**地面**。

一截脱落的警用胶带让房间增添了一抹节庆气息。萨姆把它扔进了垃圾箱。

萨姆走进马克斯的办公室。尽管他并不负责不公平游戏的日常经营，但他从外祖父母那里学到了一些经营生意的常识。他在马克斯的文件里找到了保险公司的联系方式。跟他通话的保险代理人说，他们的保险政策并未明确包含大规模枪击案造成的损失。**两个人能算大规模吗？**萨姆暗自琢磨。因此保险公司很可能不会理赔修缮费用。**该拍照就拍照，梅泽先生，欢迎您提交理赔申请。**

萨姆找到了清洁公司的名字和他们当初搬进来时翻修地面的施工方的名字，然后，为了支付这些服务的费用，他又找到了公司会计的名字。看来这个人从 1997 年他们还在剑桥的时候就是他们的会计了，然而在此之前萨姆从不需要跟他通话。"我很高兴以电话的形式认识你。这件事真是太糟糕了，但我很庆幸你决定重新投入工作，"会计说道，"眼下不公平游戏手头有点儿缺钱。"

"是吗？"萨姆说。

"去年 10 月你们买下了阿伯特·金尼大道的办公楼，占用了不少现金，这是一笔不小的开销。不过从长远来看，你会为这一决定而庆幸的。"

这是萨姆有生以来第一次不想去思考长远的问题。

萨姆离开马克斯的办公室，来到自己的办公室，出现在他面前的是《格尔尼卡》般的一五周边大屠杀现场：跟身体分了家的瓜皮头、胖乎乎的四肢、透着孩子气的圆眼睛、海浪、小船、穿着球服的躯干。萨姆捡起一个陶瓷做的一五脑袋。这颗脑袋曾经跟身体相连，共同构成一只存钱罐，那是在丹麦发行时用来做推广的周边。萨姆望着手里这个有缺口的陶瓷脑袋，不禁打了个冷战——那些人想杀的是他。他们想要杀死的是他，最终却砸坏了一五的周边，打死了马克斯。

他回想起在马克斯病房里的一幕。莎蒂忽然毫无征兆地对萨姆尖叫起来：*他们要找的是你，他们要找的是你，他们要找的是你。*她用拳头砸他的胸口，萨姆没有阻止。*再用力些，*他想，*求你了。*一天、一个星期，抑或是一个月之后，她向他道了歉，但道歉的话语并不如

369

怨恨的话语那样有说服力。

　　萨姆把一五的脑袋扔进了垃圾桶。他走出办公室，锁上了身后的门。他没心情处理死亡一五博物馆，抑或他已不再需要一间摆满纪念品的办公室。说到底，这些纪念品究竟能证明什么呢？他们做出了游戏，有人为游戏做推广，生产出这些没人需要的花哨玩意儿来捞钱。

　　他又记了一条笔记：(7) 梅泽办公室的垃圾。他回到马克斯的办公室。口袋里的手机震响起来，是莎蒂，她声音很轻，有些紧张。"你到了吗？里面很糟糕吗？"

　　"不算太糟糕。"

　　"跟我说说。"她说。

　　"我……其实没什么可说的。"

　　"你跟我说实话，我不想看见意料之外的东西。"

　　"办公室还是从前的样子。搞乱的主要是我的办公室。我永远不可能把一五存钱罐重新拼起来了。地面有一些损坏。立柱上有个孔。"

　　莎蒂停顿了一下没说话。"'损坏'这个词很模糊。究竟是什么意思？"

　　"是血，"萨姆说，"血渗进了混凝土。"

　　"面积有多大？"

　　"我也不确定，最大的一块周长大概七八十厘米。"

　　"你的意思是，马克斯流血而死的地方留下了几十厘米见方的血迹。"

　　"对，差不多吧。"萨姆觉得身心疲惫。他内心的另一部分想辩解说马克斯并非在地上流血而死，他十个星期之后死在了医院里。但他实在懒得咬文嚼字。"我跟施工方谈过地面的事了。可以修复。"

　　"要是我不希望修复地面呢？"莎蒂说。

　　"你的意思是，你想就这样留着？"

"不是，但我们不应该就这样抹去痕迹，"莎蒂说，"马克斯不应该被轻易抹去。"

"拜托，莎蒂。那块痕迹并不是马克斯。那是——"

莎蒂打断了他。"他死的地方。"

"那是——"

"他被人杀死的地方。"

"办公室留着一大摊血迹，人们很难专心工作。"

"对，确实会很难。"莎蒂说。

"铺块漂亮的古董地毯怎么样？马克斯最喜欢基里姆梭织地毯了。"

"这一点儿都不好笑。"

"对不起，确实不该拿这个开玩笑。我累了。说实话，莎蒂，你难道不希望大家恢复工作吗？"

"我也不知道。"

"你想过来看一眼吗？"他抱着一线希望说，"我们可以一起决定怎么处理，我可以去接你。"

"不，我不想看，萨姆。我他妈的不想看！你这人怎么回事啊？"

"好吧，好吧。"

"你处理好就行了。"她说。

"这正是我现在努力在做的事情，莎蒂。"长长的停顿。他听得见她的呼吸，他知道她还在电话另一头。

"考虑到这些，考虑到这一团糟的状况，也许我们换个新办公室会好些？"她说，"就算清理了地面，真的有人想回那里工作吗？"

"我不确定我们有没有钱搬家，"萨姆说，"我们所有项目的进度都落后了，我们已经给员工支付了三个月的薪水，却没完成多少工作，或者说一点工作都没有完成。西蒙和安特现在必须把第四部《镜像高中》做完。《宫廷》的资料片也必须在 12 月之前完成。"

"安特要回来了？"莎蒂说。

"对，西蒙是这么说的。"

"真够勇敢的。"莎蒂说道，语气中带有一丝尖刻，萨姆听得出她又要开始新一轮争吵了，"你说我们不能搬家，是因为你懒得折腾搬家，还是因为我们真的不能搬家？"

"莎蒂，我跟你说的是实话。今天早上我跟我们的会计谈过了。你可以自己打电话问他。"

"有时候你会歪曲事实，让情况更符合你的打算。"

"我能有什么打算？我只希望我们的员工回来上班。"

"我也不知道，萨姆。你究竟有什么打算呢？"

"我不想让我们的公司倒闭，这就是我的打算，换作马克斯也会有同样的打算。"

"马克斯任何打算都不会再有了，"莎蒂说，"萨姆，你知道吗，随你的便，反正你也总是这么做。"

"你没事吧？"

"你觉得我有没有事？"她挂断了电话。

(8) *莎蒂……*

他唯一能为莎蒂做的就是让他们的公司保持运转，直到她做好返回公司的准备为止。

这一天似乎无比漫长，现在才十一点，还有两个小时清理地面的人才会来。萨姆在马克斯办公室那张结实的橘黄色沙发上躺下来，闭目养神，但没有睡着。

马克斯办公室的电话响了，萨姆来不及多想对方是谁，也没考虑自己究竟有没有资格替马克斯接电话，他接起了电话。

"太好了！终于有人了！"听筒中传来一个女人的声音，"语音信箱已经满了。我试过写邮件，但我只有马克斯的邮箱地址，所以——"

"我是梅泽。您是哪位？"萨姆不耐烦地问。

"梅泽？哇，能跟您通电话真是太荣幸了。"

"您是哪位？"萨姆又问了一遍。

"哦！抱歉。我叫夏洛特·沃思。我和我丈夫跟马克斯面谈过我们的游戏，然后……然后……是这样的，他在考虑制作这款游戏。也许他跟你们提起过？主题是世界末日之后的一位母亲和她的女儿。母亲有健忘症，而她的女儿还是个一五那样的小孩子，游戏里还有吸血鬼，但它们不是真正的吸血鬼，这个解释起来有点儿复杂，还有——"

萨姆打断了她的话："我不清楚这件事。"

"我知道现在说这个不合适，但是我们把《我们的无尽岁月》，这是游戏的名字，我们把它的创作概念图集留给了马克斯，在他的办公室里，如果可以的话，我们想拿回来。"

"我不清楚这件事。"萨姆重复道。

"好吧，那如果你见到它的话……"夏洛特说，"也许你可以派人去找找？是一本黑色的作品集，上面印着 AW，A 代表我丈夫，亚当。"

"说真的，你们这些人到底有什么毛病？"萨姆说，"马克斯死了。我既没有时间也没有心情去给你丈夫找作品集，也不想听你推销你乏味的游戏。"

"对不起。"夏洛特说。她的声音带着哭腔，惹得萨姆越发恼火。莎蒂在电话里的语气已经够糟糕了，但她好歹没有哭。这个陌生人有什么权利跟他哭？"我知道现在的时机不合适。我知道。我只是想把我们的材料拿回来。如果你能——"

萨姆挂断了电话。

在哈佛 - 拉德克利夫戏剧俱乐部 1993 年秋季上演的《麦克白》中，导演最终决定马克斯不再以班柯鬼魂的身份登场。导演让扮演麦克白的演员在长长的餐桌旁先对着一张空椅子表演，然后朝那张空椅子扔圆形小面包——面包是每天晚上从亚当斯公寓的餐厅偷回来的。"我竟然被几个小面包替代了，萨姆！"马克斯抱怨道，"这也太不给人面子了！"不过到了剧目上演的那天，马克斯已经接受了这个安排。他对萨姆说："只要我死亡以前的戏演得够好，只要我给观众真正留下印象，就算我不在了，他们依然能在后面的场景中感受到我的存在。"

萨姆的电话响了。修地面的人来早了。萨姆下楼去给他开门。

萨姆把地上的污迹指给那人看，那人便欢快地投入到工作当中了。"当年来这里铺地面的事我还记得呢，大概是五六年前，对吗？"修地面的工人说道，"场地漂亮，光线也好。带我进来的是个白皮肤红头发的女生。这里究竟是什么公司啊？是搞科技的，对不对？"

"电子游戏。"萨姆说。

"那一定很有趣吧。"

萨姆没有回答。

"这里怎么了？"修地面的工人问。

"不好意思，"萨姆说着，假装走到一旁去接电话，"对，我是梅泽。我跟修地面的工人在一起，"他即兴发挥的表演十分蹩脚，"对，对。"他忽然意识到自己面前是那根有弹孔的立柱。明天工人就会来修复，然而望着面前的弹孔，萨姆想也许应该把这个伤疤留下。它没那么骇人，不像地上那摊血迹。这个弹孔很对称，很圆，很整齐。木头奇迹般地没有崩坏，只是弹孔周围有些发黑，仿佛木头天生的一个结。在不知情的人看来，这并不明显地代表着他合作伙伴的死亡。

它只是一个洞。

3

《宫廷娱乐掌事官》的资料片计划在 12 月发布，也就是游戏发行后的一年整，然而直到 4 月底，制作工作依然没有任何实质性进展。莫里——由莎蒂指派的项目负责人——不愿找萨姆说莎蒂的不好，但他最终不得不承认，工作进展之所以这样缓慢，是因为人们几乎没法联系上莎蒂。

"我非常同情她的遭遇，"莫里说，"她现在处于非常艰难的时刻。"

"你能不能跳过她，自己来做呢？"萨姆问。

莫里考虑了一会儿才回答。"我们不是不能这么做，"他说道，"但我不想这样。"

萨姆完全能够理解他的感受。"我来跟她谈谈。"萨姆说。

莎蒂名义上在居家办公。萨姆知道打电话是没用的，于是他给她发了短信。他越来越讨厌短信的词不达意，莎蒂会忽略掉一半他想要表达的意思，而且通常是比较重要的那一半。《掌事官》团队需要你的指导。

我今天下午会跟他们联系的。大约半小时后莎蒂回复道。

你是说你会来办公室？萨姆回复。

不，我会打电话的。

他们看起来有点儿迷茫。萨姆写道。

莎蒂没回复他。

不公平游戏正式复工的那天，萨姆希望他们两个能都到场，为回到公司的员工们打气，像圣克里斯平日的亨利五世那样发表一番"我们能挺过去"的演讲。[1]莎蒂答应了他的计划，萨姆隐约看到一丝希望。**他们会重新投入工作，她也会重新投入工作。**

他们约定在员工到达前一个小时在办公室门口会合。办公室更换了门锁，安保系统也进行了更新，因此萨姆必须得为莎蒂开门。

莎蒂比约定时间早一分钟到达，萨姆不禁松了口气。她穿着一条黑色针织连衣裙，这是萨姆第一次在她身上看出怀孕的迹象。他险些忍不住跟其他人一样，对孕妇做出那种没有分寸的讨厌举动——随便摸她的肚子，侵犯她的私人空间，连萨姆自己都吃了一惊。但他没有那样做。他向她挥挥手。她也从马路对面向他挥挥手，萨姆心想，**我们会一起进门，我们会再次跨过这道门槛，我们会好起来的。**

"你好啊，陌生人。"他说着向她伸出手。

莎蒂看了他一眼，似乎要与他握手，但她的面容紧接着变得扭曲。她的肩膀微微耸起，鼻孔张开，她转过身面对着墙壁。萨姆看不见她的脸。"等一下。"她说。

她的呼吸声急促而不稳定。她转过身面对着萨姆，却不肯直视他的眼睛。她的额头蒙上了一层细密的汗珠。"我不行。"她说。

"我们进屋吧，"萨姆说着打开了门锁，"你看见就知道了。进屋会好些的。"

"你一个人去吧，别等我了。"

"莎蒂，我……"跟往常一样，他无法亲口说出自己的**需求**，"大家想要见到你，"萨姆顿了顿又说，"我知道这对你来说很艰难，但这

---

[1] 圣克里斯平日演讲是莎士比亚戏剧《亨利五世》中最有名的一段独白，意在鼓舞处于劣势的英格兰士兵勇敢迎战法兰西骑兵部队。

376

是我们共同的公司。这是我们和马克斯的公司，大家都指望着我们呢。如果你不想说话，那你什么都不用说。只要进来跟大家见个面就好。安特已经在楼上了。"

莎蒂没说话。她脸色苍白，直打寒战。"对不起，萨姆，"她说，"我实在做不到。我——"她突然在人行道上吐了起来，手紧紧抓着办公楼的外墙以保持平衡，萨姆能听见她的指甲抠在墙砖上发出的声音。

"妊娠剧吐，"她说，"孕期越长，症状好像就越严重，但我的妇产科医生坚持说我随时都有可能好转。"她的裙子和脸上都沾上了呕吐物，萨姆一时不知该如何帮她。"我真的不能进去。"她说。

这时她怀孕已经六个月了，萨姆不打算强迫她走进那扇门。"不要紧，"他说，"以后再说吧，"萨姆想送她回家，但眼看就要到他发表演讲的时间了，"你这样能开车吗？"

"我走过来的。"她说。

他目送她穿过马路，然后独自回到了不公平游戏的办公楼里。他实在不忍心让自己的助理去清理莎蒂的呕吐物，但又不希望本就受到惊吓的员工们回到公司，最先看见的就是这东西。萨姆到储物间取来了拖把和水桶，挽起了袖子。

他一边清理人行道，一边琢磨自己应该对饱受摧残的不公平游戏团队说些什么。他要不要解释莎蒂为什么会缺席？他应不应该在讲话开始时说明莎蒂原本也想参加？又或许他应该让大家自己逐渐推断出结论？马克斯会怎么说呢？

萨姆，其实没你想得那么难。人们需要的是安抚，而且，说实话，他们希望继续向前看。告诉他们返回办公室是安全的，告诉他们虽然世事莫测、天地不仁，但他们看似无足轻重的工作依然是有意义的。

萨姆往人行道上倒了些水，把呕吐物冲进了排水沟。

先讲个小故事，用一件与我有关的趣事开头，感谢他们回到公司，要诚恳。你要做的就是这些。你把一切都想得太复杂了。你总是这样。

第二天早上，莎蒂给萨姆发了条短信：我想提前开始休产假，我会跟《掌事官》团队电话联系的，我会在家里指导他们。

好，萨姆写道。他知道这样行不通，但还是同意了。

这已经是一个月以前的事了。萨姆再次给莎蒂发了条短信：我认为我们应该真的谈一谈，我可以过来吗？

电话里说吧。

答应我，我打电话你一定要接。

她没有回复。

他把电话打了过去。

她没有接。

萨姆既不了解也没有时间去深入思考莎蒂的身体正在经历怎样的变化。他真正想要的是《宫廷娱乐掌事官》继续推进，或者至少由她来领导她的团队。马克斯去世已经三个月了，这是唯一一件他要求她非做不可的事情。

莎蒂在设计《宫廷娱乐掌事官》之初，就已把资料片的部分考虑在内。《宫廷娱乐掌事官》的制作开销不菲，与《双面人生》不相上下。从理论上讲，一款游戏要想盈利，最直接的方式就是利用同一个游戏引擎为游戏增加新的内容。初版《宫廷娱乐掌事官》的游戏脚本围绕《哈姆雷特》的上演展开，资料片则计划围绕《麦克白》展开。由于各种各样的原因，资料片必须在这款游戏面世后一年之内推出。

他开车去了她家，走到门口敲了敲门。莎蒂没有回答，他敲得更响了，高声呼唤她的名字："莎蒂！"

自从马克斯和莎蒂买下这幢房子，萨姆就对它揣着一股怨气。当时马克斯把这幢房子的线上房产信息拿给他看，他的第一印象是这房子看起来很破败，像是会闹鬼。然而当他听说他们打算买下这栋房子（就在他们承认交往之后不久），便又对它着了魔。他已经记不清自己看过多少次这幢房子的信息了。他仔细查看房子的平面图和照片，仿佛有人要检查他对这幢房子的了解程度。即便到了入土那天，他都能画出新月广场1312号的平面图。考虑到周边的环境，他坚信他们出的价格太高了，尽管他们是他最好的朋友，他依然认为他们的投资终究会不可避免地贬值。房子售出几个月之后，售房网站撤下了出售信息和房子的照片。萨姆先是惊慌失措，接着又感到真切的悲伤。莎蒂和马克斯第一次邀请他到家里吃晚饭时，他觉得自己仿佛是要跟某位名流见面，只是这名流的名气有些名不副实。亲眼见到那栋房子，他才感受到它的魅力。这是马克斯和莎蒂的房子——它当然充满魅力。

所有窗帘都拉上了，但萨姆看见一个房间里亮着灯，他知道那是莎蒂的房间，她在家。

"**莎蒂！**"他再次高声呼喊。

几分钟后，她出现在门口，看上去依然是平常的样子，但孕肚已经很大了，脸色也极其苍白。

"你干吗？"她说。

"我可以进来吗？"

她把门一开，只够让萨姆从门缝钻进来，房子里不通风，他隐约闻到了新鲜的油漆味。

"你在刷墙吗？"萨姆问。

"是艾丽斯，"莎蒂说，"房间要除虫。"

她带他走进客厅。房子里并不脏，但是植物都疏于打理。

"什么事？"她说，"你既然来了就说吧。"

"《掌事官》资料片团队想知道他们应该做些什么。"萨姆说。

"我说了我会给他们打电话的。"莎蒂说。

"如果今年不能发布，我们就需要先升级引擎，因为技术会落后于——"

莎蒂打断了他："我知道游戏产业的运作原理，萨姆。"

"最好是在你预产期到来前完成工作。"

"是。"

"你想让我找别人负责吗？你可以把大致的方向告诉我，我来监督制作。"

"这是我的游戏，萨姆。我会把资料片做完的。"

"我知道，但是考虑到目前的情况，大家都能理解的。"

"你正希望这样做，是不是？插手我的每一个作品。想更多的办法把它变成你的游戏。"

"莎蒂，跟这些事没关系。我是想帮你。"

"如果你真的想帮我，那就让我静一静。"

"我也想让你静一静，但总要有人来维持我们公司的运营。"

莎蒂把手缩进毛衣袖子里。"为什么？"莎蒂说，"我们为什么要做这些？"

"拜托，因为这是我们的公司。"萨姆站起身，险些当场昏倒，消失的那只脚仿佛一颗心脏，不断地跳痛。但他没有坐下，也没有说起自己身体的不适，他任凭疼痛与睡眠不足煽动着自己的怒火。"我实在受不了你这些破烂事了。你真的以为没有人比你更痛苦吗？你以为你比我更了解痛苦吗？你以为你是全世界第一个怀孕的人，还是第一个失去爱人的人？论承受痛苦，你以为自己是什么先驱者吗？"

莎蒂探身向前，萨姆感到他们的争吵正在升级。他知道她即将脱口说出残忍的话，以此来回击萨姆刚刚那些残忍的话。然而并没有，莎蒂的反应比那更令人忧心，她身子向前一瘫，哭了起来。

他望着她，却没有上前。"振作起来吧，莎蒂。回到办公室。我们一起抵御痛苦。我们一向是这么做的，化痛苦为工作的动力，作品才会更出色。但你必须参与其中才行。你得跟我说话。你不能彻底无视我和我们的公司，还有曾经的一切。马克斯的死并不意味着一切都结束了。"

"我没法回去，萨姆。"

"那你没有我以为的那么坚强。"萨姆说。

太阳落山，周围的温度以洛杉矶海滨城镇特有的那种方式忽然凉了下来。"说实话，"她小声说道，"你总是把我想得太好。"

萨姆朝房门走去。"来不来办公室随你。我不在乎你打算怎么做，只要你把《掌事官》做完就好。它是你的游戏。如果你对去年 12 月之前发生的事情还有印象的话，你曾经那么想把这个游戏做出来，甚至不惜牺牲我们的友情。你对我、对马克斯、对你自己都应该有个交代。你应该对这个游戏有个交代，莎蒂。"

"萨姆，"萨姆走到门口时她高声叫他，"拜托不要再到这里来了。"

她从未承认他说的是对的，也没再跟萨姆说过话，只是偶尔发条措辞生硬的短信。她一次都没去过办公室，但叫人送了台电脑到家里。她经常跟莫里通话，莫里告诉萨姆，游戏制作过程中的许多工作都是莎蒂独自完成的。总之《宫廷娱乐掌事官：苏格兰外传》在她生产前一个星期如期完工，资料片得以按照既定日期顺利发布。

萨姆听说这款游戏反响不错，但他没有亲身体会。过了好多个月以后他才鼓起勇气玩它。

4

娜奥米·渡边-格林 7 月降生。她和她母亲创作的游戏一样，在约定的时间问世。

萨姆不确定莎蒂希不希望他去探望，他一向不擅长去不确定自己是否会受欢迎的地方参加活动。而且他尤其不愿见到这个孩子。他对婴儿总有些忌惮——他们的纯真令他深感压力。而对于这个婴儿，他害怕自己在她脸上看出马克斯的影子。

你应该去看看这个孩子，想象中的马克斯责备道，**相信我**。

但萨姆没有听取他的建议。

虽然如此，他依旧尽自己所能地帮助莎蒂。尽管他不想出门，尽管脚痛得厉害，他依然坚持去上班。他会给自己并不喜欢的艾丽斯打电话，询问莎蒂的近况。他会开车经过她家，看看房子里是否还亮着灯，但他总是与房子保持着距离，因为莎蒂曾经叫他这样做。也许他做得不够多，但他能做的只有这些。

5

《镜像高中：四年级》纠错完毕的那天，西蒙对萨姆说："这样的日子值得举办一场聚会，梅泽。"

萨姆坦言自己从没想过要举办聚会。

"你是在开玩笑吧？天啊，我真怀念马克斯在的时候。嗯……为什么要办聚会呢？我也不知道。我们完成了游戏。我们度过了过去的一年。他们想杀死我们，我们险些破产，但我们依然屹立不倒！举办聚会必须要有理由才行吗？"

跟其他许多事情一样，聚会过去通常由马克斯负责，萨姆从没主办过聚会。马克斯给他的建议是雇一名聚会策划师：**看在老天分儿上，萨姆，你不需要事事都亲力亲为。**

由于《镜像高中》以一场毕业典礼收尾，聚会策划师的创意是毕业晚会主题聚会。客人们可以头戴礼帽、身穿礼服，也可以穿上自己高中时代的服饰。酒类和掺了酒的果汁放在一个秘密房间里。还要有一间拍照亭，一张放着签名纪念册的桌子。萨姆觉得这听起来过于幼稚。"人们喜欢犯幼稚。"聚会策划师向他保证。

萨姆邀请了莎蒂，但他知道她是不会来的。据艾丽斯说，她最近不堪重负。"依我看，她的产后抑郁很严重，这还不包括她原本就有的抑郁症。"艾丽斯说。他忍不住想每天都去莎蒂家里，就像他们大学时那样。但莎蒂已经是大人了，而且带着孩子。萨姆也是个大人，还有生意要经营，而且通常只能靠他自己来经营。

马克斯去世后的第四百一十三天，不公平游戏举办了一场聚会，庆祝《镜像高中：四年级》面市。

西蒙身穿品蓝色礼服，头戴礼帽，喝得微醺，接着又一如往常地在醉酒后有些伤感。之后他便开始缅怀往事，回忆马克斯发掘他们的经过。"我们没什么出众之处。当时我们还是学生。样片烂得要命，二百页冗长的论述，还有几张创作概念图。"

"还有那个标题。"安特接过他的话说道。他穿着一件浅蓝色的燕尾服，身上斜披着一条饰带，上面写着"**毕业舞会之王**"。

"是啊，当场就被萨姆否了。"西蒙说。

"不是当场。"萨姆也戴着礼帽，穿着礼服，不过他的那件是红金色相间的。聚会策划师在门口挂了一大排这样的衣服，是专为没穿礼服到场的人准备的。"那么，你觉得马克斯为什么想要制作这款曾经被称为《恋爱分身》的游戏呢？"

"不知道，"西蒙说，"换作是我，我才不会给这游戏出钱呢，这一点毫无疑问。"

"但他的决定是正确的，不是吗？从后来的结果来看，这款游戏是我们最畅销的系列，"萨姆说，"他是怎么跟你们说的？他从你们的作品中看见了什么？我很想知道。"

西蒙思考着这个问题。"他说他通读了我们的材料，觉得很感兴趣。后来他还说，这句话我记得很清楚，他说：'跟我说说你们对这个游戏的看法。'"

接下来的几个小时里，萨姆跟参加聚会的人们聊天交际，仿佛这是他的工作——实际上，这确实是他的工作。午夜时分，他已经聊得筋疲力尽，便想找个地方休息。要想回到他自己或者马克斯的办公室，他就必须穿过整个聚会场地，从一批又一批记者、游戏玩家、员工和来自其他游戏公司的支持者身边经过，于是他去了莎蒂的办公室，这间办公室离聚会是最远的。那里不是空的，安特正坐在她的写字台前。

"舞会之王在这里干什么呢？"萨姆问。

"舞会之王累了。"安特说。他有些难为情地解释说，每当他想躲开西蒙，总会到莎蒂的办公室来待着——他和西蒙共用二楼的一间大办公室。而自从枪击案发生后，萨姆就再没进过莎蒂的办公室。

安特正在翻看莎蒂桌上的一本插图作品集。"这是你们最近在合作的东西吗？"他问。

"不是，"萨姆说，"我从来没见过这些画。"

"这样啊，画得很不错呢。"安特说。

萨姆拉过一把椅子坐在安特身边，两人一起翻看着作品集。里面的插图和故事板描绘的是世界末日之后美国西南部的一片废土。插图是用铅笔和水彩画的。

第一页是标题：《我们的无尽岁月》。用碎石组成的字母上开满野花。

萨姆隐约觉得这个标题有些熟悉，但说不清是为什么。

安特出声读道："第一至第一百零九天，旱季。已经一年多没下过雨，湖泊早已干涸，海平面降低，淡水来源无法保障。一场干旱引发的瘟疫席卷整个美国，杀死了五分之四的人口，也杀死了地球上的大部分动植物。活下来的生物中有许多变成了**荒漠吸血鬼**——疾病与脱水使他们的大脑发生了化学变化。这些吸血鬼当中，有些很残暴，叫作焦渴丧尸，有些行为温顺却丧失了记忆，叫作温驯丧尸。温驯丧尸会毫无预兆地突然转变成焦渴丧尸，反之亦然。"

萨姆放声大笑："当然是这样。"

安特翻过一页，看着下一张图，画中用水彩详细描绘了一个女性荒漠吸血鬼进食的情景。荒漠吸血鬼扑向一个男人，她的舌头变成一条长长的口器，从男人的鼻子伸进去。旁边写道：人体含水量大约是60%，水分占心脏和大脑的73%，肺部83%，皮肤74%，骨骼31%。荒漠吸血鬼渴求的不是人类的血液，而是水分。

"就概念来说，有点儿意思。"安特说着又翻过一页。一个小女孩和她的母亲正步行穿过一片仿佛达利画作般具有超现实美感的荒漠，在焦糖色的沙漠中留下两排足迹。母亲拿着一把枪，女儿则拿着一把刀。旁边写着：尽管有时她难以用语言准确描述她们的处境，但这个六岁的女孩是记忆的守护者。正因如此，她被称为"守护者"。玩家要在"妈妈"与"守护者"之间来回切换，只有同时熟练掌控这两个角色，玩家才能抵达海岸——守护者认为她的哥哥和父亲在那里等着她们。

"这个画师的绘画水平很不错，"萨姆说，"不过创意有点儿老套。"

"即便如此，我还是觉得这里有些值得发掘的东西，"安特坚持道，"这些画让我觉得……我也说不清楚。就是很有感觉。"

安特翻过一页：守护者和妈妈正在抵御吸血鬼的进攻。旁边的文字是：第二百八十九天，记忆的负担。做梦时，我们梦见的是旧世界。我们会梦见下雨，梦见浴缸，梦见肥皂沫，梦见洁净的肌肤，梦见游泳池，梦见自己在夏天奔跑着穿过花园里的喷水器，梦见洗衣机，梦见远方那片或许原本就是一场梦的海洋。

又一幅图。守护者用记号笔在自己的小腿上画下一条线。那条线与其他线排成行。如果不记录下每个日子，我们就无从得知自己是如何幸存下来的。

"也许这里确实有值得发掘的东西，"萨姆说，"我打算把它带回家。"他合上作品集，把它从桌上拿起来。一张原本粘在作品集上的绿色便利贴翩然掉落在地上。是马克斯的笔迹，字不大，字母的间隔很匀称，全大写：**S.，跟我说说你的看法。——M.**。

萨姆立刻想起初返办公室那天给他打来电话的女人。"我好像知道这个作品集是谁的了，"萨姆说，"是个团队，一个女人和她丈夫。"

"如果你要跟他们见面的话，跟我说一声，"安特说，"或许我也会参加。说来也怪，这个设计让我想到了《一五漂流记》。"

萨姆把作品集夹在胳膊底下。"你跟莎蒂的联系多吗？"萨姆问。

"有时候会联系，"安特说，"但不算多。那孩子超级可爱，头发浓密，长得很像她和马克斯。"

婴儿全都很可爱，萨姆心想。"你觉得她还会回来工作吗？"

"我实在不确定。"安特说。

"像莎蒂一样热爱电子游戏的人不可能永远什么都不做。"萨姆这话与其说是对安特说的，不如说是对他自己说的。

"有时候我也会考虑转行做别的事，"安特说，"我喜欢做电子游戏，但是为了它吃枪子儿真的值得吗？"

"可你还是回到办公室了。"萨姆说。

安特耸耸肩。"有什么事情比工作更美好呢？"他停顿了一下，"又有什么事情比工作更糟糕呢？"

萨姆点点头。他望着安特。在他的印象中，他总觉得西蒙和安特还是孩子，因为马克斯签下他们做《恋爱分身》的时候，他们是那样年轻。但安特早已不再是个孩子，萨姆觉得他的眼睛与自己有几分相像。他们的眼神中流露出相似的神态，仿佛他们都曾经承受过痛苦并且做好了再次承受痛苦的准备。萨姆把手搭在安特胳膊上，模仿着他曾经见到的马克斯做过的动作。"以前我也许没说过这句话，但我希望你知道，你愿意回来完成这款游戏，我真的非常感激。我知道，这件事对你来说无比艰难。"

"说实话，萨姆，应该是我感激《镜像高中》。我很庆幸自己有机会跳脱出这个世界，"安特停顿了一下又说道，"在制作《镜像高中》的时候，我觉得那个世界，怎么说呢，比真实世界更加真实。我想，其实我更喜欢那个世界，因为它可以改善，因为它是我亲手改善的。而真实世界始终如一，永远是着了火的垃圾场。我对真实世界的代码完全无能为力，"他自嘲地笑笑，然后望着萨姆，"**你最近还好吗？**"

"总的来说，"萨姆坦陈，"很累，依我看，过去这一年算得上我这辈子经历过的第二或者第三糟糕的年份。"

"这绝对是我经历过的第一糟糕的年份，"安特说，"看样子你经历过不少糟糕透顶的年份。"

"确实糟糕透顶。"萨姆表示赞同。

他们正要返回聚会的人群中，安特忽然又说道："对了，莎蒂说她有时会在夜里打游戏。好像是她电脑里的一款游戏，也可能是她手机上的。她提到过一个设定在餐馆里的游戏，还有设定在旧西部时代的游戏，都不复杂。她说它们是'笨蛋垃圾游戏'，说这样能缓解焦虑。换句话说，我认为她没有完全放弃电子游戏。"

听到这些信息，萨姆思索片刻，然后点了点头。"对了，安特，你觉得《我们的无尽岁月》这个标题怎么样？"

"还不错，不过肯定没法在蒙大拿州热销。"安特说。

DJ 忽然高声呼喊：**"所有人到屋顶去！"** 若是时光倒流到前年的 12 月，这句话的含义会迥然不同，萨姆曾跟策划师讨论过，再次把所有人带到屋顶究竟是不是个明智的决定。最终他决定夺回屋顶的使用权。屋顶一直是阿伯特·金尼大道上的办公楼最大的亮点之一。马克斯非常喜欢这栋楼的屋顶。

"我们走？"萨姆说。

安特拉起萨姆的手，随着人流走上了楼梯。

"抛帽子仪式马上开始。我数三个数！三——二——一——"

萨姆把帽子抛向空中，安特则抛起了头上的王冠。

"恭喜你们，镜像高中 2007 届毕业生！"

"我们做到了！"萨姆说。

"我们做到了！"安特尖叫道。

DJ 开始播放《人人都有（涂防晒霜的）自由》——巴兹·鲁赫曼 1999 年发行的新奇搞怪配乐朗诵单曲，朗诵的内容是冯内古特从没写过的一篇演讲辞——它并非出自冯内古特的手笔，而是由《芝加哥论坛报》的专栏作家玛丽·施米奇创作。[1] 虽然并不清楚其中的渊源，但萨姆和安特听得很开心，他们从楼顶边缘探身向下张望，伸长脖子，只为看见在阿伯特·金尼大道的办公楼上能勉强瞥见的那一线海景。

"有件事很有意思，你知道吗？"安特说，"为了制作《镜像高中》，我错过了自己大学生活的第四年。"

"我也一样，"萨姆说，"只不过是为了《一五漂流记》。"

聚会结束已是深夜两点半，对于洛杉矶的聚会来说，这已经很晚了——这是一座需要睡眠的城市。萨姆赶走了掉队的客人，锁上了门，开车向家中驶去。他经过莎蒂的家——几乎每天下班他都会这样走，只要绕一小段路。他看见一楼的客房亮着灯，他推测那应该是宝宝的

---

[1] 1997 年 6 月，专栏作家玛丽·施米奇（Mary Schmich，1953—　）在《芝加哥论坛报》上发表了一篇题为《建议也许只能浪费在年轻人身上，就像青春一样》的伪毕业演讲辞，文中就如何过上更快乐的生活、避免常见的挫折给出多条建议。这篇文章在互联网上迅速传播，并被误认为是冯内古特当年在麻省理工大学发表的毕业演讲。而后澳大利亚导演巴兹·鲁赫曼（Baz Luhrmann，1962—　）将其改编为歌曲，风靡欧美。

房间。他想象着自己下车走到她门前的情景，却从没那样做过。这天夜里，他决定在她家门前停车，然后给她发了条短信。

聚会上我们都很想念你。你能想象吗？我，厌世者萨姆·马苏尔，竟然会举办聚会。大家玩得好像还挺开心的。

她没有回复。他又发了一条。

我在考虑制作一款新游戏，说不定你会感兴趣。差不多是《一五漂流记》和《死海》的结合体。我能不能把设计图送到你家？我觉得马克斯也会想要做这个游戏的。

萨姆，不能。她立刻回复道。

∴

萨姆跟沃思夫妇见面的那天下着雨。

助理告诉他沃思夫妇在门厅。萨姆说他会亲自去接他们。

"谢谢你们回来，"萨姆说，"真抱歉过了这么长时间才联系你们。你们跟马克斯见面应该是一年半以前的事了吧？"

"感觉好像还更长。"亚当·沃思说。

"又仿佛就在昨天。"夏洛特打圆场道。

萨姆注意到了他们怎样把彼此的句子天衣无缝地补充完整，他很怀念那种与人组队的感觉。

回到办公室，他把作品集还给亚当。"这是你的。抱歉我们保留了这么长时间。这些作品不错。我从头到尾看了几遍，然后——"

夏洛特连忙打断他："我们还有别的创意，如果你不喜欢这个的话。"

"不，我喜欢这个设计，但我不确定自己是否能真正理解它，"萨姆说，"你们要不要说一说关于这个游戏的想法？"

6

马克斯遭遇枪击后的第五百零三天，夏洛特·沃思和亚当·沃思开始了《我们的无尽岁月》的制作。

为了迎接他们的到来，萨姆在前一晚收拾了莎蒂的办公室，把她的私人物品搬进了自己的办公室。一名助理打算第二天下午把那几只箱子送到她家去。等这件事做完以后，他的两位搭档就正式离开了不公平游戏的办公场地。

萨姆来到办公室查看沃思夫妇的入驻进展。亚当不在，但夏洛特坐在桌边。她笔记本电脑上开着游戏界面。"我想从《苏格兰外传》里找参考，"她解释道，"莎蒂·格林对血液的处理方式太巧妙了。这也许只是我的想象，但我总觉得她为不同的人物设计的血液颜色有着细微的区别，甚至连稠度也略有不同。这些血液各有特征，这只是个小细节，但让我很着迷。"

"我还没玩过这个游戏。"萨姆坦陈。

"真的吗？"夏洛特说，"哇，这部游戏太棒了。它比之前的部分血腥得多。剧场大屠杀那一关是我玩过的最血腥、最刺激的游戏。"

"是啊，我读到过类似的评论，"萨姆说着往外走，"那我就不打扰你了。"

"等一下，"夏洛特说，"既然你还没玩过，那就说明你还没看见过这个。等一下，这是个彩蛋。我觉得它是个彩蛋。"

"她最讨厌彩蛋了。"萨姆说。莎蒂认为彩蛋会破坏游戏世界的真实性。

"你介意剧透吗？"

"不介意。"萨姆说。他认为游戏是不可能被剧透的，重点不在于得知结局，而在于达成结局的过程。《苏格兰外传》的情节他早就知道，全伦敦的话剧演员一个接一个陆续遇害，玩家要在保持剧院生意正常运营的同时找到凶手。

"好了，就在这儿，"夏洛特说着把屏幕转向萨姆，"剧院大屠杀的场景结束后，扮演麦克白的演员被杀死了。你是剧院经理，要决定如何处理这部剧，是按原计划上演，还是取消演出。游戏会提醒你观看演出的人数将有所减少，但最明智的选择显然是按原计划演出，对吧？演出必须照常推进。这时，你有三个不同的选择：（1）扮演班柯的'匠气'演员，他同时也是麦克白的候补演员；（2）理查德·伯比奇[1]，他'出场费要价越来越高，并且有可能染上了瘟疫'；（3）一名'来自不知名巡回剧团，业务水平不得而知'的演员。"

"选第一个最合理，"萨姆说，"他最了解这部剧，而且反正没人会在大屠杀第二天去案发的剧院看戏。不过二和三听起来更有趣。"

"是这样的，我放不下这个情节，所以三个选项我都选过。彩蛋就在第三扇门背后，"她点击第三个选项，"在正常的游戏设计里，你可以切换到演出场景，如果跟以前看到的转场动画过于相似的话，你也可以选择跳过。不过在这里设计师莎蒂·格林加入了一些内容，所以不如干脆欣赏演出，对吗？"

---

[1] Richard Burbage（约 1567—1619），莎士比亚戏剧时代最著名的演员之一。

夏洛特把电脑转过来对着萨姆。

在伊丽莎白时代的英国戏剧舞台上，不合时宜地站着一个英俊的亚洲男人，扮演的正是麦克白。麦克白刚刚得知妻子去世的消息，正在发表整部剧中最著名的那段独白——"明天，明天，再一个明天"。

许多年以前，他们为自己的公司取名字的时候，马克斯曾建议取"明日游戏"，萨姆和莎蒂当即表示反对，认为这个名字"太软弱"。马克斯解释说，这个名字出自他最喜欢的莎士比亚戏剧台词，而这段台词一点儿都不软弱。

"你就没有不是来自莎士比亚的创意吗？"莎蒂说。

为了论证自己的观点，马克斯纵身跃上厨房里的一张椅子，为他们背诵了那段他了然于心的"明日"独白：

> 明天，明天，再一个明天，
>
> 迈着琐碎的脚步一天天地前进，
>
> 直到时间尽头的最后一个音节；
>
> 我们所有的昨天，不过替愚钝者照亮了
>
> 归于尘土的死路。熄灭吧，熄灭吧，短暂的烛光！
>
> 人生不过是一道行走的影子，一个拙劣的演员，
>
> 登台的时间里他昂首阔步，躁动不安，
>
> 随后便难觅其踪。
>
> 不过是个愚人讲述的故事，充满喧哗与骚动，
>
> 却没有任何意义。

"这也太惨了。"莎蒂说。

"我们还开公司干什么？干脆自杀算了。"萨姆开玩笑道。

"还有，"莎蒂说，"这一大段话跟游戏有什么关系？"

"这还不明显吗？"马克斯说。

萨姆和莎蒂都不知道明显在哪里。

"什么是游戏？"马克斯说，"游戏就是明天，明天，再一个明天；是无尽的重生，无尽的救赎；是只要你继续玩下去，终有一日会获胜的信念。没有永恒的失败，因为世上没有永恒的事物，从来都没有。"

"你尽力了，帅哥，"莎蒂说，"下一个。"

萨姆看完了转场动画。他谢过夏洛特给他看这些，然后回到自己的办公室，关上了门。

他刚走，夏洛特便觉得心中焦躁：用这个彩蛋吸引梅泽的注意力会不会是个错误？她的目的是想与他分享一段共同的经历。尽管无法与梅泽受到的打击相提并论，但马克斯的死也给她和亚当带来了精神创伤，马克斯在《苏格兰外传》里现身，这让她获得了一丝慰藉。然而说实话，她还有一层想法，那就是在新老板面前炫耀一下。她想让梅泽知道自己对游戏的了解，想让他明白，制作《我们的无尽岁月》的决定没有错。

她究竟在想什么啊？这么做当然是不恰当的。她对梅泽几乎毫无了解，这是他们在这里工作的第一天。亚当经常抱怨她对陌生人太自来熟。

亚当回来时，夏洛特的头正枕在桌子上。"怎么了？"亚当问。

"我真是个傻瓜。"她又复述了刚才的事情。

"也许确实不太恰当，"亚当说，"不过最后他还是感谢了你，不是吗？"

"是，可他几乎没说别的话。他也许只是客气而已。"

亚当思索片刻。"不，我认为梅泽不是那种会跟人假客套的人。"

萨姆坐在桌边，迟迟没能搞清楚自己在莎蒂的游戏中看见马克斯之后的感受。那不仅仅是痛苦，或者悲伤，或者幸福，或者怀旧，或者渴望，或者爱恋。真正触动他的是莎蒂的心声，号角般清澈响亮，未曾改变，穿越时间与空间，通过游戏向他诉说。夏洛特·沃思这样的外人在其中看见的也许是马克斯，但莎蒂倾诉的对象其实是萨姆。在经历过一段长长的沉默之后，他再次听见了她的心声，他最终认定自己感受到的是希望。

一只敞口纸箱里装着莎蒂最喜欢的游戏，就是她一直放在自己书架上的那些。放在最上面的一盒光盘是 1990 年代推出的《俄勒冈之路》。萨姆决定玩一玩这个游戏。

他沉浸在旧西部世界的各种微小赌注当中。马车需要多少零件？需要多少套衣服？应该撑筏子横穿河流，还是等水势变缓后再行动？既然早知道大部分野牛肉都会烂掉，还应该开枪打野牛获取食物吗？被眼镜蛇咬伤后多长时间才能康复？抵达俄勒冈之后会发生什么？

他清晰地记得这个简单的游戏对年幼的他们有着多么强大的吸引力。在数不清的午后，他们并排躺在医院的病床上，在游戏里共用一个身份，共同做决定，来回传递着十五磅重的笔记本电脑。

这个游戏还能做得更好，萨姆心想，那就是不把它设计成单机游戏。"嘿，莎蒂，"他对空房间说，"你觉得把《俄勒冈之路》做成一款开放性的大型多人在线角色扮演游戏怎么样？"

我会想玩的，想象中的莎蒂回答道，可是你想要的究竟是《俄勒冈之路》，还是一款背景设定在旧西部的蒸汽朋克风格《模拟人生》《动物之森》或者《无尽的任务》呢？

萨姆点点头。

保持简洁，莎蒂说，你一直都受益于这一点，我总是喜欢把游戏搞得过于复杂，也许你可以再用一次《枫叶世界》的引擎，这没什么不可以的，它应该还能再做一两款游戏，然后才被彻底淘汰。

"我来做笔记。"萨姆说。

过去两年时间里，萨姆几乎没做任何创作性的工作。他从没试过不与莎蒂合作，独自设计游戏。尽管他听从了莎蒂的要求，让她独自搞创作，但他自己从没想过在没有她参与的情况下创作。

他锁上办公室的门，取出一本草稿纸，削尖了一支铅笔。

"怎么开头呢？"萨姆问。他的手有些颤抖。他已经许久没有亲笔画画了。

"一列火车抵达了车站。"她说。

"我真怀念这种感觉啊。"他说。

一个旅人走下火车。地面上覆着一层薄霜，旅人的靴子踩在地上咯吱作响。看仔细些：冰层底下的青草是否就要破冰而出？白色的番红花是否含苞待放？没错，春天就要到了。屏幕上出现了一行字：欢迎你，陌生人。

IX

先驱者

拓荒者现身北方雾地

陌生人来到此地时是初春时节，刚刚化冻的大地呈现出晶体硅般的质地。她墨色的头发被设计成两条麻花辫，脸上戴着的那副圆形银框眼镜似乎原本是属于其他人的。陌生人穿着一身黑衣，远远看上去，裁剪巧妙的天鹅绒大衣几乎掩盖了她怀着身孕的事实。

当被《友谊镜报》的主编问起时，陌生人说她的名字叫艾米莉·B. 马克斯。友谊镇上人人都用化名，因此没人想当然地认为这是她出生时的真名。

主编伸出手与艾米莉握了握。"你丈夫会来跟你会合吗，马克斯太太？"主编意味深长地看了一眼艾米莉的小腹，问道。

"是马克斯女士，我独身，并且打算继续保持这种状态。"艾米莉说。

"我得提醒你一句，像你这样年轻漂亮的人，在这一带是不会缺少同伴的，"主编说道，"这里的生活很艰难，就连个性最独立的人也会觉得与人组队比较好。如果你不介意的话，我能不能问一下你打算住在哪里？"

她回答说她在友谊镇最靠西北的角落选了一块地。"我听说那块地在高高的山崖上，靠着水边。"她说。

"北方雾地吗？但愿你喜欢石头！据我所知，没有人在北方雾地开设农场，"主编说，"唯一住在那附近的人是……"主编努力回忆道，"葡萄酒酿造者阿拉巴斯特·布朗，那人已经结婚十几——"

"我对镇上的闲言碎语没兴趣。"艾米莉说，"跳过。"

"如果你改变了主意的话，临走前记得去留言板看一眼。友谊镇的新鲜事都在那里。"主编说着指指旁边的储物柜图标，社区新闻和结交朋友的邀请都在里面，"等我们聊完，我会发条消息，宣布你来了。"

"有没有可能，"艾米莉问，"不发布这条消息？"

这个问题对报社的工作人员来说似乎过于难以理解，于是他没有回答。"就连阿拉巴斯特·布朗的葡萄园都比你在北方雾地的选址更近便些。马克斯女士，如果我是你的话，我会在离镇子近些的地方找一块更有可能结出果实的土地。碧绿山谷那块地绝对非常适合抚养——"

"跳过。"艾米莉询问去马厩怎么走，她想找匹马来代步。主编告诉了她。艾米莉走出一段路后，他忽然又叫住了她。"这个你拿着吧，"他说着仿佛凭空变出了半截法棍面包，上面涂着红色的酱汁，撒满了富含油脂的奶酪条，"送你的。帮你开始新生活。"

"你真是太大方了，"艾米莉说，"这是什么？"

"这叫奶酪小面包。来自我外公外婆过去常做的一道——"

"跳过。"

艾米莉把收到的礼物放进物品栏，这时主编已不见踪影。

本地女子赠送石头作为礼物

艾米莉选择北方雾地是因为她看中了这里遗世绝俗，但她没料到位置有多么偏远，土地有多么贫瘠。这里的空气寒冷潮湿，土壤中的盐分过重，缭绕不散的雾气使阳光几乎无法直接照射到这里。她醒着的时间全部用来维持生存：从商人手里购买种子，耕种顽固不化的坚硬土壤，给作物浇水，她骑着那匹蔚蓝色的母马皮克索不停往返于镇子和自己的土地之间。

她偶尔会遇见镇上的其他居民，尽管他们并不认识她，却还是会送给她一些小礼物——一根萝卜或者一块奶酪。互送礼物是友谊镇文化的重要组成部分，她不免有些难为情，便开始回礼。她开始向邻居们赠送石头，这是她的农场唯一能大量出产的东西。

第一次成功种出胡萝卜时，她几乎要流下眼泪了。她把萝卜擦洗干净，放在一只白盘子上。她坐在门廊前的台阶上，想着那根胡萝卜，望着初夏的萤火虫在空中飞舞。她没有把胡萝卜吃掉，这太珍贵了，她动情地写下了一首小诗：

> 在某些季节，
> 滋养我们的
> 是胡萝卜的意象
> 而非胡萝卜本身。

然而，如果没人同赏，写诗又有什么意义呢？她决定去离自己最近的邻居家拜访。阿拉巴斯特·布朗不在家，于是她把诗留下，用一块石头压住，然后按照友谊镇的惯例留了一张字条：**来自邻居的礼物，艾米莉·B.马克斯女士，雾幻农场。**

几天后，一个身穿背带裤、长着淡紫色眼睛和头发的人前来拜访艾米莉。"嗯……一块石头，"阿拉巴斯特·布朗说道，"我听说有位戴眼镜的女士会把石头当成礼物送人。这里很少有人有胆量送出像石头这么朴素的礼物。我很乐意把它放进我的收藏品中。不过我必须提醒你，马克斯女士，如果你是想用石头来迷住我，我已经结过十二次婚了，我是不会再结婚的。"

"我并没有这方面的打算，"艾米莉说，"不过你的农场是离我最近的一座，我希望我们能成为朋友。"

"好样的。这座小镇总是在不停地撮合人。我一次次地合并财产，最后又要不可避免地分割财产，实在是累了。每次这样折腾之后，剩下的财产总比开始时要少，"阿拉巴斯特把手往衣兜里一插，朝地上吐了一口，"好了，给我倒杯葡萄酒吧，或者也可以吸支雪茄，你可以给我讲讲你的故事。"阿拉巴斯特说道。

"我怀孕了。"艾米莉说。

"如果你不介意的话，我打算先把酒醒上再开始听故事。"

"我是说，怀孕的女人通常是不可以抽烟喝酒的。"

"在你曾经生活的地方也许是这样。不过你很快就会发现，在这里，任何事物都不会对你造成太大的影响。只要确保剩余的红心足够你过完这一天就可以，要在这里生存下去，你需要做的仅此而已。"

"既然任何事都不会影响你，那还何必抽烟喝酒呢？"艾米莉问。

"你可真不好对付。我的第七任伴侣也是这样，她既是个反抗现实的捣蛋鬼，也是个受困于现实的农奴，"阿拉巴斯特说，"依我看，我们在这里喝酒抽烟的原因跟在其他地方没什么两样，只是想法子填补无尽的日子罢了。"

那天晚上分别前，艾米莉告诉阿拉巴斯特其实石头并不是她送出的礼物："石头下面的那首诗才是。"

"一首诗，"阿拉巴斯特·布朗哈哈大笑，"我还在纳闷它是什么呢。我以为那是一则有关胡萝卜的广告。好几任妻子都说我在情感方面过于迟钝，但愿这不会影响我们之间的友谊。"

书店出售贺卡与游戏

阿拉巴斯特·布朗虽然行为古怪，却是为数不多的艾米莉愿意与之交谈的人之一，他们很快成了彼此家里的常客。

"我想我不适合在这里生活，"艾米莉坦陈，"我花了好几个月才种出一根胡萝卜，而且也没时间读书。这里能做的事肯定不只种田。"

"你不是非经营农场不可。"阿拉巴斯特说。

"不是吗？"艾米莉说。

"这里人人都有农场，每个人在游戏开始时都是农民。友谊镇的农产品多得用不完。你为什么不在镇上开家商店呢？"阿拉巴斯特说，"创建一份职业，做生意来换取你需要的物品。我就是这样开始制作葡萄酒的。这里没人在乎你以前是做什么的。你想做什么职业就做什么。"

"只要是农民或者店主就可以。"艾米莉说。

艾米莉怀孕五个月的时候，决定开一家书店。友谊镇没有书店，而且这样能够保证她有更多时间读书，花更少时间种田。她半价出售了自己的耕种装备，把用不上的田地租给了阿拉巴斯特。艾米莉把余下的大部分金币都用来在镇上建造小房子。她给小店取名友谊书店。

主编代表《友谊镜报》就书店开业采访了艾米莉。"我们的读者很好奇，你为什么会决定开设一家……"主编搜寻着自己的记忆，"……一家书店，对吗？"

"我偶尔会写诗，而且非常喜欢读小说。"艾米莉说。

"对，当然了，**你**喜欢这些，"主编说，"可是这对友谊镇居民的日常生活与困境又有什么帮助呢？"

"我认为虚拟世界能够帮助人们解决现实世界中存在的问题。"

"什么是虚拟？"

"凭空造出来的事物，比如你。"

"和你说话好像在猜谜。"主编说。

怀孕六个月时，艾米莉知道了友谊镇为什么没有书店——这不是个读书人的小镇。除去耕种和互送礼物以外，友谊镇居民拥有的闲暇时间不多，他们也不愿意把仅剩的时间用来借着烛光读《瓦尔登湖》。

怀孕七个月时，她开始考虑关掉书店，甚至永远离开友谊镇——她不具备那种传教士般的热情，致力于把不爱读书的人变成爱读书的人。不过阿拉巴斯特建议她拓宽经营范围，出售贺卡。"当然了，书还是要继续卖的。"阿拉巴斯特说。

"有什么区别呢？"艾米莉说，"大家喜欢贺卡吗？"

"喜欢，我觉得大家会喜欢。这里总有数不清的大头菜要售卖，有生日信息要公布，"阿拉巴斯特稍加思索又说道，"你也可以出售游戏。阅读是件苦差事，但我听说娱乐行业很好赚钱。"

艾米莉把店名改成了友谊书店＆文具店＆游戏店，开始为商品分类。事实证明，桌游和文具比书籍略微畅销一些。艾米莉的红心数量最多时只有两颗，但她依然能维持度日。

一天晚上，阿拉巴斯特发现艾米莉昏倒在自家门前的台阶上。阿拉巴斯特叫醒了她。"是孩子要出生了吗？"阿拉巴斯特问。

她摇摇头，却说不出话。

"恐怕是你吃得不够多，"阿拉巴斯特说，"我看得出你的红心数量太少了。"阿拉巴斯特说着从自己的装备里拿出一罐先驱者能量剂递给她，"喝了吧。"

"我的头很疼，"气色略有恢复之后她说道，"我一直有这个困扰。每当这种痛苦袭来，我就会完全丧失行动能力，觉得自己无法继续下去了。"

阿拉巴斯特望着艾米莉。"我觉得是你的眼镜出了问题。这副眼镜对你的脸来说太小了。你应该去找配镜师。"

"友谊镇有配镜师吗？"

"有，她叫代达洛斯医生，她的店铺离你只有几个门面的距离。真没想到，你竟然从没注意过那家店。"

新来的配镜师接受了一场有趣的交换

早上，艾米莉去拜访埃德娜·代达洛斯医生，果不其然，她的工作室与友谊书籍及其他用品店只隔着三道门。代达洛斯医生正在接待另一位患者，艾米莉便浏览着店里的东西打发时间。除了眼镜，工作室里还有各种各样色彩鲜艳的玻璃制品，有稀奇古怪的小雕塑，也有实用的玻璃制品。艾米莉拿起一只微缩水晶小马仔细观看。

"咴儿咴儿——"艾米莉被突如其来的马叫声吓了一跳。她发现这声音是医生发出的。"它喜欢你。"代达洛斯医生说。

"医生女士，这个拟像跟我的马皮克索长得分毫不差，"艾米莉说，"它的皮毛正是这样的蔚蓝色。"

"这就是你的马，不过它从没告诉过我它的名字。它总在你的店门外等你，和我成了好朋友，"代达洛斯医生说，"你说它叫皮克索？是P—I—X—L—E吗？"

"不，是 P—I—X—E—L[1]。代达洛斯医生，你真是一位艺术家。"艾米莉说。她轻轻把小马放回兽栏。

"自娱自乐罢了，"她说，"当然了，我的主业是制作眼镜片。我猜你是因为这个才来的吧。"

艾米莉望着代达洛斯医生。她们身上的服饰一模一样，是友谊镇商人的典型服饰，黑色短裙、白色衬衫和黑色的领带。代达洛斯医生比艾米莉略矮一些，她肤色白皙，微微透着绿色。她的卷发是近乎黑色的靛蓝色，仿佛漫画书中的角色，圆形镜片后的眼睛又大又圆，是祖母绿的颜色。**如果要为她画像，艾米莉心想，要用到许多圆圈。**"你的眼睛有点儿像我曾经认识的一个人，"艾米莉说，"你来自哪里？"

"我们在这里唯一不能问的难道不正是这个问题吗？"代达洛斯医生说。

"我忘了！对啊，我们都是在来到友谊镇的当天降生的！"

代达洛斯医生带着艾米莉来到店铺后面的工作室，医生让艾米莉看了视力表，又用一支细手电筒照了照艾米莉的眼睛。

"我能不能问问你马儿的名字有什么来历？"代达洛斯医生说，"我从没听过皮克索这个名字。"

"这是我用两个单词造出来的，pixie[2] 和 axle[3] 的结合体，"艾米莉说，"皮克索转向很快，脚步也轻盈。"

"皮克索，"医生重复道，"真是个巧妙的名字。我还以为它的意思是一幅非常小的图片。"

"这个单词固然是我造的，"艾米莉说，"但如果你愿意的话，你可

---

[1] Pixel，意为"像素"。

[2] Pixie，意为"小精灵"。

[3] Axle，意为"轮轴"。

406

以为它发明第二个含义。"

"谢谢，"医生说，"我重述一遍。**皮克索**：含义一，名词，一只脚步轻快的动物；含义二，也是名词，屏幕上图像的最小组成部分。"

"什么是屏幕？"艾米莉问。

"是我创造的一个词，用来描述土地的长度。这个词非常有用，因此我想把它应用在更多的语境中。举个例子，你在北方雾地的房子离阿拉巴斯特·布朗的房子有三屏幕远。"

艾米莉与医生相视一笑，仿佛保守着一个共同的秘密。

她们之间确实有个秘密。这个秘密便是当你发现一个人能够听懂你的语言时所感受到的那种喜悦。

"你和阿拉巴斯特是朋友吗？"

"我认识那人。"代达洛斯医生说，"你的配镜处方有错误，我不明白这副眼镜怎么会配给你。它好像是一副预设眼镜，只考虑到美观，永远不该这样配眼镜。就算我们把女性怀孕时的视力变化考虑在内，你还是需要一副新眼镜。"医生停顿了一下，"你怀孕了，对吧？"

"没有，"艾米莉说，"你怎么能这么说。"

"实在抱歉！我不该乱猜的。"

艾米莉哈哈大笑。"我确实怀孕八个月了。不知这在友谊镇意味着什么。"

"这里的时间有什么不一样吗？"

"想必你也知道它不一样。"

"给我几天时间——"

"谁知道'天'是什么。"

"给我几天时间做一副新眼镜。我马上就能让你看清所有的皮克索。"

"这是'皮克索'这个词的正确用法吗？"艾米莉问。

代达洛斯医生说："我认为是正确的。在这个语境中，'看清所有皮克索'就是视力很好的意思。"

"既然如此，这就产生了第三个含义。我应该付多少钱？"

"也许我们可以做个交换？"代达洛斯医生说，"你的招牌上说你也出售游戏。我一直想要一套围棋，有些人称之为中国版的国际象棋。我小的时候跟保姆玩过，很想再玩一次。你知道这个游戏吗？"

艾米莉听说过围棋，但从没玩过，也没见过哪里出售围棋。"我看看能不能给你弄来一套。这算是我的支线任务，也许要花几个星期的时间，不知道你介不介意。"

"谁知道'星期'是什么。"代达洛斯医生说。

艾米莉无法通过日常的渠道找到代达洛斯医生想要的围棋，不过她设法弄到了一本名叫《富有趣味性与娱乐性的古代游戏》的书，里面讲述了围棋的基本规则：19×19 的棋盘，361 枚棋子（181 枚黑子，180 枚白子）。艾米莉决定自己动手做棋盘。她砍了一棵红杉树，用木材做出棋盘。她为棋盘添加了用来存放棋子的暗格，又在侧面雕刻出精致的眼镜图案和代达洛斯医生的名字。

回到配镜店时，医生不是在接待患者，而是在制作一件看不清形状的小巧的玻璃雕塑。艾米莉把自己的作品拿给代达洛斯医生看时心中很是忐忑，这甚至出乎她自己的意料。"如果你觉得合适的话，你可以用玻璃制作棋子。"

代达洛斯医生停下手里的活儿望着棋盘。"这棋盘真精美，没有第二个人会拥有这样的棋盘。你的提议很好，我用玻璃来做黑子，白子用石头做怎么样？我听说你的土地里有很多石头。"艾米莉答应收集石子，代达洛斯医生与艾米莉握了握手。"那我们就说定了。"

"这场交易有缺陷，代达洛斯医生，"艾米莉向她道歉，"恐怕我分配给你的任务过多，让你增添了负担。"

"十全十美的交易是不存在的，"代达洛斯医生说，"我很乐意体验这种不同。"

"我能问一句你在做什么吗？看样子不像是眼镜。"

"这是为友谊镇最乐善好施的人准备的奖品。"代达洛斯医生说。

"如何判断谁是友谊镇最乐善好施的人呢？"艾米莉问。

"据说跟送出礼物的数量有关。"

"这座小镇啊，"艾米莉说着摇摇头，"我就知道这些礼物有名堂。我一直觉得背后有某种隐秘的动机。"

"马克斯女士，你这种看法有点儿愤世嫉俗呢。你认为人们愿意为了一个玻璃物件而做一整年的善事吗？"代达洛斯医生完成了手里的雕塑，"我不想砭低自己的手艺，但我认为单凭这个奖品远远不够有说服力，"她说着把水晶心递给她，"还热着呢。"

那颗水晶心深深地触动了艾米莉，但她无法把其中的缘由告诉代达洛斯。她有种落泪的冲动，如果她能够流泪的话。

那天夜里，她写了一首诗：

> 哦，水晶之心，
> 可爱地静止：
> 这样的美
> 一定有它的
> 结局。

早上，她把那首诗用一袋石头压着，放在了代达洛斯医生店门外的前廊上。

医生寻找游戏玩伴

怀孕九个月时，艾米莉偶然在友谊镇的告示板上看见了一张启事：

> 医生有意寻找一名头脑睿智的玩伴共玩策略游戏——围棋。如有需要，我可以教你游戏规则。欢迎有意者在太平洋标准时间每周二晚八点到我位于碧绿峡谷的家中来。

星期二晚上，艾米莉骑着皮克索来到了碧绿峡谷。从理论上来说，骑马对她变得越来越艰难了。她读到过孕妇不应该骑马的说法，但她认为这些规定并不适用于自己。

她赶到时，代达洛斯医生已经在门廊等着了。"欢迎你，陌生人。"代达洛斯医生大声说。医生见到艾米莉似乎并不意外，除了艾米莉，再没有其他人应征她发布的启事，艾米莉似乎也不感到意外。

医生的房子是西班牙式的建筑风格，屋顶铺着波浪形的红色瓦片。籁杜鹃攀在灰泥墙上，前院种着两棵细瘦的棕榈树。"你的房子和植物不是这一带的典型风格啊，医生。"艾米莉说道。

医生请艾米莉来到自己的书房，墙纸的图案是东方风格的海浪。她给艾米莉倒了一杯茶，开始向她解释围棋的规则。"游戏规则很简单，"医生说，"就是设法用自己的棋子围住对手的棋子。这样简单的规则却能产生近乎无穷的变化，也正是由于这一原因，这个游戏深受数学家和编程师的喜爱。"代达洛斯医生把白子递给艾米莉，自己执黑子。

"什么是'编程师'？"艾米莉问。

"编程师就是一种人，他们会探寻世界的其他结果，预见尚不为人知的世界。"

"哇，在你生活的地方有这样的人吗？"艾米莉问。

"有的。我来自一个迷信的民族，"代达洛斯医生停顿了一下，又说道，"但我不是因此而了解围棋的。我曾经研究过一段时间的数学，可我没有这方面的天赋。"

第一局艾米莉输了，第二、第三局也一样，但是每玩一局，她离获胜就越来越近。"我应该回北方雾地去了，"艾米莉说，"今天晚上我输的次数够多了。"

"我陪你走回去。"代达洛斯医生说。

"我家离这里很远。差不多有十一屏，路线更是像迷宫一样，而且我其实是骑马来的。"

"你怀着身孕骑马，不担心吗？"

"不是特别担心。"艾米莉说。

"那你下个星期二还会来吗？"医生问。

"如果天气状况允许我就来，代达洛斯医生，"艾米莉说，"我可以叫你埃德娜或者埃德吗？既然我们要做朋友，每次都叫你代达洛斯医生有点儿拗口。"

"我更喜欢别人叫我代达洛斯。"医生说。

"少了两个字，依我看也算胜利。"艾米莉说。

他们从秋天玩到冬天。艾米莉的棋艺稳步提升，12月时她第一次战胜了代达洛斯。

到这个时候，艾米莉的肚子已经大得离奇，代达洛斯坚持送她回家。

"为什么会有人选择住在北方雾地呢？"代达洛斯问。

"那里很适合我。"她说。

"这个答案够简短的。我能说我对你很好奇吗？"代达洛斯说，"人们很难不对在围棋中打败自己的女人产生好奇。"

"代达洛斯，我认为关系越亲密，留给隐私的空间往往就越多。"

代达洛斯没再追问，她们沉默地走了一会儿。"在很长一段时间里，我的生活很安逸，"艾米莉说，"若要说我经历过的苦难比别人多，那是在撒谎。我做着自己喜欢的工作，而且我认为我也很擅长那份工作。但后来，我的伴侣去世了，如今我厌恶自己的工作，情绪也很抑郁。说实话，抑郁还不足以形容那种感觉，是陷入了最深的绝望。我一向亲近的祖父弗雷德最近也去世了。我渐渐觉得生命的本质不过是一连串的挫败，而想必你也发现了，我这个人不喜欢挫败。我想，我之所以到友谊镇来，是因为我不想再待在我生活的那个地方，甚至不想待在自己的身体里了。"

"'伴侣'是什么意思？是丈夫或者妻子吗？"

"对，差不多吧。"

"队友？"

"对。"

她们经过一片田野，十几头美洲野牛在栅栏后吃着草。田野前立着一块告示牌：**不要开枪打野牛。**

"我不记得以前见过这片草地，"艾米莉说着走到栅栏跟前，一头野牛闻了闻她的手，"我小时候在俄勒冈之路上见过太多死去的野牛，我还记得自己生气得要命。人们杀野牛，仅仅是因为它们行动缓慢，容易打中，可是野牛肉却白白烂掉了。"

"是的。"代达洛斯说。

"有时候我觉得外面的世界很残酷，我很庆幸我们生活在这个世界里，野牛也能受到保护。"艾米莉转身望着医生，但是由于她们已经走到了北方雾地附近，浓重的雾气使她们难以看清彼此。

"马克斯女士，我有一个提议。"

"你说。"

"如果这样对你有帮助的话，我想成为你的伴侣，"代达洛斯说，"我知道，跟你失去的伴侣相比，我只是个不完美的替代品，但我们都孤身一人，我认为我们应该互相帮助。悲伤是可以共享的，就像围棋一样，"她伸出手，握住了艾米莉的手，单膝跪地，"我想请求你离开北方雾地，到碧绿山谷来。"

"你是说结婚？"

"不是非叫这个名字不可，"代达洛斯说，"如果你希望这种结合有个名字，我们也可以为它取个名字。"

"那是什么意思呢？"艾米莉说。

"意思就是，这会是一场非常漫长的围棋棋局，不间断地持续下去。"

在过去，艾米莉有各种各样的理由不愿结婚，其中之一就是她认为婚姻是一种陈旧的习俗，是针对女性的陷阱。在之前的人生中她已经两次拒绝订婚，然而在此刻，她看得出改变想法的好处。她跟阿拉巴斯特讨论了这件事。

"碧绿山谷自然比这里物产丰饶得多，但那里的人多得叫人反胃，"阿拉巴斯特说，"你真的想生活在那儿吗？只怕你到时候要不停地拒绝别人送来的萝卜。"

"阿拉巴斯特，"艾米莉说，"我到这里来不是为了讨论住在山谷里的好处。"

"那你的目的是什么呢？"

"我对代达洛斯几乎没有任何了解。我们下过几次围棋，仅此而已。她甚至不肯让我叫她的名字。"

"哦，原来你担心的是这个，我倒不会为这个而烦恼。真正重要的是找到一个你愿意与之下棋的人。而且退一步说，在这里，结婚才是更实用的选项。你们可以合并财产，如果最后过不下去了，你还可以分割财产。我已经这样做过——"

"十二次，我知道。"

"我不还是好好的嘛。"

"几个月前，你对我说这话时的态度可是完全相反的。你说了一大堆，抱怨合并财产、分割财产多么令人厌烦。"

阿拉巴斯特耸耸肩。"合并财产自有一番乐趣，不然人们为什么还总这么做呢？'乐趣'这个词或许有些夸张。即使算不上乐趣，也有益处，这样起码可以推动情节发展。"阿拉巴斯特打量着艾米莉越长越大的肚子，"你现在几个月了？"

"大概十一个月了。我也不确定。用不了多长时间我就可以直接从北方雾地滚到镇上了。"

"我觉得你在这里生活的时间好像比十一个月长，而且你来的时候已经有孕在身。你的孩子迟迟不降生，有没有可能是在等你结婚？"

"不会的，我的孩子不会这么循规蹈矩的。"艾米莉说。

"会不会有某种比你孩子的意志更强大，甚至比生物规则更强大的力量呢？"

"那是什么力量？"

"算法的力量，"阿拉巴斯特的目光扫过整个房间，仿佛担心有人在监视他们，然后压低声音说道，"你知道的，看不见的力量，在冥冥中指引我们生活的阿尔 - 花拉子米。"

"你可真迷信。"

"也许是吧，可要是算法真的不允许孩子在结婚前降生呢？"

"哦，拜托，我才不相信友谊镇会这样墨守成规。这个世界的规则是谁制定的？"

然而在那天夜里，艾米莉清清楚楚地梦见自己那个由像素构成的孩子被困在她由像素构成的子宫里。她不禁埋怨阿拉巴斯特在她的头脑中种下了这样狭隘观念的种子。

接下来的几个星期里，艾米莉既不想接受也不想拒绝代达洛斯的求婚，于是对她彻底避而不见。往返于镇上的路途似乎比平常更加遥远，再加上孕肚的重量，她的心脏很快便会不堪重负。

终于有一天，代达洛斯医生来到了她店里，她没有对艾米莉提起求婚的事。"我给你做了一样东西，艾米莉，"医生说道，"我把它叫作Xyzzy通道，它能帮助你快速穿越友谊镇。"

医生设计了一个通道，从艾米莉的店铺直接通往家中，为她免去了从家里到镇上的长途跋涉。通道是灰绿色的，侧面刻有三个点：∵。

艾米莉望着那几个点。"这是倒过来的'所以'符号吗？"

"当这几个点这样摆放时，意思是'因为'。我知道我的房子比你的离城镇更近。如果你决定跟我结婚，"代达洛斯医生说，"我不希望你做出的决定受到距离便利的影响。"

那天晚上，艾米莉把这个通道拿给阿拉巴斯特看。阿拉巴斯特踏进通道，片刻之后便回来了。"真的有用啊，我得喝点葡萄酒才行。多倒点，别小气。"艾米莉倒了两大玻璃杯葡萄酒，然后他们出门来到了门廊上。

"我说，艾米莉，那个奇怪的小医生还挺浪漫的。"阿拉巴斯特说。

"是啊，我也觉得。"

"归根结底，什么是爱？"阿拉巴斯特说，"除了弃进化竞争力于不顾而只为了让别人的生命历程减轻负担的不理智愿望。"

婚礼公告

艾米莉·B.马克斯女士与埃德娜·代达洛斯医生由本人主持结婚，参加婚礼的宾客为新人最亲密的朋友，其中包括蔚蓝色的母马皮克索，以及葡萄酒商人阿拉巴斯特·布朗。马克斯女士的手捧花由十二支玻璃花组成，是代达洛斯医生亲手制作的。仪式进行到一半时下起了雪，但怀孕已有两年的马克斯女士表示并不觉得冷。结合前的几个月里，这对情侣一直在下围棋，马克斯女士表示这场婚姻的最初动机是不希望她们的棋局受到十一屏距离的阻隔。

出生公告

艾米莉·B.马克斯与埃德娜·代达洛斯医生自豪地宣告她们的儿子，卢多·昆塔斯·马克斯·代达洛斯已经降生。代达洛斯医生说孩子很健康，有十七平方像素。

医生与妻子的生活美满而无聊

即便已经结婚，孩子也已经出世，艾米莉和代达洛斯依然决定保

416

留各自的住所。医生在她们的房子之间增加了一个通道，这样她们便不必急着合并财产。她们的宝宝，卢多·昆塔斯[1]也渐渐习惯了在两个地方生活。

LQ 这孩子乐观得出奇。他从不哭闹，即使长时间无人理睬他也没事。他不会吵闹着要别的孩子陪自己玩，反而似乎很享受独处。与漫长的妊娠期相比，他的婴儿时期很短暂，他两岁时行为和身形便与八岁孩子无异。LQ 实在太让人省心了，有时艾米莉觉得与其说他是人，不如说他更像个玩偶。"他比胡萝卜还好养活。"她评价道。

北方雾地的房子在水畔，LQ 年龄稍长几岁，艾米莉便开始教他游泳。LQ 很快便学会了游泳，每次出去游泳他都想游到更远的地方。"你一定要注意自己剩余红心的数量，确保用掉的红心数量不超过一半，到一半就回来。"艾米莉说。

"知道了，妈妈。"LQ 说。

LQ 和艾米莉总是游出刚好两屏的距离，然后便往回游。

"海洋有多大呢？"LQ 问。

"大概有九十屏。"艾米莉说。

"你怎么知道呢？"

"我曾经游到过它的尽头。"

"海洋的尽头有什么呢？"

"是雾气，然后是墙一样的虚无。等你遇见它自然就知道了。"

LQ 点点头："那里可怕吗？"

"没什么可怕的。只是尽头而已。"

"我想去看看。"LQ 说。

---

[1] Ludo Quintus，后文简称其为"LQ"。

"为什么？"

"我也不知道。也许是因为我从没看见过吧。"

"将来的某一天，等你长成强壮的游泳健将，有了足够多的红心，就可以去了。"

那天夜里 LQ 睡着以后，艾米莉把这段对话告诉了代达洛斯。"你怎么看？"

"我觉得孩子想要探知世界的边界，这很自然，"代达洛斯说，"我们应该鼓励他。他是个健壮的孩子，不会受伤太严重的。要我把棋盘拿来吗？"

"好的。"艾米莉说。

从许多方面来说，这桩婚姻平淡无奇，其间穿插着一场场棋逢对手的棋局。实际上，艾米莉觉得自己与代达洛斯最亲近的时刻就是下围棋的时候。

她对阿拉巴斯特说："生活中不应该只有工作、游泳和下围棋。"

"你所说的这种乏味，"阿拉巴斯特说，"我们当中的大多数人称之为幸福。"

"大概是吧。"艾米莉说。

阿拉巴斯特叹了口气。"这个游戏就是这样的，艾米莉。"

"什么游戏？"艾米莉说。

阿拉巴斯特把淡紫色的眼睛一翻："你很幸福，却感到乏味。你应该找个新的办法来打发时间。"

"我跟你说过吗，我曾经搭建过引擎。"艾米莉说。

"没有，我不记得你说过。"

"有一次，我搭建了一个用来呈现日光的引擎，还搭建过另一个呈现雾气的引擎。"

"了不起。我以前不知道搭建引擎是这种普罗米修斯似的本领。既然如此，也许你应该重新做这一行？"

特殊事件：特大暴风雪来袭，友谊镇陷入恐慌

3月底，代达洛斯去清澈崖给山区小学的学生检查视力。"要赶一整天的路才能到清澈崖呢，"艾米莉嘟哝道，"既然他们这么需要眼镜，为什么不是他们过来找你呢？"

"毕竟是三十个小孩子，艾米莉，"代达洛斯说，"如果是 LQ 看不清东西，你会怎么想？"

"你这个人心太软了。"艾米莉说。

代达洛斯出发前往清澈崖后不久便下起了暴风雪。起初艾米莉并不为医生担心，因为在友谊镇，能够遇见的最糟糕情况也不过是把红心用光而已。就算代达洛斯被风暴困住，她迟早能恢复红心，然后就能回家了。

暴风雪过后三天，代达洛斯依然没有回来。积雪开始融化了，艾米莉把卢多·昆塔斯留给阿拉巴斯特照看，自己骑马去了清澈崖，然而那里的居民告诉她，代达洛斯根本没到过清澈崖。

第四天，代达洛斯的马回到了山谷里的马厩，它的女主人却不见踪影。

艾米莉找到主编，尽管不喜欢发帖子，她还是在友谊镇的储物柜上贴了一张关于代达洛斯的寻人启事。"马克斯女士，"主编说，"有时候人们就是会毫无预兆地突然离开我们这个世界。我们要——"

"跳过。"

代达洛斯失踪的第五天，艾米莉再次去找她。这一次，她尽量只走那些以前从没走过的路。于是她来到了友谊镇西南方的未知地带，这里土地干旱，价格低廉。她骑马走过几座牧场、一间鸟舍、一个珍奇植物园、一家钢琴店、一家水疗会所、一座小型游乐园、一家展出古代科技的博物馆、一个驯马场、一家游戏厅、一家赌场、一座易爆品仓库，以及其他或占地面积太大或早已过时或有碍观瞻因此不宜开在市区的店面。她遇见的人都没见过代达洛斯。在游戏厅里，一个身穿白西装的男人建议她去山洞碰碰运气，因为有时候人们会躲进山洞。"入口很难找，"他提醒道，"有些人说入口会悄悄移动。"

她围着山脚转圈寻找。太阳已经落下，但依然有残留的光亮。就在她快要放弃的时候，她忽然听见一声虚弱的呼唤："我在这儿。"

"我来了。"她应道。她掉转皮克索的马头，放慢脚步往回搜寻。她发现岩石之间的某处闪烁着异常的微光。她下了马，步行穿过那片发光的云团，走进一座宽敞的山洞。代达洛斯在里面奄奄一息，右手呈现出骇人的黑色。代达洛斯说，暴风雪刚开始她的马就受到了惊吓，把她摔下了马背，她于是躲进山洞寻求庇护。"我的手好像受伤了。"代达洛斯说完便昏了过去。

艾米莉细心照料代达洛斯，期待她康复。但不久以后她便意识到，要想康复，代达洛的手必须截肢才行。代达洛斯说她就是死也不愿意缺少一只手。艾米莉则回答说，如果她只有死掉才能保住两只手，那截肢势在必行。

肉体的创伤恢复得很快，精神上的创伤恢复得却很慢。代达洛斯十分沮丧，不肯走出家门，甚至不愿走出卧室。她一度不愿跟卢多·昆塔斯说话，甚至不愿意跟他见面。

"我真的没想到会这样。"艾米莉说。

"你应该离开我，"代达洛斯说，"我现在是个废人。我永远没法再做镜片了。"

"依我看，现在我不能离开你。"艾米莉说。

"那我就离开你。我会游到海洋尽头，再也不回来。"

"那我该跟谁下围棋呢？"艾米莉说着，把棋子放在代达洛斯床边的桌子上。

"我不想下棋。"虽然代达洛斯嘴上这样说，但是当艾米莉把第一枚白色石头棋子放在棋盘上的时候，代达洛斯还是忍不住落了一颗黑子。每天下午，艾米莉都会把棋盘挪到离代达洛斯的病床更远一点的位置。就这样，代达洛斯渐渐与世界重新建立了联系，不过她依然不愿走出家门，也不肯重新开始配镜工作。

几个星期以后，艾米莉找到代达洛斯，向她提出了一个建议。"圣诞节就要到了，我有个想法。既然我这么喜欢跟你下围棋，我们是不是也可以为友谊镇的其他居民制作棋盘和棋子？尽管你少了一只手，但我相信你依然能制作棋子，我猜，制作棋子需要的精准度低于镜片。LQ 也长大了，他可以做你的学徒。我来制作棋盘，节日来临时我们就可以出售我们的商品了。你觉得怎么样？"

"我觉得你是在委屈自己来迎合我，"代达洛斯说，"不过我想我可以一试。"

他们制作了中式跳棋、国际跳棋、国际象棋和围棋。手工雕刻的棋盘配上玻璃吹制的定制棋子，仿佛　件件艺术品。他们为自己的棋盘游戏公司取名代达洛斯 & 马克斯棋盘游戏。他们的棋盘游戏大获成功，制作的每副棋都卖掉了。

"我真怀念制作游戏的日子。"艾米莉说。

"你以前做过游戏吗？"代达洛斯医生问。

421

"做过，小时候跟我的哥哥们一起做的。你不会理解那种游戏的。"

"跟我说说吧。"

"其中一个游戏讲的是一个迷失在海上的孩子。"

"这在棋盘上有些难以想象。"代达洛斯医生实事求是地说。

艾米莉指指代达洛斯的方形围棋盘。"把这张棋盘想象成整个世界，网格中的每个交叉点都是这个世界的一个分区。再把每颗棋子都想象成一个人。"

"在这个比喻中，你的手代表什么呢？"代达洛斯问。

"我的右手是那个迷路的孩子。我的左手则是上帝。"

代达洛斯从桌对面伸过手来，但她无法以自己理想中的方式触碰到艾米莉。"我爱你，"代达洛斯说，"我总觉得这句话很难说出口，因为有时候这句话似乎远远不够。"

圣诞节那天早上，代达洛斯和LQ把他们合作的桌面游戏拿给艾米莉看。棋盘看上去像一条路，玻璃棋子是一辆辆带篷的马车，配套的还有一颗多面体骰子和一套卡片。代达洛斯在棋盘侧边雕刻了她们儿子的名字，卢多·昆塔斯。"我们决定把这个游戏叫作卢多·昆塔斯。"代达洛斯说。

"卢多·昆塔斯是怎么玩的呢？"艾米莉说。

"这很简单，妈妈，"LQ说道，"你可以选择做农民、商人，还是银行家。然后你要想办法从马萨诸塞州走到加利福尼亚。不过卡片中设置了很多道障碍。"

"这个游戏为什么要叫卢多·昆塔斯呢？"艾米莉问。

"因为这是我的名字！"LQ说道，"也因为代达洛斯妈妈说'卢多'在拉丁语里是'游戏'的意思。"

孩子的名字是代达洛斯取的，尽管看起来有些奇怪，但艾米莉从未细想过卢多·昆塔斯的含义。"'昆塔斯'是什么意思呢？"艾米莉问，然而她相当确定自己早已知道答案了。

"是第五，"短暂的沉默之后，代达洛斯说道，"第五个游戏。"

［先驱者聊天室］

你已经开始与 daedalus84 进行私人对话。

EMILYBMARXX：是你吗？

DAEDALUS84：是我，你心爱的妻子，埃德娜·代达洛斯医生。

EMILYBMARXX：少废话。萨姆森，是你吗？拜托说次实话吧。

DAEDALUS84：…………是。

EMILYBMARXX：你是怎么找到我的？

DAEDALUS84：找到你？我是为了你才建的这个地方。《先驱者》是枫叶世界的延伸版本。我之所以会把它设计成《俄勒冈之路》的风格，就是因为我知道你会喜欢。

EMILYBMARXX：你是想诱骗我？

DAEDALUS84：不，不是这样的。马克斯去世后，我一直想做些能让我回忆往事、回忆你的东西。我盼望着你加入《先驱者》，但我不确定你会不会来。后来我发现你就是艾米莉·B.马克斯，我就下决心要成为你的朋友。你看起来实在太孤单了。孤身一人住在友谊镇的远郊。

EMILYBMARXX：即便是这样，玩家的身份信息依然是隐私。我注册用的邮箱地址也看不出我的身份，但你肯定早就知道。你是不是查了我的 IP 地址？

DAEDALUS84：是。

EMILYBMARXX：我跟你说过不要来打扰我。你怎么就不能尊重我的想法呢？

DAEDALUS84：我担心你。

EMILYBMARXX：你骗了我。

DAEDALUS84：我怎么骗你了？

EMILYBMARXX：你侵犯了我的隐私。你假扮成陌生人接近我。

DAEDALUS84：我没有，我还是我。只是名字和一些细节不同罢了，我完全是我自己。你也是你自己。而且我认为你早就知道，也许只是不愿承认罢了。

EMILYBMARXX：我现在只能离开友谊镇了。这你是明白的，对吗？

DAEDALUS84：马克斯的死不仅仅对你有影响。他也是我的朋友，我的生意伙伴。这是我们共同的公司。这些事对我们两个都有影响。

EMILYBMARXX：…………

DAEDALUS84：我很想念你，莎蒂。我希望回到你的生活中……我以前就错在这里，独自承担痛苦并不能体现真心。

emilymarxx 已经离开聊天室。

艾米莉走过友谊镇上熟悉的景致。这里曾经看上去那样美好，那样令人安心，如今却虚假得厉害。

她骑上皮克索，下山朝阿拉巴斯特家走去。

阿拉巴斯特打开门，请艾米莉进了屋。她对朋友坦陈自己不久就要离开友谊镇了。"埃德娜并不是她自称的那个人。"艾米莉解释道。

"我们当中有谁是呢？"阿拉巴斯特问。

"可是我发现她其实是我认识的一个人，对我而言，这毁掉了全部的游戏体验。"

阿拉巴斯特点点头，说道："我认为有一个因素你应该考虑在内，那就是找到玩伴是多么难得的一件事，无论在这个世界还是另一个世界。"

艾米莉望着阿拉巴斯特，望着那双淡紫色的眼睛和淡紫色的头发。"萨姆？"

"谁是萨姆？"阿拉巴斯特说。

"你也是萨姆吗？"艾米莉说。

阿拉巴斯特双膝跪地，说道："莎蒂。"

艾米莉的身影消失在阿拉巴斯特家中。

屏幕上出现了一个文本框：

艾米莉离开了友谊镇。

男孩抵达尽头

几天、几个月，抑或是几年后，艾米莉重新登陆账号看望 LQ。她不在的这段时间里他长大了三岁，现在已经是个健壮的十一岁男孩了。

"妈妈，你这段时间去哪儿了？" LQ 问，"我和妈咪都很担心你。"

"你想不想去游泳？"艾米莉问。

艾米莉和卢多跟往常一样游了两屏的距离。 LQ 问他可不可以继续往前游，艾米莉思索片刻。"怎么不行呢？你现在已经是大孩子了。"

他们一路向前，游到了海洋的尽头。

"海洋的尽头真宁静啊。"LQ 说。

"确实很宁静。"艾米莉表示赞同。

"妈妈，"LQ 说，"我有点担心，剩余的红心可能不够回去了。"

"别担心，我的宝贝。你不是真人，所以不会死的。"

本地商人遗嘱宣读

在 2008 年那场暴风雪中，艾米莉寻找代达洛斯时偶然来到了友谊镇未知地带的一座牧场。牧场那块被冰雪覆盖的牌子上写着"驯马师"，底下还有一块略小的招牌，上面写着："**梳毛、钉掌、驯马及其他马术相关服务。世上没有难驯的马。**"当时她正急于解开另一个更为紧急的谜团，因此并未在那里停留。

几个月后，虽然她已不再与代达洛斯联系，但那块牌子依然停留在她脑海中。那名字让她回想起自己年轻时曾认识的某个地方，或者做过的一个梦。她在友谊镇的最后一天，也可能是她离开前的某一天，她决定是时候去那扇门后面看一看了。就算那块牌子背后并无其他深意，在她永远告别友谊镇之前，她至少也该为皮克索钉一副新马掌。

她缩小画面查看全景地图，发现驯马师所在的位置没有做标记，她毫无头绪地四处搜寻，在蜿蜒的小路上来回寻找。等到她和皮克索终于穿过那扇大门时，太阳已经西沉。

艾米莉穿过一片果园，沿着石头小径走过马厩和农田，在牧场最里面，她来到一座教堂似的白色尖顶小屋跟前。她下了马，按响门铃。一个头戴白色牛仔帽的男人开了门，看样子有六十多岁，几乎比友谊镇的所有居民都更苍老。他微微有些罗圈腿，身姿挺拔，一看便知道是在马背上过了大半辈子。牛仔帽下露出一簇浓密的黑灰色头发。她想，他看上去很像他父亲——龙。那个非玩家角色轻抬帽子向她致意。"你好啊，赶路人。你的马遇到困难了吗？"

艾米莉解释说她的马需要新马掌，他们讨论一番，商定了马掌的材料和价格。非玩家角色向她伸出手，她却在他面颊上亲了一下。

"你这样做我也不会同意讲价的。"他说。

"我很想你。"她说。

"哎哟，你说得我脸都红了。"

"你最喜欢《伊利亚特》里的哪一段？"

"什么是《伊利亚特》？"他忽然停住，摘下了帽子，片刻之后，这个非玩家角色仿佛被人附身一般，神态忽然完全变了样："安德洛玛刻，他的妻子，最先发出了悲呼：'哦，我的丈夫，你死得这般年轻，丢下我这个寡妇与我们的孩子。你我的孩儿尚在襁褓！……你的双亲固然悲痛不已，哦，赫克托耳，但悲痛最深的还是我。你没有死在床上，伸出双手向我告别，也没有留下安抚的话语让我怀念，徒留我日夜痛哭。'"朗诵完毕，他鞠了一躬，把帽子戴回头上。

"很高兴遇见你。"艾米莉说。

"欢迎你随时回来，年轻的女士。"

艾米莉觉得跟这个非玩家角色的交流不尽如人意，不过话说回来，与非玩家角色的交流人多如此。

虽然如此，若不是见过了那位驯马师，莎蒂也许永远无法下定决心彻底处理艾米莉的事。

萨姆为《先驱者》设计的新功能之一就是玩家可以永久性退出游戏。萨姆不喜欢玩家，即便是那些在枫叶世界居住了许多年的人，说消失就消失。游戏世界的居民固然可以在某一天下定决心不再登录游戏，但萨姆认为给玩家一个永远退出游戏的机会，这样的设定更合理。无论一款大型多人在线角色扮演游戏设计得多么好，玩家迟早是要离开的。他们会把注意力转向其他游戏、其他世界，有时甚至会转向真实世界。创作《先驱者》时，他就扩大了游戏中可举行仪式的范畴，把离婚、宣读遗嘱和葬礼也包括了进来。

主编宣读了艾米莉的遗嘱："我疼爱的儿子卢多·昆塔斯已游向远方，去探索海洋的尽头，我猜，在未来许多年的时间里他都将继续这场探索。我只不过是一个凡人女子的化身，自从 LQ 离开，我便饱受严重肠道问题的困扰。我只能把这看作身体在表达它不愿在没有 LQ 的状态下继续活下去。因此我决定离开友谊镇。我的农场、店铺以及其中的所有物品全部赠予我的朋友阿拉巴斯特·布朗。我的马皮克索，及其玻璃雕像将赠予我的妻子代达洛斯医生。我还想补充一句，我从不后悔自己在友谊镇度过的时光，也不后悔我与代达洛斯医生共度的时光。她长期的欺骗令我感到气愤——干了什么她自己心里有数——但我会永远记住我们亲密相伴、共同下围棋的那些夜晚。刚到这里时，我的心灵那样干涸，是友谊镇平淡的生活和并不陌生的陌生人的善意赋予了我生命力。我感恩自己有机会来到这样一个充满善意的地方，一个愿意为野牛划分出安全通道的地方。"

主编折起遗嘱，说道："她的话总像谜语一样。"

友谊镇的公墓里竖起了艾米莉的墓碑。上面刻着：

艾米莉·马克斯·代达洛斯

1875 — 1909

她死于痢疾。

货重与车辙

1

"可是莎蒂，实事求是地说。在某种层面上，你肯定知道他就是萨姆。"多夫说。

人到了某个年纪——对莎蒂来说是三十四岁——生活中会有很大一部分时间花在与路过自己所在城市的朋友们碰面吃饭上。多夫和莎蒂在银湖区的悬崖边缘餐厅吃早午餐。这家餐厅装修得像座树屋，一棵仿佛成了精的巨大无花果树在餐厅中间拔地而起，所有餐桌都分布在高低不同的木头平台上。这家餐厅的服务员以过人的小腿力量和非凡的平衡能力闻名全城。莎蒂常常想，在悬崖边缘做服务员，那感觉大概就像是电子游戏玩家置身于平台游戏中一个平淡无奇的关卡。多夫说话时，那棵树吸引了他的注意力，他抓起一根粗壮、光滑的树枝。"这是我到过的最有加利福尼亚氛围的地方。他们大概以为这里永远不会下雨。"多夫说。

"这里确实从来不下雨。"莎蒂说。

"你觉得这家餐厅是绕着这棵树建的吗？"多夫说。

"我猜只能是这样。"莎蒂说。

"但是这棵树也有可能是后移栽进来的。"多夫说。

"这棵树太大了。很难想象有人会挪动这么大一棵树。"

"莎蒂，你这是在加利福尼亚。这里是沙漠，寸草不生的地方。有人做个梦，想开一家树屋风格的餐厅，加利福尼亚就能让你梦想成真。我太他妈喜欢加利福尼亚了。"

"我以为你讨厌加利福尼亚。"

"我什么时候说过讨厌加利福尼亚？"

"我们分手的时候。我清楚地记得你长篇大论了一通，警告我在这里会有怎样世界末日般的惨死方式。"

"哦那些啊，我胡说的。我只是不想让你走而已。等一会儿服务员过来，我们问问他这棵树是怎么回事，"多夫说，"马克斯把不公平游戏搬到这里来真是太明智了。假如我当初有一丁点儿头脑，就该跟你一起离开，就该跪下来哀求你重新接纳我。"

"你不是那种会跪下来求人的人。"莎蒂说。

服务员过来点菜，多夫问起了这棵树的来历。服务员说他在餐厅工作的时间不长，不过他会去问问经理。

"说真的，"多夫说，"你肯定知道是他的。"

莎蒂摇摇头："我知道，也不知道。我觉得这就好比在观看破案节目。人们总觉得警察的运气不好。明明有那么多线索指向正确的方向，他们怎么就看不出凶手是谁呢？但是作为观众，你是从已知答案的角度来看全局的。如果你置身其中，周围能看见的只有黑暗和血迹。"

多夫摇摇头："世界上有那么多游戏，你怎么会去玩《先驱者》那样寡淡的休闲游戏呢？"

"这个嘛，我跟你不同，我什么游戏都玩，那个游戏中有些元素吸引了我。"

"什么元素？"

"我听说那是个带有社交功能的开放世界和资源收集类游戏，还听说它受到了《俄勒冈之路》《模拟人生》和《农场物语》的启发，所以我想玩玩看。萨姆很可能早就猜到我会上他的当。"

"你一直对《俄勒冈之路》着迷，挺不成熟的。"

"没错，多夫。我完全有可能爱上一个你不喜欢的游戏。"

"这么说，萨姆创造了一个大型多人在线角色扮演游戏，目的只是为了吸引一个玩家？太妙了。疯狂，但真的很妙。"多夫摇了摇头。

"不是，他说他制作这个游戏是因为它能让他回想起我们小时候一起玩游戏的情景。"

"农场和资源类游戏是游戏界的常青树。"

"确实是这样。我相信《先驱者》也带来了经济效益，"莎蒂停顿了一下又说道，"还有，说实话，经历了马克斯去世以及后来的一系列事情，我确实非常渴望一款萨姆创作的那样的游戏。但我猜萨姆是想先观察我会不会加入游戏。我加入之后，他便创造了一系列身份来吸引我继续玩下去。"

"所以故事情节究竟是什么呢？"

"哦，天啊，简直荒唐得像爱情小说。我叫艾米莉·马克斯，一个怀着身孕、有着黑暗过去的女人，而他是，准备好听了吗，埃德娜·代达洛斯医生，小镇上的配镜师。"

"听起来非常火辣。"

"其实更像是温和而忧伤。"

"代达洛斯医生！拜托，莎蒂。你怎么可能不知道是他？"

"这个嘛，别的先不谈，他在游戏里是女的。"

"你觉得他为什么会那样做呢？"

"我也不知道，也许是为了不让我猜到是他？也许是沃尔特·惠特曼'我辽阔博大，我包罗万象'那一套？你玩游戏的时候难道总是用同样的性别吗？"凭她的经验，她知道只要能选择性别，多夫玩游戏时总

433

会选择女性角色。

"不过到最后，我确实知道是他。也许我内心深处一直都知道，只是我不愿承认而已。如今回想起来，他一直在给我明显的暗示。有一次，埃德娜失去了一只手。"

"旧西部的生活不容易啊。"

"很野蛮，"莎蒂说，"她不确定还会不会再做镜片。"

多夫频频摇头。"我太爱游戏了。那么现在怎么样了？"

"我们还是不说话。"

"你的意思是，你不肯跟他说话。"

"应该说确实是这样。"

"莎蒂，看在老天的分上，为什么啊？"

"因为他蒙骗了我。"当然了，其中的原因并非这么简单。

"唉，要满足莎蒂·格林的标准可真不容易。"

"这竟然是用手铐把我铐在床上的男人说出来的话。"莎蒂说。

"若要为我自己辩解的话，虽然我做过那样的事，但如今我路过洛杉矶，你依然答应跟我一起吃饭，"多夫说，"而且我那样做的时候你已经不是我的学生了。我对此非常确定。"

"我的标准高在哪里？这跟我不和萨姆说话又有什么关系呢？"

"莎蒂，你多大了？"

"三十四。"

"以你的年龄，已经不该做这么少年心性的事了。但是你的标准太高。中年人——"

"也就是你这样的人。"莎蒂说。

"确实是我这样的人，"多夫表示赞同，"我四十三了，我对此并不否认，"他拍拍胸脯，"起码我还是很性感。"

"你还行吧。"

他绷紧胳膊上的肌肉。"摸摸这肌肉，莎蒂。怎么样？"

她哈哈大笑。"我还是不摸了吧。"不过她还是摸了一下。

"不错吧？我现在卧推的重量比二十年前还大。"

"恭喜你，多夫。"

"我现在还穿得进高中时代的牛仔裤。"

"要想跟高中女生约会，这种本事很有用。"

"我从没跟高中女生约会过，"多夫说，"除了我自己读高中的时候。大学女生确实有过。我太爱她们了。爱不够。"

"我实在想不通你怎么没被开除。"

"因为我是个好老师。大家都喜欢我。你也喜欢我。不过言归正传，我之前说中年人——"

"你指的是那些被生活中无法避免的妥协折磨得身心俱疲的可怜人？"

"有一件事不知你能不能正视：没有人比你对萨姆更刻薄。你最好还是放下这些垃圾——"

"这不是垃圾，多夫。"

"那就放下你那些有理有据的委屈。找到神秘的代达洛斯医生，跟这家伙握手——"

"她是**女的**。"

"跟这位女士握手言和，然后重新开始办正经事，一起做游戏、打游戏。"

服务员过来把他们点的菜品摆在桌上，离开前他说："经理说这棵树已经在这里生长了七十年了。"

"啊，看来有答案了，"多夫说，"餐厅是为这棵树而建的。谢谢你。"多夫说完，往他那份北非蛋里加了些辣椒酱。

"你连尝都没尝，怎么知道这道菜应该加辣酱？"

"我了解自己。我喜欢吃辣。那你现在在忙什么呢？"

"没什么，"莎蒂说，"送孩子去幼儿园。保持头脑清醒。"

"听起来不太理想。你应该工作。"

"是啊，我迟早会重新开始工作的，"她转移了话题，"你到洛杉矶来做什么？"

"跟平常一样，有几场会议，"多夫说，"有个给迪士尼拍过电影的导演有意向把《死海》改编成电影，"多夫放下手里的叉子做了个自慰的手势，"永远办不成的。还有，我要离婚了。"

"真抱歉。"莎蒂说。

"迟早的事，"多夫说，"我就是个他妈的烂人，换作我，永远不会跟我这种人谈恋爱。好在这一次我们没再往这个烂摊子里添个孩子。"

"那你现在打算做什么呢？"莎蒂问。

"回以色列去。看看我儿子。特利已经十六岁了，真不敢相信。再做个新游戏。"多夫停下来吃了一口北非蛋，蛋黄和酱汁落在他的胡子上，"哦对了，我想问你来着，既然你现在没在做游戏，那有没有兴趣替我在麻省理工教一个学期的课？如果你愿意的话，我很乐意替你跟学校说一声。"

"我考虑一下。"莎蒂说。

"听你的。"

"最初报名上你的课的时候，我一直不明白你为什么想教书。"

"因为教书太他妈有意思了。"

"是吗？"

"当然了。有哪个人不喜欢小狗？每隔一段时间就会出现一个莎蒂·格林这样的人，把你震撼得他妈的神魂颠倒，"他把头往后一仰，椅子有片刻的工夫摇摇欲坠，"砰。"

莎蒂不禁脸红了。多夫的称赞依然让她欣喜，实在有些令人难为情。"你说话太不文明了。"

吃完饭，莎蒂开车把多夫送回了他住的那家位于好莱坞山脚的宾馆。下车前，多夫吻了一下她的面颊。"我知道我已经人到中年，跟不上时代了，"多夫说，"而且我显然对女人的心思一无所知。离过两次婚，浑身的缺点。但我必须要告诉你，在我看来，为一个人创造出整个世界，这种做法很浪漫，"多夫摇摇头，"萨姆·马苏尔这小子一团糟，但是真够浪漫的。"

2

游戏设计高级研讨课每星期一节，在星期四下午两点到四点。与十六年前作为学生参加这门课相比，莎蒂上课的形式没有太大变动。每个星期，两名参加研讨课的学生会带来自己制作的游戏，可以是迷你小游戏，也可以是更大型游戏的节选——只要能在有限的时间内编程完毕就可以。其他学生玩过这些游戏后要发表意见。每名学生每个学期要制作两个游戏。

与莎蒂上课时不同的一点是，这门课有百分之五十的学生是女生，或者至少从出勤人数看是这样。

莎蒂向学生们明确了自己的要求。"我不在乎你用什么编程语言，也不在乎你用什么游戏引擎，但我认为你们应该了解如何搭建游戏引擎，这对你们有好处。我不在乎你们做的是哪种游戏。无论好游戏还是差游戏，都不局限于某一个类型。虽然人们通常认为休闲游戏比较低级，但休闲游戏中也经常有优秀作品出现。我本人什么类型的游戏都玩。手机游戏当中不乏优秀作品，正如电脑游戏和主机游戏一样。我不指望你们的作品尽善尽美。我希望大家能对彼此开诚布公，报以尊重。对外公开自己的游戏，这需要很大的勇气。作为一名游戏设计师，我失败的次数可能比成功的次数更多。有一件事是我在你们这个年纪时没有料到的，那就是我要经历多大的失败。很抱歉我的开场白让你们觉得灰心丧气，"莎蒂笑了，"不过说真的，你们一定会失败的。这没关系。我提前赦免了你们。这门课的评分标准以及格和不及格来划分，所以只要你们成功的次数比失败多一点点就够了。"

学生被莎蒂的玩笑话逗笑了。在开课之初的关键时刻，她成功地让学生们明白了，她是与他们站在同一边的。

一个黑头发、黑眼睛，名叫德斯蒂妮的女生说："你在这门课上设计出了 *Ichigo: Ume no Kodomo*[1]，对吗？"

"日语，很棒，是和我的搭档，萨姆——"

"就是梅泽，对吗？"德斯蒂妮显然很了解莎蒂的履历，"梅泽也选过这门课吗？我知道他读的是哈佛，但哈佛的学生也经常到这里来旁听，不是吗？"

"梅泽没有上过这门课。作为一名游戏设计师，他完全是自学成才的。而且我制作《一五漂流记》是修完这门课之后的事。我为这门研讨课制作的游戏要更简单一些。在一个学期内独自编写两个游戏，这工作量可不小。"

德斯蒂妮点点头。"我非常喜欢《一五漂流记》。说实话，这是我小时候最喜欢的游戏。你们还打算制作《一五漂流记Ⅲ》吗？"

"我们曾经讨论过，不过依我看是不会做的，"莎蒂说，"好了，说回德斯蒂妮提出的第一个问题，我今天带来了一个游戏，是我当时为这门课做的，叫《答案》。既然我要求你们大胆地呈现自我，那么我想我也应该把自己在你们这个年纪做的东西拿给你们看看。游戏的图像风格已经过时了，但你们还是可以玩玩看，把你们的想法告诉我。要记住，我当时十九岁，而且那是在 1994 年，在没有资金来源的情况

---

[1] 意为《一五漂流记：大海的孩子》。

439

下，四个星期内能够完成的最佳作品，大概只能是这副样子。还有，我想我应该告诉你们，这个游戏的灵感来源于我奶奶的经历。"

莎蒂把《答案》用邮件发给了全班。

学生们打开电脑，开始玩莎蒂的早期作品。莎蒂自己也玩了几关。这个游戏采用的技术早已过时，但她觉得其中传达的理念依然很清晰。

孩子们渐渐发现了《答案》的秘密，不出所料地纷纷发出愤慨之声。整点时，莎蒂让他们停下来。

"跟我说说你们的想法吧，"莎蒂说，"我希望你们有话直说，我都能承受。我们从这个游戏的审美说起。"

大家从各个方面对游戏评论了一番，视觉效果、音效、操控性、流畅度。莎蒂鼓励他们畅所欲言，她渐渐意识到她很享受为自己的设计答辩的过程，以及向学生们解释1994年的技术限制。总的来说，全班都很欣赏这个游戏的黑白画风，不过一个头戴贝雷帽的男生问莎蒂，是不是在1994年*所有*电子游戏都是黑白的。他的名字叫哈利，为了帮助记忆，莎蒂把他的名字记成"贝雷帽哈利"。她不会像多夫那样，她要在第一个星期内记住所有人的名字。

"不是的，哈利，"莎蒂说，"1994年时已经有彩色画面了。这是我的审美选择。我学到的技巧之一就是，如果你的资源不充足，就要采用更严苛的设计风格。如果设计得当，限制也可以成为一种风格。"

"我也是这么想的，"哈利说，"我并不真的认为1994年的所有游戏都是黑白的。我的意思是，这种风格常见吗？"莎蒂在花名册上记下：**黑白哈利**。

"我很喜欢这个游戏，"德斯蒂妮（ume no 德斯蒂妮[1]）说，"我喜

---

[1] 意为"大海的德斯蒂妮"。

欢它的理念，也喜欢其中的政治色彩。如果要提出批评意见的话，就是太虚无主义了。等你明白了工厂究竟在生产什么东西，整个游戏就有些……"德斯蒂妮搜寻着合适的字眼，"……怎么说呢，大概是'重复'吧。如果能转到游戏的下一部分效果会更好。"

"你知道吗，德斯蒂妮，你不是第一个这样说的人。你的看法一针见血，我想，如果时间更充裕的话，我确实会像你说的那样做。但有时候你只能根据自己手头的时间来制作游戏。如果总是想着尽善尽美，就什么也做不出来。

"我和梅泽从小就是最要好的朋友，我们喜欢一起玩游戏。我们执着于追求完美的游戏，也就是说，我们相信任何游戏都有一种错误最少、道德妥协最少、速度最快、分数最高的通关方式。我们想从头到尾打完一个游戏，不死亡，也不重新开始。玩《超级马力欧》时，哪怕只错过了一枚金币，撞上了一只慢慢龟，我们都会重新开始。当然了，这很可能是由于我们两个过于爱钻牛角尖，而且手里有大把的空闲时间。总之在很长一段时间里，我做设计时也带着这种想法，而这种想法严重地拖了我的后腿。

"你们带到课堂上来的游戏不见得是你百分之百满意的作品，这是无可避免的，不要紧。我希望你们震撼我。我固然希望你们做出绝妙的作品，但同时也希望你们切实地行动起来。"

一个名叫乔乔的学生举起了手，他穿着一件满是破洞的枫叶镇帽衫。（**来自枫叶镇的乔乔**，莎蒂记录道。）"衣服不错。"莎蒂说。

乔乔点点头，仿佛他穿这件衣服纯属巧合，或者是某种比自身意愿更加强大的力量驱使他做出了这个决定。"我有个问题，你当时的同学们对《答案》有什么看法呢？"

"哦，我很庆幸你提出了这个问题，"莎蒂说，"他们恨透了这个游戏，有个同学甚至想让学校开除我。"

"就因为这个游戏？"

"没错，人们不喜欢被称作纳粹。这是我的老师说的，这或许算是个不错的建议。后来我再没制作过任何管玩家叫纳粹的游戏。"

学生们被莎蒂这番话逗笑了。

"就到这里吧，已经四点了。我们下个星期见。乔乔、罗伯，你们俩是第一组交游戏的。最迟星期天晚上把游戏发给大家，这样我们在下次上课前有时间试玩。"

德斯蒂妮在教室后面徘徊不去，一直等到其他人都离开。"我可以再问一个问题吗？我不想在大家面前问。"

"当然可以，"莎蒂说，"你跟我一起往办公室走吧。五点钟我得去保姆那里接我女儿。"

"你有孩子？"德斯蒂妮说，"太酷了。我没想到在游戏行业工作的人会要孩子，因为经常要加班。"

"这方面的情况已经有所改变了，"莎蒂说，"而且我一直是公司的所有人，所以……"

"那，就是说，只要你拥有自己的公司就可以了？"

"没错。然后男人就会按照你的要求办事。"莎蒂说。

"我只想说，知道是你来教这门课，我激动极了。这个专业的女性不多，非白人族裔也不多。我喜欢你的所有作品，不仅仅是《一五漂流记》。你做的每一个游戏我都玩过。《宫廷娱乐掌事官》，那个游戏是我的最爱。我觉得你太优秀了。"

说话间，她们来到了莎蒂的办公室，门口的名牌上写的依然是**多夫·米兹拉**。"我到了，"莎蒂说，"你不想在同学面前问的那个问题究竟是什么呢？"

"哦，是这样的，我不想让你觉得为难，"德斯蒂妮说道，"在玩《答案》的时候，我真心认为它是个很棒的游戏。"

"然后呢？"

"但是它远远不能跟《一五漂流记》相提并论。我不想冒犯你，我真的非常尊重你，格林老师。"

"不要紧，我知道你说的是实话。这也正是我把那个游戏带到课堂上的原因。我希望你们看见我的起点。"

"我真正想问的问题是，你是怎样在不长的时间内从《答案》那样的游戏转型去做《一五漂流记》的呢？怎么才能从'那种风格'转变成'这种风格'呢？这正是我不知该如何下手的地方。"

"这个说来话长。"莎蒂说。她望着德斯蒂妮的眼睛。她明白那种不知该如何迈出下一步的感受。她知道那种抱有满腔热血，却难以企及目标的感觉。"我不确定我能用简单的几句话说清楚，"莎蒂坦陈，"我能不能先想一想，以后再回答你？"

那天晚上，莎蒂努力回忆 1996 年的自己。当时驱使她的主要有三个因素，而其中任何一个因素对莎蒂的个人形象都无甚裨益：（1）她想在专业方面出出风头，让全麻省理工的人都知道，她莎蒂·格林不是靠优待女生才被录取的；（2）想让多夫后悔甩了她；（3）让萨姆明白，跟莎蒂合作是他运气好，她才是搭档团队里编程水平更高、更有想法的那个人。可是她该如何向德斯蒂妮解释这些想法呢？她如何解释才能让德斯蒂妮明白，在 1996 年她的作品之所以有显著进步，是因为内心充满了自私和怨怼且缺乏安全感呢？莎蒂下定决心要做出一件了不起的东西来：艺术品通常不是由幸福快乐的人创造出来的。

莎蒂不禁想把德斯蒂妮的问题转达给萨姆，他总是有办法应对别人提出的问题，直到此刻莎蒂才明白萨姆最大的天赋之一就是他总是能从更宽厚、更美好的角度去看待世界，或者至少是看待莎蒂。这不是莎蒂第一次考虑联系萨姆。自从重返剑桥，路上的每一块石子都让她回想起萨姆和马克斯。然而说不清为什么，她觉得仅凭一通电话无法重拾他们之间这种背负着沉重过往的关系。她知道萨姆还在人世。她经常在不公平游戏的业务邮件里看见他的名字，但自从《先驱者》之后，她从未与他有过直接交流。

下载《先驱者》时，她没注意这款游戏是谁做的，对这个游戏也没报任何期待。她刚生完孩子，头昏脑涨，心情抑郁，孤身一人，想在游戏中寻求慰藉，就像有些人在食物中寻求慰藉那样。她尤其爱玩休闲游戏，就是那种她可以一边玩，一边分出精力确保满足一个降生不久、无法自理的生物生存需求的游戏。她玩过一款关于旧西部的资源类游戏、一款在孤岛上发展部族的游戏、几款餐厅服务员游戏、一款酒店经营游戏、一款关于魔法花朵的游戏、一款有关游乐园的游戏，最后才遇见了《先驱者》。

刚开始玩，她花在《先驱者》上的精力就比其他游戏多得多。进入游戏之初，这个世界就令她感到舒适、似曾相识，这再正常不过了——《先驱者》是用她设计的引擎做的。这里的游戏玩家似乎格外聪明，她把这归因于《先驱者》吸引的是和她一样的玩家——三十多岁，对1980年代抱有怀旧心理的人。

见到代达洛斯吹制玻璃心的时候，她曾对萨姆起过疑心，但依然放任自己**不去**发现这一点。想要继续玩下去的心情战胜了对真相的向往。莎蒂说萨姆蒙骗了她，然而事实是她蒙骗了自己。那个单纯而美好的世界在她心中的地位之重要，令她羞于承认。

一年半以后，她在吃饭时把这件事当作一桩趣闻讲给多夫听，这时她意识到自己已经不生萨姆的气了。她渐渐对萨姆抱有一种柔情，甚至是同情。他制作那个游戏是为了她，但一定也是为了他自己。马克斯死后他一定无比孤独。她究竟推给了他多少运营不公平游戏的工作量？莎蒂从没回过办公室，也从没向萨姆道过谢。

春季学期开始几个星期后，她去了哈佛书店存放二手书的地下室。她正在为女儿挑选二手绘本，忽然看见了一本放错位置的魔术眼图书。那本书让她回想起多年前地铁站里的萨姆。尽管严格来说那本书并不是绘本，莎蒂还是决定给四岁的娜奥米买一本。

上床后，莎蒂和娜奥米一起翻看那本魔术眼。"我看见了！"娜奥米说。

"你看见什么了？"

"一只鸟。就在那儿，在我身边。太神奇了！能再看一个吗？妈妈，这可能是我最喜欢的书。"

两个星期以后，娜奥米已经把书中的二十九个魔术眼小游戏看了好几遍，她已经准备好迎接下一本书的挑战了。

莎蒂决定把这本书送给萨姆。她本想写张留言，但又临时改变了想法。萨姆会知道是谁寄去的。

∵

安特路过波士顿时，莎蒂邀请他到自己课上做了演讲。《镜像高中》已经出到了第七部，她的学生大都对这个系列如痴如醉——对他们这一代人来说，这是游戏界的哈利·波特，比《一五漂流记》流行得多，《枫叶世界》虽然同样流行，却是另一种层面的流行。《镜像高中》属于那种能够激发玩家内心年轻感的游戏。

下课后，她请安特吃晚饭，聊起游戏行业里诸多熟人的八卦：谁被卷入性骚扰丑闻；谁又进了戒毒疗养所；哪家公司要破产了；哪个游戏续作糟糕透顶，肯定是外包给印度某个不用心的编程团队做的。

他们小心翼翼地避开了那些过于私人、过于令人忧心的话题。然而吃甜品的时候，莎蒂忽然问："萨姆最近怎么样？"她寄出那本魔术眼图画书已经两三个星期了，但没从萨姆那边得到任何回应。

"我猜还是老样子。他年底就要关闭《先驱者》了。"

"可怜的《先驱者》。"

"我从来就不清楚萨姆为什么要做那个游戏。当时它是公司里的最高机密。你玩过那个游戏吗？是个奇怪的复古游戏。"

"从来没玩过。"莎蒂撒了个谎。

"梅泽镇长也要从枫叶世界离职了。萨姆在举办选举，挑选接替他的人。"

"这个办法够聪明的。"

"我倒觉得无论胜出的是谁，这个位置都更像是种荣誉头衔。萨姆现在忙着做与 AR 相关的创意，我不清楚具体是什么。他父亲上个星期去世了。"

"经纪人乔治？"莎蒂问。据莎蒂所知，萨姆从不与他见面。

"不是，"安特说，"是在 K 城开比萨店的那个人。"

"不！不会是东炫吧，那是他外公。"

"就是他，我听说他外公得了癌症。我知道他生病已经有段时间了，萨姆经常请假。说来也怪，我一直以为那是他爸爸。"

莎蒂和安特在餐厅门口道别。安特拥抱了她，分别前，安特说："我每天都会想起马克斯。"

"我也是。"

"除了马克斯，没人对我抱有那样大的信任，"安特说，"我们只不过是两个在读大学的半大孩子，直到有一天，马克斯相信我们有能力设计游戏。"

"我们也一样。"莎蒂说。

"我真希望我能救下他，"安特说，"我反复回想着那一天。假如我没有下楼，假如我不让他到大厅去，假如——"

"这是你游戏玩家的思维方式在作祟，"莎蒂说，"想搞清楚如果你打通了那一关，会有怎样的结果。我的大脑也这么没良心。但你什么都改变不了，安特，这个游戏是不可能获胜的。"

五年过去了，听见马克斯的名字，她终于不再有流泪的冲动。

她曾在一本书里读到过，经过几年的相处，人的大脑会为自己心爱的人生成一个人工智能版本。大脑收集数据，然后为这个人创建出一个虚拟形象。那个人去世后，你大脑里的虚拟形象依然存在，因为从某个角度来说，这个人确实仍然存在。一段时间过后，记忆渐渐褪色，每过去一年，你头脑里那个对方在世时创造的人工智能形象就会变得不清晰一点。

她能够感觉到自己在渐渐忘记与马克斯有关的细节——他说话的声音、他手指的触感以及活动时的样子、他身体的温度、他衣服上的气味、他走开时的身影、他跑上楼梯的动作。最终，莎蒂记忆中的马克斯被浓缩成了一个画面：一个男人站在远处的鸟居下，手里拿着帽子，等待着她。

她吃完晚饭回到家已经十　点半了。她给保姆付了钱，把她送上出租车。娜奥米已经上床了，但莎蒂还是去看了她，她已睡熟了。莎蒂很喜欢看娜奥米睡觉。

莎蒂不是个母性很强的人，但这样的话是不可以轻易说出口的。她太喜欢独处，太需要私人空间了，然而这并不影响她爱这个小女孩。

她尽力克制住自己，不去过度美化女儿的个性。她不想为女儿贴上本不属于她性格的标签。盯住几个早期想法不放反而有可能影响作品的发展潜力，一名优秀的游戏设计师应该懂得这个道理。莎蒂认为娜奥米还没有形成完整的人格，这又是一个不能说出口的想法。她认识的许多母亲都说自己的孩子刚刚降生，就已经展示出了独特的人格。但莎蒂并不这么认为。一个缺乏语言、味觉、偏好、人生经历的人能有怎样的人格呢？在童年的另一头，有哪个成年人愿意相信自己初到父母身边时，就已经是个独立的个体了呢？莎蒂知道，就连她自己都是最近才真正长大成人，指望一个孩子凭空长大成人是不现实的。娜奥米还是个铅笔画的人物草稿，直到将来的某一天，她才会发展成一个完整的 3D 人物。

莎蒂努力控制自己不在娜奥米脸上寻找马克斯的痕迹。出乎意料的是，有时她会在她脸上看出萨姆的样子。娜奥米有一半亚洲血统和一半东欧犹太血统，就此而言，与莎蒂和马克斯相比，她更像萨姆。

莎蒂关上了娜奥米卧室的门，回到了自己的卧室。

她决定给萨姆打个电话。加利福尼亚才晚上八点半。他的电话号码没变过。他没有接电话——如今已经没人接电话了——于是她留了一条留言。"是我，"她说，"莎蒂，"她补上一句，以免萨姆不知道"我"是谁，"我刚刚跟安特在波士顿吃过晚饭。不知道你听说没有，我现在住在这里。总之我想说，东炫外公的事我很难过。我知道他有多爱你，他是全世界最友善、最温和的男人。"

萨姆没有给她回电话。

一两天之后，她给比萨店打去电话，询问他们是否会为东炫举办悼念活动。接电话的年轻人告诉她那个周末有场追悼会。他甚至没问莎蒂是谁——K 城里人人都是东炫的朋友。

3

最好的死法，萨姆认为，就是电子游戏中的死法。换句话说，别开生面，过程简短。

他往机器里投进最后一枚硬币时，东炫生病已经差不多一年了。癌症——起初是肺癌，后来是致命的扩散，散得到处都是——把萨姆健朗蔼然的外公变成了一堆无助的、出了错的细胞。那段时间，萨姆决定放下不公平游戏的工作照顾东炫。他怎么可能袖手旁观呢？东炫曾经花了那么多年的时间照顾他。

萨姆眼睁睁看着东炫忍受病痛的折磨，看着他的病灶被逐一切除。直到最后，再没有任何可以舍去的部分，于是东炫走了。

萨姆也曾多次犹豫。东炫没能像在电子游戏里那样死去，这也意味着，在走到人生尽头之前，萨姆与他共度了许多时光。东炫离开的过程很漫长，他有足够的时间对萨姆说出所有心里话，关于他表兄弟的、关于他外婆的。这样的交换值得吗？萨姆也说不清楚。

在他生命的最后一个星期，东炫几乎不说话。他变得越来越安静，因此当东炫忽然在床上坐起身，抓住萨姆的手时，萨姆很是惊讶。"萨姆森，你是个很幸运的孩子，"东炫无比清晰地对萨姆说道，"你经历过苦难，确实，但你还有许多要好的朋友。"

医生准许东炫出院，回家走完最后一程，在人生的后四十年里，他都住在那幢阳光明媚的工匠风格房子里。东炫身上那熟悉的比萨香气消失了，取而代之的是各种难闻的药物气味，这让萨姆心烦意乱。

"我有吗？"

"有，马克斯和莎蒂。他们都爱你。"

"两个算很多吗？"萨姆问。

"这取决于友谊的质量，"东炫说，"还有罗拉，她怎么样了？"

"她结婚了。现在住在多伦多，"萨姆停顿了一下又说，"我希望自己能有你和外婆那样的生活。"

"你拥有的东西跟我们不一样，"东炫说，"你生在跟我不同的世界。也许你根本不需要我和你外婆那样的生活。"他拍拍萨姆的脸颊。东炫又无休止地咳嗽了起来。

"马克斯已经死了。"萨姆说。

"这我知道，"东炫说，"我的头脑还很清醒。"

"马克斯死了，莎蒂现在有了孩子，而我还不认识那个孩子。"

"你可以去主动认识那个孩子。"东炫说。

"我想说的是，人们一旦有了孩子，事情就变得麻烦了，"萨姆说，"我不太了解小孩子。"

"你以制作游戏为业，"东炫直截了当地说，"对小孩子肯定了解。"

"没错，但那是另一种了解。我猜，我之所以不喜欢孩子，是因为不喜欢小时候的自己。"

"你现在也还小。"东炫说。

"不管怎么说，她现在住在波士顿，"萨姆说，"所以……"

"你可以去看她。"

"我觉得她不希望我去看她。"

"现在去波士顿花不了多长时间。"东炫说。

"大约要坐六个小时的飞机。跟从前花费的时间一样。"

"跟堵车时从威尼斯海滩开到回声公园花费的时间一样。"东炫说。

"才不是呢。"

"这是个关于洛杉矶交通的经典笑话。"

"哦，是啊。"

"这个笑话不错。"东炫坚持道。

"最近我总觉得一切都不好笑。"

"你在开玩笑吗？"东炫开怀大笑，接着转成了一阵咳嗽，"如今一切都很好笑，"东炫闭上了眼睛，"你跟莎蒂通话的话，记得告诉她店里有比萨给她吃。萨姆的朋友都有免费比萨吃。"

"我会告诉她的。"萨姆说。比萨店在两年前改了名字，如今已经换了新的主人。

"我爱你，萨米。"东炫说。

"我也爱你，外公。"在萨姆人生中的绝大多数时间里，他觉得"我爱你"很难说出口。他认为这句话显得自己高人一等，是在把自己的爱展示给被爱的那些人看。然而在此刻，这似乎是萨姆最轻而易举就能做到的事情。既然你爱一个人，为什么不告诉对方呢？如果你爱一个人，就该反复地告诉他们，直到他们听得厌烦为止，直到这句话被重复得失去意义为止。为什么不可以呢？当然可以，你本该这样做。

葬礼在韩国文化中心举办，东炫的人批亲属、朋友和许多同样开商店、开餐馆的熟人都前来参加。萨姆和外婆花了好几个小时迎接宾客，接受人们的谢意与安慰。

随着下午时间流逝，萨姆的心神渐渐松弛下来，他让自己在身处当下的同时又分神去了别的地方。这是他在儿时漫长的康复期里锻炼出的一种技能。他人在这里，心思却不在这里。他望着面前的人，嘴里不停地轻声道谢，一遍又一遍，却不被察觉地望着远方，韩国文化中心的墙壁仿佛成了地铁站里的一张魔术眼海报。

他的眼睛很快便定在了一个物体上。在扁平的画面上，显现出一个人 3D 的身影，那是莎蒂。

他有将近五年没见过她了，看见有血有肉的她，仿佛是种幻象。

两三天以前，她给他打过电话，但他没想到她会来。

她向他挥挥手。

他也向她挥挥手。

她说了句什么，但他离得太远了，听不见。

他点点头，仿佛听懂了她的话。

她离开了。

两个星期后，律师宣读了东炫的遗嘱。不出大家所料，几乎所有财产都留给了凤彩。只有一件东西是个明显的例外："那台在我的比萨店里放了许多年的大金刚游戏街机，我把它赠予莎蒂·格林，以此表达我对她的喜爱，以及对她和我外孙之间的多年友谊的感激之情。"

萨姆已经许多年没拨打过莎蒂的电话了。他没能立刻联系上她，但是到了晚上，她给他回了电话。他感谢她来参加葬礼。"但我给你打电话不是为了这个。东炫在遗嘱里给你留了一样东西。"

"真的吗？是什么？"

"那台大金刚游戏街机。"

"什么？"莎蒂的语气中不禁流露出孩子气的热情，"我最喜欢大金刚了！你当时告诉我，你想玩多长时间就可以玩多长时间，我别提多羡慕了。你说他为什么要这么做呢？"

"这个嘛，"萨姆说，"你知道的，他很为我们自豪。为我们的游戏自豪。他在东与凤的纽约比萨店里一直挂着那些海报。而且你，怎么说呢，你差不多是我童年时代唯一的朋友，相信你也知道这一点……所以……我猜他是觉得如果没有你，我大概会，比方说，放弃人生，或者别的什么。也许我真的会那样做吧，我也不知道。他很感激你。"

莎蒂认真思考了一会儿。"不，我不能收下它。这台游戏机应该归你所有。"

"我要它做什么？喜欢大金刚的人是你。你只要告诉我你打算如何处理它就好。如果你不想要，我可以把它放在我外婆的房子里。说真的，我觉得那东西大约有一吨重。"

"我来安排运送，"莎蒂说，"我当然想要。那台机器非常经典。给我几天时间安排一下。我也许会把它放在我麻省理工的办公室里。"

"要是东炫知道他的游戏机被放进了全国最好的大学之一，他肯定会很开心的。"

"你最近还好吗？"莎蒂说。

"一般吧。我想通了……思虑再三，我觉得我还是更喜欢电子游戏中的那种死法。"

"简短、甜蜜、拥有无尽的重生可能。"莎蒂说。

"电子游戏中的人物永远不会死。"

"其实它们总是在死去。但这是另一码事。"

"你在忙什么呢？"萨姆问。

"养孩子，教课。大概就这些。"

"你也像多夫那样骚扰学生吗？"

"没有，"莎蒂说，"说实话，我完全无法想象自己跟二十多岁的人上床，十八九岁的就更不用说了。我总觉得我应该补上一句，多夫是个优秀的老师。但我也不知道自己是出于什么原因想要替他说话。"

"你喜欢教书吗?"

"喜欢,"她说,"上课第一天有个孩子穿了件枫叶镇的运动衫。"

"你看了什么感觉?"

"你这么说,是不是因为《枫叶世界》是在我失败的灰烬中重生的那只凤凰?"

"差不多吧。"萨姆说。

"那个孩子不知道这些事,这是一种赞美。他们以为《枫叶世界》是我做的游戏。"

"它确实是你做的,不是吗?"

"更应该算是你做的,"莎蒂说,"这已经是大家公认的事实了。我为了分清每个人的功劳操了那么多心,到头来却根本没人记得谁做了什么。"

"网上肯定会有无所不知的能人。"萨姆说。

"哇,这想法太天真了,"莎蒂说,"相信网上的人会知道事情的真相。"

"我最近心情不太好,"萨姆坦陈,"而且我在想,人们怎么才能从这样的事情里走出来呢?"

"工作会有帮助,"莎蒂说,"打游戏也有帮助。不过有时候,我心情非常差的时候,我会在头脑里想象一个画面。"

"什么画面?"

"我会想象人们玩耍的画面。有时是在玩我们的游戏,有时可以是任何其他游戏。在我最绝望的时候,最能从内心深处给我带来希望的,就是想象人们玩耍的场景,这让我相信无论世界变得多么糟糕,依然有人在玩耍。"

莎蒂说话时，萨姆回想起多年前一个冬日的午后，通勤的人们阻塞了地铁站，拦住了他的去路。在当时，那些人在他看来是一种障碍，但也许是他的看法有误。究竟是什么力量驱使着人们在地铁站里瑟瑟发抖，只为了看见一个隐藏的图形呢？也许是对玩耍的向往，是每个人心中温柔的、永恒新生的那一部分。也许正是对玩耍的向往使得人们不至于陷入绝望。

　　"对了，那本魔术眼图画书我收到了。"萨姆说。

　　"怎么样……你看了吗？"

　　"没有。"

　　"拜托，萨姆。你怎么搞的？你一定要试试看。去把书拿来。"

　　萨姆走到书架前，取下了那本书。

　　"你不看见里面的图片，我就不挂断电话。我五岁的孩子都能做到。我来带你看。"

　　"没用的。"

　　"你把书放在面前，"莎蒂指挥道，"放在鼻尖前面。"

　　"好，好。"

　　"现在放松你的眼睛，然后慢慢把书拿开。"莎蒂说。

　　"不管用。"萨姆说。

　　"再来一次。"莎蒂命令道。

　　"莎蒂，这些东西对我没用。"

　　"你总是以为自己*知*道什么对你有用，什么没用。再来一次。"

　　萨姆又试了一次。

　　"萨姆？"莎蒂问。

　　电话另一头传来了萨姆的声音："我看见了，是一只鸟。"他声音颤抖，莎蒂难以确定他是不是在哭。

"很好，"莎蒂说，"确实是一只鸟。"

"现在呢？"

"再看下一页。"

莎蒂听见了翻动书页的声音。

"我们应该再一起开发个游戏。"萨姆说。

"哦天啊，萨姆，为什么？我们只会让彼此难受的。"

"不是这样的。不总是。"

"问题不仅在你，也在我，在马克斯。我想我们之间发生过太多事情，我甚至不确定自己是不是一名游戏设计师。"

"莎蒂，这是我听过的最愚蠢的言论。"

"谢谢。"

"而且这绝对不是真的。好吧，我总得问过你才能确定，无论如何总要问一问。如果你改变主意了，记得告诉我。"

娜奥米走进莎蒂的房间。"该睡觉了！"她大声宣布。莎蒂发明了一个游戏，如果娜奥米比莎蒂先提出上床睡觉，娜奥米就可以获得奖励。诚然，这个游戏暗藏心机，甚至可谓是在贿赂娜奥米，但要哄她五岁的女儿上床，这一招有奇效。"你在跟谁说话呀？"娜奥米问。

"我的朋友，萨姆。你想跟他打个招呼吗？"

"不想，"娜奥米说，"我不认识他。"

"好吧，回你自己的房间吧，我马上就来。"莎蒂转而对萨姆说："我得先哄孩子睡觉了。晚安，代达洛斯医生。"

"晚安，马克斯女士。"

一台大金刚游戏街机大约重三百磅。为它量身定做的箱子有五十磅。把它从邮编为 90026 的民宅送到邮编为 02139 的大学办公室要花费约四百美金的运费，如果需要送到室内，运费还要更贵一些。

也许你能以更低廉的价格在本地买到一台经典的大金刚游戏街机。这能帮你省下一笔不菲的运费，但那台机器承载的记忆不同。比方说，别的街机不会知道在位于洛杉矶 K 城威尔希尔大道上的东与凤的纽约比萨店里，最厉害的玩家名叫 S.A.M.。

货箱送到剑桥时，那台游戏机依然能够正常运行，不过机器里的高分榜被清除了。这些早期游戏机的内存并不稳定，尽管它理应是稳定的。即使机器里装有备用电池，只怕也早就消耗空了。

当东炫的游戏机加载出如今已空空如也的高分榜时，莎蒂依然能依稀看见 S.A.M. 的字样。这个名字因为停留在屏幕上的时间太长，已经烧屏留下了印记。

4

东炫去世近一年后，梦想游戏——一家分别在纽约和巴黎设有总部的游戏公司——联系了萨姆与莎蒂，问询制作第三部《一五漂流记》的可能。梦想游戏已经推出过好几款畅销游戏，最著名的要数《武士密码》——一款集中了潜行与跑酷元素的游戏，主人公是一群无性别的日本武士。莎蒂和萨姆都很欣赏这款游戏，于是决定飞去纽约跟他们见面。

梦想游戏的团队很年轻，游戏行业的从业者大都如此。莎蒂推测，她和萨姆是整个房间里年纪最大的人，跟大家的年龄相差至少五岁。转眼的工夫，你就从房间里最年轻的人变成了最老的人，她心想。

梦想游戏自称是《一五漂流记》的"头号粉丝"，他们想在利用当代先进技术的同时，保留初代游戏的风格和情感。团队的领头人叫玛丽——一个刚刚迈出大学校园的诚恳的法国女生。谈到《一五漂流记》时，她声音中流露出难以抑制的激情。"我希望你们明白，《一五漂流记》是我内心最珍视的游戏，但自从在十几岁时玩过后，我总觉得一五的故事还不够完整，"玛丽说，"比方说，我非常希望看见长大以后的一五。"

在玛丽为第三部《一五漂流记》制作的提案中，一五成了一名职员，一个生活在日本、穿着西装乘火车通勤、做着朝九晚五工作的普通人。一五有位妻子，还有一个年幼的女儿。女儿失踪后，一五不得不褪去打工人的身份，开始寻找女儿。他将再次穿上 15 号球衣，踏上另一场冒险。整个游戏的视角分为两部分，一五和他的女儿。玛丽视一五为彼得·潘般的人物，她希望这个故事情感充沛，同时又令玩家有身临其境的体验，就像《神秘海域》和《风之旅人》那样。

玛丽说道："有个问题我必须要问你们，你们为什么没有做第三部《一五漂流记》呢？这个游戏太了不起了，你们两个太了不起了。"

玛丽的同事，一个戴浅蓝色眼镜的男人，替他们回答了这个问题。"我猜他们是在忙别的事情。"那人对玛丽说。细看之下，莎蒂发现那个戴眼镜的男人跟她和萨姆的年纪差不多大。

如果他们同意让梦想游戏为《一五漂流记》做续作，莎蒂和萨姆将以执行制作人的身份加入，这款游戏会成为两家公司的合作项目。莎蒂和萨姆会作为顾问参与制作，但大部分工作将由梦想游戏的团队完成。

会上，玛丽交给他们一个 ZIP 文件，里面是她的团队制作的第三部《一五漂流记》试玩关卡。"这不是完整作品，你们是知道的，"玛丽提醒道，"我希望你们了解，如果能给予我这份荣誉，让我来制作第三部《一五漂流记》，我会把它当作亲生孩子一样对待。"

在返回宾馆的出租车上，萨姆问莎蒂："所以说，你怎么想？你想不想让他们做呢？"

"我也不确定，"莎蒂说，"他们是个很不错的团队。我很喜欢玛丽，也喜欢她说的那些话，而且一五明年就十六岁了。我知道人们经常转售以前的 IP 形象，但是让别人来做我们的游戏，我还是觉得有点儿奇怪。"

"确实有点儿奇怪。"萨姆表示赞同。

"但我对这个决定比较慎重。这也有潜在的好处。如果他们制作第三部，我们可以借这个机会更新、重新发售旧版的《一五漂流记》，把它们呈现给新一代玩家。"

萨姆点点头。

"我饿得要命，我们边吃边研究吧。"莎蒂说。

他们已经很多年没有共处过了，起初，他们的对话跟平常的商务晚餐一样生硬，不时陷入长长的沉默，萨姆和莎蒂都在琢磨接下来该谈论些什么。

"我听说你在做互动式小说，或者类似的东西？"萨姆说。

"对，"莎蒂说，"我掺和了一点儿。我碰见了多夫那门研讨课上的一个同学，她想在美国市场推广视觉小说游戏，问我想不想给他们做顾问。我就想，有什么不行的？这些东西都做得很快，没多少时间深思熟虑，如今这样倒是挺适合我的。你呢？"

"我试过做 AR。这东西实施起来很困难，但迟早有人会做成的，到时候大家保证不想再玩别的游戏形式了。"

"我不同意这种看法，"莎蒂说，"人们玩游戏是为了其中的角色，而不是因为技术。你最近玩过什么好游戏吗？"

"《生化奇兵 2》，"萨姆说，"世界构建很棒，视觉效果也不错，是'虚拟'引擎的风格。"暴雨"部分的视角呈现堪称惊人，"时空环境"更是了不起，我玩的时候一直在嫉妒。我总在想，如果这是我们做的游戏就好了。你玩过这个游戏吗？"

"有这个打算，"莎蒂点点头，"如今有了孩子，我没多少时间打游戏了，"她说，"娜奥米很喜欢 Wii，尤其是体育类游戏，所以我们经常玩那个。"

"你有照片吗？"萨姆问。

莎蒂拿出手机。萨姆看着屏幕，点了点头。

"她长得很像马克斯，"萨姆说，"也像你。"

"我带她去上研讨课，班里的孩子都说她长得像一五。"

"大家以前也这样说我，"萨姆说，"但现在我太老了。"

"你没那么老。"莎蒂说。

"三十七了，"萨姆说，"比梦想游戏的所有人都更老。"

"我也想到了这个，"莎蒂说，"我是说我自己。"

他们朝电梯走去，萨姆忽然说："现在还不晚。我们可以一起玩《一五漂流记Ⅲ》的试玩关卡。"

"你觉得我们应该玩吗？"

"依我看，我们非玩不可。这是我们理应为一五做的。"

莎蒂和萨姆上楼来到萨姆的房间。萨姆把游戏装在笔记本电脑上，他们一起玩完了那一关，电脑在他们之间来回传递，亲密无间，就像萨姆十二岁、莎蒂十一岁时那样。

他们打完了第一关，结尾的画面是拥挤的人群，梦想游戏创作团队、萨姆和莎蒂的数码头像都在其中。

萨姆合上电脑。"这个游戏毕竟还没做完，视觉效果很有章法，音效也做得一丝不苟，"萨姆耸耸肩膀，"这些人不是在闹着玩儿。我觉得这个主意也许还不错，起码我没什么可抱怨的。你怎么看？"

"我也一样，"莎蒂稍微停顿又说道，"不过，我觉得它有些无聊。但我这么说也许不太公平，因为他们还没完成，也许这个游戏的目标受众并不是我们？"

"你说的可能是对的，"萨姆转过脸望着莎蒂，"你知道我总在想什么吗？我总在想，我们制作第一部《一五漂流记》有多么容易。当时的我们就像机器一样，这个，这个，这个，这个。年轻懵懂的时候要做出爆款游戏真是太容易了。"

"我也在想这件事，"莎蒂说，"从某些角度来说，我们现在拥有的见识和经验不见得有帮助。"

"这气氛太压抑了，"萨姆说着放声笑起来，"我们这么拼，究竟是为了什么啊？"

"世上一定还有其他版本的我们存在，他们没有制作电子游戏。"

"那他们做什么呢？"

"他们是朋友。他们有生活！"莎蒂说。

萨姆点点头。"哦，对，我听说过，这大概就是说你在合理的时间上床睡觉，醒着的时候也不会每分每秒都饱受想象中的那个世界的折磨。"

莎蒂走到吧台前给自己倒了杯水。萨姆望着她的背影。在这个场景中并不存在真实的莎蒂，不像游戏玩家总是能凭借那条辫子认出劳拉·克劳馥。

"也许我也应该试试这样？"萨姆说，"过平常的生活。"

"我现在就过着平常的生活，"莎蒂说，"也没多好。你要不要喝杯水？"

萨姆点点头。"我能不能问你一个我经常在琢磨的问题？"

"天啊，听起来很严肃。"

"依你看，我们为什么从没在一起过？"

莎蒂来到萨姆身边，在床上坐下来，望着他的脸。"萨米，"莎蒂说，"我们**就是**在一起的。你务必要明白这一点。如果我诚实地审视自己，我人格中最重要的组成部分都来自你。"

"可我说的是**在一起**的那种在一起。像你和马克斯、和多夫那样。"

"你怎么会不明白这一点呢？爱情很……平常，"莎蒂望着萨姆的眼

462

睛说，"因为与跟你做爱相比，我更喜欢和你一起工作。因为人的一生中真正能够彼此合作的人太可遇而不可求了。"

萨姆望着莎蒂。"我曾经以为是因为我穷。后来我不穷了，我就以为是你觉得我没有魅力，因为我有一半的亚洲血统，身体还有残疾。"

"在你的想象中我到底是有多差劲啊？这是你的想法，不是我的。"

"是啊，确实是我的想法。"萨姆望着自己的手。

"我还不困，"莎蒂说，"也许是因为不用带孩子，我太激动了。你想出去走走吗？"莎蒂说。

"想啊。"萨姆说。

萨姆与莎蒂住的地方位于哥伦布圆环，他们步行向上西区方向走去。此时正是3月底，天气依然寒冷，但依稀洋溢着些许春意。

"我以前跟我妈妈住在这里。"萨姆说。

"那是我认识你以前的事了。"

萨姆点点头。"是啊，真是难以想象，我们竟然有彼此不认识的时候，这仿佛是不可能的。我有没有告诉过你，我妈妈为什么要离开纽约？"

莎蒂摇摇头，说："我不记得你说过。"

"一个女人跳楼了，就落在我们面前，啪的一声。"

"她死了吗？"

"死了。我妈妈尽量假装她没有死，但是已经来不及了。因为这个女人，我做了大约十年的噩梦。"

"你从没对我说过这件事。我还以为自己知道你所有的经历。"

"不是所有的，"萨姆说，"我对你隐瞒了很多事情。"

"为什么？"

"我想，大概是因为我希望你以某种特定的方式看待我吧。"

"你说起这个，有件事很有意思，如果换成你是我的学生，只怕你会把经历过的痛苦当作徽章别在胸前。这一代人从不会向任何人隐瞒任何事情。我班上的那些学生经常谈论自己的**创伤**，以及**创伤**如何造就了他们的游戏。说真的，他们觉得那些创伤才是自己人生中最精彩的部分。我这么说好像是在打趣他们，也许确实有点儿这个意思，但我本意并非如此。他们实在是与我们截然不同的一代人。他们的底线更高，敢于当面驳斥性别歧视和种族歧视，就我个人而言，当时我只知道默默忍受这一切。不过这也使得他们有点儿，怎么说呢，开不起玩笑。我向来讨厌别人煞有介事地谈论代沟，可你瞧瞧，如今我自己也在这样做。这实在说不通，你跟自己认识的同龄人比起来，又有多少相似之处呢？"

"既然他们觉得创伤才是自己人生中最精彩的部分，那他们经历创伤之后要怎么走出来呢？"萨姆问。

"我觉得他们并没有走出来，"莎蒂说，"或者说他们不需要走出来，我也不清楚，"莎蒂停顿了一下又说道，"自从开始教书，我总在琢磨，我们是多么幸运的一代，诞生在那个时代，我们很幸运。"

"怎么说？"

"这个嘛，如果我们出生得再早一点，制作电子游戏就没那么容易。我们接触电脑的机会更少，我们会属于把软盘装进塑料密封袋、开车带着游戏到店里去的那代人。如果出生再晚一些，互联网就会更加普及，值得利用的工具也更多，但是说实话，到那时电子游戏已经变得复杂，这个行业变得太专业化了。我们不可能凭一己之力完成那么多工作。以当时的资源，我们做出的游戏不可能被奥珀斯这样的公司看中，也不可能把一五设计成日本人，我们会为自己不是日裔而畏首畏尾。而且我猜，由于互联网的存在，我们会得知有多少人在做跟我们相同的事情，我们会感到难以应对。当时的我们有太多的自由空间，创意方面的也好，技术方面的也罢。没人监督我们，就连我们自己都没在监督自己。我们拥有的只是高得离谱的标准，以及你完全理想化的信念——认定我们能做出一款了不起的游戏。"

"莎蒂，无论我们生在哪个时代，我们肯定都会制作游戏的。你知道我是怎么知道这一点的吗？"

莎蒂摇摇头。

"因为代达洛斯医生和马克斯女士也成了游戏设计师。"

"她们是合作制做跳棋，这不一样。而且在《先驱者》里你已经知道了自己的身份，对当时的情况已经心里有数，所以这不算数。"

"你也知道自己的身份。"

"我知道，也不知道，"莎蒂说，"但我认为还是有些创伤，又说到了这个词，在那个过程中被我消化掉了。连我自己也没法解释。没有什么能够触动我，我太抑郁了，还有个孩子要照看。就连弗蕾达，天啊，我太想念她了，就连她都对我有些厌烦了。她会说：'我的莎蒂，人人都会经历坏事，够了。'但是玩过《先驱者》之后，我对身边事物的感觉不再像从前那样糟糕。我从没为这个正式向你道谢。"莎蒂望着萨姆的脸。她对那张脸依然像自己的脸一样熟悉。"我的朋友，谢谢你。"

他伸手揽住她的肩膀。"你在我说出'第五个游戏'这个词后才跟我正面对质，对此我有个想法。你想听吗？"

"我猜我是非听不可了。"

"我认为这个说法触动了你内心的那个游戏设计师，你隐约感觉到了一种可能性，那就是以一种体面的方式终结这场游戏。我书写了开头和中间的部分，结局则由你来书写。"

"确实有些道理，"莎蒂说，"你想往回走吗？"

"不用，我没事，"萨姆说，"我们再待一会儿。"

他们已经走到了九十三街与阿姆斯特丹大道交会的路口。萨姆指了指一栋带有外部消防通道的出租公寓楼。"以前我和我妈妈就住在这里，在七楼。1984 年，这里算是纽约的低端街区，但是现在看起来并不差。"

"如今的纽约已经没有低端街区了。"

莎蒂抬头望着那栋楼，想象着童年的萨姆在窗口望着她。他完好无缺，没有伤痕，就像她的女儿。然而，倘若萨姆没有经历过莎蒂如今了解到的那些创伤，他还会那样不遗余力地督促他们吗？没有萨姆蓬勃的野心，莎蒂会成为如今这样的设计师吗？如果没有童年时代经历的那些创伤，萨姆会有那样蓬勃的野心吗？她不知道答案。诚然，那些作品属于她，但它们同样也属于萨姆。那是他们共同的作品，缺少他们两个当中的任何一个人，作品都不可能存在。这样明显的事实她花了将近二十年的时间才理解。

自从开始教书，自从成为母亲，她感到自己变得苍老了，然而那天晚上，她意识到自己并不老。已经老去的人不可能还背负着像她一样多的错误，而且在没有老去时就自称衰老，这种行为本身就透露着不成熟。

她的目光掠过楼宇，飘向天空。深蓝色的天鹅绒夜幕中，月亮沉沉地悬在半空，圆得很不真实。"不知是谁编写了这个引擎。"莎蒂说。

"做得不错，"萨姆说，"光线照射效果很逼真，但月亮美得过了头，比例有些失调。"

"它怎么会这么大、垂得这么低？它需要更丰富的层次，添加一点儿佩林噪声，表面看上去应该更粗糙，不然就显得不真实了。"

"也许他们追求的正是这种效果？"

"也许吧。"

莎蒂返回波士顿的航班比萨姆返回洛杉矶的航班早一小时起飞，但他们决定乘同一辆出租车去机场。萨姆还有时间，便把莎蒂送到了登机口。他觉得莎蒂似乎心事重重，就是人们即将出远门时常见的那种状态。尽管他有话想对她说，但机场里忙乱的气氛并不适合畅谈。等他们来到她的登机口，广播里已经在召唤莎蒂所搭乘的那架飞机的乘客登机了。

"就这样，我该走了。"她说。

"你该走了。"他说。

他望着她加入登机的队伍，忽然想到此次一别，也许他会有几年时间不能再见到她。"莎蒂，"他大声说，"我希望你明白，我认为你应该继续设计游戏。跟我合作也好，不跟我合作也罢。你非常擅长这件事，放弃实在很可惜。"

莎蒂离开了登机的队伍，回到萨姆身边。

"我没有完全放弃。我是说，我确实放弃了很长一段时间，但我也在做一些东西，"她说，"如果不相信自己能做好，那就没有必要去做。"

"我同意。话虽这么说，我还是想跟你合作游戏，如果你有时间的话。"

"这真的是个好主意吗？"

"也许不是，"萨姆笑着说，"但我还是想试试。我不知道怎么才能制止自己的这种向往。这辈子余下的时间里，只要遇见你，我就会邀请你跟我一起设计游戏。我的大脑里有个根深蒂固的习惯，它坚持认为这是个好主意。"

"这不正是疯狂的定义吗？一遍遍做着同样的事情，却期盼着不同的结果。"

"这也是游戏角色的人生，"萨姆说，"它们的世界里有着无数次重新开始的机会。从头开始，也许这一次你会胜出。何况我们取得的结果也不差，我喜欢我们合作的作品。我们是绝佳的搭档。"

萨姆向莎蒂伸出手，她与他握了手。莎蒂把他拉进自己怀里，吻了萨姆的面颊。"我爱你，莎蒂。"萨姆说。

"我知道，萨姆。我也爱你。"

莎蒂回到了登机的队伍中。她再一次排到队伍前头，可忽然又转过身来。"萨姆，"她说，"你现在还玩游戏吗？"她声音轻快，眼神中透着顽皮的光彩，萨姆知道这是游戏的邀请，如此清晰明了，仿佛电子游戏的标题画面。

"当然，"萨姆立刻答道，语气热切得过了头，"你知道我一直都玩的。"

她拉开电脑包外夹层的拉链，取出一个小小的硬盘。她把手伸过那条将他们分隔两侧的绳子，把硬盘放在他手里。"如果你有时间，帮我看看这个。我才刚开始做，做得不太好，至少现在还不够好。也许你知道应该怎么改进它？"

莎蒂拉上背包，把登机牌递给了登机口的工作人员。

"我怎么联系你好呢？"萨姆问。

"发短信，或者写邮件，或者如果你有机会来剑桥的话，到我办公室来。我的接访时间是星期二和星期五，下午两点到四点。"

"没问题，"萨姆说，"只要从洛杉矶坐六个小时的飞机，转眼就到，还不如开车从威尼斯区到回声公园花费的时间长。"

"如果你能来，我办公室里有一台大金刚游戏街机，老朋友可以免费玩。"

　　萨姆望着莎蒂消失在登机通道，然后低头看了看手里的硬盘，游戏的名字叫作《第六个游戏》，标题是莎蒂手写的。无论何时何地，他永远认得出她的笔迹。

说明与致谢

秘密高速公路并不存在，至少据我所知并不存在。不过如果你遇见了正确的搭车司机，或者跟在洛杉矶生活了很长时间的人一同参加聚会，你也许会听到有关某条秘密高速公路的传说。

跟萨姆一样，我曾经住在"快乐大脚与悲伤大脚"招牌上坡方向的一座房子里。"快乐大脚与悲伤大脚"的招牌在 2019 年被拆除了，但我听说在银湖区的某个纪念品商店里依然能见到它的遗骸。在城市另一端，由乔纳森·博罗夫斯基设计的**芭蕾小丑**在几年前得以修复，如今每天都会踢腿几个小时，不过我没有亲眼见过。

新英格兰糖果公司的工厂在多年前就已经搬离剑桥，但水塔依然是色彩淡雅的样式。

据我所知，谢莉·史密斯和汤姆·巴切的魔术眼系列从未在哈佛广场的地铁站或其他地点做过广告。与此不无关联的一件事是，在过去的许多年里，我一直以为魔术眼的视觉效果对我不起作用，但现在它们起作用了。

莎蒂提到的大脑会自动生成人工智能版本的已逝的心爱之人，来源是《我是个怪圈》这本书，作者是侯世达，这本参考书是汉斯·卡诺萨向我建议的。

麦克白向班柯的空椅子扔小面包这个细节来自皇家莎士比亚剧团

471

2018 年版的《麦克白》，由波利·芬德利导演，克里斯托弗·艾克斯顿扮演主角。

尽管我的父母都从事计算机行业，我本人也打了一辈子电子游戏，但论起我对 1990 至 2000 年代的游戏文化与游戏设计师的理解，以下参考来源对我认知的塑造尤为有益：杰森·施莱尔的《血、汗、像素：电子游戏制作过程背后那些欢欣与跌宕的故事》、大卫·库什纳的《DOOM 启世录：游戏二人组如何创建了改变流行文化的帝国》、史蒂文·利维的《黑客：计算机革命的英雄》（尤其是关于雪乐山的部分）、迪伦·霍姆斯的《思想永远在路上：电子游戏的叙事史》、汤姆·比斯尔的《又一条命》、哈罗德·戈德伯格的《诸位的基地全部由我们收下了》，以及几部纪录片，包括詹姆斯·史威斯基和丽萨尼·帕若导演的《独立游戏大电影》和香农·孙-海金森导演的《GTFO》。写作完成后我读了邦萨维·苏维莱写的《独立游戏》，这本书写得很美，值得想要了解电子游戏艺术性的人们一读。

尽管"你死于痢疾"已经成了一个梗，但这句话在 1985 版的《俄勒冈之路》中从未出现——萨姆和莎蒂玩的应该是这一版，我童年时代玩的也是这一版。在 1980 年代，他们（和我）看见的提示应该是"你患上了痢疾"，然后，假设痢疾没能痊愈，接下来他们会看见"你死了"。在 1985 版本的首席设计师 R. 菲利普·布沙尔出版的《你死于痢疾：〈俄勒冈之路〉的创作历程》中曾提到包括这个细节在内的许多有关《俄勒冈之路》的细节。我还想向那些为《先驱者》提供了灵感的游戏致意，包括《俄勒冈之路》，埃里克·巴罗内设计的《星露谷物语》，江口胜也、野上恒、宫本茂与手冢卓志设计的《动物之森》，和田康宏设计的《牧场物语》，以及布拉德·麦克奎德、约翰·斯梅德利、比尔·特罗斯特和史蒂夫·克洛弗设计的《无尽的任务》。我在这里列出的是设计师的名字，但相信这本书的读者们都会明白这样一个道理，除非当时你在场，否则很难将某一款游戏或者游戏中的某个元素归结为某个人的功劳。可以确定的一点是：在我的人生中，我杀死过不少虚拟野牛，也曾经为许多土地解除像素岩石的困扰。

多夫在 1996 年 1 月获得《合金装备索利德》测试版的可能性非常小，莎蒂在 1988 年 8 月也不可能玩到《国王密使Ⅳ：萝塞拉的冒险》。在这本书当中，我选择的是对故事情节来说最为合理的游戏，即便有时候日期会出现无伤大雅的错误。举个例子，在当时的著名电子游戏当中，《国王密使Ⅳ》是少数以女性形象为主人公的游戏之一，不无巧合的一点是，这也是我最早喜欢上的游戏之一。

《明日传奇》是一本关于工作的小说，若不向我的同事们致谢，必定是我的疏忽。感谢你们的想法、技能、疑问、观察、对质、鼓励、打趣、信件、电话、视频会议、短信以及偶尔的纠正，它们极大地改进了这本书。我尤其要感谢我的美国编辑詹妮·杰克逊，以及我的代理人兼好友——道格拉斯·斯图尔特。我还要感谢斯图尔特·吉尔瓦格、达娜·斯佩克特、贝姬·哈迪、劳拉·辛奇伯格、布拉德利·加勒特、丹妮尔·布考斯基、西尔维娅·莫尔纳、玛丽亚·贝尔、卡斯宾·丹尼斯、马里斯·戴尔、路易丝·科拉佐、诺拉·雷查德、威克·戈弗雷、艾萨克·克劳斯纳、阿维塔尔·西格尔、布莱恩·吴、达利娅·瑟尔切克、凯西·波瑞斯、塔亚里·琼斯、丽贝卡·塞尔和詹妮弗·沃尔夫。

《明日传奇》同样也是一本关于爱的小说。感谢汉斯·卡诺萨，尽管他经常输不起，但他依然是我最喜欢一起玩游戏的人。我每次都会感谢我的父母，这有何不可呢？我的父母非常棒。他们的名字分别是理查德·泽文和爱兰·泽文。

我的书也可以按照狗狗的年份来分类。《明日传奇》始于艾迪和弗兰克的年代，完稿于莱娅和弗兰克的年代。它们都是乖狗狗。

文景

社 科 新 知　文 艺 新 潮

Horizon

明日传奇

［美］加·泽文　著

张亦琦　译

出 品 人：姚映然
责任编辑：张　晨
营销编辑：杨　朗
封扉设计：安克晨
美术编辑：安克晨

出　　　品：北京世纪文景文化传播有限责任公司
　　　　　　（北京朝阳区东土城路8号林达大厦A座4A　100013）
出版发行：上海人民出版社
印　　　刷：山东临沂新华印刷物流集团有限责任公司
制　　　版：北京百朗文化传播有限公司

开 本：890mm×1240mm　1/32
印 张：15.125　　字 数：298,000
2023年1月第1版　　2023年1月第1次印刷
定 价：65.00元
ISBN：978-7-208-17789-5/I·2027

图书在版编目（CIP）数据

明日传奇/（美）加·泽文（Gabrielle Zevin）著；
张亦琦译. -- 上海：上海人民出版社，2022
书名原文：Tomorrow, and Tomorrow, and Tomorrow
ISBN 978-7-208-17789-5

Ⅰ.①明… Ⅱ.①加… ②张… Ⅲ.①长篇小说 – 美
国 – 现代 Ⅳ.①I712.45

中国版本图书馆CIP数据核字（2022）第156747号

本书如有印装错误，请致电本社更换 010-52187586